Re:제로

Re: Life in a different world from zero

부터 시작하는 이세계 생활

최선을 다한 발로이의 다정한 배려에,
마델린은 자신이 그의 최고가 아님을
잘 알면서도 무척이나 소중한 약속을 했다.

"그러면, 용을 신부로
삼아 주겠짜?"

"그럽지요. 그럴 수 있으면
저도 마델린도 얼마나 좋겠습니까."

Re:제로

Re: Life in a different world from zero

부터 시작하는 이세계 생활

37

나가츠키 탓페이 지음

오츠카 신이치로 일러스트

Re: Life in a different world from zero

The only ability I got in a different world "Returns by Death"
I die again and again to save her.

CONTENTS

표지 · 본문 일러스트 ● 오츠카 신이치로

제1장 『별을 떨어뜨리는 방법』

1

제도 루프가나에서의 대규모 피난. 그리고 이에 따른, 역사상 유례가 없는 규모의 퇴각전.

백성도 병사도 적지 않은 희생자를 냈지만, 그래도 본래 상정한 피해를 대폭 밑도는 현재 상황을 만들어 낸 것은 제국민의 평소 마음가짐의 영향이 크다.

──제국민은 정강하여라.

그 가르침과 철학은 제국민의 구석구석까지 스며들어 극한 상태에서도 많은 자들이 살아남기 위한 최선의 수를 찾는 데 성공했다.

그런 개개의 각오와 행동의 덕을 보고, 연환용차를 비롯한 유사시의 대비가 완벽하게 기능한 것도 영향이 컸다. 원래 『별점쟁이』가 예언했던 『대재앙』의 방문을 언젠가 올 위협이라 보고 대비하던 인물의 공적이다.

그 본인이 이 『대재앙』과의 싸움터에 다다르지 못한 것은 안타까운 일이라고 할 수 있다.

"하지만 그 멸사봉공이 제국을 살렸다! 소관은 경의를 표합니다, 치샤 일장……!"

그리 목청을 높인 카프마 일루쿠스는 두 팔에서 방출한 가시닝쿨로 송장 인간 무리를 쓸어내고 등에 진 성새도시로 가는 길을 지키며 분전했다.

제도에서 성새도시로 이어지는 가도에 단계적으로 포진한 제국군은 도망치는 제국민의 퇴각을 지원하며 서서히 도시로 후퇴하여 농성조와의 합류를 목표로 하고 있었다.

그 도중, 후퇴하는 진용 중 어느 곳에서도 후미를 지키며 그 안에 받아들인 『벌레』의 힘으로 송장 인간의 진군 속도를 둔화시키던 카프마의 공적은 역사서에 남아야 할 위업이라고 할 수 있었다.

그러나 그것도 다 볼라키아 제국이 멸망을 면했을 때의 이야기였다.

"웃."

가이라할 습지대를 옆에 둔 대평원은 보이는 곳 전부가 송장 인간으로 가득 메워져 있었다.

그것들에게 가시닝쿨을, 광탄(光彈)을, 바람 칼날을 갈기며 싸우기를 이미 50시간 이상──. 카프마는 자신을 내부에서 좀먹는 『벌레』의 식욕에 이를 악물고 비명을 집어삼키며 버티고 있었다.

충롱족(蟲籠族)은 체내에 공생하는 『벌레』의 힘을 빌려 싸운다. 하지만 양자의 관계는 어디까지나 공생이지 일방적인 사역

이 아니거니와 정이나 유대가 있는 것도 아니다.

당연하지만 『벌레』는 자기 활약의 대가를 숙주에게 요구한다. 그것은 숙주의 마나 및 생명력, 그리고 그걸로 부족하다면 혈육이다.

"약속을, 어기고 있는 것은 이쪽이다. 그러나……!"

여기서 자신이 전선을 이탈할 수도, 쓰러질 수도 없다.

제국에는 자신 말고도 많은 믿음직한 무인이 있지만 카프마는 그중에서도 가장 용감하게 죽을 수 있다는 자부심이 있었다. 그 자부심이 진짜라고 증명하기 위해서도──.

"소관이, 여기서 쓰러질 수는──."

없다고 자기 자신을 고무하며 내장이 먹히는 와중에도 앞으로 내디디려 했을 때였다.

"물러나라, 카프마 이장! 귀공은 충분히 역할을 다했다!"

커다란 손바닥에 어깨를 잡히고, 그 이상으로 커다란 목소리가 고막을 두드린 것은.

눈을 부릅뜬 카프마, 그 옆에 황금 갑옷을 두르고 그자밖에 다룰 수 없는 황금빛 망치창을 짊어진 『사자기사』 고즈 랄폰이 섰다.

"고즈 일장…… 어째서 여기에! 일장은 요새에서 지휘를……."

"그쪽은 드라쿨로이 상급백이 있다! 내가 요새에 틀어박히지 않아도 그 여걸이 병사들을 잘 다루겠지! 그보다도 나는 전장에 있는 것이 각하께 도움이 된다!"

"그렇다면, 소관도 같이."

풀어지려던 마음을 다시 비장하게 무장한 카프마는 고즈 옆에서고자 기를 썼다. 하지만 그런 카프마의 호소에 고즈는 "아니다." 하고 굵직한 손가락으로 가슴을 찔렀다.

"귀공 안에서 『벌레』가 제어를 잃고 있겠지. 귀공이 완전히 먹히면 큰 손실이다!"

"그건…… 하지만 소관이 쌓아 온 것은 이 싸움을 위해서!"

"카프마 일루쿠스! 죽음은 속죄가 아니다!!"

정면에서 폭음 같은 노성을 얻어맞은 카프마의 온몸이 부르르 떨었다.

이때만큼은 카프마의 몸을 탐닉하는 데에 열중하던 『벌레』들도 움츠리며 눈앞에 있는 고즈의 사나운 기척에 움직임을 멈출 정도였다.

"귀공이 지금도 동족이 발로이 놈과 결탁해 일으킨 반역의 허물을 갚으려고 하는 것은 안다. 하나! 죽어서 갚을 수 있는 죄가 아니다! 귀공은 살아라!"

"고즈 일장……."

"이 『대재앙』이 수습된 뒤에도 제국은 즉각 원상복구되는 것이 아니야! 아직 나도 귀공도 각하의 힘이 될 수 있다! 따라서!"

노호에 충의를 터지도록 담은 고즈가 카프마의 속마음까지 내다보고 여기는 목숨을 버릴 곳이 아니라며 그 미련한 생각을 후려갈겼다.

"뭘, 어차피 또 금세 나설 차례가 있다! 그때까지 잘 먹고 잘 자서 기력을 되찾아라!"

"명을 받들겠습니다. 고즈 일장, 이 자리를 맡기겠습니다……!"

"말하지 않아도 당연히. 나도 울분이 쌓였어!"

쥐어 짜낸 카프마의 말에 얼굴을 편 고즈가 어깨에 짊어진 망치창을 적진으로 겨누었다.

온몸에서 넘실대는 투기에 또다시 체내의 『벌레』가 겁먹는 와중에 카프마가 깊이 끄덕였다.

제국의 멸망을 미연에 막는 귀신같은 술책을 발휘한 치샤 골드도, 패기를 일으키는 것만으로도 『벌레』들을 겁먹게 하는 고즈 랄폰도, 볼라키아 제국의 일장이라는 자리에 이른 자들은 너나 할 것 없이 초월자다.

거기에 자신이 동석할 뻔했던 과거와, 동석해야만 하는 미래를 머릿속에 그리고──.

"제국은 강하다. 송장 인간이나 재앙 따위에 빼앗길 만큼 소관들은 쉽지 않을 거다."

2

"제국이 강하니 마니 하기 이전에, 문제는 역시 물량이네요. 다행히 성새도시의 물자는 윤택하고 방비가 견고하긴 합니다만…… 며칠이고 계속 농성할 수는 없습니다."

"제국병 천지인 회의실에서 딱 부러지게 말하는군. 상대의 안색을 살피며 변변히 의견을 내놓지 못하는 자보다 훨씬 나아. 이 싸움이 끝나면 나에게 등용되면 어때?"

"드라쿨로이 백작, 탈선은 그쯤 하시길."

나무라는 벨스테츠의 눈총에 세리나가 못 말리겠다며 어깨를 으쓱였다. 세리나의 꼬드김을 진담으로 듣지 않은 오토는 이야기의 본선 쪽으로 사고를 집중했다.

여기는 도시의 본성이자 농성전의 본진이 되는 대요새의 지령실. 모인 인물은 자신도 포함해 이 거대한 싸움의 지휘를 맡은 두뇌들이다.

이미 시작되었다. ──국가의 존망을 건, 제국 사상 최대의 농성전이.

"그래도 보통이라믄 농성전은 원군이 오기를 기다리는 게 승리 조건이지만시도, 이번엔 못 바랄 일이데이. 우리가 이겼다고 말할 수 있는 기는 어디까지나……."

"나츠키 일행과 황제 각하가, 적의 주모자를 멋지게 처단했을 때뿐이지."

"까딱 볼라키아가 망했다간 그대로 카라라기도 루그니카도 위험해지고…… 뭐꼬, 진짜로 세계의 존망이 걸린 싸움 아이가."

하얀 뺨에 손을 짚은 아나스타시아가 해사하게 정리하자 맞장구를 치는 여우 목도리── 그녀가 대동한 정령 에키드나가 어이없다는 듯 한숨지었다.

어쨌든 상대가 정령이더라도 같이 죽고 같이 사는 운명 공동체다. 써먹을 수 있는 머리는 하나라도 많은 게 좋다고, 지령실은 그녀조차 모사(謀士) 중 하나로 들였다. 그야말로 총력전이다.

"우선 도시의 방벽이 어디까지 버틸까군. 일루쿠스 이장과 교대하여 랄폰 일장이 갔다. 생긴 것 같지 않게 섬세하고 요령 좋게 일하는 남자니까. 가능한 만큼, 각하의 지시에 따라 좀비의 생명을 빼앗지 않도록 행동하겠지만⋯⋯."

"불살을 관철하긴 어렵지요. 그건 꼭 고즈 일장뿐만이 아니라도요. 굳이 말하자면⋯⋯."

"그, 나츠키의 친구 일행 정도 아이나? 기대할 만한 기는."

아나스타시아의 의견에, 오토도 "그렇게 생각하죠." 하고 찬동했다.

두 사람이 화제에 올린 것은 해괴한 방위 전력으로서 기대받는 『플레아데스 전단』—— 나츠키 스바루와 강한 연대감으로 맺어져 불가해한 전투력을 지닌 이들이다.

현재, 제도 돌입조에 참가한 스바루와는 따로 행동 중이지만 대리를 맡은 구스타프 모렐로 아래 다른 병사들과 명백히 낌새가 다른 전과를 연거푸 거두고 있다.

"사기도 높고 불살 성능도 좋아. 더해서 아주 튼튼하고 믿음직스러운가. 종종 생각하지만 나츠키는 필요한 것을 필요한 곳에 가져오는 데 천재야."

"그것이 유일한 장점 같은 사람이니까요. 가능하면 배달이나 다리 놓는 일만 하고 제일 위험한 곳에 냅다 달려드는 고약한 버릇은 어떻게 해 줬으면 좋겠는데요."

"그거, 에밀리아 씨도 그렇고 주종끼리 유유상종이란 느낌의 고약한 버릇이다카이."

난처한 표정의 아나스타시아는 얕볼 수 없는 상인이며 왕선(王選)에서는 대립 후보이기도 하지만, 에밀리아를 염려하는 마음에는 거짓이 없는 것처럼 느껴졌다. 여하튼 간에 이 상황에서 정쟁은 일단 뒷전이다. ──자신이 이 자리에 서 있다는 위화감도, 뒷전.

그렇게 자기평가를 치워 둔 오토 옆에서 세리나가 "그럼." 하고 말을 꺼냈다.

"사전에 말을 나눈 대로, 우리의 방침은 어디까지나 방위에 전념한 농성전이다. 이렇다 할 상대를 처치하면 끝나는 전쟁이라면 그것을 암살하는 것이 최선의 수겠지만……."

"아쉽게도 도시를 포위하는 송장 인간의 군대에 지휘관 같은 존재는 보이지 않았습니다. 그 역할은, 제도로 떠난 각하 일행에게 맡길 수밖에 없겠지요."

"그러면, 우리는 우리의 역할을 다하기로 하지."

세리나의 한마디에 공기가 바싹 마르는 감각과 함께 모두의 표정에 서린 열기가 바뀌었다.

조금 전까지 웃음이 섞인 대화는 끝, 지금부터는 죽을힘을 다하는 세계다.

제국군의 장병, 반란군의 전사들, 플레아데스 전단의 검노와 『슈드라크의 민족』, 종국에는 왕국의 협력자에 도시국가의 사자, 꼽을 수 있는 패 전부를 사용한 싸움.

그, 최초의 관문으로──.

"기대하도록 하겠다, 도시국가의 사자."

"좋데이. 맡겨 두그라. 여하튼 내가 기억하는 한 기대를 배신한 적이 없어."

──싸움에서, 제공권을 확보하는 것에 따른 우위성은 더 설명할 나위도 없다.

높은 곳에서 화살과 돌을 날리는 것만으로도 싸움은 일방적이게 된다. 하물며 손이 닿지 않는 하늘에서 노린다면 그 후에 기다리는 것은 싸움이라고도 할 수 없는 학살이다.

실제로 『비룡장』 마델린 에샬트가 이끄는 비룡 무리에 습격받은 성곽도시 과랄은 그 높은 수비력을 전혀 살리지 못한 채 괴멸 상태에 빠졌다.

그것이 제공권을 제압당한다는 상황이며 그 위협은 높은 방벽에 둘러싸신 성새도시 가클라여도 다르지 않다. ──따라서 하늘에 대한 대책은 이 농성전을 시작함에 있어 가장 강한 경계가 할당된 부분이었다.

"쏴라──!!"

성벽 위에 줄지은 『슈드라크의 민족』이 족장이 신호하자 일제히 하늘로 화살을 쏘았다.

도망칠 곳 없는 화살의 탄막이 폭풍이 되어 강고한 도시를 상공에서 덮치도록 명령받았던 죽은 비룡── 송장 비룡의 무리를 정면으로 집어삼키며 요격했다.

가차 없이 쏟아지는 화살비에 맞아 잇따라 머리나 날개가 부서진 송장 비룡이 땅에 떨어진다. 개중에는 다소의 피해를 개의치 않고 초지를 관철하고자 나는 개체도 있지만——.

"해치워!"

"떨어져 버려—."

이심일체, 일반적인 화살과는 길이도 굵기도 비교가 되지 않는 강궁의 화살이 유성처럼 번쩍이고, 끈질긴 송장 비룡 개체가 가루가 되는 최후를 맞이한다.

"준비하라! 화살의 수에도 한도가 있습니다! 낭비하지 말고 정확히 노리십시오!"

송장 비룡에 대한 특공 전력으로서 힘을 발휘하지만 슈드라크를 이끄는 타리타는 일절 방심 없이 매서운 눈초리를 하늘로 보내며 장기전을 내다본 지시를 내렸다.

현시점에서 제공권 쟁탈은 슈드라크가 압도하고 있다. 하지만 승패는 번지는 화염처럼 풍향 하나로 전혀 다른 결과를 낼 수 있다.

실제로 『슈드라크의 민족』은 앞서 말한 성곽도시에서 비룡 무리에 대패를 경험했다. 그때의 경험을, 패배에서 얻은 배움을, 미래의 승리로 연결해야만 한다.

슈드라크 또한 빈센트 볼라키아의 추방에서 발단한 동란의, 그 맨 처음부터 함께 싸워 온 동료이므로.

"우리가 쏘는 화살 한 발이, 미래의 초석이 됨을 아십시오!"

"헹, 타리타도 기합이 들어갔잖아."

"우리도 질 수 없는 거야—!"

그 사나운 투지를 목소리에 실은 여전사들이 이 싸움의 첫 추

세를 거머쥔다. 그런 그녀들의 기개에 질 수 없다며 응답한 것이
―――.

"자, 가라! 잘생긴 남자여!"

"기대에 따르지. 알 크라우젤리아!"

용맹함의 화신 같은 목소리에 떠밀린, 우아한 음색의 영창과
기사검의 칼끝이 겹친다. 하늘을 더듬는 검의 궤적을 좇아 발생
한 것은 무지갯빛―――. 그것은 환상적인 눈부심과 정반대로 너
른 하늘을 나는 송장 비룡들의 진로를 아름답게 막으며 성새도
시에 덮개를 씌웠다.

하늘길을 막는 극광에 송장 비룡들의 몸은 햇살을 받은 첫눈처
럼 녹아내린다.

그 결과를 낳은 것은 눈부시게 깜빡이는 여섯 종류의 빛―――.

"봉오리였을 적과는 또 다른, 꽃을 피운 그녀들의 빛이다."

눈을 깜빡이는 잠깐 동안만, 성새도시의 하늘이 무지개의 광
채에 뒤덮였다. 그러나 무지개의 포용력은 10만 명 도시인 가클
라의 하늘을 통째로 집어삼킬 만큼 웅대했다.

""웃.""

그 초월적인 공방에 전선에 있는 제국병도, 방벽에서 도시를
지키는 경비병도 눈길을 빼앗기고 말을 잃었다가, 이어서 그 믿
음직함에 용기를 받지 않을 수 없었다.

병사들이 고양된 투쟁심을 폭발시키며 용감한 외침과 함께 송
장 인간들을 밀어낸다.

그런 사기의 고조를 실감하며 무지개를 낳은 청년―――『가장

뛰어난 기사』 율리우스 유클리우스는 기모노 옷자락을 나부끼며 주군에게 받은 역할을 충실히 완수했다.

왼쪽 눈 아래, 하얀 흉터도 다부진 율리우스는 한 톨의 미혹도 없는 눈빛으로 저 먼 하늘, 그 너머의 전장으로 향한 벗의 분전을 믿고 검을 들었다.

"나는 내 역할을 다하겠다. 너도 마음껏 할 수 있기를 비마, 스바루."

4

"으으으라아아아!!"

투박한 함성과 정반대로, 휘두르는 쌍검은 세련된 궤도를 그렸다.

날렵한 몸놀림과 교묘함으로 섬세한 검술이 상대가 찌르는 창을 세게 쳐내고 자세를 크게 무너뜨린다. 순간, 뒤집힌 칼날이 상대의 목을 베고자 춤추고──.

"바보야! 죽이면 안 돼!"

"으허어어어?!"

제지하는 목소리가 갑자기 들려서, 반사적으로 칼날의 궤도가 흐트러졌다.

목을 베어야 한 칼날은 상대의 왼팔을 어깻죽지에서 절단하는 데 그치고, 참격을 맞은 적은 한 팔을 희생해 치명상을 피하고 아픔에 둔감한 죽은 자의 이점을 충분히 살려 추가 공격을 방지하려고 했다.

하지만 그 노림수는 실현되지 못 했다.

"『백운공(白雲公)』가오란 페이시트."

고요한, 그러나 확실한 의사가 담긴 남자의 목소리가 그 별호와 성명을 밝힌다.

그 순간, 거구에 길고 하얀 수염을 기른 송장 인간의 움직임이 멈추었다. 그 순간을 놓치지 않겠다고 이어진 작은 그림자가 상대의 품속에 뛰어들자, 송장 인간의 금안── 흰자위가 검게 물들고 금빛 눈동자가 드러난, 산 자와 동떨어진 두 눈이 크게 뜨인다──.

"가오란 페이시트!!"

"아 어어으이아."

과거에 산 자였던 존재의, 산 자였던 시절의 증거를 확인하듯이 뜯어내고 송장 인간으로서 혹사되는 역할을 스피카라는 별이 먹는다.

길을 파헤칠 것만 같은 속도로 엇갈리며, 작은 손을 휘두른 스피카의 등 뒤에서 그 역할이 먹힌 송장 인간── 아니, 가오란 페이시트의 몸이 먼지로 변한다.

"────."

그저 스러지는 순간에 창을 땅에 박고 자신의 이름을 부른 남자를 향한 예우를 남기고.

그 행동이 대체, 사라지는 죽은 자의 어떤 심경에서 나온 것인지는 모르겠지만.

"아트렘 네비, 디폰 트레볼라, 가이온 탈포, 레스커 브레인, 니올프 트라드, 야렌 스워커, 벨람 조이트———."

가오란의 이름을 부른 것과 같은 목소리가 잇따라 다른 이름을 읽어낸다.

떠오르는 이름을 닥치는 대로 열거하는 것만 같은 속도감이지만 그것은 모두 분명한, 한 사람 한 사람의 인생을 살다가 죽고 이 자리에 모인 자들이었다.

제도를 거니는 스바루 일행, '볼라키아 제국을 멸망에서 구원하는 부대'를 막고자 잇달아서 튀어나온 송장 인간들———. 생전에서 돌변한 모습의 그들을 볼라키아 황제인 빈센트 볼라키아는 단 한 명도 틀리지 않고 알아맞혀 『성식(星食)』이 잡아먹을 길을 제시한 것이다.

그것은 참으로 부아가 치밀지만———.

"조금 멋있잖아, 제기랄!"

"그렇담 베티의 스바루도 져서는 곤란한 것이야!"

당당히 제 역할을 다하는 아벨을 보고 인상을 쓰는 스바루의 손을 베아트리스가 잡아당겼다.

송장 인간이 활보하는 도시 안에서 베아트리스는 변함없는 사랑으로 스바루를 이끌며, 스바루를 잡지 않은 손으로 앞을 가로막는 죽은 자들을 겨누며 귀여운 입술로 마(魔)를 읊었다.

"엘 미냐!!"

영창과 동시에 베아트리스의 손바닥을 기점으로 생성된 남보라색 결정이 허공을 가르고 송장 인간들의 손을, 발을, 무기를 빼앗아 전투력을 깎는다. 송장 인간에게 특효인 베아트리스의 마법으로 상대의 기동력을 빼앗고, 예쁘장한 파트너가 차려 준 길을 내달린다.

그리고 스바루는 베아트리스와 반대쪽 손을 잡은 스피카에게 끄덕여서——.

"가자! 아트렘 네비, 디폰 트레볼라, 가이온 탈포, 레스커 브레인, 니올프 트라드, 야렌 스워커——."

"아우! 우! 우— 우! 아아우! 우아우! 웃우—!"

아벨이 읽은 이름을 정확하게 순서대로, 밀어닥치는 송장 인간 각각과 일치시키며 남김없이 스피카와 마주치게 한다. 스피카도 요구받은 역할에 따라 스바루가 얼굴과 이름을 일치시킨 송장 인간에게 그『성식』의 권능을 발동한다——.

"라스트! 벨람 조이트!!"

"아 어어으이아!"

정면, 스바루의 이마를 쪼개기 직전에, 그 장본인—— 벨람 조이트의 손이 멈추었다.

자신의 의사가 아니다. 베아트리스의 적확하고 절묘한 지원 사격이 상대의 오른쪽 반신을 결정화시켰기 때문이다. 그리고 결정화되지 않은 왼쪽 가슴에는 스피카의 손바닥이 닿아 있었다.

한 박자, 만족스럽게 뺨을 일그러뜨린 벨람의 몸이 모래성이 무너지듯 먼지로 변했다.

"푸, 하아……."

그 벨람을 포함한 주위 송장 인간들이 무력화된 상황을 지켜보던 스바루가 깊이 숨을 내쉬었다.

외줄타기에 가까운 난전은 검노고도에서 보낸 과격한 나날을 방불케 하는 수준이었다. 어깨를 들썩이며 숨을 몰아쉬는 스바루의 등을 스피카가 "아— 우?" 하고 들여다보며 쓰다듬어 줘서 비로소 한숨 돌렸다.

단, 스피카의 반대쪽에서는 베아트리스가 정색한 얼굴로 스바루를 노려보며 나무랐다.

"스바루! 너무 앞뒤 없이 파고들었어! 베티는 멋진 활약을 보고 싶다고 말한 것이야. 죽는 모습은 멋지더라도 보고 싶지 않아."

"나도 알아. 아까는 베아코의 지원이 있어서 가능한 행동이었지. 반성 중이야."

"우…… 알면 된 것이야."

순순히 반성하는 스바루의 태도에 설교 모드이던 베아트리스가 입술을 삐죽였다.

전장에서 장황하게 반성회를 하고 있을 수 없다고는 해도 김이 샜다는 표정이다. 하지만 대충 흘려 넘긴 것은 아니다. 베아트리스의 꾸지람은 가슴에 꼭 간직해 두어야 했다.

좀 전에도 지나치게 부주의하게 앞서 나갔다. ——하마터면 개죽음할 뻔했다.

"그런 무모한 짓은 하지 않겠다고 에밀리아땅이랑 약속했으니 말이지."

그렇게 중얼거린 스바루는 이 자리에 동행하지 않은 에밀리아와 한 약속과 따로 행동 중인 일행의 얼굴을 떠올리고, 주먹을 가슴에 댔다.

쿵쿵대는 고동은 투지보다 불안이나 긴장이 더 짙다. ──이런 형태로 팀을 나누자고 제안한 사람이 스바루이고, 자신들보다 전력상 불안한 조합은 없다는 것을 알고 있어도.

5

──시간은, '볼라키아 제국을 멸망에서 구원하는 부대'의 팀 나누기 때로 거슬러 올라간다.

"스바루, 괜찮아? 혹시 어디 불편해?"

"후에?"

그렇게 말을 걸며 보석처럼 예쁜 남보라색 눈이 얼굴을 들여다보자 스바루는 생각지 못하게 얼굴이 가까운 에밀리아에게 너무 동요하고 말았다.

스바루가 얼굴을 씻은 뒤 물통에 비친 자기 얼굴을 손으로 주물거리던 것을 보았기 때문에 걱정하는 말을 건넨 것이리라. 생각할 거리가 왕창 있고, 완전히 낯이 익은 어린 얼굴을 별생각 없이 주물대고 있었으니 걱정할 만도 했다.

"괘, 괜찮아, 브이야, 에밀리아땅. 볼살을 좀 풀어 주고 있었을 뿐인걸. 그 왜, 언제나 에밀리아땅에겐 내 최고의 웃음을 보여 주고 싶거든."

"나는 딱히 무리할 때의 웃음만 아니면 스바루가 어떤 식으로 웃는 얼굴을 하든 기쁜데⋯⋯."

"오오우, 두근거림이 밀어닥친다⋯⋯ 아차차."

아무 의도도 없이 입술에 손가락을 짚고 꺼낸 에밀리아의 말에 스바루는 또다시 동요. 뜨거워진 뺨을 얼버무리듯 젖은 얼굴을 소매로 닦으려 하자 손수건이 눈앞에 나타났다.

동시에 두 장의 손수건── 베아트리스와 탄자다.

"사슴 계집애, 스바루는 베티의 수건을 바라고 있어. 너는 빠지는 것이야."

"슈바르츠 님은 아무 말씀도 하지 않으셨어요. 자기 생각을 꼭 슈바르츠 님의 의견처럼 거론하는 것은 주제넘은 짓이 아닐까요?"

"무무무무, 무슨 말버릇이 이렇게 열 받아!"

"잠깐잠깐잠깐잠깐, 왜 싸우고 그래! 자, 둘 다 쓸게! 좋아! 손수건 두 장으로 얼굴 오른쪽과 왼쪽을 닦는다─!"

어쩐선지 발발한 실랑이를 막으려고 스바루가 손수건을 양쪽 다 사용했다. 하지만 둘은 한숨만 쉴 뿐이라 영문 모를 역부족을 통감하는 처지가 되었다.

셋의 모습에 에밀리아가 "아유." 하고 허리에 손을 짚으며 타일렀다.

"베아트리스도 탄자도, 스바루를 곤란하게 만들지 마. 가뜩이나 계속 힘든 일뿐이라 스바루도 맥이 없는데⋯⋯."

"오오, 에밀리아땅의 배려가 몸에 사무쳐⋯⋯. 아차, 너희에게 배려가 없다는 건 아니거든! 너희에게는 도움만 받아서⋯⋯

말하면 말할수록 변명처럼 되는 건 왜지?!"

"하아, 못 말리겠는 것이야."

"슈바르츠 님이 하시는 일이니까요."

상황을 제대로 수습하지 못하는 스바루의 모습에 어쩔 수 없이 베아트리스와 탄자가 굽혀 주었다.

결국 베아트리스와 탄자가 다툰 이유도, 화해의 제안이 먹힌 이유도 알 수 없는 상태였지만──.

"그래도 출발 전에 푹 쉬었으니까 걱정할 필요 없어, 에밀리아 땅. 여하튼 내가 깜빡 수면 부족으로 쓰러지기라도 하면 플레아데스 전단의 모두도 길동무가 되니까."

강한 유대로 맺어진 플레아데스 전단, 그 강점과 약점은 뚜렷하다.

하나로 뭉친 전단은 상대할 적이 없는 쾌진격 집단이지만, 그 것을 규합하는 것이 스바루의 존재── 자랑하는 게 아니라, 스바루의 『코르 레오니스』인 것이다.

베아트리스는 이 권능의 효과가 사기가 높은 전단의 능력을 일률적으로 끌어올리고 있다고 분석했다. 단, 그 효과는 스바루가 자거나 기절하면 뚝 끊기므로 앞으로의 스바루는 섣부른 낮잠도 기절도 용납되지 않는다.

"그런 이유야. 이거라면 에밀리아땅도 믿어 줄 수 있지?"

"그래? 그렇다면 좋은데…… 정말로 무모한 짓 안 하겠다고 약속할 수 있어?"

"에밀리아땅의 신용이 조금도 없어."

"왜 그런지는 자기 가슴하고 잘 상담해 봐."

신용이란 지금까지 쌓은 행동의 결과라고 통감한 스바루는 끽 소리도 내지 못했다.

다만 스바루의 심신이 스스로도 놀랄 만큼 컨디션이 좋은 것은 사실이다. 필시 과도한 긴장감이 정신을 고양시킨 덕분이리라. 아마 이번 싸움이 전부 정리된 후, 그 부채가 단숨에 터져 나와서 뒤집어질지도 모른다.

하지만 기운을 미리 당겨써서 극복할 수 있으면, 그 후의 부채는 감수할 각오다.

——지금, 성새도시 가클라를 출발해 제도 루프가나로 가는 '볼라키아 제국을 멸망에서 구원하는 부대'는, 목적지 도착을 염두에 두고 용차를 교환 중이다.

가클라에서 루프가나까지 남은 길, 중계 포인트가 되는 진지 중 한 곳에 들러 아벨을 비롯한 유식자가 상황을 확인하면서 상태가 좋은 지룡으로 갈아타 결전을 대비하는 흐름이다.

"물론 파트라슈는 계속 우리와 함께지만."

스바루는 손을 뻗어 용차에 묶인 칠흑의 지룡—— 파트라슈의 목을 어루만졌다.

무사히 제국에서 합류한 애룡은 스바루가 작아지든 말든 일절 변함없이 걱정을 끼친 보복으로 강렬한 꼬리 공격을 날렸다. 화려하게 벽에 격돌하게 만든 한 방은, 검노고도의 『스파르카』가 떠오르는 위력이었지만, 한 방으로 끝난다면 잘된 일이다.

그 뒤로는 싹싹 비는 스바루의 사과를 받아들여 최종 결전에도 따라와 줄 만큼 믿음직한 모습이었다.

"허어, 이 지룡 아가 너네 아였구마잉."

파트라슈와 스바루가 장난치고 있을 때 하리벨이 다가왔다. 키가 큰 낭인족(늑대 아인족)의 시노비는 커다란 입에 문 곰방대를 깨물고 아래위로 흔들며 말했다.

"나가 검은 용 좀비와 붙었을 때 애써 주기에 시방 참 장하다 싶었다이."

"오오! 하리벨 씨도 알아보나, 우리 파트라슈가 우수한 걸!"

"그라체. 니는 복 많이 받았어야. 아나 도령도 이 아도, 모두에게 걱정받고 말여."

카라라기 도시국가 최강이라 명성 높은 하리벨, 규격 외의 지원군인 그의 보증에 기뻐하려던 스바루는, 이어진 말에 눈을 동그랗게 떴다가 진지하게 끄덕였다.

굳이 말하지 않아도 알지만, 말을 들으니 새삼 생각한다. ──자신은, 복이 많다.

에밀리아 일행이, 율리우스와 아나스타시아가, 다양한 고난을 돌파하고 제국에 달려와 준 데다가, 스바루의 투정에 끝까지 어울려 주고 있다.

그것이 얼마나 믿음직하고 든든하며, 미안한 일인지.

"그렇기 때문에, 나도 할 수 있는 일을 다 해야만 해."

"스바루? 아까 나랑 한 약속, 기억해?"

"기억해, 기억해, 무모한 짓 금지! 하지만 꼭 필요하다면……?"

"거 봐, 또 그렇게 금방 어기려 들지."

토라진 에밀리아가 입술을 삐죽이자 스바루는 자신의 뺨을 긁었다.

그 모습을 보고 킁킁 숨죽여 웃는 하리벨은 참 즐거운 눈치다. 제국의, 어쩌면 세계의 존망을 건 싸움이 기다리고 있을지도 모르는데 다부지기도 하다.

"하리벨 님도, 그으―런 말은 스바루에게 듣고 싶지 않은 게에―아닐까."

"나왔어……."

"그야 같이 있으니까 나오기도 하아―지. 슬슬 제국에서는 내가 전면적인 아군이라고 인정해 주었으면 하아―는데."

죽상인 베아트리스에게 못 말리겠다며 어깨를 으쓱이고 쓴웃음 지은 로즈월. 용차를 세운 진지 구석에 얼굴을 내민 로즈월의 모습에 에밀리아가 "괜찮은 거야?" 하고 갸우뚱했다.

"아벨 일행이랑 같이, 여기 책임자 사람들하고 얘기하고 있었잖아? 혹시 아벨 일행에게도 박대받았어?"

"그렇다면 왕국에도 제국에도 있을 곳이 없어서 난처하겠군―요. 다행히 필요한 대화는 마쳐서 황제 각하께서 병사들을 위로하는 걸 방해하고 싶지 않기에 물러났을 뿐이랍니다."

"그래. 그렇다면 다행이네. 그리고 로즈월이 있을 곳은 우리랑 같은 곳에 확실히 있으니까 안심해. 로즈월이 못된 꿍꿍이만 꾸미지 않으면 그만이니까."

로즈월의 자학에 에밀리아가 미소와 함께 천사 같은 회답을 했다. 천벌 받을 로즈월은 쓴웃음만 지을 뿐이고 나쁜 꿍꿍이에 관해서는 노코멘트를 관철했지만.

"그런데 아벨의 얼굴을 보이는 게 제대로 효과가 있을 것 같아서 열 받네."

그렇게 말한 스바루의 귀에 진지 중앙 쪽에서 터지는 제국병들의 환성이 들렸다.

그것은 싸움을 앞둔 사기 고양의 함성이 아니라 황제를 직접 본 이들의 감격 어린 목소리였다. 당연하지만 스바루는 질리게 본 아벨의 무뚝뚝한 얼굴도 대부분의 제국병에게는 평생 볼 수가 없는 제국 지존의 존안이기 때문이다.

"내가 일개 국민이고, 에밀리아땅의 이름밖에 모르는 입장이라고 가정하니 심정을 알겠어……. 앗, 아니다, 그렇게 생각했더니 울 것 같아."

"왜 그래, 스바루, 너는 내 기사님이잖니. 정신 차려!"

"그렇지! 꿈이 아니지! 아— 아벨 때문에 위험했어."

아벨이 들으면 찌푸린 낯을 피할 수 없을 한담과 함께 스바루는 황제의 개선이 병사들에게 좋게 작용하는 것 자체는 환영했다. 물론 그 효과를 키우기 위해 종전 후에 맞이할 황후로서 구경거리가 된 미디엄의 심경은 복잡하겠지만.

"찰싹 붙어 있는 스피카가 조금이라도 미디엄 씨의 기분을 달래 주면 좋겠는데……. 그 자식, 결혼을 뭐라고 생각하는 거야."

"그렇긴 해. 아벨은 엄—청 머리가 좋다고 생각하지만, 그런 점은 못 쓴다고 봐."

"이런 짓만 하니까 옥좌에서 걷어차인 거겠지."

맞다며 같이 끄덕이는 스바루와 에밀리아. 그 모습에 하리벨이 또 큭큭 웃었다.

"볼라키아 황제 상대로 겁도 모르는 아들이구마잉."

"상대가 누구든 베티가 함께라면 스바루에게 겁낼 이유는 없는 것이야."

"요르나 님을 거부한 시점에서 황제 각하가 인정머리 없는 분인 것은 주지의 사실이에요."

"역시나, 이 대화는 제국 사람들에게 들려주고 싶지 않구운—."

황제의 개선에 들뜬 것과 같은 진용의 대화 같지 않다. 그렇게 쓴웃음 지은 뒤, 로즈월은 "그래서." 하고 한쪽 눈을 감고 스바루를 보며 말했다.

"가필은, 스바루의 전격 발탁에 어지간히 집중하고 있는 모양이던거얼—."

"그러게."

감지 않은 노란 쪽 눈으로 보는 로즈월의 말에 스바루가 끄덕였다.

평소라면 이렇게 대화하는 자리에 질세라 끼어드는 가필. 지금은 용차 안에서 명상하며 대화에 끼지 못할 만큼 집중력을 고조시키고 있다.

모든 것은 스바루의 부탁——『운룡』 메조레이아와의 싸움에서 온 힘을 다하기 위해.

"메조레이아의 기동력과 섬멸 성능은 처음에 손쓰지 않으면 위험해. 우리 중에서 그 역할을 맡을 사람으론 가필이 제일이야."

"그거, 이유를 물어도 되긋나? 일단 아나 도령한테는 되도록 너희 지시를 따르란 말을 들었지만도…… 그 호랭이 아보다 내가 더 센디?"

스바루의 그 판단에 하리벨이 연기를 뿜으며 갸웃거렸다.

그것은 자신의 실력을 과소평가 당했다며 화내는 어투가 아니라, 어디까지나 순수한 의문을 입에 담은 느낌의 덤덤한 질문이었다.

"물론 하리벨 씨가 지금 있는 멤버 중에서 최강인 것은 의심하지 않아. 우리 가필이 언젠가 추월한다 해도 지금은 아직 그렇지 않지. 그러니까…… 하리벨 씨에게는 적재적소, 따로 맡기고 싶은 역할이 있어."

"뭐꼬, 무서운 얘기구마잉. 그 말은 용보다 성가신 게 있단 소리 아이가?"

"어떻게 보면, 맞아."

미적거려 봤자 별수 없단 마음에 스바루는 대놓고 긍정했다.

그 단언에 하리벨은 한순간 침묵했다가…….

"오호라. 그렇다믄야 내도 힘 좀 쓰야긋어."

곧장 낭인족 특유의 커다란 입을 웃음으로 일그러뜨리며 지시에 따를 자세를 보여 주었다.

"두 사람만이 아니라 우리에게도 각각 해 줬으면 하는 일이 있는 거지?"

"맞아. 여기에 있는 전원…… 저쪽에 있는 아벨 일행도 포함해서, 총력전이야."

가슴의 마정석을 만지고 진지한 표정을 지은 에밀리아. 그녀의 물음에 스바루는 베아트리스와 탄자, 로즈월의 얼굴을 둘러보고 깊이 끄덕였다.

"다행히 대략적인 적의 위치는 스바루가 알고 있는 것이야."

"응. 그, 플레아데스 감시탑에서도 했었던, 권능이라는 특별한 힘 말이지."

"그래. 그거 덕분이야."

에밀리아와 베아트리스, 둘의 말에 스바루는 자신의 가슴을 주먹으로 두드렸다.

플레아데스 감시탑에서 발휘된 『코르 레오니스』——. 떨어진 곳에 있는 상대의 위치를 파악하고 탑 안의 적절한 지시로 이은 실적이 일행에게 스바루에 대한 믿음을 주고 있다.

제도 루프가나에서 기다리는 적——. 그 강적에 대항하고자 어디에 누구를 보내야 하는지 최선의 선택을 알 수 있었다는 스바루의 '거짓말'을.

"나는, 내가 할 수 있는 일을 전부 할 거야."

에밀리아를, 베아트리스를, 스피카를, 탄자를, 가필을, 로즈월을, 하리벨을, 아벨을, 미디엄을, 자말을, 오르바르트를, 나눈다.

가진 패 전부를 이용해 제국을 멸망에서 구해내기 위해서——.

"물론 너도 믿고 있다고, 파트라슈."

손을 뻗어 다시금 목을 어루만지자 파트라슈가 스바루에게 응답하듯 울었다.

파트라슈의 울음소리에 모두가 의기를 높이는 와중━━.

"스바루, 이것이 최선인 거로군?"

스바루의 얼굴에서 시선을 떼지 않는 로즈월.

로즈월의 물음에 스바루는 깊이 끄덕이고, 대답했다.

"그래, 이게 최선일 거야. 분명히 확인했어."

이것은, 나츠키 스바루가 할 수 있는 일을 했을 뿐.

그러니까 에밀리아와의, '무모한 짓을 하지 않는다'는 약속을 어긴 셈은 되지 않으리라.

6

사전에 그런 작전 회의를 거치고, 제도 최종 결전의 포문이 열렸다.

지금쯤은 제도 각처에서 '멸망에서 구원하는 부대'의 멤버가 사력을 다한 싸움을 시작했을 터다. 그것은 물론 스바루 일행도 마찬가지다.

특히 『성식』의 권능을 가진 스피카가 완수할 역할은 커서━━.

"개전하자마자 의욕이 과해 헛되게 죽을 뻔했군. 자중해라."

"너 말이다……."

배후에서 들린, 위로할 마음이 일절 없는 아벨의 한마디에 스바루는 떫은 표정을 지었다.

베아트리스와 스피카와 협력하여 여러 명의 송장 인간을 퇴치 ━━ 성불시킨 스바루를 상대로 뒤에서 팔짱을 끼고 있던 남자

가 이런 태도. 속이 시원해질 만큼 남에게만 떠넘기는 황제라고
감탄했다.

"여태까지 별별 일이 다 있었지만, 지금만큼 너를 황제답다고
생각한 적이 없는걸."

"일을 하나 끝낸 참이지. 네 옆에 낀 두 사람을 보아 그 큰소리
도 넘어가겠다."

"너, 옆에서 보면 어린애들이 싸우는 모습을 거만하게 보고 있
었을 뿐인 최악의 왕후귀족 행동이었다는 걸 잘 알아 두는 편이
좋을걸."

어린아이와 송장 인간의 싸움을 방관하던 황제라니 듣기 안 좋
은 데에도 한도가 있다.

다만 아벨의 입장과 역할과 전투력을 감안하면 섣부르게 앞에
나서지 않는 편이 동행하는 쪽으로서는 달갑기에 부득이한 면도
있었다.

그때──.

"이 일대는 정리했지만……. 쳇, 이 방식으론 품이 더럽게 많
이 들어."

그렇게 말한 자말이 지긋지긋하다는 듯이 땅에 침을 뱉었다.

다수의 송장 인간을 상대하며 서전의 승리에 공헌한 그는 손에
든 쌍검의 얼룩을 팔꿈치로 닦으며 말했다.

"나오는 송장 인간을 닥치는 대로 베어 재끼면 쉬운데 왜 그러
질 않는 거냐."

"어디까지 얘기를 듣지 않는 남자인 거야. 너. 그러면 이 스피

카의 권능으로 송장 인간을 『성불』시킬 수 없는 것이야."

"뭔데, 그 성불이란 게."

"한 번 쓰러뜨린 송장 인간이 다시 일어나지 못하게 하는 수단이야! 몇 번씩 설명했어!"

베아트리스가 작은 발로 땅을 구르지만, 자말은 전혀 느낌이 오지 않는다는 표정이었다. 그 반응이 더더욱 베아트리스의 얼굴을 붉히지만, 몇 번 설명해도 복잡한 논리를 거부하는 자말의 머리에 아쉽게도 들인 노력만큼의 성과는 없었으므로——.

"자말 오렐리, 이자들에게 따라라. 그것이 최선이라고 내가 판단했다."

"알겠습니다! 각하께서 그리 말씀하신다면 저는 뭐든지 합지요!"

"으그그인 것이야……!"

결국 옆에서 참견한 아벨이 수습하자 베아트리스가 억울해했다. 귀엽다. 그 대화로 약간 누그러진 스바루를, 등을 어루만지던 스피카가 들여다보았다.

"우아우?"

"응, 괜찮아. 스피카 쪽이야말로 어디 이상한 곳은 없고?"

"우! 아— 우!"

질문에 스피카는 바짝 진지한 표정을 짓더니 스바루를 안심시키려 가슴을 펴고 건재하다고 어필했다. 그 몸짓에 거짓은 없어 보였다. 거듭된 『성식』이 스피카에게 악영향을 주지 않았다는 사실을 확인한 스바루는 작전의 진척에 주먹을 쥐었다.

그런 스바루의 표정 변화를 눈치 빠르게 포착한 아벨이 검은 눈을 가늘게 떴다.

"부아가 치밀지만 네 예측은 적중한 모양이군."

"왜 부아가 치미는지 모르겠지만, 무슨 문제라도?"

"뻔하지 않느냐. 적의 군대로서의 주력은 농성 대비를 한 성새 도시로 가고 있다. 제도에 남은 것은 송장 인간들의 일부와 전쟁에 부적합한 병사다."

"전쟁에 '부적합' 하다는 게, 싸움을 '못 한다' 는 의미가 아니란 게 포인트지만 말이지. 남아 있는 것은 단체 행동을 할 수 없는 녀석들……. 사악한 제국식은 우리에게는 순풍이군."

제도의 상황을 관측한 아벨의 판단에 스바루도 끄덕였다.

그의 말마따나 송장 인간의 본부대인 십여 만의 대군은 가클라 공략에 참가해서 농성하는 잔류조를 포위한 상태다. 그렇게 저쪽이 대군을 유인하는 사이, 스바루를 비롯한 돌입조가 제도에서 행동할 수 있다. ──하지만 그 농성전에 승리는 없다.

이 작전의 승리는 성새도시가 함락되기 전에 제도의 수괴를 잡는 전격전밖에 없는 것이다.

단, 성새도시의 적이 '수' 를 중시한다면 제도 쪽은 '질' 을 중시하고 있다.

제도의 하늘을 넓게 커버하는 『운룡』 메조레이아를 비롯해 제도의 방위에 남은 전력은 모두 다 일기당천, 상식 밖의 힘을 지닌 초월자들뿐.

그렇기 때문에──.

"각 정점을 치는 동시 공격으로, 양동의 2단 태세."

스바루가 입에 올린 말에 아벨과 베아트리스 쪽이 표정을 다잡았다.

현재 스바루 일행이 있는 곳은 제도 북서쪽의 제5정점 부근이다. 제도 공방전 한창 중, 가필이 억지로 열었다는 방벽의 거대한 구멍으로 침입한 집단의 구성은 스바루&베아트리스 with 스피카 3인방과 아벨과 자말의 좌충우돌 주종이었다.

무릇 전투력이라는 의미로는 미덥지 못하게 구성된 조 같지만, 이것이 최선──. 이 구성이 아니라면 '멸망에서 구원하는 부대'의 작전은 확실하게 실패한다.

다만 이 형태로 끌고 간 지금도 어디까지나 스타트 라인에 선 것에 불과하다.

"진짜 화살은 우리고, 화살의 과녁은 저 수정궁에 있는 게 확실해. 우리 말고 다른 쪽이 붙으면 스핑크스는 도망쳐. 그러면 안 되는 거야."

길고 긴 세월에 걸쳐 왕국과 제국 두 나라에서 대난동을 부린 존재다.

『대재앙』의 주도자이기도 한 스핑크스를 놓치면 다음에는 어떤 재앙을 계획할지 알 수도 없다. ──무슨 일이 있더라도 스피카의 『성식』으로 결판을 내야 한다.

"그럼 쓸데없는 방해가 우르르 기어 나오기 전에, 우리 쪽에서 수정궁까지 돌진해 적의 두목을 쳐 죽인다! 그다음에 각하의 선언으로 제도 탈환이고!"

"웃우—!"

"그리고 승리의 연회를 열고 싶을 따름이지만, 그리 간단하지가 않아."

"아앙?" "아아우우?"

수정궁을 응시하며 벼르던 자말과 스피카가 기세가 꺾여 뒤돌아보았다. 두 사람의 시선에 스바루는 고개를 느릿느릿 가로저었다.

"곧장 수정궁에 갈 수는 없어. 그러기는 고사하고 섣불리 성에 접근하는 것도 무리야."

"뭐라고? 이 자식, 설마 겁을 집어먹고……."

"나약하다는 이유일 리가 없는 것이야. 스바루, 뭐가 기다리고 있는데."

"저주야. 그거 때문에 성에 접근하기만 해도 다들 움직일 수 없어져."

노기로 얼굴을 붉힌 자말을 가로막고 바라보는 베아트리스의 물음에 스바루가 그리 대답했다. 자신의 가슴에 손을 꾹 붙이고 피하기 어려우며 견디기 어려운 통증을 떠올리듯이.

그 방해가 있는 한, 성에는 접근할 수 없다. ──그러기는 고사하고 어떤 산 자도 이 제도에서 멀쩡히 움직일 수 없게 된다.

"어떻게 넌 해 보지도 않고 그렇게까지 말할 수 있지? 엉?"

당연하지만 스바루의 설명을 쉽게 수긍하지 못하는 이도 존재한다.

자말은 그 필두다. 에밀리아와 베아트리스와는 다르다. 스바루의 견해가 어디에서 나왔는지 아무 말도 듣지 않고 믿는 신뢰 관계는 자말과 맺은 바가 없다.

그리고 그것은 아벨도 마찬가지라 할 수 있다.

스바루와 아벨 사이에도 에밀리아 일행과 같은 신뢰는 없는 것이다.

그렇기에 그는———.

"언뜻 무모한 것 같기도, 괜히 돌아가는 것 같기도 한 이 행위에 네가 의도한 바가 있는 거겠지."

"각하?!"

"삼가라, 자말 오렐리. 세 번은 없다. 이자들에게——— 이자에게 따라라."

빈센트 볼라키아 황제는 스바루에 대한 신뢰 때문이 아니라, 그 행동과 진의를 자신의 지모와 결부지어 합리를 골라낸다.

황제의 거듭된 명령에 자말은 외눈을 부릅뜨고 침묵했다가, 쌍검의 칼자루로 자신의 이마를 때렸다. 때리고 때려서, 이마에 피가 밸 만큼 때리고서.

"알겠습니다. 세 번째 말씀은 절대 하시지 않게 하겠습니다."

미혹이 사라진 표정으로 깊이 몸을 숙였다.

자말의 대답에 빈센트가 고래를 주억이자 베아트리스가 성난 눈을 했다.

"왜 스스로 다치고 있는 것이야?! 얼른 치료받아!"

"아앙?! 젠장, 꼬맹이가 쓸데없는 짓 하지 마! 이건 내 맹세의……."

"눈이 한쪽뿐이면서 그쪽 눈에 피가 들어가면 어쩌려고 그래! 앞뒤 생각이 없는 녀석뿐이라 베티가 고생인 것이야!"

빽빽 말다툼하며 베아트리스가 재빠르게 자말의 이마에 난 상처를 치료했다.

그 옆에서 아벨은 "어디 그래." 하고 새삼 스바루를 쳐다보았다.

"설마 다른 자가 때에 변화를 주어 길을 만들 때까지 무의미하게 기다릴 뿐이라고는 하지 않겠지?"

"웬 솜씨나 구경하자는 식으로 말하냐. 아직…… 여기서 시험하고 싶은 것도 있어."

시험하는 눈초리에 응수한 스바루는 옆에 있는 스피카의 머리에 손을 얹었다. 작전의 핵심인 스피카가 "우?" 하고 쳐다보자 스바루는 그녀에게 끄덕여 주었다.

현재, 수정궁에는 쳐들어가지 못하고 『저주』에 대해서 스바루 일행이 할 수 있는 일은 없다. 그리 되면 접근할 대상을 다른 쪽으로 생각을 돌릴 필요가 있다.

그러기 위해서—— 하고 화제를 전환하려던 순간, 상황 변화가 발생했다.

"————."

여러 건물이 쓰러지고 먼지구름과 파편이 요란하게 가로에 쏟아진다. 그 광경에 말다툼을 벌이던 베아트리스와 자말은 날렵하게 움직여 스바루와 아벨을 저마다 등 뒤로 감쌌다.

그리고 경계하는 일동 앞에 모습을 드러낸 것은——.

"역시나…… 각하의 호위역은 편하지 않구만."

자말의 굳은 목소리에 스바루 일행도 이견을 내지 못했다.

그가 품은 감각은 정확하게 이 자리 전원의 공통적인 기분이었기 때문이다.

"오오오오."

그것은 깊고 어두운 동굴 속에서 울리는, 미지근하고 축축한 바람 같은 목소리였다.

질질 지면을 기듯이 이동하는 것은 팔다리의 수나 몸통의 크기가 이상하지만 가까스로 원래는 인간 형태를 했다는 흔적이 느껴지는 이형이었다. 마치 처음 붓을 잡은 어린아이가 부모님을 그린 것 같은, 천진함과 무질서의 표현 같은 모습──. 그런 가운데 머리로 짐작되는 부위에 남은, 큼직한 금빛 눈동자만이 기이할 만큼 특징적이었다.

순간, 스바루의 뇌리에 천둥 같은 충격이 번졌다.

"스바루."

"그래, 알아."

베아트리스가 이름을 부르자 스바루는 끝까지 말하지 말라고 끄덕였다.

기이하고 괴이한 존재, 스바루 일행이 저것과 맞닥뜨린 것은 처음이 아니었다. 그, 분진 폭발로 이번에야말로 처리했다고 여겼던 그것과의 재회──.

"오오오오!!"

그 사실로 전해진 식은땀을 닦을 겨를도 없이, 불량품 송장 인간── 아니, 영혼이 거닐 곳을 잃은 괴물이 크디크게 포효하며 어마어마하게 긴 팔을 쳐들고 있었다.

7

──그리하여, 스바루&아벨 팀은 이형의 존재와 대치한다.

제도 공방전에서 며칠 지나지 않아 또다시 최종 결전의 땅으로 선택받은 제도 루프가나.

볼라키아 제국을 둘러싼 그 싸움은 반면의 선수를 바꾸면서도 본질은 바뀌지 않았다. 제도 가장 깊은 곳에 우뚝 선 아름다운 성, 수정궁의 지배자, 그 수괴를 노리는 결전이다.

그것은 승리 조건만이 아니라 싸움의 진행법에서도 마찬가지 ──. 다시 말해 제도를 둘러싼 성형성새(星型城塞), 그 다섯 정점의 쟁탈전이 승패를 가른다는 뜻.

따라서──.

"아직 멀었어! 『승산이 없는 이프루제』는 이제 시작이다, 코피 터진 용!"

전의와 고양감에 통증을 잊으며, 황금의 영혼을 가진 소년은 꺾이지 않는 신뢰에 부응하고자 자신의 몸과 마음을 모조리 태우며 신화에 도전한다.

"천상의 관람자도 굽어보시라. 세계가 어느 쪽을 선택하는지를."

노래하듯이 거드름 피우며, 가장하듯이 웃으며, 어울림과 어울리지 않음의 경계에서 춤추는 어린 모습의 뇌광(雷光)이 커져가는 두 번째 태양을 끈기 있게 베어 들어간다.

"드디어. 드디어, 다시 한번 뵐 수가 있었습니다."
숨기지 못할 환희를 목소리에 실어 기모노를 입은 사슴뿔의 소녀는 재회를 고대하던 소중한 상대의 궁지에 빙설을 데리고 참전한다.

"이제 어디에도 멋대로 가게 두지 않을 거야. 나랑 제대로 얘기를 해, 발 오빠."
양달처럼 명랑한 표정을 다잡으며 잔혹한 재회를 결의한 소녀는, 마법사의 손을 빌려 천공을 나는 비룡 기수와 마주 본다.
그리고——.

"우짜, 성격이 고약한 술자가 다 있구마잉. 사랑이 없어야."
검은 짐승 털 위에 검은 기모노를 걸친 불길한 짐승은 자신의 존재보다 훨씬 더 불길한 저주를 앞두고 실눈에 가려진 금빛 눈을 떴다.

——제도 결전, 5대 정점 공략, 별을 떨어뜨리기 위한 싸움이 진정으로 막을 올렸다.

제2장 『탄자』

1

──파랗게 빛나는 보주에 이 세상의 종말을 연상케 하는 황염(煌炎)의 광경이 비친다.

"＿＿＿＿."

지하 감옥에 묶여 매달린 프리실라에게 창백한 망자의 살색을 띤 스핑크스가 보여 주는 것은, 제도를 형성하는 성형성새의 정점 중 한 곳이 무대인 장렬한 전투였다.

한쪽은 제국의 핵이 되는 존재를 자신에게 흡수했으며, 다른 한쪽은 강대한 존재를 상대로 한 발짝도 물러나지 않고 대활약을 펼치는── 뜻밖의 사항을 두 개 합친 현실은, 이미 신화의 한 구절이었다.

예로부터 전해지는 노래나 이야기도 이렇게 탄생했으리라 짐작될 정도의.

"하지만 그것은 보고 들은 것을 전할 사람이 있을 때의 얘기입니다."

"다른 자의, 하물며 소녀의 감흥에 끼어들지 마라. 분위기를 깨는 짓도 극치에 달하면 화내기도 번잡하다."

프리실라는 같은 광경을 보주로 보면서도 열기가 약한 목소리를 낸 상대에게 응수했다.

약하다. 그렇다. 열기가 약한 목소리다. 열기가 없는 것이 아니라, 약하다. 그것을 감지하고 고운 눈썹을 찌푸린 프리실라는 보주 너머로 상대를 보았다.

마주한 송장 인간──『대재앙』의 수괴라고 자처한 스핑크스, 그녀는 굳이 프리실라가 있는 곳으로 발길을 옮겨 프리실라와 관계가 깊은 아라키아의 비극적인 모습을 보여 주고 있다.

사로잡힌 프리실라가 움직이지 못하는 사이, 스핑크스가 아라키아에게 무슨 말을 불어넣었는지는 모른다. 하지만 그 결과는 보주에 비치며 그 목적은 눈앞에 있었다.

아라키아는 그 안의 지나치게 큰 존재를 흡수하고 터지려는 직전이며, 스핑크스는 괴로워하는 아라키아를 목격하는 프리실라를 관찰하고 있다.

그 검정에 금빛이 잠긴 두 눈에는 숨기지 못하는 호기심과 기대의 열기가 있었다.

스핑크스는 기대하고 있다. ──아라키아의 비극에 프리실라의 마음이 흔들리기를.

그것은 틀림없이──.

"소녀에 대한 집착."

스핑크스는 그런 말을 읊은 프리실라와 눈을 마주하며 말없이 입술에 웃음기를 머금었다.

그것은 긍정이자 환희의 표현이다. 이렇게 『대재앙』을 일으킨 계기도 포함해 스핑크스가 프리실라에 집착한다는 사실은 의심할 여지가 없다.

　　다만 그 발단이 무엇이든 집착이 원동력인 행동은 모두 다 혐오할 대상이다.

　　"주어진 것을 빼앗기는 것. 그것이 가장 감정을 자극하는 행위임을 저는 실제 체험으로 배웠습니다. 당신은 어떻습니까? 요 · 회답입니다."

　　"자신의 소망대로 아주 신났구나."

　　"그렇군요. 긍정하겠습니다. 당신의 말대로 고양감을 느끼고 있습니다. 과거의 저도 달성감이라는 것을 알았더라면 『아인전쟁』의 결말도 달라졌을 테지요. 발가와 리브레에게는 미안한 짓을 했습니다."

　　"───────."

　　"하지만 그래서는 저는 무언가를 받을 수도, 얻을 수도 없었습니다."

　　프리실라 상대로 낭랑하게 말하던 스핑크스가 무언가를 곱씹듯 고개 숙였다. 그 모습에 자신에게 보내던 환희와도 분노와도 다른 감정을 찾아낸 프리실라는 이해했다.

　　지금 엿보인 애절(哀切)───. 그것이야말로 스핑크스를 『대재앙』으로 몰아세운 원천임을.

　　"───────."

　　프리실라는 그런 스핑크스의 속사정을 무시하고 재차 보주에 비친 광경에 주목했다.

여전히 세계의 정체성조차 바꾸고 말 듯한 싸움이 펼쳐지는 전장에서, 부딪치는 것은 제국 그 자체라고 할 수 있는 힘의 화신과 밀리지 않는 뇌광.

하지만 그 안에서도 프리실라는 지워져 버릴 만큼 약한 무언가를 놓치지 않는다.

"약하고, 취약하고, 겁내고, 아무것도 갖지 못한 채 순진무구하게 태어나 그 누구도 되지 못한다는 규정에 저항하는 자가, 신화의 한 구절에 발자취를 남기겠나?"

"무슨 말을——."

프리실라의 중얼거림을 들은 스핑크스는 보주에서 무엇을 보았느냐며 의아해했다. 그러나 그녀가 프리실라가 신경 쓴 것의 정체를 확인할 수는 없었다.

——그보다 먼저, 지하 감옥까지 닿는 진동이 제도 곳곳에서 발발했기 때문이다.

"짐작건대, 오라버니겠군."

"빈센트 볼라키아 황제?"

프리실라의 확신에 비해 스핑크스의 목소리는 의심에 차 있었다.

그것은 그녀 안에서 그다지 높다고는 할 수 없는 가능성이었던 것이리라. 지하 감옥의 프리실라는 알 리가 없지만 스핑크스가 거느린 전력은 제국 전토를 뒤덮을 만한 수준이다.

한 번은 제도를 포기한 황제가, 다시 제도로 쳐들어오다니——.

"저의 삶을 끝낸 검사도 아라키아 일장과 일대일 대결 중……. 설령 볼라키아 황제가 『현제(賢帝)』라고 칭송받을 만큼 영리한 인물이라도 이렇게나 외통수에 몰린 반면은 뒤집지 못합니다. 아뇨."

스핑크스는 손가락으로 입가를 쓸며 프리실라의 말을 검증하고 부정하려고 했다. 하지만 그 도중에 그녀의 검은 눈이 가늘어졌다.

그리고——.

"발가의 책략을 막은, 이물질이 섞여 있어?"

"호오, 짚이는 바가 있었나."

퍼뜩 그런 말을 주워섬긴 스핑크스는 움튼 생각을 '설마' 하고 부정하려고 했다. 거기에 제동을 건 프리실라는 돌아보는 그녀에게 고혹적인 웃음을 보냈다.

"이치가 맞지 않는다고 조바심이 나는 거겠지? 그렇다면 소녀가 『어드바이스』를 주마. 네놈이 품은 그것을 직감이라고 부른다."

"직감……."

"마음이 바람의 맛을 느꼈다고나 생각하면 된다. 망자에게는 비아냥거림이 되겠지만."

그렇게 콧방귀를 뀌자 스핑크스는 침묵하며 프리실라의 말을 곱씹었다.

웃어넘기지도, 매몰차게 쳐내지도 않는 것은 타고난 습성——. 이것을 타고났다고 부르는 것도 똑같이 비아냥이지만, 스핑크스는 생사의 관념을 도외시하고 사고를 이어 갔다.

이윽고 천천히 머리 위를 쳐다보고——.

"인정하겠습니다. 제 계획을 뒤틀 수 있는 이물질이 있습니다. 요·수정입니다."

한 단계 자신의 변화를 인정한 스핑크스를 눈앞에 둔 프리실라도 똑같이 머리 위를 쳐다보았다.

있는 것은 보주의 빛에 어렴풋이 밝아져도 역사의 무게를 숨기지 못하는 거무칙칙한 지하 감옥의 천장뿐.

하지만 그것은 그렇게 보는 이의 좁은 도량을 드러낼 뿐.

프리실라가 하늘을 쳐다보는 것은 더러워진 천장을 확인하기 위함이 아니다.

그 마음이 바람의 맛을 느끼는 기회를 놓치지 않기 위함이기에.

2

——돌발적으로 시작되어, 즉물적으로 결말을 내고, 모독적으로 재개한 싸움.

사방팔방에서 덮쳐드는, 같은 얼굴을 가진 무수한 검사의 공격에 아이리스는 한순간의 놀람 뒤에 그것들을 정면으로 쳐부수었다.

"요망한, 그럼에도 뻔한 공갈에 불과하군요."

파란 드레스를 입은 아이리스가 팔을 휘두른다. 닥쳐드는 카라라기식 전통복의 검사—— 로우안 세그문트의 집단이, 머리를, 몸통을, 허리와 다리를 가격당해 날아간다.

그 응수를 헤치며 아이리스에게 칼이 닿은 로우안도 일부 존재했다. 하지만 그것이 던지는 혼신의 일격을, 아이리스는 아무렇지도 않게 한 손의 손가락으로 두 자루 막고, 몸을 기울여 일도를 피하고, 들어 올린 다리를 내리찍은 충격으로 나머지를 일축한다.

말 그대로 개수일촉, 그것이 아이리스와 송장 인간으로 탈바꿈한 로우안의 역량 차이였다.

다만——.

"다음." "이올시다."

일축한 상대가 잇따라 계속 튀어나오는 비상식에는 그 사고가 얼어붙었다.

회심의 웃음을 띠며 자신의 소망에 손이 닿았다는 듯한 로우안들. 그 미쳐 날뛰는 참격을 전부 쳐내는 아이리스의 가슴속에서 후회가 커졌다.

힘으로 찍어 눌러 목숨을 빼앗지 않고 쫓아내어, 사소하나마 죽는 사람을 줄이려 했다.

그런 아이리스의 교만한 생각이, 제국식에 찌든 이들의 마음에 균열을 내고 괴롭혔을 거라는 사실에서 눈을 감았다. ——그 결과가, 눈앞의 로우안이다.

"저는……."

또 한 사람, 아이리스가 반사적으로 지른 권타에 맞은 로우안이 바스라진다.

마치 도기처럼 산산조각 나는 로우안. 그러나 다음 로우안이 개의치 않고 짚신으로 짓밟으며 뛰어들어 와서는 또 부서진다.

그것을 수도 없이 반복하는 것은 끝이 없는 처형인의 입장에 선 것이나 마찬가지다.

──원래 인간 모습을 한 존재를 부수는 것을 아무렇지 않게 여기는 이도 존재한다.

그러나 대개의 경우 인간 모습을 한 존재를, 생명의 용기를 부순다는 행위는 큰 각오 및 결의, 혹은 경험이나 체념이 있어야 가능한 법이다.

아이리스라면 그야말로 후자의 극치였다고 할 수 있다.

일개 마을 소녀였던 시절부터 오랜 시간이 지나 수많은 이름과 몸을 갈아탄 지금도, 적대하는 상대라도 마음에 아무 둔통도 없이 죽이기란 불가능하다.

그렇기 때문에 아이리스에게는 타인에 대한 배려가 없으면 원숙히 쓸 수 없는 『혼혼술(魂婚術)』이라는 힘이 발현했다. 그것이 아이리스를 『구신장』으로 밀어 올린 것은, 그녀의 영혼을 제국의 대지에 옭아맨 악마적인 기적의 비아냥이라고 말할 수밖에 없었지만.

어쨌든 간에──.

"저는……!"

설령 로우안 세그문트 같은 상궤를 벗어난 상대라도, 아무리 부서져도 잇따라 되살아나는 비정상적인 정체성을 가진 존재라도, 그것을 부술 때마다 아이리스의 마음은 비명을 지른다.

생명을 하나 꺾을 때마다, 형태 있는 것을 부술 때마다, 지금 있는 세계의 정체성을, 있는 그대로의 그것을 상실시킬 때마다 아이리스의 영혼에는 균열이 가는 것이다.

"나는——."

그렇게 비명 지르는 마음과 균열이 간 영혼이 가닿는 곳.

그것은 길고 긴 시간을 본의 아니게 살아온 아이리스도, 프리스카를 낳고 비운의 죽음을 맞이한 산드라 베네딕트도, 수백 년 만의 사랑스러운 재회에 흔들린 요르나 미시구레도, 알 수 없는 경지——.

"아."

갈라진 숨결이 붉은 입술에서 흘러나오고, 다음 순간, 피가 뿜어졌다.

튄 그것이 칼날을 든 자의 뺨에 묻고, 내민 혀가 혀를 핥아 낸다.

웃음이 새어 나왔다. ——사악한, 검객의 웃음이.

"천검의 계단에, 발끝이 닿았소이다."

3

뻗은 손을 통과한 칼날이 훤히 드러난 부녀자의 어깻죽지를 가른다.

한 박자 늦게 사방에 튀는 피보라를 뺨에 뒤집어쓴 로우안은 평생── 아니, 이미 송장 인간이므로 생이 아니라 존재한 이후 최고의 검술을 경신했다.

"아직, 아직, 아직 이제 시작이외다."

그러나 질리지 않는 욕망은 더욱 높은 경지를 목표로, 죽은 로우안을 가속도적으로 진화시킨다.

정면에 마주한 미모의 호인족(여우 아인족)은 무시무시하게 강하다. 그녀는 믿기 어려운 힘으로 로우안이 인생을 걸고 쌓은 것을 쉽사리 쳐부수었다.

본래라면 그 패배로 로우안의 도전은 끝나야 했었다. 그러나 제도를, 제국을, 세계를 위협하는 이 이상 사태가 로우안을 끝내지 않았다.

──자신의 목에 칼날을 대고 무의미하고 무가치한 인생에 단념을 짓는다.

몸을 버려야 비로소 닿는 영역이 있으리라 믿으며, 가닿지 못하면 허물어져 죽을 뿐이라고 칼을 그은 순간, 로우안의 시야는 진정한 의미로 트인 것이다.

"아아, 아아, 아아! 지금까지 보던 세계가 얼마나 못났던 것이라오."

역시 생명은 글러먹었다. 생명은 좋지 않다. 태어나 처음으로 주어진 것이다 보니 로우안만큼 속세를 떠난 사람조차 괜한 집착이 있었다.

로우안은 그 일체를 훌훌 벗어던지고서야 처음으로 천검을 목표로 하는 홀가분함을 손에 넣었다.

이것이야말로, 이 집착의 소멸이야말로 천검에 이르는 계단을 오를 자격이다.

"암, 그렇고말고. 보거라, 멍청한 아들아. 너라도 무리일걸."

이것은 생명을 잃고서야 비로소 닿을 수 있는 경지.

다시 말해 죽음을 초극할 수 없는 세실스 세그문트조차 볼 수 없는 경치.

도박에는 이겼다. ──따라서 불어난 판돈을 접수하겠다.

"하하하 '하' 하 '하하' 하 '하하하하' !"

가가대소하는 로우안의 검로가 생전에 혈안이 되어 도달했던 차원을 쉽게 제치고, 그 검술은 차츰 전혀 대적할 수 없던 아이리스에게조차 닿기 시작한다.

──여기서 다시 한번 로우안 세그문트라는 남자의 불행을 이야기하겠다.

로우안에게는 비원이 있었다. 끝없이 추구하던 것이 있었다. 끝없이 갈망하던 기원이 있었다.

그러나 그것을 이루기 위한 기회를, 호적수를, 만나지 못했다.

그것이 로우안 세그문트라는, 목숨이 다할 때까지 불행하던 남자의 비극이다.

──여기서 한 번, 로우안 세그문트라는 남자의 기적을 이야기하겠다.

로우안에게는 비원이 있었다. 끝없이 추구하던 것이 있었다.

끝없이 갈망하던 기원이 있었다.

그리고 그것을 이루기 위해서 필요한 기회를, 호적수를, 드디어 만났다.

죽어서도 잃지 않았던 『천검』에 대한 망집으로 되살아나 생전에는 만나지 못한 강적과의 목숨 건 응수가, 마침내 로우안을 괴물로 변화시켰다.

나츠키 스바루가 있었더라면 죽어서 배우는 그것을 『사망학습』쯤으로 칭했을까.

죽어서 배우고, 생전에는 개화하지 못한 검술의 재능을 해방한 『송장 검호』인 로우안 세그문트———. 그 끔찍한 위업이 아이리스의 생명에 칼끝을 맞춘다.

"으, 앗⋯⋯."

전후좌우, 네 방향으로 둘러싸인 아이리스가 휘두르는 검격에 대처하지 못해 팔과 옆구리를 칼날에 베이고 피를 흘리며 작게 신음했다.

그 허약한 숨소리가 들리자 로우안은 도리질 쳤다.

듣고 싶지 않다. 듣고 싶지 않다. 강자의 약한 말은 듣고 싶지 않다.

로우안은 아이리스에게 감사하고 있었다. 그녀 덕분에 강해질 수 있었다. 죽음은 좋은 계기였다. 언젠가 『천검』에 이르기 위해 지나갈 길이다. 아이리스가 마음에 둘 필요는 없다.

그러니까, 듣고 싶지 않으니까, 귀에 거슬려 죽겠으니까, 열등한 존재가 우수한 존재를 추월하는 데에 바라는 것은 우는소리가 아니라 갈채니까——.

"우는 것은 그만두시구려, 아가씨. 예쁜 얼굴이 엉망이오."

정수리를 쪼개는 일격을 반사적으로 곰방대로 받은 아이리스의 반대쪽 손이 로우안의 몸통을 꿰뚫는다. 이 로우안은 끝. 하지만 상관없다. 이어서 다음 로우안이 튀어나와 꿰뚫린 로우안이 바스러질 때까지 팔이 봉쇄된 아이리스에게 육박한다.

"그쪽 분도 죽고 되살아나서, 마냥 소생과 어울려 주시게."

그것은 참으로 통쾌한 미래, 그러나 아마도 이루어지지 않을 미래.

"————."

아이리스의 눈은 눈앞의 삶과 죽음과는 무관계한, 더 다른 어딘가를 보고 있다. 그것은 눈앞의 승패나 생사가 아니라, 말하자면 과거를 보는 눈빛이다.

미래가 아니라 과거를 보고, 과거를 후회하며 발을 멈춘 이에게 영광은 찾아오지 않는다.

그 사실만은, 이 텅 비어 공동이 된 로우안의 마음속 깊은 곳에서부터 애석해서——.

"그 목숨, 받아가리다."

한 줄기 달린 은광, 존재한 이래 최고를 경신하는 검술이 여자의 가느다란 목을 덮친다.

그대로 예술적일 만큼 깨끗하게 참수가 성립——해야 했다.

"뭣."

단단하고 딱딱하고 굳건한, 까다로운 감촉에 막혀서 생명을 쪼아 먹는 검술이 멈추었다.

생전 최대의 난적이자 최고의 호적수이며 어떻게 보면 스승이라고도 할 수 있는 여자에 대한 감사의 일격이 막힌 로우안은 검게 물든 금빛 눈동자를 부릅뜨고 경탄했다.

일격이 막힌 것도 한스럽지만 일격을 막은 상대가 또 문제였다.

"요르나 님."

그렇게 어린 목소리가 그 누구도 아닌 이름을 부르며 로우안의 검격을 막고 있었다.

막무가내로, 몸째로 끼어들어 검을 막은 간섭에 로우안은 경탄했다. 막힐 리 없는 강검(剛劍)이 무엇 때문에 막혔느냐며 팔에 더욱 힘을 주어——.

"똑같은 얼굴이지만, 전원 비켜 봐!"

이어서 방울 소리 같은 목소리가 용감하게, 공기가 팽팽해지는 소리로 세계를 뚫었다.

찰나, 얼음이 꽃처럼 지상에 흐드러지게 피어나고 움직임이 멈춘 로우안과 로우안, 그 외의 다른 로우안까지 집어삼키며 환상적인 경관의 일부로 바꾸었다.

얼어붙은 자기 자신들을 흘긋 보며 뒤로 뛴 로우안은 방심하지 않고 카타나를 고쳐 잡고서, 보았다.

"드디어. 드디어, 다시 한번 뵐 수가 있었습니다."

고요한 목소리, 그러나 깊은 애정과 함께 중얼거린 사슴뿔의 소녀가 아이리스를 껴안았다.

피를 흘리고 무릎을 꿇은 아이리스는 키 작은 소녀의 얄팍한 가슴에 안겨서, 놀라움에 파란 눈을 동그랗게 뜬 채 그 포옹을 받고 있었다.

그렇게 아이리스를 포옹한 소녀는, 검은 눈으로 로우안을 돌아보더니.

"요르나 님께 칼을 겨눈 악한은, 모자란 몸이지만 제가 상대하겠습니다."

강한 결의와 확고한 각오 뒤에 단언했다.

4

──이것은 아주 복잡한 기분이지만, 나츠키 슈바르츠와 똑같이 탄자는 볼라키아 제국을 싫어했다.

제국민은 정강하여라, 같은 사고방식을 훌륭하다고 추켜세우며 그 말대로 강하지 않은 이가 학대받고 목숨을 잃어도 약한 것이 잘못이라고 단언한다.

약한 이는 제국민일 자격이 없다. ──그렇다면 이쪽에서 사절이다.

누구도 태어날 곳을 선택할 수는 없다.

그렇기에 탄자든 누구든, 원해서 볼라키아 제국에 태어난 것이 아니다.

탄자는 볼라키아 제국을 싫어했다.

아버지와 어머니를 앗아가고 어리고 약하던 탄자를 열심히 키워 준 언니를, 드디어 안주의 땅을 찾아냈다고 안도한 언니를,

겨우 지금까지 진 은혜를 갚을 수 있어야 했던 언니를, 제국식이라는 영문 모를 이유로 괴롭히고 죽인 제국을 싫어했다.

아마 그 때문일 거라 생각한다.

"그대는, 이 나라를 싫어하나요?"

그런 질문을 받았을 때, 좀처럼 감정을 드러내지 않는 표정을 굳히며 숨을 죽였다.

들켜서는 안 될 것을, 알려져서는 안 될 생각을, 배척받아야 당연한 사상을 간파당했다고 생각한 것이다.

그러나 속마음을 뚫어본 여성은 온몸을 떨며 고개 숙인 탄자를 바라보며 미소 짓고 굳어 버린 뺨에 부드럽게 손을 얹었다.

그 따스한 손길이, 이미 잃어버린 언니의 온기와 똑같이 느껴졌다.

자기 몸조차 아끼지 않고 탄자에게 헌신하며 자신의 행복다운 행복을 하나도 모른 채 죽어 버린 언니의 온기와 똑같이 느껴졌다.

"저도 그렇답니다."

순간, 탄자는 그 말이 무엇을 의미하는지 알지 못해서 당황했다.

당황한 뒤에, 그것이 무엇에 대한 소감이었는지를 이해하고 숨을 집어삼켰다.

탄자 같은, 사물의 이치를 모르는 어린아이가 입에 담은 말이라면 질책과 벌을 주는 것만으로 그친다. 그러나 상대는 그렇지 않다.

어른일 뿐만 아니라 강함을 숭배하는 제국에서도 강함의 상징인 아홉 명 중 하나——.

"저도 이 나라의 모습이 아주 싫어요."

그 사람은 부드럽고 다정하게 미소 지으며 탄자에게 본심을 털어놓았다.

5

"부디 저를 요르나 님께 가게 해 주세요. 그분의 곁에 있고 싶어요."

제국의 존망을 건 싸움에서 자신이 투정을 부리고 있다는 자각은 하고 있었다.

그렇기에 어떤 매도의 말이라도 참을 각오였다. 욕설이나 질타를 받더라도 그럴 만하다 여기며, 그럼에도 자기 마음에 정직해지겠다고.

그렇게 생각했었는데.

"응, 그럴 생각이야. 제대로 얼굴을 보여 주고, 제대로 말을 나누고 와."

항상 탄자의 마음은 멋대로 뒤로 미루면서 이럴 때만 주문이라도 한 것처럼 탄자의 마음을 알아맞힌다.

그런 점이, 이 흑발 소년의 미운 점이었다.

"요르나 님."

그렇게 부른 직후, 탄자는 작은 몸을 힘껏 펼쳐 번뜩이는 은광에서 배후의 여성을 지켜낸다. 충격이 온몸을 꿰뚫고 손발 끝까지 찌르르하게 저렸다.

하지만 자신이 아팠다는 사실이 전해지지 않도록 어금니를 꽉 물었다. 검격을 지른 상대가 아니라 자신이 감싼 소중한 여성이 깨닫지 못하게.

평소에는 답답할 때도 많지만 이때만큼은 자신의 무표정한 얼굴에 감사했다. 분명히 자신이 별것 아니라는 표정으로 버틴 것처럼 보였으리라.

사실은 품속에 숨겨 둔 얼음 방패가 없었으면 두 동강이 났을 게 훤한데.

"똑같은 얼굴이지만, 전원 비켜봐!"

탄자의 그 허세에 이어진 것은 용감한 은방울의 음성이었다.

긴 은발을 나부끼며 바람처럼 전장에 에밀리아가 내려오고──다음 순간, 같은 얼굴로 늘어선 송장 인간들이 한꺼번에 얼음 감옥에 수감되었다. 대기가 유리 깨지는 비명을 지르고, 표적인 송장 인간들은 비명조차 지르지 못하는 압도적인 제압 능력이다.

그런 에밀리아의 솜씨를 온갖 말을 다해 칭찬하고 싶지만, 지금은──.

"드디어. 드디어, 다시 한번 뵐 수가 있었습니다."

안도를 곱씹으며 말을 전한 탄자는 무릎을 꿇은 여성의 머리를 끌어안았다. 상대에게 이렇게 대우받은 적은 있어도 자기 쪽이 껴안은 것은 처음이었다.

솔직히 이런 대우를 받을 때면 겸연쩍다고 생각했었다.

본보기가 서지 않는다고도 생각했었고 어린아이 취급받는 것 같아 답답하기도 해서. 하지만 결코 싫지는 않았고 어린아이 취급에 대해서도 생각이 바뀌었다.

슈바르츠도 세실스도, 입장이든 나이든 관계없이 하고 싶은 대로 다 하고 있지 않은가.

어린아이라는 사실은 무언가를 하려고 했을 때의 장애가 되긴 해도, 포기할 이유와는 거리가 멀다. 탄자는 자기 몸을 모두 써서, 여성에게 그 사실을 갚았다.

탄자는 피를 흘리고 놀란 듯 파란 눈을 동그랗게 뜬 여성——요르나 미시구레를 껴안으며 검은 눈을 적에게로, 막아선 훼방꾼에게로 돌리고 말했다.

"요르나 님께 칼을 겨눈 악한은, 모자란 몸이지만 제가 상대하겠습니다."

"————."

탄자의 선언에 송장 인간 남자들도, 품속의 요르나도 말을 꺼내지 못했다.

무슨 어처구니없는 소리냐며 어이없어하는 것인지, 갑작스러운 탄자의 등장에 얼이 나간 것인지. 어느 쪽이든 상관없다며 탄자는 요르나를 안은 채 자세를 잡으려 했다.

그때——.

"당신들 상대는 나야!"

"으허어어어?!"

탄자나 적이 움직이기보다 달리기 시작한 에밀리아의 일격이 더 빠르다.

두 손으로 거대한 얼음 망치를 내리친 에밀리아의 호쾌한 일격에 탄자에게 이목을 빼앗겼던 남자는 대경실색하며 뒤로 뛰고, 차가운 충격파 뒤에 에밀리아와 대치했다.

"방금 그쪽 계집아이가 소생을 상대하겠다는 투로 말했소만?"

"탄자는 지금 간신히 만나고 싶은 요르나 씨랑 만난 참이야. 당신이…… 당신들? 같은 얼굴인데…… 당신들이 방해하게 두지 않아!"

"고민하신들, 수는 늘더라도 소생은 소생…… 로우안 세그문트는 한 명이외다. 거기서 헤맬 필요는 없을 것이오."

"당신이 방해하게 두지 않아!"

말을 고친 에밀리아가 두 손에 얼음의 쌍검을 생성하자, 냉랭하게 웃은 송장 인간—— 복수의 로우안 세그문트가 전원 같은 자세로 그녀와 마주했다.

그 광경에 탄자는 "에밀리아 님!" 하고 가세하려고 했으나.

"괜찮아, 먼저 요르나 씨와 얘기해. 스바루에게 부탁받았거든."

"———."

슈바르츠의 이름이 나오자 탄자가 살짝 우물거렸다.

그사이에 미소를 남긴 에밀리아는 표정에 힘을 꽉 주고는 카타나를 칼집에 넣은 자세의 로우안들에게 한 걸음 내디뎠다.

"아이시클 라인."

에밀리아의 입술이 그 말을 읊은 직후, 주위 광경이 한 단계 하얗게 물들었다.

모든 색에 은백을 곁들이며 빙설을 두른 에밀리아의 쌍검을 요격하고자 로우안들은 회심의 웃음을 지었고—— 거기에 고드름의 폭풍우가 쏟아졌다.

““<u>오오오오오</u>——?!””

"간다!"

검술의 경합이 시작될 거라 예측했던 눈치인 로우안은 그 얼음덩이 폭격에 기겁하면서도 돌진하는 에밀리아의 공격에 맞섰다.

가벼운 얼음 무기와 송장 인간이 휘두르는 카타나가 충돌하고, 검극이 시작되었다.

검극의 광경을 등진 탄자는 에밀리아의 배려에 따라 다시 요르나를 보았다. 그녀는 여전히 상황을 따라잡지 못하는 표정이었다.

"요르나 님의 그런 표정, 처음 보았습니다."

"탄자, 인가요?"

살며시 눈꼬리가 내려간 탄자의 얼굴을 빤히 바라본 요르나가 재회하고 처음으로 의미 있는 말을 입에 올렸다. 그 물음에 탄자는 끄덕였다. 카오스프레임에서 헤어진 이후, 요르나와 생이별한 후 두 달 가까이 지났다.

편지도 보내지 못했었으니까 죽었다고 여긴 것이 당연하리라.

"하지만 저는 무사했어요. 요르나 님께로 돌아오기 위해서."

그것은 자신이 한 말임에도 자기 것 같지 않을 만큼 굳센 힘이 담긴 말이었다.

아마 이런 말을 아무 주저도 없이 말할 수 있는 사람들의 영향이다. 그 정도로 최근 두 달은 처음 겪는 일뿐이라 탄자도 변하지 않은 채로 있을 수 없었다.

다만 두 달 사이에 변화가 있던 것은 탄자뿐만이 아니다.

파랗고 아름다운 드레스를 입고 있는 요르나. 낯익은 기모노를 입지 않고 땋아 올린 머리도 내린 그녀의 모습은 신선한 감동 이상의 의혹을 탄자에게 주었다.

취미의 변화를 의문시한 것이 아니다. 요르나가 장식품──카오스프레임의 주민이 헌상한 물건들을 착용하지 않은 사실이 의아한 것이다.

마도 카오스프레임에서 사는 주민은 모두 다 요르나를 사랑하고 존경해 마지않는다.

그 경애의 마음을 표현하고자 주민들은 자신들이 배척받은 원인이 된 각각의 아인족(亞人族)으로서의 특징을 깎고 활용해서 장식품으로 가공해 요르나에게 헌상했다.

비녀와 귀걸이, 허리띠와 기모노를 기운 바늘 및 실 한 가닥에 이르기까지, 요르나는 카오스프레임 주민들의 마음을 두르고 위풍당당하게 자신의 존재를 드러내어 왔다.

그중에는 탄자의, 탄자의 언니의 뿔 일부를 깎은 비녀도 있었는데.

"탄자……."

떨리는 입술에 이름이 불린 탄자는 요르나의 동요가 잦아들기를 기다렸다.

혼자서 싸우고 있는 에밀리아에게도 서둘러 가세하고 싶지만 지금은 눈앞에 있는 요르나의 감정과 전력으로 마주하고 싶었다. 조심조심 탄자의 뺨을 만지려고 하는 주인의 감정과.

그러나 요르나의 손가락은 탄자의 뺨에 닿지 않았다.

"요르나 님?"

뺨에 닿는 대신에 요르나는 탄자의 가슴을 밀어 한 걸음 뒤로 물렸다.

탄자와 요르나, 간신히 얼싸안은 두 사람의 거리가 또 멀어져서 탄자는 눈을 깜빡였다. 그 진의를 해독할 수 없는 탄자에게 요르나가 입을 열었다.

"뭘 하러, 이런 곳에 왔나요."

"―――――."

"지금, 이 제도는 송장 인간의 도시…… 제국의 병사는 물론이고 『구신장』이나 황제조차도 포기한 이런 곳에, 그대 같은 아이가 뭘 하러 온 거예요."

지면에 무릎 꿇고 있던 요르나가 일어나 매서운 눈으로 탄자를 노려보았다. 그 날카로운 눈매에 꿰뚫린 탄자는 반사적으로 어깨를 움츠렸다.

순간, 무슨 말을 들었는지 알 수 없었다. 하지만 금세 그것이 거절의 말임을 알았다.

요르나가, 모든 것을 받아들이던 자애의 여성이 탄자를 거절한 것임을.

"여기는 산 사람이 지내기에는 가혹하고 지나치게 살벌한 곳 아닌가요. 바로 떠나는 것이 현명해요. 못 하겠으면 제 손으로 그렇게 해 줄까요?"

"산 사람과 죽은 사람, 그렇게 나누신다면 요르나 님도 조건은."

"똑같다고? 저와, 그대가?"

찰나, 뻗어오는 요르나의 손에 멱살이 잡힌 탄자의 발이 지면에서 떴다.

"으."

안겨 올라간 적은 있다. 하지만 이렇게 난폭한 대우는 받은 적 없었다.

"저와 그대는 같은 편에 서 있지 않답니다. 저는…… 곁에 머무르고 싶은 분이 계세요. 그분과 또 간신히. 그러니까……."

"요, 르나 님……."

"이제 그대도, 다른 아이들도 저에게는 필요 없습니다."

숨이 닿을 만한 거리에서 요르나가 탄자의 얼굴을 들여다보았다. 그녀의 입이 고한 말은 요르나가 송장 인간 천지인 제도에 남아 있던 이유.

포로의 몸이 된 것이 아니라 자진해서 여기에 남았다는 사실.

"──────."

요르나의 파란 눈 속에서 탄자는 절실한 소원의 빛을 보았다.

그것은 요르나가 마도에서 안온하게 지내며, 탄자나 마도 주민들을 부드럽게 사랑하며 지내는 동안에도 결코 사라지지 않던 갈망의 조각이다.

──요르나 미시구레는 줄곧 무언가를 찾고 있었다.

그것은 분명 탄자로서는 헤아릴 수 없을 만큼 크고 먼, 요르나

여도 손이 닿을 수 없는, 별과 같은 것을 찾는 거라 생각했다.

　밝게 빛나고, 눈부시게 반짝이는 것을 알고 있는데 손이 닿지 않는 무언가.

　요르나는 줄곧 그것을 찾고 있었다.

　그녀가 그런 것을 찾는 사람임을 탄자를 비롯해 누구나 알고 있었다. 그 소원이 이루어지면 좋겠다고 기도하고, 이루어지지 않는다면 대신할 것을 바치고 싶다고 바란다.

　탄자만이 아니라 모두가 그렇게 생각했었다.

　그리고 그것을 드디어 찾았다고, 요르나의 소원이 별에 닿았다고 한다.

　그것이 이렇게 탄자의 멱살을 잡고 있는 이유라면——.

"더 행복하게, 저를 거부해 주세요, 요르나 님."

　탄자는 상대의 손목을 잡고 형편없는 거짓말이나 하는 소중한 사람에게 그리 말했다.

6

　——아아, 나는 나쁜 아이가 되고 말았다.

　탄자는 요르나의 가는 손목을 잡으며 변할 대로 변한 자신에 대해 그렇게 한탄했다.

　이럴 리는 없었다. 탄자에게는 탄자가 이상으로 삼는 모습——

죽은 언니 조이처럼 되고 싶다는, 이상형이 분명히 있었다.

──조이는 아주 심지가 굳고 마음 착한 여성이었다.

탄자가 태어난 고향이 망한 것은 녹인족(사슴 아인족)의 뿔을 달이면 만능약이 된다는 미신이 유행해 비싼 값으로 매매되는 뿔을 노린 도적의 습격을 당했기 때문이다.

아버지도 어머니도 살해되고 언니는 아직 어리던 탄자의 손을 끌고 간신히 목숨만 건져 난을 피했다.

하지만 자매의 수난은 그걸로 끝나지 않았다. 뿔을 노린 이들의 마수는 수없이 따라붙었으며, 그게 아니어도 약자는 먹잇감이 되는 것이 볼라키아 제국의 관습.

몇 번이고 생명의 위기에 처하며 수프 한 접시를 얻기 위해서 언니가 얼마나 가혹한 처지를 겪었는지, 그때보다 나이를 먹은 탄자도 상상이 간다. 동시에 아무것도 못한 채 언니의 보호만 받던 자신을 죽이고 싶을 만큼 밉다고도 생각한다.

"탄자, 누군가를 저주하면 안 돼. 누군가를 쉽게 저주하는 사람은, 자신도 똑같이 쉽게 저주하곤 해."

겨우겨우 손에 넣은 한 그릇의 수프를, 넝마 차림에 삐삐 마른 자매끼리 나누어 먹던 밤에, 언니는 탄자에게 그렇게 타일렀다.

아무도 친절히 대해 주지 않고, 모두가 탄자에게도 조이에게도 차갑게 대한다. 그런 세상을 비관할 때, 다정한 언니는 꼭 그렇게 말하며 탄자를 야단쳤다. 야단친 뒤에, 여윈 몸으로 탄자를 껴안고 아침까지 꼭 놓아주지 않았다.

──언니도 아직 부모에게 응석 부리고 싶은 나이이며, 아직

부모가 되기는 너무 이른 나이였는데.

녹인족의 뿔에 얽힌 미신은 좀처럼 사라지지 않아서 자매는 한 곳에 머무를 수 없었다.

계속 도망치고, 도망치고, 또 도망치고, 계속 도망치기도 지쳤을 즈음, 자매의 귀에 날아든 것이 『마도』카오스프레임의 소문이었다.

그곳은 많은 아인족이 무리를 지으며 사는, 배척받은 이들의 낙원이라는.

그곳을 지배하는 여주인은 강하고 자애로 넘쳐 약자가 학대받는 것을 용납하지 않는 훌륭한 사람이라는. ――그게 무슨 말도 안 되는 소리냐고 어린 마음에도 탄자는 생각했다.

그럴 사람이 있을 리 없다. 그런 편리한 사람이 있을까 보냐.

그런 사람이 있었다면 아버지와 어머니는 어째서 죽었는가. 어째서 언니는 이렇게 너덜너덜하고 깡말라서 탄자의 손을 끌고 있는가.

그렇기에――.

"용케 힘냈어요, 조이, 탄자."

있을 리가 없는 낙원에 당도해 아름다운 기모노의 여성이 추레한 자매를 망설임 없이 껴안은 순간, 탄자는 태어나 처음으로 언니가 엉엉 우는 소리를 들었다.

아버지와 어머니가 죽은 날에도, 수프 한 그릇을 위해서 구경거리가 된 날도, 말을 듣지 않는 탄자가 생각 없는 말로 언니를 욕한 날에도, 조이는 결코 울지 않았다.

그런 조이가 소리 내며 우는 옆에서 탄자는 똑같이 흐느끼며 생각했다.

이 여성이 만든 낙원에——아니, 이 여성에게, 요르나 미시구레에게 평생을 바치겠다고.

——먹을 것과 잠자리가 주어지고 기모노를 두른 조이는 아름다워서 탄자의 자랑거리였다.

요르나를 흠모하며 그녀를 섬기고 싶다고 애타게 기도한 사람은 허다했다. 조이는 그중에서 가장 성실하고 노력가로, 요르나도 그런 그녀를 중용해 주게 되었다.

탄자는 대단한 요르나를 섬기며, 중요한 일을 하는 조이가 자랑스러웠다.

언젠가는 언니처럼 되어 요르나에게 성심성의껏 봉사하고, 카오스프레임이라는 낙원의 정체성을 고통에 떠는 많은 약자들이 알기를 바랐다.

언니가 죽은 것은 그 생활이 시작되고 2년 후였다.

카오스프레임에 보호를 요구하는 아인족 집단, 그들을 마도로 안내하기 위해 요르나의 대리로서 파견된 언니는 가도 근처 요새 제국병들의 심심풀이에 맥없이 살해당했다.

녹인족의 뿔과도 무관하게 괴롭힘받다 살해당하고 주검은 끔찍하게 전시되었다.

'탄자, 누군가를 저주하면 안 돼. 누군가를 쉽게 저주하는 사람은, 자신도 똑같이 쉽게 저주하곤 해.'

언니의 말이 뇌리에 스쳐서 슬픈 와중에 탄자의 마음은 갈가리

찢겼다.

　이래도 안 되는 것일까. 이래도 누군가를 저주해서는 안 되는 것일까. 간신히 행복해질 수 있을 터였던 언니가 살해당했는데 아직도 저주하면 안 되는 것일까.

　"그대는, 이 나라를 싫어하나요?"

　절망에 시달리며 자기 뿔을 꺾을 듯이 고통에 떠는 탄자에게 그런 말이 걸려 왔다.

　언니를 흉내 내어 걸친 기모노, 언니 흉내도 내지 못하는 측근으로서 부족한 지식, 그리고 자신의 속내조차 숨기지 못하는 약하고 여린 마음.

　그런 자신을 간파당했다고 슬퍼하는 탄자 뺨을 그녀가 만졌다.

　"저도 그렇답니다."

　만지면서 그녀는 탄자의 분노를, 저주를 긍정해 주었다.

　그리고 그 저주를 구현할 방도가 없는 탄자 대신에 움직여 주었다. 그 결과, 제국이라는 크나큰 상대를 적으로 돌리는 것도 불사하며.

　"저도 이 나라의 모습이 아주 싫어요."

　『극채색』 요르나 미시구레가 제국에 반기를 든 것은 항상 다른 누군가를 위해서였다.

　그러고 마는 여성임을 알고 있기에 탄자는 그러게 만들고 싶지 않았다.

　요르나를 위험한 상황에 처하게 두지 않는 아이이고 싶었다.

　요르나가 슬픈 눈을 하게 두지 않는 아이이고 싶었다.

언니 조이처럼 요르나가 곤란하게 만들지 않는, 의젓한 시종이고 싶었다.

──그런데도 탄자는 나쁜 아이가 되고 말았다.

"요르나 님은 언니를 구해 주셨습니다."

멱살을 잡은 손목을 꼭 마주 잡은 탄자의 입술이 그런 말을 읊었다.

탄자의 말과 행동 모두 예상 밖이었는지, 요르나가 파란 눈을 크게 뜨고 입술을 달싹거렸다. ──그것이 '조이'라고, 언니의 이름을 본뜬 것을 탄자는 놓치지 않았다.

"요르나 님은 저의 이기적인 소원을 들어주셨습니다."

조이가 목숨을 잃고 그 절망에 저항하는 '모반'의 결말 후, 언니의 원수를 갚아 준 요르나를 모시고 싶다며, 언니 대신이 되고 싶다며 탄자는 청원했다.

요르나는 역부족에 지식 부족, 뻔뻔함의 극치 같은 소원을 들어주었다.

"요르나 님은 많은 사람의 인생에, 행복을 가져다주셨습니다."

자신이나 언니만이 아니다. 요르나가 얼마나 많은 이들의 생명을, 마음을 구원해 왔는가.

그 전부를 방치하고 요르나가 미련 없이 별을 쫓을 수 있다면 그것도 괜찮다.

요르나가 행복해질 수 없으면 자신들과 같이 있어 달라고는 생각하지 않는다. 요르나가 행복해질 수 없는데 곁에 있어 달라고 말한다면, 그건 저주와 다를 바 없는 이기심이다.

　그러니까, 최소한, 잡은 손을 뿌리칠 거라면, 행복을 바라며 미소 짓기를 바란다.

　그럴 수 없으면──.

　"요르나 님은, 저희를 사랑하고 계세요."

　과거형이 아니라 지금도 그렇다는 확신하에 탄자는 단언했다.

　"＿＿＿＿＿＿."

　눈앞, 경악한 요르나는 탄자에게 반박당할 줄은 상상도 못 했다는 표정이었다.

　그건 그럴 것이다. 탄자는 언니처럼 바른 시종이고 싶었다. 요르나를 곤란하게 만들지 않는 우수한 시종이고 싶었다. 그렇기에 거스르려 하지는 않았다.

　하지만 탄자는 조이가 아니다. 요르나와 헤어진 계기부터가 그렇다.

　원래부터 그 편린이 있기는 했다. 카오스프레임을 방문한 황제와 가짜 황제, 양자의 분쟁에서 요르나를 지키기 위해서 독단적으로 움직여 괜히 혼란을 확대했듯이.

　"저는, 나쁜 아이가 되고 말았어요."

　행복해지길 바라는 사람이, 행복해지기 위해서 타협하길 바라지 않는다. 그러기 위해서라면 상대의 말이나 기원이라도 밀어서 치워 버린다. 그런, 나쁜 아이가 되었다.

　"아."

　가느다란 숨을 흘린 요르나는 자신의 손목을 잡은 탄자를 뿌리칠 수 없었다.

──요르나의 『혼혼술』은 사랑하는 존재에게 힘을 나누어 준다.

그 효과가 요르나 자신에게 적용되려면 자신에 대한 긍정감이나 자신의 행동을 옳다고 믿을 수 있는 근거가 필요하다. 자신감이야말로 요르나의 가공할 힘의 원천.

하지만 그렇게 생각할 수 없어졌다면, 어떻게 되는가.

자기 행동을 긍정하고 인정할 수 없어진 순간, 그 힘은 요르나로부터 가속도적으로 사라진다. 삶을 포기한 『송장 검호』에게 대적할 수 없어질 정도로.

지금 자신을 곧게 바라보는 탄자의 손을 뿌리칠 수 없듯이.

요르나는 사랑할 수 없는 것을, 긍정할 수 없는 것의 등을 밀어줄 수 없다.

그렇기에 지금 자신의 등을 밀 수가 없다.

그렇기에──.

"요르나 님은, 그 애정만은 위장하실 수 없으세요."

왼쪽 눈에 파란 불꽃이 붙은 탄자는 요르나의 사랑을 일절 의심하지 않고 믿을 수 있는 것이다.

"──────."

요르나는 떠올랐던 발을 지면에 붙이고 눈을 불태우며 자신을 바라보는 탄자의 모습에 말문을 잃었다.

요르나는 세게 잡힌 손목을 스스로 억누르며 눈앞에 있는 탄자의 얼굴을, 거기에 깃든 불꽃이라는, 이보다 더할 수 없는 '사랑'의 증거를 믿을 수 없다는 듯이 응시하고 있었다.

마치 자신은 자신의 마음을 완벽하게 속였다고 믿던 것처럼.

"요르나 님은 그렇게 요령 좋으신 분이 아니에요. 머리카락을 땋아 올리는 것도 기모노 옷차림도, 항상 저나 언니, 당신을 사랑하는 모두에게 힘을 빌리고 계셨잖아요."

탄자가 그렇게 말하고 그 자리에서 발돋움해 뻗은 손으로 요르나의 뺨을 만졌다.

언젠가 자신이 받은 손길처럼, 사랑스럽고 정겨운 상대에게 그러는 것처럼. 그 손끝의 감촉에 요르나의 파란 눈이 크게 흔들렸다. 일렁거렸다.

언니가 처음 소리 내며 울었을 때처럼, 완고한 마음에 균열이 가는 것처럼.

그때──.

"아──! 안 돼! 탄자!"

요르나와 마주 보는 탄자의 배후, 절박한 에밀리아의 목소리와 동시에 칼집에서 뽑히는 칼날의 소리── 에밀리아의 방해를 헤쳐 나온 로우안이 뛰어드는 것을 알 수 있다.

"거기서 비키거라, 아가씨. 이쪽은 꿈에서 볼 만큼 애태우던 무대다!"

상대는 자기 편한 소리만 하며 질풍처럼 달려온다.

아마도 어깨 너머로 요르나는 그 상대를 보고 있었으리라. 반사적으로 그녀의 손이 탄자의 어깨로 뻗어 그 몸을 밀어내고 지키려고 한다.

조금 전의 답례로. 이번에는 자기가 탄자의 방패가 되겠다는 양.

"하지만, 안 됩니다."

"탄자……?"

탄자는 힘주어 버텨서며 밀어내려는 손길을 거절한다. 대신에 요르나를 등 뒤에 감싸듯 뒤돌아서 눈앞에 다가오는 추악한 금빛 눈과 대치했다.

내지른 참격이 탄자의 목을, 그 뒤에 있는 요르나의 가슴 아래까지 양단하려 든다. 차갑고 맑은 공기에 탄내가 일 정도의 일도(一刀)가 탄자의 목에 닥쳐들고――.

"웃."

"꿈에서 보던 무대라고 했나요."

경악을 목구멍 안으로 쑤셔 넣은 로우안의 금빛 눈이 크게 뜨였다.

그건 그럴 만하다. 내지른 혼신의 일격을 이런 어린아이의 손이 붙잡을 줄은 상상도 못 했을 테니까.

탄자는 올린 손으로 공기를 태우는 은광을 잡아내어 막았다.

――요르나의 『혼혼술』은 사랑하는 존재에게 힘을 나누어 준다.

자신은 옳다고, 사랑받고 있는 데에 의심은 없다고 마음속 깊이 투정 부리듯 믿을 수 있는 이라면 그 효과는 절대적이 되리라.

'탄자는 내 거니까, 실질적으로 우리 편이나 마찬가지잖아?'

아아, 화가 난다. 사랑받는 데에 자신이 생긴다. 나쁜 아이가 옮아 버렸다.

그것이 너무나도, 멋쩍어서 견디기 어렵다. 얼굴에 드러나지 않는 성미라 정말 다행이다.

"죄송합니다. 저는 바빠서 행복한 꿈을 꾸고 있을 여유는 없어요."

탄자는 손에 힘을 주어 잡아 낸 카타나를 부러뜨리고, 앞뒤에서 놀라 숨을 집어삼키는 반응과 함께 정면에 있는 훼방꾼의 안면을 노려 카타나를 부순 주먹을 처박았다.

그 콧잔등이 머리 안쪽으로 움푹 들어갈 정도의 주먹을 먹인 탄자가 선언했다.

낙원을 꿈꾸며 소중한 사람을 위해서 기도만 하던 나날은 끝이다.

낙원도 소중한 소원도, 스스로 움직이지 않으면 거머쥘 수 없다.

그것이 언니에게 구원받고, 요르나에게 도움받고, 나츠키 슈바르츠와 플레아데스 전단의 동료들과 만나서 여기에 다다른 탄자의 답──.

"괴롭고 힘들며, 사랑스러운 현실이 기다리고 있기에."

별에 손이 닿을 때까지, 멈추고 있을 여유라곤 없으므로.

제3장 『유가르드 볼라키아』

1

——『형극제(荊棘帝)』유가르드 볼라키아의 이름은, 전 세계에 널리 알려져 있다.

그 이유는 제국사에 남는 비련의 이야기 『아이리스와 가시나무 왕』에 있다.

마음 착한 아이리스라는 소녀와 『가시나무 왕』이라며 두려움을 사던 볼라키아 황제의 만남과 이별을 그린 이야기는, 그 종막의 비극성도 함께해 많은 독자의 마음을 울렸다.

두 사람의 운명적인 만남과 『가시나무 왕』이 신하의 배신으로 옥좌에서 쫓겨난 뒤의 재회. 손을 맞잡은 두 사람의 반역 이야기는 오랜 시간 중에 세부 형태가 바뀌어도 그 가장 중핵이 되는 서로 사랑하는 두 사람의 유대만큼은 변함없이 전해져 내려왔다.

그 정도까지 『아이리스와 가시나무 왕』이라는 불변의 사랑 이야기는 전 세계에서 사랑받아 왔다. ——그러나 그 사랑 이야기는 무자각적으로 역사의 일부를 가리고 말았다.

아이리스와 『가시나무 왕』 두 사람은, 안온과 사랑을 같이 키운 것이 아니라 격동의 시대 속에 바라는 미래를 쟁취하기 위해서 목숨 건 나날을 보내며 불타는 듯한 연애를 했던 것이다.

그리고 수많은 간난신고 끝에 두 사람은 멋지게 옥좌의 탈취에 성공했다. ──물론 그 후에 두 사람을 덮친 비극은 설명할 필요도 없다.

하지만 그 비극의 종막을 맞이하기 전에 두 사람은 분명히 성공한 것이다.

자애의 마음과 헌신적인 자세로, 많은 이들을 한편으로 만든 아이리스. 『가시나무 왕』은 그 아이리스를 곁에 두고 볼라키아 황제에 어울리는 전과를 거두었다.

볼라키아 황제에 어울리는 전과──. 그것은 옛 시대부터 변하지 않은, 볼라키아 제국의 철혈 규정의 체현자, 다시 말해 힘의 증명이다.

──『형극제』 유가르드 볼라키아는 제국사상 최강의 황제인 것이다.

"써어어억어빠질!!"

그루비 검릿은 쩌렁쩌렁 노성을 터트리며 손잡이 중간에서 절단된 사슬낫을 내던졌다. ──순간, 손아귀를 떠난 사슬낫이 공중에서 붉게 타올랐다.

찰나라도 주저했더라면 저 불꽃에 자신도 불탔겠다 싶어 짐승의 털이 곤두섰다. 하지만 불타 죽는 결과가 미수로 그친 것을 안도할 여유는 없었다.

"강아지가 잘도 뛰는군. 하지만 춤이라면 내 별 쪽이 훨씬 보는 맛이 있지."

담담히, 무감정한 음색으로 정인을 자랑하며 붉은 궤적이 흐드러지게 피듯 덮쳐든다.

사슬낫의 말로로 알 수 있다시피 휘두르는 것은 맞부딪치는 것조차 용납하지 않는 최악의 흉기──. 제국의 이름을 가진 보검의 위협, 가능하면 저런 무기를 스스로도 만들어 보고 싶다.

"최소한 썩을 각하가 지척에서 보여 줬더라면 말야!"

정당한 소유자 말고 다른 이라면 잡기도 불가능한 보검은, 실물을 볼 기회조차 좀처럼 없었다.

생각지도 못한 관찰 기회를 얻었음에도 그루비는 강아지라고도 발당한 왜소한 몸을 구사해 날렵한 몸놀림으로 붉은 검광을 회피, 회피, 회피한다. 막을 수 없기에 피할 수밖에 없는 참격, 이 자리에 있던 것이 모그로나 고즈라면 인생의 종막이었으리라.

그루비는 참격의 여파에 불타는 거리의 냄새를 맡으며 진홍의 검풍을 피해 내고── 세계를 태우며 베는 『양검(陽劍)』의 다음, 검은 일섬이 세계를 양단하는 것을 보았다.

"웃."

말버릇이 된 욕설조차 나오지 않는다.

『양검』의 참격에 이은 『사검(邪劍)』의 일섬은 몸을 굽힌 그루비의 머리 위 몇 센티미터를 가르고 지나가 사선상 수십 미터를 궤적대로 쓸어 베었다.

제도의 시가지가 대각선으로 절단되어 기울어진 건물의 연쇄적인 붕괴가 등 뒤에서 잇따른다.

　너무나도 어처구니없는 절단력, 칼날을 담을 칼집을 만들기도 어렵던 그것이 『사검』 무라사메라고 불리는 일도의 위력이다.

　말도 되지 않는 위력을 발휘한 『사검』은, 당연하지만 다룰 때 그만한 대가가 필요하다. 일반인이라면 한 번 휘두르기만 해도 생명과 맞바꿔야 할지 모를 마검——.

　"그걸 붕붕붕붕, 썩을 대로 가볍게 휘두르긴……!"

　"상대하는 중에 짐을 염려하나? 그렇다면 그 우려는 불필요하다. 네놈들 따위 왜소한 자는 자기 몸만 걱정하면 족하다. 짐을 염려하는 것은, 내 별만으로 충분해."

　"썩을 말이 더럽게 안 통해!"

　오른손에 『양검』 볼라키아, 왼손에 『사검』 무라사메.

　그루비의 상상력이 닿는 한 최악의 이도류를 갖춘 적은 소개도 하지 않았으나, 『양검』을 들고서 불타지 않은 이상 그것을 들 정당한 자격의 소유자다.

　더해서 녹발에 가시관, 죽은 자가 송장 인간으로서 되살아난 상황——. 최악의 이도류 구사자의 정체에 대한 최악의 가능성을 그루비는 욕설을 참으며 입에 올렸다.

　"유가르드 볼라키아……."

　"부르지 않아도 자신이 누구인지는 짐이 알고 있다. 하지만 시간의 장벽이 있음에도 짐을 분간한 네놈의 견식은 칭찬하마."

　송장 인간—— 유가르드 볼라키아는 그루비의 부름에 주저 없이 자신의 정체를 밝혔다. 하지만 맞아도 그루비 쪽에 기쁨은 없다.

오히려 제국사에 남는 최강의 황제를 뽑은 불운을 저주하고 싶어졌다.

"이래 봬도 썩을 놈들만 모인 일장 중에선 책을 읽는 쪽이라고. 썩는 김에 말하자면 나는 『구신장』 중 하나야."

"『구신장』······. 아아, 아직 있었나, 그 직함이."

"네 썩을 시대에 한꺼번에 싹 사라졌다나 보지만."

흥미가 있는지 없는지, 말하면서도 억양이 없는 유가르드 앞에서 그루비는 자신의 허리 뒤로 팔을 돌려 두 자루의 손도끼를 뽑고 자세를 잡았다.

『주구(呪具)』는 아직 더 남았다. 문제는 주구의 잔여 수보다 그루비가 가진 생명의 잔량이다.

"―――."

유가르드와 시선을 맞추며 시야 끝자락에서 자신의 가슴을 내려다본다. 여전히 심장이 담긴 가슴에는 투명한 가시넝쿨이 날카로운 가시를 박으면서 꿈틀대고 있었다.

독을 돌려서 심장을 좀먹는 『가시넝쿨의 저주』에 급히 대처하기는 했지만, 이 목숨을 아예 도외시한 작전은 장기전을 상정하지 않았다.

보아하니 『가시넝쿨의 저주』는 술자를 중심으로 광범위가 무차별적으로 말려드는 강력한 술법이다. 그 때문에 주술사는 저주의 발동과 유지에 집중하고 정상적으로 싸울 수 없을 거라 추측했다.

어리숙했다. 더없이 어리숙했다. 추측은 한참 빗나가서 적은 정상적으로 싸우지 못하기는커녕 당당히 강력한 무기를 두 자루나 내걸고 있는 데다가 예사롭지 않은 고수였다.

현재의 볼라키아 제국에서 일장 지위는 그대로 『구신장』의 입장을 가리킨다.

그것은 당대 황제인 빈센트 볼라키아가 부활시킨 제도이며, 역사상 몇 번쯤 되살아났다가 사라지기를 반복한 것이지만, 사상 최초로 『구신장』 제도가 사라진 것은 다름 아닌 유가르드 볼라키아가 재위하던 시대다.

어째서 유가르드의 재위 중에 『구신장』 제도가 소멸했는가.

그것은――.

"별수 없는 일이지. 짐보다 약한 자들이 내 별의 생명을 빼앗으려고 했으니까."

『형극제』 본인의 손으로 당시의 『구신장』이 한 명도 남김없이 주살당했기 때문이다.

물론 당시의 『구신장』에 그루비는 없었고 세실스나 아라키아 같은 초월자도 없었을 거라고는 생각한다. 하지만 그래도 『구신장』 지위에 있던 실력자들이 현대의 『구신장』들의 발밑에도 미치지 못할 만큼 약했을 리가 없다.

요컨대――.

"썩을 단기결전!"

"아까부터 지저분한 말을 거듭하는군. 불경하지 않느냐."

그루비가 두 종류의 참격 흔적이 남은 가로를 박차며 유가르드에게 달려들었다.

그 공격이 아니라 언동 쪽에 불쾌감을 드러낸 유가르드가 유유히『양검』을 들고, 그루비가 두 자루의 손도끼를 후려친다.

당연히 도끼질은『양검』에 막힌다. 하지만 바라는 바다.

"음." 하고 작은 소리를 흘린 유가르드의 얼굴에 말 그대로 금이 갔다. 창백하고 새치름한 얼굴의 뺨에 균열을 낳은 것은 불탄 손도끼가 지닌 주구로서의 효과였다.

"먹히지 않았냐, 썩을!"

『양검』에 불탄 도끼는 대상을 베는 것이 아니라 충격을 관통시키는 효과의 주구였다.

원래 강철의 갑주를 장비한 적을 그대로 죽이기 위해서 만든 주구로, 손도끼의 날 부분은 마나를 주입하면 세밀하게 초진동하여 아주 잠시간의 접촉이면 뼈를, 내장을 분쇄한다.

산 자에게는 치명적인 피해가 송장 인간에게 얼마나 효과적일지는 알 수 없지만──.

"재미있군. 하지만 그다음이 이어지지 않으면──."

"어디 썩을 놈이 그런 말을 했어? 썩도록 넘치거든, 내 주구는!"

한 자루 두 자루로 부족하다면 두고 봐. 그루비가 재차 뽑은 손도끼를 두 손으로 잡았다. 그 답변에 금이 간 얼굴의 눈썹을 세운 유가르드에게로 손도끼의 폭풍이 덮쳐들었다.

"으라으라으라으라으라으라으라아!"

"──────."

포효하는 그루비와 침묵하는 유가르드, 양자 사이에 치사성의 공격이 교차한다.

종횡무진하는 주구에 대해 『양검』과 『사검』의 이중주가 미쳐 날뛰고, 스치기만 해도 형세가 기우는 공방은 백중지세──. 하지만 그 본질은 그루비 쪽이 훨씬 불리하다.

잔존한 체력, 주구의 잔여 수, 서로 지닌 무기의 치사성, 전부 다 불리.

핏속을 흐르는 맹독은 생명을 시시각각 갉아먹고 연거푸 던지는 주구도 언젠가는 동이 난다. 이쪽의 주구는 맞으면 크게 피해를 주지만 상대의 검은 맞으면 죽음을 면할 수 없다.

문외한이 봐도 어느 쪽이 유리한지는 명백하고, 싸우고 있는 당사자 간이라면 더더욱 그렇다.

그렇기에 그루비는 불리한 입장에 서 있다는 사실을 이용했다.

"썩어빠지게 뜨거운 맛을 보여 주마."

그루비는 자신이 『구신장』 중에서 유달리 강하다고는 생각하지 않는다.

과거에는 볼라키아 최강을 자부하던 때도 있었지만, 빈센트의 부름을 받고 같은 『장』의 지위를 수여받은 이들을 본 뒤로 환상은 꺼졌다.

강해지고는 싶지만 길을 벗어나고 싶지는 않고, 벗어나는 데에도 적성이 없다.

강함으로는 세실스에게, 폭발력으로는 아라키아에게, 다양한 재주로는 오르바르트에게, 지성으로는 치샤에게, 『장』의 그릇으로는 고즈에게, 규격 외로서는 요르나에게, 생존력으로는 모그로에게, 대군(對軍) 성능으로는 마델린에게, 대인(對人) 성능으로는 발로이에게 한참 미치지 못한다.

그것이 그루비의 자기 평가이며,『장』으로서의 도달점이다.

하지만, 그러나, 그래도, 다른『장』에게는 없는 강점이 그루비에게는 존재한다.

——상대를 죽이기 위한 집념과 방식의 고찰은, 그루비가 제일이다.

"커흑."

투척 도중, 눈에 핏발이 선 그루비가 입에서 대량의 피를 게워 냈다.

체내를 돌던 피가 혈관을 부수고 그것이 몸 이곳저곳에서 찢어져 넘친 결과다. 그루비의 토혈을 보고도 유가르드의 표정은 변화가 없다.

저쪽도 초월급의 무인이다. 그루비가『가시넝쿨의 저주』를 모종의 방법으로 막고 있다는 사실도, 그것이 그루비의 몸에 크나큰 부담을 가하고 있다는 것도 알고 있을 터.

토혈은 그 확신의 뒷받침에 불과하다. 칼날이 닿지 않아도 그루비는 멋대로 힘이 다해 죽는다. 유가르드는 탁월한 통찰력으로 그 사실을 간파했을 것이다.

따라서 입에 머금은 피를 뿜는 그루비의 피안개를 완전히 피하지 못했다.

"————."

살며시 눈썹을 모은 유가르드가『양검』의 화염으로 피안개를 증발시키며 물러난다.

피는 독에 물들었지만 그것을 뿌려도 상대의 피해는 미미한 수준. 노림수는 독을 뒤집어씌우는 것이 아니다. 피를 묻히는 것이다. ——그것은 상대의 소매에 성공했다.

"썩을 놈의 얍삽이지."

그루비가 피로 물든 송곳니를 보이며 웃은 직후, 유가르드 주위—— 그가 지금까지 피한 무수한 손도끼가 마치 실로 당기듯이 그에게 쇄도했다.

그루비의 피를 매개로 표적을 조준하는, 주구 『피도끼』의 유도탄이다.

"이건……."

유가르드는 유도되는 피도끼를 피하지만 막상 피해도 그것이 선회하며 다시 닥쳐오는 광경을 목격했다. 사방팔방에서 밀어닥치는 도끼들을 연속적으로 피하지만 격추하지 않는 이상 피도끼는 쉴 새 없이 날아들다가 언젠가는 그를 따라잡는다.

그리고 그 언젠가를 느긋이 기다릴 만큼 그루비는 행실이 좋지 않다.

"끝이 언제냐고 더럽게 고민했지? 내가 답을 주마!"

그렇게 부르짖은 그루비의 손에는 추가 피도끼가 아니라 처음 공방에서 『양검』에 불탄 사슬낫, 거기서 분리된 사슬추가 잡혀 있었다.

"——!"

화살 같은 속도로 던진 사슬추를 유가르드가 『양검』으로 쳐서 떨어뜨렸다.

반사적으로 피도끼와의 차이를 간파해 이것은 막아도 상관없다고 판단한 안목은 대단하다. 그러나 『주구사』 그루비 검릿의 주구에 건드려도 괜찮은 것이란 없다.

충돌 순간, 사슬추가 붉게 빛나고 어마어마한 폭발이 유가르드를 휩쌌다.

"오오오오——!"

폭염과 폭풍에 휘말리며 마침내 유가르드가 고통의 비명과 함께 날아간다. 그럼에도 유가르드는 곧바로 자세를 회복해 추격에 대비하고자 고개를 들었다. ——그런 유가르드를 노리며 피의 유도탄이 일제히 몰려들었다.

피도끼 한 자루로 뼈, 두 자루로 내장, 세 자루 이상으로 생명을 으스러뜨린다.

그것이 열씩 스물씩 쏟아지면, 천하의 유가르드도 버틸 도리가 없다.

따라서 잡았다고 그루비도 확신을——.

"자랑스러워해라. 네놈은 짐의 시대에 있던 『구신장』 중 그 누구보다도 강하다."

찰나, 그루비의 눈앞에 유가르드의 다부진 얼굴이 육박했다.

휘두른 『사검』의 참격이 창졸간에 기울인 그루비의 오른쪽 귀 일부를 베고, 번쩍 솟은 상대의 발차기가 명치에 꽂혀서 작은 몸이 후방으로 날아간다.

하지만 날아가는 중에 그루비는 허리띠를 풀어 사인족(뱀 아인족)의 송곳니를 엮어 만든 사복검(蛇腹劍)을 휘둘러 추격하는 유가르드의 머리를 옆으로 가격하려 했다.

"모반자 중에 네놈이 있었으면 내 별의 생명도 위태로웠을지도 모르겠군."

뱀의 몸통처럼 꿈틀거리며 길게 출렁이는 일격을 날린 사복검 ──자신에게 육박한 그것을 『사검』으로 가차 없이 해체한 유가르드가 그루비의 힘을 그리 평했다.

역대 최강의 황제의 영광스러운 평가에 대한 답례로 그루비는 발과 발을 맞부딪쳐 옷자락에서 두 자루의 갈고리 밧줄을 발사해 상대의 두 어깨를 분쇄하려 꾀했다.

"이 상황인데 여전히 훌륭하다."

갈고리 밧줄째 두 발꿈치가 잘린다. 그래도 그루비는 발로 차여 가슴뼈가 부러져서 치민 피를 토하며 목에 두른 천을 벗어 공중에 펼쳤다.

순간, 그것으로 그루비와 유가르드의 시야가 차단되었다.

"썩, 을──!!"

펼쳐진 천 너머로 그루비는 자신의 목에 심은 마정석을 손가락으로 튕겨 대기를 명동시키는 포효파를 질렀다. ──사각에서, 음속의 공격, 피할 여지가 없는 기습이다.

하지만──.

"거듭 말하지. 훌륭하다."

그 보이지 않는 기습에 유가르드는 『사검』의 본성을 발휘한다.

──심지를 꺾는다는 말이 있다.

어떤 것의 중심을 꺾는다는 의미지만, 무엇이든 그에 준하는 '심지'가 있다. 어떤 사물에도 현상에도, 개념이라도 그 본질을 뜻하는 '심지'가 존재한다.

『사검』 무라사메는 포착한 그 '심지'를 베는 마검—— 과거에 무라사메는 자신을 녹여서 다시 벼린 그루비를 미워해 다시는 추적받지 않겠다고 '냄새'의 심지를 베었다.

그 이후로 아무도 『사검』 무라사메를 냄새로 쫓을 수 없어졌다.

그리고 지금 무라사메는 그루비가 지른 포효파를 베었다.

그루비의 고막이 자신의 목에 심어 둔 마정석이 깨지는 소리를 듣고, 그것을 알아차린 순간에 참격은 그대로 그루비까지 양단하려——.

"———."

갑자기 분 바람이 잘려야 했던 생명을 양단에서 구원했다.

"하이고마, 위험한 순간이었구마잉. 니는 나가 산책 중이라서 목숨 건졌다카이."

긴급 피난 삼아 뿌려 둔 주구가 모조리 무력화되고 생명까지 베이기 직전이던 그루비를 안고, 불쑥 나타난 장신의 난입자가 스스럼없이 말했다.

난데없는 난입자에게 그루비도 그렇지만 유가르드도 놀람을 숨기지 못했다.

이 격전에 끼어드는 것만이 아니라 이 순간까지 접근한 것도 깨닫지 못했으니까.

"야, 느어……."

"아아, 무리하모 몬 쓴다. 베인 쪽은 기술인데 목소리까정 덤 터기를 썼어야. 억지로 말해싸면 다시는 말 몬할 끼다."

굳은 핏속을 뚫고 뱉는 듯한 그루비의 탁한 목소리에 응수한, 무슨 일이 일어났는지 확실하게 판단한 상대—— 검은 짐승 털을 가진 낭인족이 그루비를 그 자리에 내려놓았다.

그대로 그는 실처럼 가는 눈으로, 싸늘한 시선의 유가르드를 쳐다보았다.

"과연. 무한히 쫓아가는 주구란 편리한 물건인데 팔 하나로 무력화했단 말이제. 심지어."

거기서 말을 끊은 낭인족의 시야에서 유가르드가 잃어버린 오른팔이 재생한다.

낭인족의 말대로 유가르드는 피도끼의 폭풍이 작렬하는 순간, 피가 묻은 소매째로 자신의 오른팔을 잘라내어 회피한 것이다.

그런 회피 방법을 고려하지 않은 것은 아니지만 그래도 팔을 하나 떨어뜨리면 그만큼 행동은 둔해진다. 송장 인간이라는 점을 염두에 두어도 그건 변함없을 터였다.

그럼에도 불구하고 유가르드는 팔을 자르기 전이든 후든 움직임이 변함없었다.

그것이 그루비의 상정 밖이었으며 낭인족의 간섭이 없었으면 목숨을 빼앗겼을 치명적인 빈틈으로 이어졌다. ——하지만 그 사실이 의미하는 바는.

"어이, 써글 느엄."

"지금 나를 썩을 놈이라 한겨?"

"그흐보다……."

"안다, 알아. 말하지 않아도 아주 잘 아는 기라."

부름에 끄덕인 낭인족은 금빛 곰방대를 입에 물고 끝에 불을 붙였다.

그리고 연기를 날리며 살짝 어조를 낮추며 뒷말을 이었다.

"우짜, 성격이 고약한 술자가 다 있구마잉. 사랑이 없어야."

그리 말한 낭인족과 같은 것을 본 그루비도 같은 감상을 품었다.

재생한 오른팔의 감촉을 확인하는 유가르드, 왼손에『사검』을 든 강력한 옛 황제는, 폭풍에 휘말려 불탄 웃옷을 벗어 던졌다.

──그런 유가르드의 가슴에 그루비와 똑같은,『가시넝쿨의 저주』가 걸려 있었다.

2

──『예찬자』라고 불리며 카라라기 도시국가 최강이라는 이름을 거머쥔 하리벨.

네 대국을 둘러보아도 그 이상의 시노비는 없다는 평을 낳으며 제국 최강의 시노비인 오르바르트조차도 씁쓸한 표정으로 인정하는 실력자. 동격으로 평가받는『검성(劍聖)』『광황자(狂皇子)』『푸른 뇌광』과 나란히, 각국 최강의 한 사람으로 부끄럽지 않은 실적을 가진 인물이기도 하다.

단 한 가지, 하리벨이 다른 셋과 다른 점이 있다면 그것은 그가 국가 소속이 아니라 부평초 같은 떠돌이를 자칭하고 있다는 부분이었다.

왕국에 조약으로 얽매인 『검성』이나 국가적 반역자로서 가장 북단의 탑에 유폐된 『광황자』는 물론, 방자하다는 악명을 다른 나라까지 떨친 『푸른 뇌광』조차도 지위가 존재한다.

유일하게 『예찬자』 하리벨만이 감투를 갖지 않은 자유인의 신분이다.

물론 하리벨 본인에게는 고국에 대한 감사와 귀속 의식이 있으며, 카라라기에서 심각한 문제가 일어났을 때에는 조사나 해결 의뢰를 받을 때도 있다. 하지만 자신의 존재가 누군가에게 소유되어 거래 및 교섭 재료로 쓰이는 것을 극단적으로 싫어했다.

──아군이 되고 싶은 상대에게 아군이 되고, 흥미가 솟지 않는 일에는 코도 까닥하지 않는다.

그것이 하리벨의 최강으로서의 신조이며 그런 변덕스러운 성미인 만큼 그를 아는 이들의 평가는 극단적으로 양분된다.

한쪽은, "내가 없어도 너희라믄 괜않타, 괜않타. 장하데이." 하고 거절된 이들.

한쪽은, "나 같은 걸 움직이다니 대단하구마잉, 장하데이." 하고 승낙된 이들.

어느 쪽이어도 스스럼없이 칭찬을 일삼는 그를 다들 『예찬자』라고 불렀다.

당연히 단지 그것만으로 그런 칭호가 붙지는 않았지만, 어떤 상대나 행동에도 객관적인 시점으로 평가하는 것이 하리벨의 자세였다.

그렇기에——.

"우짜, 성격이 고약한 술자가 다 있구마잉. 사랑이 없어야."

물고 있는 곰방대에서 연기를 날리며 그리 말한 하리벨의 목소리에는 예찬이 없었다.

살짝 어조를 낮추고 곤두선 성미가 느껴지는 그 음성은, 그를 아는 이라면 좀처럼 보이지 않는 언짢은 기색에 자못 놀랄 것이다.

하리벨 본인도 송장 인간 자체에 호감은 없었지만, 그래도 대단한 술법이라는 효과와 규모, 술자인 적의 유능함에는 감탄하는 면조차 있었다.

하지만 눈앞에 있는 상대의 모습에는 감탄하는 마음일랑 한 톨도 솟지 않았다.

"————."

하리벨은 실처럼 가는 눈을 살며시 뜨고 금빛 눈동자로 그 상대—— 너덜너덜해진 웃옷을 벗어던지고 한 손에 믿을 수 없는 명도를 든 유가르드를 보았다.

직전까지 『구신장』 중 한 명인 그루비와 싸웠던 난적은 그저 실력자일 뿐만이 아니라 성가신 구석이 그 영혼에 얽혀 있었다.

같은 것을 본 옆의 그루비가 피로 더러워진 입가를 손으로 훔치고 말했다.

"어이, 즈거……."

"억지로 말할 거 없다. 내도 똑같은 거 보고 있어야. 그 아이들에게는 저주의 전문가한테 맡기고 싶단 얘기밖에 못 들었지만도."

하리벨은 한 손으로 턱수염을 매만지며 자신을 이 제4정점에 지명한 소년을 떠올렸다.

　빈센트도 한 수 접어 주며 판단력에 주위의 절대적인 신뢰를 모은 소년은, 아나스타시아도 가능한 한 그 의견을 존중하라고 말할 만큼 기대받고 있었다.

　그 소년에게 주술에도 정통한 실력자로서 이 제도 결전의 명암을 가른다고까지 하는 상대의 대처를 임명받은 것이다. 아나스타시아에게도 큰소리를 치고 왔기에 여기서는 카라라기 최강의 실력을 빈틈없이 발휘하려고 벼르고 있었는데.

　"이건 예상 밖이구마잉……."

　기세가 꺾인 모양새인 하리벨과 옆의 그루비가 주목하는 점은 똑같다.

　둘의 의식은 유가르드의 왼쪽 가슴, 인간이라면 심장이 있는 위치에 얽힌, 반투명하게 비쳐 보이는 독살스러운 가시넝쿨── 제도의 광역에 무차별적으로 뿌린 『가시넝쿨의 저주』와 같은 것이 유가르드를 좀먹고 있다는 사실에 쏠려 있었다.

　그 기이한 사실에서 부상하는 가능성은 둘이다.

　하나는, 『가시넝쿨의 저주』가 술자인 유가르드 자신조차 말려드는, 정확한 의미로 무차별적인 저주라는 것.

　하지만 하리벨은 이쪽보다 다른 한쪽의 가능성을 높게 점치고 있었다.

　다시 말해──.

　"거기 아인족, 짐의 물음에 답하라."

재생한 오른손의 감촉을 확인한 유가르드가 그런 말을 던졌다.

당연하지만 그 말에 시선이 꽂히는 것은 난데없는 난입자인 하리벨이다. 그 물음에 하리벨이 "나?" 하고 자신을 가리키자 유가르드는 깊이 끄덕였다.

"짐의 안목이 틀리지 않는다면, 네놈은 낭인족인가?"

"그래, 그렇제. 나는 낭인족…… 볼라키아가 난장을 피운 바람에 온 세상에서 몸 기댈 곳이 없는 입장이데이. 이젠 멸종할 지경이제."

"그런가. 그런가."

멸종을 화제로 삼은 비장의 농담이었지만, 유가르드는 조용히 확인하듯 끄덕일 뿐이고 불발. 그 모습에 의아해하는 하리벨 옆에서 그루비가 "어이." 하고 탁한 목소리를 질렀다.

"그러니까네 무리하믄 안 된다고……."

"그럴 뜨애가 아햐, 써글! 혀엉그제는……."

"네놈 개인에 대한 원한은 없다."

핏발선 그루비의 목소리가 말을 마치기 전에 그 선언이 형태를 수반하며 쏘아졌다.

아무렇게나 휘두른 『사검』의 참광(斬光)이 검게 터지고, 그루비의 존재를 무시하며 하리벨을 가랑이부터 머리끝까지 둘로 가르고자 내달린다.

눈만 깜빡일 한순간의 찰나에, 거기에는 세로로 두 동강 난 하리벨이 만들어졌다.

"윳."

그 장렬한 광경에 순간적으로 꺼낸 말을 마치지 못한 그루비가 말문을 잃고, 절단한 쪽인 유가르드는 『사검』을 위로 휘두른 자세 그대로 말을 마쳤다.

"하지만 네놈의 종족은 내 별을 한 번 죽게 만드는 데 가담했다. 따라서 같은 죄인 토서인족(두더지 아인족)과 마찬가지로, 본보기로서 씨를 말리겠다."

"아아…… 인자사 생각났데이. 옛날 황제님, 네가 우리가 멸종할 뻔한 원인이었제."

"음."

참살한 상대에게 건 말에 대답이 나오자 유가르드가 눈썹을 모았다.

그런 유가르드의 눈앞에서 대답한 것은 몸 한복판에서 좌우로 잘린 하리벨이었다. 천천히 좌우로 갈라지고 있는 하리벨의 모습에 유가르드가 눈을 깜빡였다.

"놀랍군. 그 상태인데도 아직 죽지 않다니, 지나치게 단련한 자의 종착지인가?"

"꽤 유쾌한 견해구마잉. 근데 아이다. 본체가 아닐 뿐."

장난기를 담은 하리벨이 웃은 직후, 좌우로 갈린 몸이 한꺼번에 무너지고 검은 짐승 털이 대량으로 그 자리에 떨어졌다.

그런 비현실적인 광경으로 이목을 끌고, 유가르드의 등 뒤에서——.

"함부로 짐의 등 뒤에 자리를 잡지 마라. 내 별 말고는 허락하지 않았다."

"허이, 대단하셔라."

무너진 분신의 충격 뒤에 배후로 돌아간 하리벨의 몸통이 유가르드의 오른팔── 거기에 또다시 잡힌 『양검』의 참격에 두 동강 난다.

그러나 양단되어 상하가 한꺼번에 불타오른 하리벨도 진짜가 아니다.

배후의 기습에 대응한 유가르드가 "으음." 하고 놀라며 그 몸이 갑자기 내려앉았다.

원인은 그의 두 다리를 잡고 가로로 끌고 들어간 세 번째 하리벨이었다. 지면에서 빠져나온 하리벨과 교체되어 허리까지 파묻힌 유가르드. 거기서 목까지 파묻혀 완전히 운신이 막히는 것이 이상적이지만.

"그리 쉽지만은 않구만, 역시."

투덜거린 세 번째 하리벨이 타오르는 두 번째 하리벨의 주검 위에서 토막 났다.

가로 세로 대각선으로 참격이 꽂혀 격자 모양으로 잘린 몸이 산산이 날아가자, 같은 참격으로 지면을 가른 유가르드가 그곳에서 뛰쳐나온다.

오른손에 『양검』, 왼손에 『사검』을 든 전투태세의 복귀다.

사람의 지혜를 초월한 마검을 이도류로 든 유가르드에게 좌우에서 새로운 두 명의 하리벨이 덮쳤다. 어떻게 보면 끊임없이 되살아나는 송장 인간에 대한 앙갚음이지만, 늘어난 것이 하리벨이라면 흔해 빠진 송장 인간과는 비교가 되지 않는다.

"한사코 위협적이군."

하리벨이 분신했다는 사실을 태연히 받아들인 유가르드가 두 자루 마검을 동시에 휘두른다.

좌우에서 오는 하리벨을 상대로 각각의 마검이 치명적인 검격을 지르는 자세———. 하지만 그 두 팔을 등 뒤에 나타난 세 번째 하리벨이 잡아 세웠다.

"미안한데 난 세 명까정 된데이."

두 팔이 막혀서 주춤거린 유가르드의 머리와 몸통에 뒤늦게 도달한 두 하리벨의 수도가 저마다 꽂혔다.

『유법(流法)』을 극도로 연마한 하리벨의 관수(貫手)는, 어설픈 날붙이보다 훨씬 날카로운 명도다.

그것들은 정확히 유가르드의 오른쪽 눈과 명치를 관통해 즉사의 위력을 발휘했다.

그러나———.

"짐을 속이려고 하지 마라. 내 별이 아니라면 불경하다."

관통되지 않은 왼쪽 눈이 하리벨과 눈을 맞춘 직후, 『양검』이 더욱 광채를 발했다. 다음 순간, 붉은 빛이 불꽃이 되고 유가르드를 포함한 일대가 단숨에 불타올랐다.

"―――――."

폭발적인 연소 범위에 세 명의 하리벨도 빠짐없이 삼켜져 불탄다.

그리고 한 박자, 환상처럼 불꽃이 꺼지자 세 명의 하리벨은 모두 다 타고 남은 찌꺼기가 되고 똑같이 불탄 유가르드는 타 버린 표면을 재생하며 태연히 걸음을 떼었다.

그리고 그는 검은 눈으로 빙 둘러보다가──방금까지 있던 그루비가 사라진 곳에 눈길이 멎었다.

"행실 바르게 물러날 자 같지는 않았다만. 무엇을 노리고 있지?"

3

"못 쓰겠어. 이쪽이 뭔가 꾸미고 있어도 금세 간파하니까네."

하리벨은 먼 후방, 전장에 두고 온 유가르드를 멀찍이 바라보며 고개를 쯧쯧 가로젓고 검술만이 다가 아닌 까다로움에 탄식했다.

유가르드는 강력한 마검에 휘둘리는 게 아니라 멋지게 소화하고 있다.

그 높은 실력에 더해 송장 인간으로서의 불사성과 높은 통찰력. 이쪽의 분신 한계가 세 명이라는 거짓말도 간파하고 치명적인 상황에 대한 대응력도 뛰어난 판국이다.

"과연, 거의 혼자서 불리한 전황을 뒤집은 양반이데이. 어깨가 으쓱해지긋어?"

"그런 소리 할, 때냐, 제헨장…… 내려놔…….'

그렇게 질문한 하리벨의 품에 안긴 그루비가 분노한 낯으로 버둥거렸다.

이렇게 데리고 나오지 않았으면 휘말려서 불탔을 텐데 감사의 마음이 없다. 물론 무인인 그가 싸움에서 멀어지는 것을 싫어하는 생각은 이해한다.

"하지만 더 했다간 죽어 버릴지도 모른다이가? 애초에 독을 써서 몸을 억지로 움직이는 짓이나 하고…… 참 목숨 아까운 줄 모르는구마잉."

"_____."

지적에 살짝 놀라는 그루비의 모습에 하리벨이 자신의 코를 손가락으로 튕겼다.

온갖 독물에 정통한 시노비라면 그루비의 피에 섞인 희미한 이취의 정체도 상상이 간다. 하리벨이라면 생각이 나도 그 용도로는 시도하려고도 하지 않을 것이기에, 생각만 해도 몸서리가 쳐지지만.

"볼라키아 사람들은 독이 바짝 올라서 참말로 무섭데이. 오르바르트 씨도, 오른손 없어졌는데 실실대던데 겁나지 않나? 노인네인데 못 당하굿어."

"너는, 으어떤 건데……."

"응?"

"드어럽게 늘질 않나, 태연흐안데, 저주는 으어쨌어……!"

"그게, 문제란 말이제."

경이적인 속도로 목의 부상에 적응하는 그루비의 질문에 하리벨은 탄식했다.

이렇게 부상당한 그루비를 데리고 전장을 벗어난 것은 직무 방기가 아니라 어디까지나 승리를 위한 포석이다. 상대를 모른 채

무턱대고 덤비는 것은 어리석은 자의 무모함——. 하리벨은 그
래도 웬만한 상대라면 힘으로 밀어붙여 이길 수 있지만, 이번 상
대는 그리 쉽지가 않다.

그것은 상대가 초월급 실력자라서가 아니고.

"마, 고마 붙으모 내 쪽이 강할 끼다. 그라카도——."

다만 유가르드를 쓰러뜨리기만 해서는 하리벨에게 주어진 일
은 완수할 수 없다.

하리벨이 맡은 것은 제도 결전의 명암을 가르는 『저주』에 대한
대처다. 유가르드를 쓰러뜨리는 것뿐으로는 그 해결에 이르지
못한다. ——그 사실이 가장 큰 문제였다.

"너의, 가시넝쿨은……."

"싹 사라져뺏다. 그게 두 번째 단서."

"첫 번째는…… 그 황제의 썩을 넝쿨인가."

불만스럽게 분석에 협력하는 그루비. 그가 내려다보는 하리벨
의 가슴팍에는 싸우기 전에는 있던 『가시넝쿨의 저주』가 사라
져서 없어졌다.

막을 방도가 없는 통증을 주는 저주다. 스바루가 최우선적으
로 배제하고 싶다고 주장한 것도 이해가 가는 이야기지만, 하리
벨은 아직 저주에 아무 대처도 하지 않았다.

그런데도 가시넝쿨이 사라진 것은, 저주의 대상에서 하리벨이
벗어났다는 뜻이다.

그 사실이 의미하는 바란——.

"썩어빠질……."

"느낌을 보니 내캉 『주구사』 양반하고 같은 의견 같구마잉. 든 든혀라."

"썩을 것과 썩을 것을 비벼다가 썩어빠질 답이 나와서 속이 썩 을 지경이다……!"

내뱉듯이 말한 그루비가 갈 곳 없는 분노를 욕설로 풀었다.

그런 그루비와 같은 심경으로 하리벨은 새삼 처음의 언짢은 기 분을 되찾고는 유가르드의 가슴에 엉킨 가시넝쿨을 보고 떠오 른, 두 번째 가능성이 정답이라고 확신했다.

『가시넝쿨의 저주』가 유가르드의 가슴에 얽혀 있던 논리적인 이유, 간단한 이야기다.

"그 넝쿨은, 황제님이 주위를 저주하고 있는 게 아이라……."

"유가르드 각하가 어디 썩을 자식에게 저주받은 것이, 더럽게 확대된 거지."

4

──『형극제』 유가르드 볼라키아가 저주를 받은 것은 볼라키 아 제국에 오래도록 지속된 제위 계승 의식, 『선제(選帝)의 의 식』에서 생긴 방해 공작의 일환이었다.

지금에 와서는 그것이 황족 형제 중 누구의 의향이고 얼마나 고명한 주술사가 관여했는지도 확실하지 않다. 다만 언젠가 다 가올 『선제의 의식』을 대비한 잔혹한 책모는 훗날 유가르드 볼 라키아가 된 어린 황자의 운명을 크게 뒤틀었다.

──유가르드에게 걸린 『가시넝쿨의 저주』는 몹시 잔혹하고 단순한 것이었다.

다시 말해, 가시넝쿨의 속박으로 심장을 좀먹는 견디기 어려운 고통을 준다는 것.

그리고 그것을 유가르드 주위에 있는 이들에 대해서도 적용한다는 것이다.

어린 유가르드가 저주의 고통에 울부짖으면 집안사람이나 사용인이 구하려고 한다. 하지만 그렇게 접근한 이가 족족 저주에 휘말리고 그에게 다가갈 수 없다.

그렇게 유가르드를 고독한 가운데 고통 속에서 죽이려는 목적의 저주──. 그것이 『가시넝쿨의 저주』의 정체였지만, 여기에 운명의 장난이 발생한다.

유가르드는 날 때부터 통증을 느끼지 않는 '무통각증'이었던 것이다.

그 때문에 항상 발동하는 『가시넝쿨의 저주』는 유가르드 본인에게는 고통을 주지 않고 대신에 그의 주위 사람들에게 가시넝쿨의 고통을 끊임없이 주었다. 결국 그는 혼자가 되었다.

가족이나 사용인조차 다가가지 못한 채 주어진 저택에서 홀로 지내며, 다른 이와 접촉할 기회가 없는 어린 시절을 보낸 유가르드는 자신의 표정이 굳어 버린 이유가 거기에 있다고 생각했다. 그러나 단지 타고난 성격일 가능성도 막상막하다.

어쨌든 유가르드와 『가시넝쿨의 저주』는 기적적인 공존을 지속했다.

다른 이와의 접점은 최소한으로 국한했지만 그래도 꼭 접촉해야 할 기회는 있다. 그때마다 『가시넝쿨의 저주』에 말려든 이들은 자연히 '저주를 거는 것은 유가르드다'라는 소문을 흘리게 되고, 유가르드도 그것을 부정하지 않았다.

실제로 유가르드는 『가시넝쿨의 저주』를 다른 이가 건 것인지, 자신이 모종의 이유로 발동한 것인지 정체를 알 수 없었기 때문이다.

말을 더 보태자면 그 답을 갖고 있을 저주를 건 주술사는 유가르드의 이후 인생에 나타난 적이 없었기에, 명령한 이의 정체도 알지 못하는 채 남았다.

따라서 『가시나무 왕』은 자신의 행보에 따라다니는 가시넝쿨의 정체를 모르는 대로 길고 긴 시간을 걷게 된다.

그 행보도 아무 일 없으면 『선제의 의식』 어디선가에서 두절되어 사라졌을 터였다.

가시넝쿨은 유가르드를 고독하게 만들고, 그에게 저주를 건 자의 목적은 본래 형태가 아니라 해도 이루어지기는 했던 것이다.

"캄캄한 암흑을 바라보는 것보다 하늘의 별을 세는 편이 마음이 편안하지 않을까요?"

──그, 유가르드의 가시넝쿨을 넘어서 다가온 소녀와의 만남을 제외하면.

5

"설마 그렇게 달아나고 오지 않나 의심했다, 낭인족."

"그 생각도 안 한 게 아이지만도…… 미안, 거짓말이데이. 조금도 생각 안 했다카이."

"무엇 때문에 짐을 속이려 하나?"

"넉살 부리는 게 버릇 같은 기라 그렇다. 가벼운 마음으로 용서해 주면 기쁘겠어야."

"황제를 속이려고 하다니, 불경하지 않느냐. 하지만 자신의 잘못을 바로 인정한 것은 높이 사서 방금 한 거짓말을 불문에 부치겠다."

말 그대로 날 듯이 돌아온 하리벨을 정면으로 맞이한 유가르드가 대범하게 끄덕였다.

한 번은 전장을 떠났다가 돌아온 하리벨을 상대로 불쾌한 내색도 없이 그렇게 말한 유가르드의 묵직한 자세에는 황제의 관록이 있었다.

실력은 제외하더라도 그 그릇은 정녕 황제답다고 할 수 있으리라.

"그런 상대를 용암처럼 화나게 하다니 얼마나 큰 사고를 친겨, 선조님."

『형극제』 유가르드와의 떼어낼 수 없는 그 접점에 하리벨은 뺨을 긁었다.

낭인족인 하리벨에게 유가르드는 종족 전체의 원수라고 할 수 있는 상대다.

온 세상에서 위축되며 지금도 볼라키아 제국에서는 낭인족도,

그 피가 섞인 혼혈 낭인족── 늑대인간조차도 들키면 사형을 면치 못하는 환경에 처해 있다. 그렇게 되도록 제국에 영원한 규정을 남긴 것이 다름 아닌 이 유가르드다.

낭인족과 토서인족, 이 두 종족은 볼라키아 제국을 배신한 원수로 규정되어 오랜 역사 속에 수많은 동포가 생명을 빼앗기고 말살당해 왔다.

아마 앞으로도 그런 풍조가 완전히 사라지지는 않을 것이다.

따라서 하리벨이 보자면 상대에게 동등한 증오를 품어도 당연하지만──.

"그 눈빛, 짐에게 보내는 것은 용납지 않는다."

"내가 무슨 눈을 한 기로 보이는 기가?"

"때때로 내 별이 보이던 눈이다. 그 눈빛을, 내 별 말고 다른 자가 보내는 짓을 짐은 허락지 않는다. 아니, 짐은 좋아하지 않는다."

거짓과 가장과는 필시 무관할 유가르드의 대답을 들은 하리벨이 깊게 숨을 내뱉더니 왼쪽 가슴을 손으로 두드렸다.

거기에 『가시넝쿨의 저주』는 없다. 유가르드에게 증오해야 할, 저주해야 할 낭인족인 자신에게 저주가 발동하지 않았다. ──그 사실이 하리벨의 기분을 더욱 곤두세웠다.

"만약 내가 이런 기분이 되는 것까정 예측하고서 그 아이가 나를 여기에 보낸 기라모 아나 도령, 조심해야긋어."

감은 눈 안에서 어릴 적부터 알고 지내며 별로 키가 크지 못한 소녀를 떠올린 하리벨이 그렇게 중얼거리고 곰방대를 입에 물었다.

그리고 끝에 불을 붙이고 차분히 맛본 연기를 뱉었다.

뽑고서, 결심했다.

"허락 안 해도 된다, 황제님. 우리는 그런 관계 아이가?"

"그런 관계란?"

"낭인족과, 『형극제』."

서로 상대를 증오할 이유가 있으며 멸할 이유가 있는 관계.

자신과 상대를 손가락으로 가리킨 하리벨의 선고에 유가르드의 표정은 바뀌지 않았다. 그 바뀌지 않는 표정 뒤편에 얼마나 많은 것들을 닫고 있는지는 알 수 없다.

알 수 없지만, 하리벨은 결심했다.

그저 쓰러뜨리는 것만으로는 맡은 역할도, 자신의 결심도 완수할 수 없다.

그러니까──.

"그 승질 뻗치는 저주에서 해방하고 그냥 임금님으로 만들어 주께, 『가시나무 왕』."

6

──유가르드 볼라키아는 고독을 강요받던 왕이었다.

철이 들기 전에 『가시넝쿨의 저주』에 걸려서 가족과 사용인조차 다가갈 수 없는 체질이 된 그는, 부득이하게 몹시 치우친 환경에서 성장할 수밖에 없었다.

무통각증 때문에 자신이 발신원이 된 『가시넝쿨의 저주』의 고통을 맛보지 않는 유가르드는, 자신의 존재가 주위를 좀먹으며 고통을 주는 요인이 되었음을 그 고통스러운 표정과 절규를 통해 이해하고 고립되는 인생을 받아들였다.

『선제의 의식』에 관해서도 이겨 나가려는 기개는 위태위태했다.

상식적으로 생각해서 『가시넝쿨의 저주』가 발병한 자신이 제위에 앉는다 함은 볼라키아 제국의 국정을 짊어지는 데에 불이익이 지나치게 많다고 판단했다.

가령 황제가 되었다고 해도 나라의 요직에 있는 이들과의 접견 및 타국 중진과의 교섭, 그런 현장에 한 번도 모습을 보이지 않는 황제란 있어서는 안 될 거라고.

따라서 유가르드는 『선제의 의식』에서 승리해서는 안 된다고 생각한 시점에서, 의식이 시작될 나이까지가 자신의 여명이라고 정했다.

그 나이까지 유가르드는 가능한 만큼의 지식을 얻고 황족의 의무—— 다시 말해 맡고 있는 제국민의 생활 향상과 안녕을 높이려고 애쓴 것이다.

『가시넝쿨의 저주』에 침식되며 고독을 강요받던 유가르드.

그러나 그런 처지에 있음에도 유가르드는 자신이 불행하다고는 생각하지 않았다.

날 때부터 눈이 보이지 않는 이가 있는가 하면 손발이 불편한 이도 있다. 자신이 다른 이와 곁을 함께할 수 없는 것도 그런 장애의 일종에 불과하다고 생각했다.

그리고 눈이 보이지 않고 손발이 불편한 탓에 목숨을 잃는 이가 끊이지 않는 세상에, 황족이란 신분 덕분에 생을 부지한 자신은 운이 좋다고 여겼다.

유가르드는 황족이라는 출신 덕택에 가족과 가까운 사람이 곁에 없어도 굶주림조차 모른 채 살아갈 수 있었다. 그렇다면 황족의 의무를 다하겠다.

어머니와 집안사람에게는 미안하지만 황제 자리를 거머쥘 수는 없다. ──그렇다면 최소한 여명이 끝나기 전까지 길지 않은 세월을, 자신을 둘러싼 세계를 위해서 쓰리라.

──그렇기 때문에 그녀와의 만남은 유가르드의 인생에서 가장 큰 실수였다.

포기했을 터인 제위를 원했기 때문이 아니다. 황족의 사명을 내던진 것도 아니다.

그저 살고 싶다고 바라고 말았다. ──아이리스와 함께 살고 싶다고, 바라고 말았다.

7

『가시넝쿨의 저주』는 유가르드 볼라키아에게 걸린 것이며 그 효과는 유가르드에게 고독을 강요하기 위한 것이다.

그 목적을 달성하기 위해 최대의 효과를 발휘하는 조건이란 무엇일까.

고독의 반대는 사랑이라고도 바꿔 말할 수 있다. 다시 말해, 『가시넝쿨의 저주』란 사랑하는 이를 멀리하게 떼어놓는 저주다.

즉——.

"내 가슴의 가시넝쿨이 사라지고, 딴 것은 안 사라진 게 답이데이."

하리벨은 곰방대를 빠는 입을 가볍게 깨물고, 가슴을 어루만지며 중얼거렸다.

『형극제』를 배신하고 오래도록 구전되는 옛날이야기 속에서까지 배신자라고 불리는 처지가 된 낭인족과 토서인족. 그 전자인 자신의 가슴에서 가시넝쿨이 사라진 것은, 유가르드가 하리벨을 낭인족이라 확인하고, 『가시넝쿨의 저주』의 조건에서 벗어났기 때문이다.

——즉, 『가시넝쿨의 저주』는 사랑하는 존재가 아니라면 발동하지 않는다.

"이런 큰 애정을 가진 양반이 누구 마음에 안 들었길래 말여."

하리벨은 답답한 마음을 담배 연기에 섞으며 곰방대의 연기를 단숨에 빨아들였다.

담배통에 쟁인 특수한 담배가 한 번의 흡입으로 모조리 불타고, 남다르게 큰 하리벨의 폐를 연기가 채운다. 다음 순간, 이를 깨물어 곰방대를 머리 위로 튕기더니 검은 기모노를 입은 하리벨이 상반신을 기울였다. 직후, 검은 뒷머리채가 대각선으로 번뜩인 『사검』에 베였다.

참격의 여파에 휩쓸린 제도의 시가지가 배후에서 비스듬히 기우는 가운데, 앞으로 내디딘 하리벨의 장신에 다른 장신이 동시에 셋 늘어섰다.

그 장신은 모두 하리벨이고, 형태가 똑같은 분신이었다.

단──.

"그 곡예는 아까도 보았다."

쳐든 오른손의 『양검』이 내리꽂히며 네 하리벨의 앞길을 화염이 뒤덮는다.

작열의 색조가 하도 강렬해 하얗게 보이기까지 하는 화염의 장막이 가로에 떨어지고, 하리벨들이 선택에 쫓긴다. 요컨대 화염을 뛰어넘느냐, 우회하느냐의 이지선다──. 그러나 하리벨은 세 번째 선택지를 택한다.

"아까 재주하곤 쪼매 다르다."

네 명의 하리벨 중 두 명이 선행해서 솟구치는 화염의 장막으로 손바닥을 내질렀다.

포석이 터질 정도의 디딤발과 맞추어 내지른 하리벨의 장(掌)은, 어설픈 성문이라면 일격에 날려 버릴 파성추다. 그것이 두 발, 동시에 화염 앞에서 멈추고 생겨난 바람이 폭풍이 되어 화염을 날려 버렸다.

그 일격에 유가르드의 무표정한 얼굴의 눈썹이 슬며시 움직이지만, 놀라기에는 아직 이르다.

늦게 움직인 두 명이 선행한 두 명을 제치고 유가르드의 몸통에 파성추를 처박았기 때문이다.

"큭."

충격을 받은 유가르드가 목구멍에서 신음을 억누르며 수평으로 날아간다. 하지만, 얕다. 하리벨의 장을 반사적으로 『양검』

의 칼배로 받았을 뿐더러 본인이 뒤로 뛰었다.

그럼에도 위력은 다 죽이지 못했지만 황제라는 신분으로는 상상할 수 없는 실력자다. 황제 같은 건 못 하고 시노비 노릇만 하고 있는 자신의 체면이 말이 아니었다.

하지만, 그럴 만도 하다.

유가르드의 체질로는 자기 몸을 지키기 위해서 부하도 의지할 수 없다. 이 황제에게는 자기 몸은 자기가 지킨다는 선택지밖에 없다.

"손에 사정은 안 둔데이."

그 처지에 대한 감상은 어쨌든 유가르드에 대한 추격의 손길은 늦추지 않는다.

뒤로 날아가는 관성을 죽이고자 발끝으로 지면을 긁은 유가르드는 바로 옆에서 들린 하리벨의 목소리에 고개를 돌리고, 몸을 뒤틀어 참격을 날리려 했다.

그러나 그곳에 있던 하리벨은 대각선으로 참격을 받자 즉시 짐승 털을 흩날리며 소멸. 눈이 휘둥그레진 유가르드를 바로 밑에서 다른 하리벨이 차올린다.

"우웃……."

등을 걷어차여 공중에 뜬 유가르드에게 사방에서 하리벨이 달려든다.

전후좌우, 모두 다 거울에 비친 상 같은 움직임으로 수도를 쳐드는 낭인족. 그것을 유가르드는 『양검』의 권능을 구사해 요격한다. ──『양검』이 붉게 발열하며 폭발이 일어났다.

급속한 가열에 하늘이 불타고 그 폭발에 회전하는 유가르드의 참격이 공중의 하리벨 네 명을 양단, 불타 사라지는 하리벨들——그 전부가 짐승 털로 바뀌었다.

대신에 바로 위에서 전투도끼처럼 강렬한 팔꿈치 찍기가 유가르드의 머리에 직격하고, 황제가 세로로 회전하며 제도의 가로에 추락해 폭음과 함께 원형의 크레이터를 만들어 냈다.

그 크레이터 옆에 착지한 하리벨이 손을 슥 뻗으니 마침 그곳에 격돌 직전에 입으로 던졌던 곰방대가 떨어져서 받아낸다.

그리고——.

"보통이라면 죽었을 텐디, 고래 되진 않제?"

"그렇다."

먼지구름이 오르는 가운데, 크레이터 중심을 내려다보던 하리벨에게 태연한 응답.

이만큼 하고도 피해가 없는 것은 꽤 골치가 아프지만 예상대로 이기에 최저한의 상처만 받고 끝났다. 또한 지금의 상대로 『사검』과 『양검』의 평가를 수정했다. 『사검』 쪽이 위험하다고 생각했었지만 『양검』도 충분하고도 남을 만큼 버겁다. 하지만 그 이상으로——.

"실체가 있는 분신과 허상의 분신을 나누어 쓰고 있나."

유가르드가 크레이터 안에서 몸을 일으키며 직전의 공방을 분석했다.

"이만한 기술을 익히려면 피를 토할 듯한 수련이 필요했을 터. 찬사할 가치가 있다."

"거 고맙구마잉."

괜한 정보를 주지 않기 위한 최소한의 답변이지만 유가르드의 지적은 정답이다.

하리벨의 『분신』은 짐승 털로 만든 겉보기뿐인 분신과, 하리벨 본체와 전혀 손색이 없는 실체를 수반한 명실상부한 분신으로 두 종류를 만들 수 있다.

이것을 조합해 상대를 농락하는 것이 하리벨이 취하는 전투법의 골자이며, 겉보기뿐인 분신이어도 웬만한 상대라면 완봉할 수 있는 힘을 갖추고 있다.

문제는 유가르드가 웬만한 상대가 아닐뿐더러 더욱이 하리벨의 장기인 주술이라는 전술도 통하지 않는 상대라는 점이다.

죽이기 위한 기술은 이미 죽은 상대에게는 효과를 바랄 수 없다.

하물며 유가르드의 영혼에는 이미 더할 수 없을 만큼 강고한 저주가 걸려 있다.

그러나──.

"하겠다고 결심한 일은 하지 않으모 아나 도령한테 혼나제."

손아귀의 곰방대를 휘돌리며 담배통에 다음 담배를 담고 불을 붙인다.

조금 전과 똑같이, 단숨에 연기를 폐에 담자 사지에 힘이 치솟는 착각이 뇌를 속인다. 그대로 크레이터 중심에 있는 유가르드에게 다음 공격을──.

"안 되겠군, 네놈은 과하게 강하다. 짐도 진심이 될 수밖에 없겠어."

찰나, 크레이터에서 뛰쳐나온 유가르드가 『양검』을 눈앞에서 치켜들고 있었다.

내리치는 『양검』, 거기에 하리벨은 반사적으로 끼어들어 검이 아니라 그것을 잡은 유가르드의 오른팔을 막아서 공격을 방어한다.

직후, 터져 나온 충격파가 하리벨의 배후로 관통해 난도질당하고 불타 버린 제도의 건물이 흩어지는 잿더미로 화했다.

이때, 유가르드가 든 것은 『양검』 한 자루뿐. 그때까지 왼손에 들고 있던 『사검』은 크레이터 안에 박혀서 방치되어 있었다.

그것은 강력한 무기를 놓는다는 판단이 아니다.

"익숙지 않은 쌍검보다 익숙한 한 자루로 상대하겠다."

"진짜, 밉상인 분이구마잉, 황제 각하."

일일이 상대가 싫어하는 최선의 수를 놓는 것은 본래 시노비의 수법이다.

그것을 통찰력과 결단력으로 실행하는 유가르드를 상대로 하리벨은 그 팔을 막은 채 자신의 분신을 세 방향으로 진격시켰다.

장저(掌低)와 발차기, 더해서 한 명은 파헤친 지면을 탄환 삼아 갈기는 산탄――. 유가르드는 그 공격들을 팔이 잡힌 채로 압도적인 검재(劍才)로 찍어 눌렀다.

오른손에 잡힌 『양검』을 잠깐 사이에 지우고 왼손에 『양검』을 재출현시켜 그것으로 밀려드는 세 명의 하리벨을 태워 날린 것이다.

그중 두 명은 짐승 털로 만든 분신이지만 탄환을 날린 한 명은 실체였다.

하리벨은 자신의 짐승 털이 확 타 버린 냄새를 맡으며 수도를 날렸고, 스친 유가르드의 뺨이 베이며 초월급의 몇 초간이 시작되었다.

8

──여기서 또 하나, 『가시넝쿨의 저주』가 초래한 얄궂은 운명의 장난이 있다.

저주는 유가르드에게 고독을 강요했지만 무통각증인 그를 괴롭히는 목적을 완수하지 못했다. 하지만 아픔과 무관할 뿐이지 유가르드의 육체는 저주가 좀먹고 있었다.

실제로 어린 유가르드도 아픔이야 느끼지 못해도 저주의 압박감으로 숨이 갑갑하다고 느낀 적은 있었다. 그것은 자신의 여명을 규정했던 유가르드에게는 마땅치 않은 장애였다.

그 정신적인 초인성이 육체에 얼마나 큰 영향을 미쳤는지는 알수 없다.

하지만 어느덧 유가르드의 육체는 『가시넝쿨의 저주』가 주는 영향에 일절 흐트러지지 않고, 유가르드 본인의 목적을 완수하기 위한 만전의 활동이 가능하게 되었다.

다시 말해, 유가르드의 육체는 항상 노출되는 생명의 위기에 대응할 수 있게 성장했다. ──제국사상 최강의 황제가 태어난 경위는 그런 얄궂은 운명에 있다.

그저 살기 위해서만 최적으로 완성된 유가르드의 육체는, 그 본인의 기계적일 정도의 근면함을 키우는 토대로서 최고로 기여했다.

호위를 둘 수 없는 입장상, 자기 몸을 지키기 위해서 자신을 단련한 유가르드는 그 드문 재능을 살리는 육체를 얻어 비교 대상이 없는 채 끊임없이 강해졌다.

『가시닝쿨의 저주』가 유가르드를 강하게 만든 이상 무의미한 가정이지만, 그 실력과 검재는 만약 『가시닝쿨의 저주』가 없어도 당시의 『구신장』을 전멸시킬 수 있을 정도였다.

물론 실제로 유가르드의 싸움은 『가시닝쿨의 저주』로 괴로워하는 상대의 목을 치는 상황이 대부분이며, 『구신장』과의 싸움에도 별 차이는 없었다.

유가르드에게 싸움이란 실력의 경합이 아니라 처형이라는 작업이다.

"칭찬하마."

잘 알려지지 않은 사실이지만, 유가르드 볼라키아는 역대 볼라키아 황제 중에서 이 말을 가장 많이 한 황제다.

같은 토대에 서지 못하기 때문에 자신에게 남과는 다른 위치가 주어졌음을 아는 유가르드는 다른 이에 대한 칭찬을 아끼지 않는다.

따라서 이것은 얄궂은 해후였다.

제국사상 가장 많이 다른 이를 칭찬한 『형극제』와, 현대에서 『예찬자』라 불리는 방식으로 사는 낭인족이 이렇게 생사의 간격을 둔 이승에서 부딪친다는 사실은.

하지만 이 해후에 아직 운명의 장난이라고 할 다른 얄궂은 일이 있다.

앞서 말했다시피 유가르드에게 싸움이란 일방적인 것이다.

『가시넝쿨의 저주』가 대상을 좀먹기에 유가르드는 만전이라고도 본래 상태라고도 할 수 없는 적과 대치하고 그 목을 치는 일밖에 승리를 얻지 못했다.

그, 유가르드 볼라키아가 지닌 '싸움'의 개념이, 바뀐다.

눈앞의, 『예찬자』 하리벨이라는, 저주를 받지 않는 낭인족과의 격돌로써.

"하──."

작게 벌린 입에서 숨을 흘러나오고, 유가르드의 일섬이 세계를 붉게 물들였다.

하늘을 비스듬히 절단한 붉은 검광, 그러나 그 참격의 궤적에 키 큰 낭인족의 모습은 없었다. 상대는 무턱대고 분신을 꺼내는 행위를 그만두고 철저한 회피 행동으로 움직임을 바꾸었다.

시간 벌기가 아니라 유가르드의 검술을 파악하려는 목적이다.

"좋은 판단이다."

솔직한 칭찬을 받아 마땅하다는 찬사가 유가르드의 속내를 점령했다.

되살아난 이 몸은 혈색이 나쁜 것과 정반대로 상태가 좋아서, 유가르드는 자신이 무진장하게 움직일 수 있다는 착각마저 품고 있었다.

　물론 현실적으로는 그렇지 않다. 이 육체는 생전의 강도를 초월한 것이 아니며 부서진 육체의 수리 이상의 과한 바람을 품어서는 안 된다.

　송장 인간의 육체라도 아픔은 여전히 느껴진다.

　그렇기에 이곳의 수호자로서 서 있는 것은 유가르드 혼자다. 다른 자는 송장 인간이라 해도 저주의 범위에 들어가면 속박당하고 고통받게 된다.

　유가르드에게는 설령 그것이 송장 인간이라도 자국민에게 함부로 고통을 줄 생각은 없다.

　무엇보다——.

　"네놈과의 싸움에 간섭을 받고 싶지 않다."

　싸움. 그렇다. 이것이 싸움이었다.

　유가르드는 하리벨과 기술을 비교하며 제도의 형상을 일변시키는 와중에, 『양검』을 들고 있던 팔에 혼신의 힘을 기울이고 처치하지 못한 적과의 밀회에 몰두한다.

　검을 휘두르는 데에 고양감을 느낀 것은 태어나고서, 죽고서 처음이었다.

　유가르드가 처음으로 사람을 해친 것은 가족과 떨어져 사는 별저에 자객이 쳐들어와서, 저주로 발악하는 그 남자가 죽여 달라고 애원했을 때였다.

　일곱 살 때 처음 생명을 빼앗은 이후로 유가르드에게 검을 뽑는 것은 처형과 동일했다.

그것이, 어떻게 되었나.

단련한 검술을 전부 활용하며 그럼에도 닿지 않는 생명을 쫓아가는 감각, 이 어찌나 감미롭고 귀하단 말인가.

"＿＿＿＿＿."

찌르기를 펼친 팔이 상대의 수도와 무릎에 아래위로 끼워지고 팔꿈치에 분쇄된다. 충격에 손을 떠난 『양검』을 공중에서 지우고 무사한 오른손으로 고쳐 들어 횡으로 일섬.

이것을 상대는 지면에 잠기는 듯한 거동으로 피하고 빠져나가자마자 왼쪽 허리를 손끝으로 어루만져, 허리 부분을 손바닥 하나만큼 뭉텅 떼어갔다.

돌아서자마자 멀어지는 그 등짝에 『양검』을 휘두르지만, 그것은 다른 방향에서 뻗어온 분신의 팔에 막힌다. 동시에 지른 발차기가 서로의 몸통 높이에서 충돌하여 맹렬히 나가떨어진다. 나가떨어진다. 떨어진다.

"반걸음이다."

다음은, 반걸음 더 깊이 파고들어 보겠다.

불과 10초 전에는 할 수 없었던 유가르드의 검술이지만, 다음에는 가능하다는 확신이 있다. 생전에도 사후에도 한 적이 없는 움직임, 그러나 거기서 파생하는 기예가 무수히 떠오른다.

그것은 탐욕적인, 그리고 절망적일 정도인 송장 인간의 성장이었다.

——『가시넝쿨의 저주』가 고독을 강요하며 싸움을 처형으로 바꾸었기에, 유가르드 볼라키아는 무인으로서의 실력을 높일

기회를 놓쳤다.

검은 자기 방위를 위해, 특이한 입장상 필요한 만큼은 단련해도 그 이상은 바랄 수 없다.

그런 유가르드의 검술이, 급속히, 막대한 경험치를 얻어 연마된다.

유가르드는 자신이 상대하는 존재가 카라라기 도시국가 최강의 존재—— 다시 말해 현재 세계에서 다섯 손가락에 꼽히는 실력자라는 사실을 모른다.

하지만 그 무지한 상대를 통한 방대한 전투 경험의 흡수가 유가르드를 송장 인간임에도 생전보다 탐욕스럽게 강인한 존재로 성장시킨다.

"칭찬…… 아니, 감사한다."

따라서 유가르드의 입에서 흘러나온 것은 찬사가 아니라 감사의 뜻이었다.

상대하는 증오스러운 낭인족의 계보는 생전의 유가르드가 알지 못한 감개를 야기했다. 그것이 불쾌한 것이 아닌 이상 헌상받은 것에는 마땅한 평가가 필요하다.

그것은 유가르드의 마음에서 우러난 것이었다.

"감사 따윈 안 해도 된데이. 어차피 내가 이길 거니까네."

여전히 입담이 죽지 않은 하리벨의 발언은 불경하지만 그 불경함조차 흐뭇하다.

돌이켜 보면 『가시넝쿨의 저주』에 거역할 수 없는 탓인지 유가르드는 말대꾸를 들은 경험도 희박했다. 배신을 선택한 이들을 제외하면 유가르드에게 자기 뜻을 주장한 것은 그야말로 아이리스 정도뿐이어서——.

"내 별."

그렇게 중얼거리는 유가르드의 눈앞에서 낭인족의 모습이 뿌예지듯 흐려졌다.

특수한 보법과 믿기 어려운 이동 속도를 합쳐 분신과는 다른 형태로 눈의 착각을 일으킨다. 잔상에 의식 일부를 쪼개는 감각에, 유가르드는 다채로운 재주에 그저 감탄했다.

그러나 잔재주에 현혹될 필요는 없다. 닥쳐드는 기척은 머리 위와 좌우, 맹렬히 밀어닥치는 치명상의 전조에 유가르드는 기죽지 않고 뒤돌아보았다.

그리고 반걸음 깊이, 등 뒤로 내디뎠다.

"알기 쉽게 기척을 흩뿌리는군. 그렇다면 기척이 없는 쪽이 핵심이지."

"윽."

끝까지 휘두르기에는 각도가 어설프지만 그래도 『양검』의 칼자루 끝은 하리벨의 옆구리에 틀어박혔다. 상대의 뼈를 부수는 감촉이 전해진 찰나, 유가르드는 즉시 『양검』의 칼날에 발열을 지시—— 발생한 폭발이 칼자루 끝을 더욱 깊이 밀어 넣으며 그 내부까지 갈아 버린다.

"오오오오오——!!"

유가르드가 자신의 손목이 부러질 정도의 충격으로 하리벨을 날려 버렸다.

순간, 무심코 부르짖던 자신을 깨달은 유가르드는 조용한 놀람과 기쁨을 얻었다. 그 시야에 날려간 하리벨이 성벽과 격돌하고, 낭인족이 다리를 늘어뜨리고 머리를 떨어뜨린다.

혼신이었다. 가공할, 생전과 사후를 포함해 가장 세련된 일격을 날렸다.

그 감각이, 하리벨과의 싸움 중에 잇따라 경신된다. 반걸음, 깊이 파고들었다. 다음은 또 반걸음, 더욱 깊이 파고들 수 있을지도 모른다.

어쩌면 더욱더 먼 곳에 유가르드가 본 적이 없는 경치가 펼쳐져 있으리라.

그것을, 일어나는 하리벨과 함께라면 잡아낼 수 있을지도 모른다. 그러니까 유가르드는 서라, 서라, 일어서라며 마음속 깊이 생각하는 자신을 인정하고――.

"내 별에게 보낼 수는 없다. 네놈과는 여기까지다."

그, 무인으로서의 감개나 높은 경지에 이르는 고양을, 아이리스에 대한 사랑으로 꺾었다.

"――――."

인정하겠다. 하리벨과의 싸움은, 고양되었다.

온갖 의미로 생전에도 사후에도 맛본 적이 없는 자극이었다. 자신이 연마하기를 포기한 길에는 이런 경치가 있었느냐는 견식을 얻었다.

이토록 의미 있는 경험을 이후 두 번 다시 할 수 있을지 알 수 없다.

그러나, 그래도, 무슨 일이 있더라도.

"스치듯 한 번이라도 내 별을 이 눈에 담는 데에는 못 미친다."

그것이 생전에도, 사후에도 결코 변한 적 없는 유가르드의 가치관이었다.

온갖 미지의 자극도 고양감도, 아이리스를 아는 유가르드에게는 닿지 않는다.

포기해야 한다고, 체념해야 한다고 알면서도 제위를 바란 것은 그러지 않으면 아이리스와 함께 있을 수 있는 시간을 1초라도 길게 유지할 수 없음을 알았기에.

그 이기심과 맞바꾸어 제위를 얻었으므로 아이리스와 함께 보낸 시간보다 그녀를 잃은 뒤의 시간 쪽이 훨씬 길어도 황제로서의 의무를 계속 지켰다.

유가르드 볼라키아는 재위 중 가장 제도의 수정궁에서 지낸 시간이 짧은 황제다.

그 황제로서의 생애를 아이리스를 잃은 유가르드는 거의 홀로 지냈다. 후계자를 만든다는 목적조차 최저한의 접촉으로 마치고 인생을 제국에 바쳤다.

그 외의 인생은 전부 아이리스를 위해서 쓴 것이다.

따라서——.

"네놈을 무찌르겠다, 검은 낭인족이여."

이 이상의 시간은 불필요하다고 유가르드는 『양검』을 들고 성벽으로 발길을 돌렸다.

그대로 일섬으로 쓰러진 하리벨을 불태우려다가——그러지

못했다.

"뭣이?"

그렇게 중얼거린 유가르드의, 『양검』을 휘두르려던 그 오른팔이 어깨부터 터져 있었다.

꿰뚫린 감각이 없는 충격에 유가르드는 눈썹을 세웠다. 하지만 놀람의 최고점은 그다음에 있었다. ──송장 인간의 팔이, 재생을 시작하지 않는다.

도기처럼 깨진 오른팔의 파편이 흩어지고 『양검』이 땅에 박힌다.

그리고──.

"인자사 사혈(死穴)을 찾았다 안카나."

성벽의 하리벨이 땅이 꺼져라 숨을 뱉듯 낮은 소리로 말하며 일어섰다. 금이 간 벽에 등을 기대며 일어서서는 그 입에 또다시 곰방대를 물었다.

천천히 담배통에 담배를 넣고 손가락을 튕겨 점화하고는 폐에 연기를 빨아들인다. 유가르드는 그 동작을 보며 낫지 않는 오른팔의 상처에 손을 얹었다.

오른쪽 어깨 아래가 사라진 팔, 재생이 시작될 조짐조차 없다.

분명하게 알 수 있다. 유가르드의 오른팔은 되살아난 육체보다 앞서서 다시 죽은 것임을.

그 결과를 낳은 것이 눈앞의 하리벨이며 그가 입에 담은 『사혈』인 듯하다.

"아직 짐이 모르는 것이 넘치는군."

"그렇제. 그걸 배웠으모 잘된겨. 그 전에 낭인족이 멸종할 뻔했어야."

숨죽여 큭큭 웃고 코에서 연기를 뿜은 하리벨이 끄덕였다.

이 낭인족의 다채로운 재주에는 종종 감탄했지만 이것은 최상급이다. 설마 송장 인간을 죽이는 방도까지 갖추고 있다니, 기술의 연구란 두렵다.

"그래서 팔과 똑같이 짐의 생명조차 죽일 수 있나?"

"하모. 쪼매 어려울 성싶지만도…… 마, 가능하지 않긋나?"

"큰소리치는 것이 불경하군. 하나 흡족하기에 용서하겠다."

땅에 꽂힌 『양검』을 남은 왼손으로 뽑고서 하리벨에게 겨눈다. 느릿느릿 일어선 하리벨의 표정은 읽을 수 없지만 그 발언과 태도는 대담무쌍, 허세가 아니다.

상대에게도 유가르드를 무찌르기 위한 준비는 갖춰졌다. 자신의 가슴속에 있음을 처음으로 안 못된 벌레가 또다시 이글이글 아우성이지만, 그것을 즉시 밟아 뭉갠다.

몰랐던 욕구를 느끼고서 분명히 말할 수 있다.

아이리스 이상으로 유가르드를 충족하는 빛은, 이 세상에 존재하지 않는다.

그러니까——.

"제61대 황제, 유가르드 볼라키아."

"『예찬자』 하리벨."

동시에 통성명을 하고, 다음 순간, 유가르드와 하리벨의 모습이 사라지고 시간이 소실한다.

"_____."

걸음을 디딘 두 사람의 배후, 박찬 지면이 폭발을 일으키고 먼지구름이 단번에 넘실댄다. 그 폭발을 추진력 삼아 유가르드와 하리벨 사이의 수십 미터가 사라졌다.

세계가 줄어들었다고 착각할 정도의 초속(超速)으로 유가르드의 칼날이 먼저 허공을 베었다. 사선으로 그은 붉은 참격은 사선상을 진홍으로 물들이며 찰나 뒤에 열을 발해 돌조차 녹여 액체로 바꾸는 작열이 발생한다.

그러나 하리벨은 그 참격을 살짝 몸을 기울여 회피하고, 오른쪽 어깨와 등의 살을 살짝 붉게 태우는 정도의 피해로 그치고서 더욱 전진한다.

그대로 오른팔이 없는 유가르드에게 하리벨이 튕기듯 차올린 앞차기가 충돌, 그 공격을 들어 올린 무릎이 막고 두 사람 사이에 충격파가 작렬했다.

부풀어 오른 충격파가 화염과 파편을 날려 버리고 서로에게 숨결이 닿을 정도의 지근거리에서 맹렬한 공격이 교환된다. 수도와 진홍의 보검, 발차기와 팔꿈치, 몸통박치기와 관절기가 교차하고 눈 깜짝할 새의 공방으로 유가르드의 육체가 잇따라 결손되었다.

하지만 상처를 입은 것은 상대도 마찬가지다.

공교롭게도 팔을 빼더라도 피아의 소모도는 비슷했다.

따라서 유가르드는 승리를 위해서 반걸음, 정신적으로 파고들었다.

"──『양검』볼라키아."

난타전 도중에 이름을 부른 보검이 유가르드의 손아귀에서 사라졌다.

허공의 칼집에 수납하고 다시 자유롭게 뽑을 수 있는 지고의 보검이다. 그것을 놓아 빈손이 된 왼손으로 하리벨의 무릎을 막고, 상대의 가는 실눈과 시선이 교차한다.

얄궂게도 낭인족과 송장 인간의 두 눈은 양쪽 다 금안(金眼). 그 눈에서 무엇을 보았는지 하리벨이 곰방대의 물부리를 으스러뜨릴 기세로 턱에 힘을 주고 몸을 크게 뒤로 젖혔다.

그 머리 위를 허공의 칼집에서 튀어나온 『양검』이 살짝 스친다.

허공의 칼집에 수납된 『양검』은 다시 뽑을 때에도 허공의 칼집에서 나타난다. 그 납검과 발검의 구조를 이용한 유가르드의 일격필살──. 처음으로 써 봤지만 보기 좋게 회피당했다.

그러나 자세가 무너진 하리벨은 젖힌 자세 그대로 뒤에 손을 짚고, 그 기세대로 맹렬히 뒤로 회전해 다음 참격을 피한다, 피한다, 피한다.

그 기세에 상대를 놓친 유가르드는 한 박자 다음 검격을 위한 틈을 들이고── 깨달았다.

"──────."

뒤로 구르는 하리벨 앞에 유가르드가 내리꽂혀 생긴 지면의 크레이터가 있다.

그리고 그 크레이터로, 전장 밖에서 뛰어드는 작은 그림자──그루비다. 전선 이탈했을 터인 그루비 검릿이 피를 토하며 뛰어들었다.

뛰어드는 위치, 크레이터 안에 꽂혀 있는 『사검』으로 손을 뻗고서——.

"훌륭한 연계다. 그러나."

갑작스러운 난입자더러 비겁하다고 입을 놀리진 않는다.

원래부터 그루비의 존재는 알고 있었다. 중요 국면에서 그루비가 하리벨에게 가세하려 해도 같은 편끼리니까 당연한 일이며 오히려 수긍할 뿐이다.

하지만 그렇게 두지 않는다. 유가르드는 저것조차 밟고 넘어 승리할 것이다.

"——『사검』은 잡게 두지 않아."

유가르드는 치켜든 『양검』을 크레이터로 뛰어드는 그루비에게 던졌다.

순간, 불을 뿜는 보검의 속도가 한 단계 더 가속하며 한 줄기 붉은 섬광이 되어 하리벨 옆을 통과해 그루비에게로 돌진한다.

설령 손에서 놓는다 해도 금세 수중으로 돌려놓을 수 있는 게 『양검』의 강점이다.

그루비가 보검에 꿰인 뒤에 『양검』을 수중으로 되돌리고 하리벨에게 덤빈다. 오히려 이 순간, 『양검』이 없는 쪽이 하리벨을 쫓는 몸이 가벼워져서 반가운 오산이다.

물론 그것을 노린 하리벨이 반격해 올 가능성도 고려해서 대비를, 그리고——.

"웃."

일직선으로 던져진 『양검』이 그루비의 작은 몸을 꿰어 버린다.

진홍의 보검이 관통한 것은 몸을 튼 그루비, 그러나 오른쪽 옆구리다. 깊이 칼날에 꿰뚫린 몸, 그 충격에 눈이 홱 뒤집힌 그루비가 핏덩이를 게우며 절규를——.

"걸렸구만, 썩을."

터트리지 않았다.

그러기는커녕 그루비는 피로 범벅된 입가로 웃으며 뻗고 있던 손으로 유가르드를 가리켰다. 불경, 하지만 그것을 웃도는 놀람이 유가르드의 시야에서 일어났다.

앞으로 한 걸음, 그루비의 손이 닿지 않았던 『사검』이, 닿지도 않았는데 그의 손에서 달아나듯 크레이터에서 튕겨지듯이 날아간 것이다.

"난, 이 썩을 칼에게 미움받고 있다고……."

이해의 바깥에 위치한 논리, 그러나 마검이나 보검에 그런 괴이한 특성은 늘 따르는 법이다.

그렇게 튕겨나 크레이터에서 달아난 『사검』이 회전하며 검은 짐승 털에 덮인 손에 잡히고, 요사스럽게 빛나는 칼날이 일렁인다.

——하리벨이 『사검』을 들고 유가르드 앞에서 자세를 잡았다.

"————."

한순간의 공방, 유가르드는 즉시 『양검』을 되돌리고, 보검이 뽑힌 그루비의 복부가 대량 출혈을 일으켰다.

하지만 유가르드는 확실하게 무기를 잡고 『사검』을 쥔 하리벨을 향해 쳐들었다.

그리고 머리 위, 상단으로 잡은 붉은 일섬이 유가르드의 생전과 사후, 그 모든 검술조차 경신하는 최고의 일격으로서 펼쳐진다——.

"진짜, 장하네, 장해. 나가 아니었으모 멸종했긋다."

"참으로 오만한 언동 아니더냐. 하지만 그 탁월한 업을 보아 용서하겠다."

코앞에 있는 하리벨의 발언에 유가르드는 표정을 바꾸지 않은 채 끄덕였다.

유가르드 볼라키아가 펼친 최고의 검격을 웃도는, 『사검』의 올려 베기. 그 참격을 맞은 유가르드의 몸은 비스듬히 절단되어 있었다.

그 결과를 만든 하리벨의 왼쪽 가슴에 『가시넝쿨의 저주』가 얽혀 있다.

"————."

그것이 『예찬자』에 하리벨에 대한, 유가르드 볼라키아의 진심에서 나온 칭찬임은 검을 나눈 양자 사이에선 굳이 말로 할 필요 없이 명명백백한 사실이었다.

제4장 『미디엄 오코넬』

1

──나츠키 스바루가 입안한 작전대로 제도 각지에 흩어진 '볼라키아 제국을 멸망에서 구원하는 부대'.

각자가 각자의 역할을 완수함으로써 서로 '간섭하지 않는' 연계를 실현하려 한 작전이지만, 그 핵심은 사실 제도에서 싸우는 멤버들 중 그 누구도 아니었다.

이 작전의 핵심이 되는 것은 분명히 말해 성새도시 가클라에 남은 제국의 총력이다.

대규모 병력을 전개해 볼라키아의 뇌나 심장에 해당하는 인재를 떠안은 대도시.

이곳을 함락시키고자 밀어닥치는 송장 인간 군세를 얼마나 막아낼 수 있는가. 그것이야말로 볼라키아 제국의 존망을 건 최종 결전의 시간제한이며, 나아가서는 제국뿐만 아니라 세계 전토의 명운을 점치는 중대한 쟁점이었다.

성새도시에 송장 인간의 전력이 모이면 모일수록 제도의 '멸망에서 구원하는 부대'는 움직이기 편해진다. 동시에 성새도시

가 함락당하면 가령 제도 측의 작전이 성공한다 해도 그 후에 제
국의 회복은 불가능해질 것이다.

다시 말해——.

"그야말로, 여기가 승부를 가르는 『건곤일척』의 장소야."

기사검을 휘두르며 귀에 익지 않은 말을 입에 담은 율리우스
유클리우스의 장신이 성새도시의 성벽을 주파하며 바람같이 공
중에서 춤추었다.

우아한 기사의 칼끝이 겨누는 곳은 성벽에 달라붙어 도시 내의
침입을 시도하는 송장 인간들 무리다. 손에 든 무기를 벽에 꽂아
즉석 발판을 만들며 올라오는 적에게 회전하면서 내려온 율리우
스의 검격이 가차 없이 번뜩인다.

"그러지는 못 한다!"

달라붙은 송장 인간의 등에, 팔에, 참격을 퍼부어 지상으로 떨
어뜨린다.

그렇게 그들이 발판 삼은 한 자루 도검에 본인도 뛰어 올라탄
율리우스는 벽에 박힌 무수한 무기에 눈을 돌리더니 외쳤다.

"아로! 너의 바람을 빌리고 싶다!"

부른 직후, 휘몰아치는 녹색 바람이 엉겨 붙듯 벽에 박힌 무기
를 거기에서 뽑아내어 송장 인간이 쌓은 발판 제작의 노고를 한
꺼번에 허사로 만들었다.

마지막으로 발판 삼았던 검을 밟아 부러뜨리며 도약한 율리우
스는 성벽 위로 되돌아왔다.

"덕분에 살았어, 아로. 위로는 제국을 멸망에서 구한 다음에

양껏 하지."

율리우스는 계약한 정령의 녹색 빛을 손끝으로 간질이며 살며시 숨을 내쉬었다.

이곳 벽에 붙어 있던 적의 저지에는 성공했지만 방심할 수는 없다.

설령 도시 가장 외곽의 성벽을 돌파당하더라도 도시 내에는 제2, 제3의 방벽과 더해서 견고한 요새가 있다고는 해도──.

"여기까지 몰린 것이, 상정보다 빠릅니다."

"타리타 여사."

성벽 위에 서서 한숨 돌리는 율리우스에게 흑발 일부를 파랗게 물들인 갈색 피부의 여성──『슈드라크의 민족』을 이끄는 여전사 타리타가 말을 붙였다.

부족 전원이 활을 구사하며 먼 곳에서 송장 인간을 공격할 수 있는 슈드라크의 전사들은 이 성새도시 농성전의 주력 집단이다. 특히 궁술에 뛰어난 슈드라크 중에서도 돌출된 활 실력을 가진 타리타는 현시점의 방위 전력 중에 핵심 중 하나였다.

실제로 지금도 성벽에 박힌 무기를 떨어뜨린 율리우스와 같은 행위를, 성벽 위에 있음에도 화살을 쏘아 실현하여 송장 인간의 월담을 저지하고 있다.

그 실력, 참으로 믿음직스럽다고 감복하지만 그녀의 말도 무시할 수 없는 어려운 현실이다.

"이 짧은 시간에, 그만큼 전선이 밀려났어."

그렇게 말하고 성벽 밖으로 눈길을 돌린 율리우스가 왼쪽 눈

아래의 흉터를 손가락으로 매만졌다.

율리우스의 시선이 닿는 곳에서 지평선이 일렁거리며 보이는 것은 이리로 밀어닥치는 송장 인간 군세의 선봉으로 엄청난 대군세가 다가왔다는 증거이기 때문이다.

원래 성벽 밖에 깔려 있던 방위선도 돌파당하고, 밖에서 싸우는 제국병도 전선을 물려 축소시킬 수밖에 없어졌다. 물론 적의 방대한 수를 감안하면 언젠가는 그러리라고 내다보았던 것은 맞지만.

"가끔 섞여 있는, 만만찮은 송장 인간이 문제군요."

"같은 의견이야. 발견하는 대로 가까운 위치의 실력자더러 대처하게 할 수밖에 없지만⋯⋯."

그렇게 율리우스가 말을 꺼낸 직후였다.

"억!!"

눈 아래의 전장에서 한 덩이가 되어 싸우던 집단이 한꺼번에 날아갔다.

쳐다보니 굵직한 비명을 지르며 날아가는 것은 제도에 지원군으로 달려온 스바루가 데려온, 『플레아데스 전단』의 구성원들이었다.

어떤 기책의 결과인지 하나하나가 기이한 강함을 자랑하는 전단. 그 구성원들을 뿔뿔이 날려 버린 것은 두 팔로 대검을 든──아니, 두 팔이 대검과 일체화한, 무섭도록 흉악한 풍모를 가진 여성 송장 인간이었다.

"젠장⋯⋯ 잘도 해 줬겠다⋯⋯."

"잠깐잠깐잠깐잠깐! 대책 없이 갖다 박지 마! 형제에게 부담이 간다!"

"물러나! 전원이 둘러싸서 잡는 거야!"

그 흉악한 송장 인간을 앞두고 당했던 집단이 튼튼하게도 일어섰다.

죽은 사람도 나오지 않고 전의도 꺾이지 않은 것은 칭찬할 만하지만, 율리우스의 눈으로 보아도 저 여전사의 실력은 틀림없이 일급품이다. 율리우스는 바로 저곳으로 달려가야겠다며 성벽을 맡긴 후 아래로 뛰어내리려다——.

"아니, 『사자기사』 군이 갔어."

전장에 어울리지 않는 명랑한 목소리가 율리우스의 고막을 때렸다. 그 목소리가 가져온 정보는 실제로 아래의 전장에 변화를 야기했다.

대검 이도류의 전사에게로 황금 망치창을 든 고즈가 돌진한 것이다.

"상대할 기회는 없었지만 잘못 볼 리 없지! 되살아났나, 『검노여제』!!"

포효하는 고즈의 망치창과 여전사의 대검이 충돌하고, 충격파가 전장을 뒤집어 놓는다.

양자 모두 일반인은 들 수 없는 초중량급 무기를 맞부딪치며 발생하는 폭위가 주위의 제국병을, 송장 인간을, 폭풍으로 농락하며 쓸어 버린다.

한 발짝도 물러서지 않는 공방, 하지만 전진은 멈추었다. 저곳은 고즈에게 맡기는 것이 최선이다.

"말려 주셔서 감사합니다, 플롭 님."

"핫핫핫, 상관없어!『가장 뛰어난 기사』군이나 타리타 씨는 눈앞의 전투에 집중해 주어야 하거든! 힘없는 내가 보탬이 될 데는 이 정도뿐이야!"

전장에서도 변함없이 활달한 플롭이 기죽은 기색 없이 그렇게 웃었다.

비전투원이자 황비 후보의 오빠이기도 한 그는 안에서 대기하도록 지시받았을 터다. 그런 플롭이 최전선이라고도 할 수 있는 성벽 위에 얼굴을 내밀었기에 타리타가 놀랐다.

"플롭?! 어째서 당신이 여기에……."

"뭘, 사태는 총력전의 양상을 띠고 있잖아. 싸울 수 없는 자도 부상자의 구호 및 장비 보수 등 할 일이 산더미 같이 있어. 당연히 나도 그중 한 사람이고."

자신의 여윈 가슴을 두드린 플롭이 타리타에게 화살통을 내밀었다.

무심결에 받은 타리타도 화살통을 등에 지고 있지만, 남은 화살 수가 불안했기에 플롭의 보급은 제때 맞췄다고 할 수밖에 없다.

그렇게 성벽의 다른 슈드라크에게도 화살통을 돌리며 걸어온 것이리라.

비전투원도 포함해 전원 전투. 그 말을 체현하는 자세다.

"전황은 어떻지?"

"다들, 분전하고 있습니다. 방어전에 전념하면 아직 버틸 겁니다. 다만 그것도…….”

　“상대에게 『비룡 기수』가 나오면 얘기가 달라지지.”

　물음에 말을 머뭇댄 타리타, 그녀를 대신해 율리우스가 결론을 이어받았다. 그 답을 들은 플룹도 표정을 진지하게 다잡았다. 당연한 일이다. 볼라키아 제국 사람이라면 『비룡 기수』의 우수함을 모르는 이가 없다.

　“─────.”

　개전 직후, 율리우스와 『슈드라크의 민족』의 일제 공격으로 제1파로서 밀어닥친 죽은 비룡─── 송장 비룡 무리는 물리쳤다. 그 후에도 산발적으로 날아오는 하늘의 위협에는 송장 비룡 사냥 역할을 부여받은 슈드라크가 확실하게 대처 중이다.

　그러나 그것도 상대에게 송장 인간의 『비룡 기수』가 없기에 가능한 대처다.

　조종자가 없는 비룡 단독과 『비룡 기수』와 함께한 비룡의 실력은 비교가 되지 않는다.

　그야말로 『비룡 기수』 한 쌍만으로 일백의 비룡 무리와 부딪쳐도 압도할 것이다. 전술적으로 하늘을 이용하는 『비룡 기수』의 격은 그 정도까지 달랐다.

　──과거에 한 번, 율리우스도 『비룡 기수』와 검을 주고받은 적이 있다.

　그때는 동행했던 페리스의 조력이 있던 덕분에 기적적으로 승리를 거두었지만, 율리우스 단독이라면 승자와 패자가 바뀌었을 것이다.

그 정도의 『비룡 기수』는 제국에 둘도 없겠지만, 이 송장 인간 과의 전선에 송장 비룡만이 아니라 그에 탄 송장 인간의 『비룡 기수』가 나타나면 상황은 일변한다.

"물론 『비룡 기수』와 애룡이 같이 망자로서 되살아나는…… 그런 사례가 아주 드물기에 아직껏 도시의 하늘을 빼앗기지 않 았다고 생각할 수 있겠지만."

플롭의 그 견해는 현시점의 농성전 상황을 보아도 맞을 것이다.

『비룡 기수』는 위협적이지만 기수와 비룡은 오랜 시간에 걸쳐 신뢰를 쌓고, 그야말로 인룡일체가 되지 않으면 그 진가를 발휘 할 수 없다.

그 제약은 설령 상식을 벗어난 이치로 되살아난 망자라 해도 무시할 수 없다.

어디까지나 생전부터 송장 인간 기수와 함께였던 송장 비룡이 아니라면, 『송장 비룡 기수』라고 할 만한 위협은 실현할 수 없다.

그것이 현시점에서, 『송장 비룡 기수』를 성새도시 하늘에서 보지 못한 이유이리라.

"다만 그 희귀한 일례가 가장 버거운 『비룡 기수』였던 건 얄궂 은 얘기군."

그 가냘픈 안도를 부정하는 것이 율리우스가 그 눈으로 확인한 『송장 비룡 기수』의 존재.

연환용차의 공방 도중에 등장한 송장 인간——발로이 테메글 리프는 생전부터 함께였던, 죽은 비룡에 기승해 그 압도적인 기 동력으로 적진을 돌파했다.

그 남자가 이 전장에 투입되면 단 한 기만으로 성새도시의 전선을 붕괴시킬 수도 있다.

어쩌면 지금 이 순간 나타나지 않는다고 장담할 수도 없다.

"그럴 걱정은 없다고 봐."

"플롭 팀?"

"다른 『비룡 기수』가 되살아난 경우라면 다르겠지만, 발로이가 나올 걱정은 안 해도 돼."

플롭이 유난히 확신하는 듯한 어조와 표정으로 율리우스의 경계를 부정했다.

"왜 그렇게 단언할 수 있지요?"

"발로이는 나와 미디엄이 연환용차에 타고 있던 것을 알고 있었으니까. 당연히 우리가 이 성새도시에 있으리라 생각할 거야. 여기에는 오기 힘들지 않겠어?"

"그건……."

한쪽 눈을 감은 플롭의 답변에 질문하던 타리타의 말문이 막혔다.

서글프지만 율리우스도 타리타에게 동감했다. 만약 플롭이 송장 인간이 된 발로이의 정이나 자비를 기대하며 오지 않을 거라고 생각하는 거라면 설득력이 없다.

"아쉽지만 그런 생전의 인간성에 기대할 수는 없겠지. 좀비……송장 인간의 사고는 곡해되고 있어. 그렇지 않으면 이만큼 많은 망자가 자국의 멸망에 가담할 리가 없어."

실제로 지평선까지 가득 메울 정도로 방대한 수의 송장 인간이

동원된 상황이다.

이 모든 송장 인간들이 생전부터 볼라키아 제국을 원망하던 이들이라고는 생각하기 어렵다. 그보다도 되살린 술자가 송장 인간의 사고를 입맛대로 뒤틀었다고 추측하는 편이 자연스럽다.

율리우스의 지적에 플롭은 "그렇지." 하고 뺨을 손가락으로 긁으며 끄덕였다.

"나도 『가장 뛰어난 기사』 군과 같은 의견이야. 아마 망자 제군은 생각이 강제로 고쳐진 거겠지. 다만 그래도 바뀌지 않은 부분이 있다는 게 내 예상이야."

"그러면, 발로이 경에 한해서는 정이나 자비가 남아 있다는?"

"그렇다면 아주 감정이 요동치겠지! 하지만 그런 게 아니야, 『가장 뛰어난 기사』 군. 이건 나보다도 너와 타리타 씨 쪽이 깨닫기 쉬운 일이라고 생각하는데."

"저희 쪽이, 말입니까?"

짚이는 구석이 없어서 율리우스와 타리타가 얼굴을 마주했다.

생전의 발로이와 관계가 있던 플롭이 아니라 칼을 주고받은 율리우스와 얼굴을 맞댄 적조차 없는 타리타 쪽이 깨달을 일이라니, 그건——.

"전투 방식 말이야."

"————."

"생전하고 생각이 강제로 바뀌었어도 전투 방식까지 빼앗으면 당사자를 되살린 의미가 없어. 그러니까 망자 제군의 전투 방식은 생전 그대로지. 내 말이 틀릴까?"

"확실하게 말할 수는 없지만, 그 가능성은 높겠지."

실제로 싸운 송장 인간들, 그 생전의 모습을 깊이 아는 것은 아니지만 플롭의 추측은 정곡을 찌르고 있을 터다.

율리우스와 타리타의 긍정적인 반응에 플롭은 미소 지었다.

어딘가 향수와 애절함을 띤, 몹시 서글픈 미소로──.

"만약 발로이가 여기에 온다면, 다른 누구보다 먼저 여기에 와서 이 도시의 급소를 치고 갔을걸. 『마탄의 사수』 발로이 테메글리프가 선봉에 서지 않았어. 그것이, 내가 발로이가 이 전장에 오지 않았다고 생각하는 근거야."

2

──발로이 테메글리프는 부하를 헛된 죽음에 몰아넣는 것을 싫어하는 주의였다.

단, 그것은 그가 볼라키아가 신봉하는 『철혈의 규정』을 싫어하며 제국주의에 반한 박애주의자였다는 이야기가 아니다.

강자가 존숭받는 제국식의 사고방식은, 가난한 평민 집안에 태어난 발로이에게 편하게 쓸 수 있는 것이었다. 그 사회 구조를 이용해서 출세해 놓고 막상 지위를 얻자 손바닥을 뒤집는 짓은 행실이 좋다고 할 수 없으리라.

물론 발로이 본인은 제국주의에 대해 그렇게까지 깊이 생각하지는 않았었다.

제국주의와 자신의 성질이나 재능의 상성이 좋아서, 운이 좋았다 정도일 뿐.

그러므로 발로이가 부하의 헛된 죽음을 싫어한 것과 제국주의
는, 궁극적으로는 관계가 없다. 이것은 발로이가 후천적으로 타
인에게 배운 사고방식이었다.

──발로이의 인격 형성에 큰 영향을 준 인물은 주로 두 명.

한 명은 그 재능을 눈여겨보고 거두어 교육하고 애룡과 만날
기회를 제공해 준 은인인 세리나 드라쿨로이.

다른 한 명은 아직 소년 시절의 철이 없던 발로이를 이용하여
도둑질한 자신을 쫓는 추적자를 감쪽같이 처리시킨, 고약하기
그지없는 만남을 가진 형님뻘인 마일즈.

제국다운 면과 제국답지 않은 면을 복잡하게 겸비한 두 사람과
의 만남과 그 후의 나날이, 발로이 테메글리프라는 인간의 성질
을 만들어 냈다.

그렇게 만들어진 발로이의 인간성이 부하의 헛된 죽음을 매우
싫어했다.

부하는 자신의 손이 닿는 범위에 있는 존재이며, 한 식구다. 식
구의 희생은 싫었다.

그렇기에 사전에 승산이 꺾이고 황제에게 편리하게 조작된 반
란에 가담했을 때도, 발로이는 부하를 데려가지 않고 홀로 반란
에 참가했다.

결국 그 때문에 목숨을 잃었으니 발로이의 판단은 틀렸음에도
옳은 셈이다.

──싸우면 적이든 아군이든 죽음은 피할 수 없다.

자신도 타인의 생명을 빼앗는다. 한 식구에게만 그 규칙을 적용하지 말아 달라는 말은 할 수 없다. 그럼에도 그 도리를 강요하겠다면, 남의 힘이 아니라 자기 힘으로 이룰 수밖에 없다.

그 때문에 발로이 테메글리프가 이른 결론이, 최속으로 실행하는 저격이었다.

애룡의 날개로 하늘을 달려 절호의 순간을 스스로 만들어 내고, 상대방의 급소이자 심장부인 존재를 눈 깜짝할 새에 꿰뚫는다──. 그것이 자신의 소망을 이룰 수 있는 최선의 수.

발로이는 제국 남자다. 적이 몇 명 죽든 가슴은 하나도 아프지 않다.

하지만 한 식구가 죽는 것은 싫었다. 그렇기에 발로이의 저격은 최속의 결말을 바란다. 그것이 적아가 아니라 한 식구에게 피해를 내지 않는 최선의 방법이라고 확신했다.

따라서──.

"알고 있습죠, 카리용."

죽은 비룡의 부름에 대답한 발로이는 침대 옆에서 일어섰다.

눈앞의 침대에는 의식이 없는 마델린이 조용히 누워 자고 있다. ──그녀의 의식은 지금 용각(竜殻)인 메조레이아 안으로 되돌아갔다.

말할 필요도 없이 『용(龍)』의 폭위란 제도에서 휘두르기에는 지나치게 위험한 과잉 전력이다.

하지만 상대할 적을 고려하면 그것을 과잉하다고 단언할 수 없다는 게 두렵다.

"섬기던 사람 중 하나이긴 하지만 정신이 나갔구만요, 제국 분들."

이 세상에서 가장 강대한 생물이어야 할 『용』, 그것과 대등은커녕 능가할 만한 괴물에 짚이는 곳이 있다는 것도 괴이한 이야기다. 직함이야 발로이도 같은 반열에 있었지만, 발로이 본인은 그렇게 남다른 존재들과 자신의 기량이 비등하다고는 생각하지 않는다.

그저 강한 것과 승패하고는 절대적인 상관관계가 있는 것이 아니라는 것뿐.

발로이는 마델린의 이마에 붙은 하늘색 머리카락을 손가락으로 가르고, 애룡이 기다리는 발코니로 발길을 돌렸다. 도중에 세워 두었던 창을 잡고 가자 두 날개를 접은 카리용이 하얀 노대에서 등을 보이며 머물러 있었다.

날개 밑동을 어루만지자 애룡은 긴 목을 발로이의 어깨에 문질렀다.

그야말로 알에서 부화했을 때부터 함께한 사이다. 아직 작고 약하던, 갓 태어난 새끼이던 시절부터 카리용의 버릇은 변함이 없다.

"버릇이나 취향은 죽어도 변하지 않는군. 저도 남 말은 못하지만요."

자조하듯 중얼거리고 어루만지던 손으로 튕기듯이 등을 두드린다. 그 신호에 자세를 낮춘 카리용의 등에 발로이가 날렵하게 뛰어 올라타고 정면을 보았다.

수정궁의 발코니에서 밖, 광대한 제도를 한눈에 조망한다. 아름답고 정연하던 시가지 이곳저곳이 황폐화되고 망가져서 전장의 분위기가 만연했다.

이 전장의 분위기는 제도만이 아니라 제국 전토—— 특히 송장 인간 군세가 파견된 성새도시 가클라에서는 강하고 크게 깔려 있으리라.

본래 발로이도 성새도시의 공략에 출동해야 했겠지만——.

'——「마음에 걸린다」고 하는 감각을 저도 이해해 가고 있습니다. 당신이 본래 성능을 발휘할 수 없을 우려가 있는 이상, 적절하다고는 할 수 없습니다. 요·지휘입니다.'

발로이를 되살린 술자—— 스핑크스라고 소개한 『마녀』는 그렇게 말하며 발로이를 제도에 남겨 두기로 결정했다. 그것은 발로이에 대한 배려라기보다 자기 안에 싹튼 첫 감각, 모르는 맛을 확인하고 싶다는 느낌으로도 보였다.

물론 발로이에게는 전향한 마델린을 제어해 『운룡』 메조레이아를 한편으로 만드는 역할도 기대받고 있으리라. 그 기대에 생각하는 바가 없진 않지만 그 점을 빼더라도 제도에 남은 것은 발로이에게 사정이 좋았다.

성새도시에 있을 면식 있는 남매와 만나고 싶지 않으니까—— 가 아니다.

"각하라면, 오시겠죠?"

발로이가 아는 빈센트 볼라키아는 냉철하며 치열한 황제다.

평시에는 거성에서 결코 움직이지 않아도, 최종적인 결전지에는 반드시 자신의 발로 서려고 한다. 그것은 꼭 빈센트뿐만이 아니라 볼라키아 황제의 관습이다.

이것 또한 『철혈의 규정』에 지배된 제국식의 축도라고 할 수 있다.

누구보다 볼라키아 제국을 싫어하면서 누구보다도 볼라키아 황제로서의 역할에 충실한 빈센트. 그렇기 때문에 그는 반드시 제도에 나타날 것이다.

이 『대재앙』의 수괴인 스핑크스를 멸하기 위해, 『양검』을 들고서.

"치샤에게는, 한 방 먹어서 말입죠."

『대재앙』의 발단, 송장 인간의 존재도 자신의 존재도 파악되지 않은 상황, 그 이상 절호의 기회는 없었음에도 불구하고 발로이의 기습은 빈센트에게 닿지 않았다.

치샤의 헌신이 빈센트를 구하고, 『대재앙』의 최속 승리는 멀어졌다.

그러나——.

"다음은, 각하의 방패가 될 수 있는 누군가가 없을 겁니다."

다음 기회는 결코 놓치지 않는다.

빈센트가 제 발로 제도에 쳐들어온다면 그 심장을 확실하게 쏘아 맞힌다. 그럼으로써 볼라키아 제국의 희망을 끊는다.

그리고 그대로 『대재앙』의 위협은 북상하여 루그니카 왕국조차도——.

"카아아."

찰나, 애룡의 울음소리가 발로이의 의식을 '그것'으로 유도했다.

"————."

뒷목을 간질이는 감각에 고개를 든 발로이는 자기 눈을 의심했다.

카리용의 등에 타 전장으로 화한 제도를 부감하며 표적이 되는 빈센트의 모습을 찾던 발로이는 전장 변화를 놓치지 않겠다고 꼼꼼하게 눈을 부라리고 있었다.

그런 발로이의 경계 바깥쪽에서, 그것은 당당히 수정궁을 노렸다.

——세계에서 가장 아름다운 성의 바로 위에서, 불타오르는 화염탄이 잇따라 쏟아진다.

"카리용!"

날카로운 부름에 즉시 반응한 애룡이 날개를 펼치고 날갯짓이 낳은 양력(揚力)이 거체를 제도의 하늘로 날렸다. 한 번, 두 번씩 거세게 날갯짓할 때마다 속도와 고도가 단숨에 상승하고, 매달린 발로이를 태운 채 송장 비룡이 하늘로 올랐다.

올라가는 발로이와 애룡의 하늘길을 가로막듯 인간만 한 크기의 화염탄이 가차 없이 떨어진다. ——거기에, 창을 겨누었다.

"안 되죠."

발로이의 손아귀, 하늘을 겨눈 창끝에 옅은 빛이 깃들고, 순간, 발사된 광탄이 떨어지는 화염과 충돌, 공중에서 폭발이 일어나 하늘이 붉게 물들었다.

한 발이 아니다. 두 발, 세 발, 잇따라 열세 발까지 광탄으로 화염탄을 격추한다. 굉음이 제도의 하늘을 감싸고 부풀어 오른 폭염 속을 발로이와 애룡이 뚫고 지나갔다.

"뭔 짓을 했답니까, 구름 위를 통과하시다니."

발로이는 쏟아지는 화염의 비를 떨치는 와중에도 상대의 수완에 혀를 내둘렀다.

화염탄이 일직선으로 성으로 향하거나 혹은 화살이나 투석처럼 포물선을 그리고 날아온다면, 수정궁에서 쉽게 파악할 수 있었을 터다. 발로이의 눈으로 그러지 못한 이유는 명백, 화염탄이 저 머나먼 곳에서, 제도의 하늘에 깔린 두꺼운 구름 위를 날아와 수정궁의 수직 위에 도달한 지점에서 낙하했기 때문이다.

저지른 짓은 말로 표현하면 단순명쾌. 하지만 실제로 하는 것과는 천지 차이가 있는 소행――. 몇 킬로미터 단위로 떨어진 곳에서 구름 위까지 던진 돌을 적중시키는 신기(神技), 그것을 손을 쓰지 않고 하는 짓보다 난이도가 높은 무시무시한 행위였다.

다만 발로이도 제국에서는 드물게 마법을 쓸 수 있는 입장이다. 한 가지 재주에 특화했기는 해도.

"답례를 해야겠구만요."

구름을 뚫고 떨어진 화염탄을 다 처리하고, 카리용이 천공에서 몸을 돌린다. 그 등을 단단히 잡은 발로이의 의식이 제도에서 먼 남쪽으로 쏠렸다.

수정궁의 바로 남쪽, 제도를 드나드는 문의 주변은 메조레이아가 수호하고 있다. 발사된 화염탄의 거리와 각도를 보아 살짝 서쪽으로 비껴난 위치에 이 적이 있다고 판단――. 발로이의 눈, 검은자위에 금빛 눈동자가 떠오른 송장 인간의 왼눈 주변이 부드럽게 흔들렸다.

그것은 발로이의 얼굴에 생긴 변화가 아니라 왼눈 부근의 공기에 생긴 변화다.

발로이는 마법으로 빛의 굴절을 일으켜 머나먼 곳을 바라보기 위한 빛의 천안경(天眼鏡)을 만들어 냈다. 왼눈으로 그것을 들여다보며 창끝을 당당히 그쪽으로 겨누었다.

발로이는 비룡의 속도로 사격 거리와 각도를 확보하고, 초장거리 저격을 실현하기 위한 광탄을 쏜다는 한 가지 재주에 특화, 표적을 빗맞히지 않기 위한 빛의 천안경을 갖추어서 싸운다.

가령 장애물이 없는 평야라면 발로이는 몇 킬로미터 앞의 움직이는 과녁에도 광탄을 맞힐 수 있다.

이번에도 발로이는 그럴 작정으로 오른쪽 눈을 감고 왼쪽 눈에 의식을 집중했다.

빛의 굴절이 만들어 낸 존재하지 않는 천안경이, 제도 시가지를 크게 뛰어넘어 그 앞에 또 앞, 수정궁으로 화염탄을 날린 적의 모습을 포착하고――.

"미디."

갈라진 숨을 흘린 발로이 테메글리프의 천안경은 그 모습을 뚜렷하게 비추었다.

그녀는 장의(長衣)를 입은 남자의 팔에 안겨서 하늘에 오르고

있었다. 햇살처럼 반짝이는 금빛 머리카락을 나부끼며 파란 눈으로 곧게, 보일 리 없는 발로이 쪽을 보고 있다.

그리고 그 입술이 들리지 않는 말을 뚜렷하게 발로이의 마음에 울렸다.

"이제 어디에도 멋대로 가게 두지 않을 거야. 나랑 제대로 얘기를 해, 발 오빠."

3

"서투른 운용이군."

성새도시 가클라의 지령실, 창가에 선 세리나 드라쿨로이는 높디높은 성벽에 수호받는 도시, 그 유일한 틈새를 바라보며 그리 중얼거렸다.

볼라키아 제국의 군인 중에 하늘을 제압하는 행위의 중요성을 모르는 이는 없다.

그런 만큼 이 농성전에서도 방공 전력의 할당에 제일 마음을 졸였다. 강력한 궁술의 고수인 『슈드라크의 민족』, 그녀들이 활약할 곳은 생각 외로 많았다.

그런 그녀들 대다수에게 하늘을 감시하라 한 것은 상대의 비행 전력을 그만큼 경계했기 때문이다.

그런데 산발적으로 보내는 송장 비룡의 공격은 효과적이라고 하기 어려워, 볼라키아에서도 손꼽히는 비룡대를 지닌 『작열공』으로서는 적에게 답답함조차 느꼈다.

"내가 적의 지휘관이라면 더 효율적으로 도시를 함락시켰을 텐데."

"한창 결전 중에 너무 무서운 말을 하지 말아 주시겠습니까."

상대의 용병술에 대한 불만에 혀를 차는 세리나의 중얼거림을 주워들은, 마찬가지로 사령실에 박혀 있던 곱상한 남자 오토가 참견했다.

말랑한 겉보기와 달리 배짱이 두둑한 남자로, 세리나 입장에서도 평가가 높은 인물이지만 여하튼 타인에게 모험을 시키고 싶어 하지 않는 경향이 있다.

"모험을 무릅쓰는 것은 자기뿐이라……. 부하로는 좋지만 반려로선 지루한 남자야."

"드라쿨로이 백작에게 호감을 사면 성격에 문제가 있다는 소리를 들은 기분이 되니 그 평가에 저는 이견이 없습니다만……."

"흥, 과연. 얼굴에 흉터가 있는 여자는 안 좋아하나."

"제 입으로 말하기도 뭐합니다만 저는 상대의 미추로 태도를 바꾸지 않아요. 대화가 통하느냐 마느냐 쪽이 훨씬 중요하지요. 그리고 흉터가 있더라도 상급백은 아름다우시다고 생각합니다."

"둘이서 뭔 야기고? 똑바로 해 주지 않으믄 곤란하다 아이가."

창가에서 팔짱을 낀 세리나에게 어이없다는 표정으로 답변한 오토. 그 답변에 카라라기에서 온 사자 아나스타시아가 더욱 어이없다는 분위기를 비쳤다.

그런 아나스타시아 건너편에는 벨스테츠가 나 몰라라 하며 펼친 지도를 바라보면서 전령병과 정신없이 말을 나누고 있다.

조금 전부터 끊임없이 전해지는 전황과 오가는 노호 같은 지시. 어지럽게 변하는 상황과 터져 나가는 피와 생명——. 향기로운 전장의 냄새다.

"역시 이래야 제국이지. 각하의 통치하에서는 싸움에 대한 후각이 무뎌져. 나도 참, 전쟁이 일상과 이웃했다는 사실을 잊을 뻔했군."

"그것이 제국이라고 그라모 평화롭게 통치하려던 황제님이 보답을 못 받긋네."

"신경 쓸 것 없다. 패배자의 오기니까. 각하의 통치에 불만이 있으면 힘으로 호소했어야지. 그러지 않은 시점에서 내 말은 헛소리에 불과해. 제국주의에 반한 치세를 펼치더라도 그걸 실현하는 방법은 제국주의……. 각하는 서글플 정도로 제국의 상징이야."

당사자는 동정을 바라지 않겠지만 그 고고한 행보에는 동정을 금할 길 없다.

빈센트가 싸움을 꺼려하는 것은 사실이겠지만 그 의지를 관철하기 위해서 타인의 주장을 찍어 누른다면, 그것조차도 『철혈의 규정』의 손아귀에 있다.

——서로 부딪치며 빼앗고 빼앗기는 과정 속에서만 존귀한 것이 생긴다.

볼라키아의 『철혈의 규정』이 그렇게 찬양받는지는 몰라도 세리나는 자기 안에서 제국식을 그렇게 해석하고 그 가치관을 인정하고 있었다. 그러는 와중에만 태어나는 것을 사랑하는 건 찰나적임을 알지만 그것이 자신의 성미다.

그 때문에——.

"오지 않았나, 발로이."

세리나는 널찍하고 황량한 하늘을 응시하며 마지막 미련을 남기듯 중얼거렸다.

이미 개전한 지 오래되어 공수 쌍방의 군대에 적지 않은 피해가 나왔다. 선봉장도 선진도 다 소화된 전장——. 즉, 최소의 희생으로 싸움을 끝내는 주의인 『마탄의 사수』는, 이 전장의 하늘을 날고 있지 않다는 뜻.

그가 왔더라면 세리나의 심장은 진즉에 꿰뚫렸을 터였다.

"————."

세리나는 자신의 얼굴 왼쪽, 세로로 가로지른 흉터를 매만지며 몇 초간 눈을 감았다.

감은 눈에 떠오르는 것은 젊은 시절의 자신이 거둔 허름한 소년. 그것이 성장하고 또 목숨을 잃고, 끝내 송장 인간으로 되살아나 자신에게 창을 겨누는 모습——.

"마지막 것은 내 망상이군."

세리나는 창백한 피부에 생기가 없는 금빛 눈, 송장 인간이 된 발로이를 끝내 보지 못했다.

제도 공방전에서 수정궁의 빈센트를 노리고, 연환용차에서는 영혼이 깨진 라미아를 낚아챘다. 그러나 어느 기회에도 세리나는 발로이와 마주할 수 없었다.

그리고 이 성새도시에도 발로이는 없다. 그것이 현실이다.

"너는…… 나를 미워해도 될 텐데."

그렇게 중얼거린 세리나는 나타나지 않은 송장 인간 발로이를 머리에 그리며 창가에 섰다. 서서, 자신의 생각지도 못한 심경을 인정할 수밖에 없었다.

자신은 발로이라면 죽어도 상관없다고 생각했었다. 그렇기에 일부러 창가에 몸을 노출시키고 『마탄의 사수』의 저격을 기다리고 있었다고.

"인자 속이 풀렸나?"

한쪽 눈을 감은 아나스타시아가 옆에서 얼굴을 들여다보자 세리나가 마주 보았다.

연두색의 동그란 눈으로 세리나를 바라보는 아나스타시아. 그 눈빛은 상대의 속내를 꿰뚫어 보는 것 같아서, 오토와 마찬가지로 상인이라는 치들은 빈틈이 없다.

플롭과 미디엄 둘이 눈 감으면 코가 베이는 장사치의 세계에서 살아남은 것은 터무니없는 행운 덕이리라.

그렇게 시답잖은 사고로 얼버무릴 수 있을 만큼 찔린 정곡은 얕지 않았다.

"적이 처음에 지휘관을 노린다믄 이 사령실 사람이 표적이긋제. 그래서 일부러 과녁이 되어 자신을 노리게 한다……. 최소한 상담이나 하고 해 주지 않긋나?"

"미안하군. 이 자리의 누가 맞을지 알 수 없는 상황보다, 노리는 인간이 명백한 편이 대응하기 쉬울 거라고 생각했다. 이 자리에 있는 영리한 자들이라면 갑자기 내 머리가 터진다 해도 냉정하게 사태에 대처할 수 있을 테지?"

"가령 그렇다 해도 터지지 않는 길을 찾아야 마땅하다 생각하고, 나도 아나도 그렇게까지 철저하게 냉정할 수 있다는 자신감은 없군. 오토가 아니라서."

"저도 느닷없이 사망하면 우두커니 굳어 버릴 텐데 말이죠?!"

오토가 뜻밖의 평가를 받았다는 듯이 언성을 높이지만, 아나스타시아와 그녀가 대동한 정령── 에키드나는 얼굴을 마주보고 가녀린 어깨를 으쓱였다.

세리나도 한 사람과 한 정령과 같은 의견이지만, 어쨌든 세리나의 의도는 빗나간 상황이다.

"발로이가 부재 중이고 송장 인간의 비룡대도 나오지 않는다면, 나의 살아 있는 비룡대를 온존할 가치가 줄었군. 조력이 필요한 전장이 있으면 말해라. 순식간에 불리한 상황을 뒤집어 주지."

"그라네. 전력의 축차투입은 우책이지만도 공격력이 높은 부대를 빼놓은 채 밀려나믄 도박에서 봉이제. 써묵어도 되긋다고 내도 생각한데이. 다만……."

"상대의 비룡대가 전혀 없다는 것도 마음에 걸리긴 하죠."

우려에 가는 눈썹을 모은 아나스타시아의 말을 이어받은 모양새로 오토가 중얼거렸다. 그 우려에 세리나는 "흠." 하고 작게 숨을 내쉬었다.

"송장 인간의 『비룡 기수』와 죽은 비룡의 조합이 성립될 가능성은 높지 않다……고는 해도 전혀 없다는 것도 부자연스럽긴 하지. 그 경우──."

"일반적인 비룡대의 운용이 아니라 예외적인 사용법으로 할당했을 가능성이 높다는 뜻이 되겠어."

"예외적……. 그건."

그렇게 이야기의 핵심 부분을 추궁하려던 순간이었다. ——사령실의 문이 박살 날 듯한 기세로 전령이 뛰어 들어온 것은.

절박한 표정의 전령은 숨을 헐떡이며 "실례합니다!" 하고 뒤집힌 목소리로 외쳤다. 그 목소리에 지도를 보던 벨스테츠가 고개를 들고 말했다.

"정확히 보고를."

"예! 주요 경계 대상이 나타났습니다! 적 비룡대, 확인!"

"왔나."

전령의 보고를 들은 세리나가 올 것이 왔다고 매서운 표정을 지었다. 그대로 창 밖, 하늘에 시력을 집중하며 적의 모습을 찾는다. 하지만 시야에 적의 비룡대는 보이지 않았다. 의아해하는 세리나의 뒤에서 전령이 가져온 나머지 보고를 말했다.

그것은——.

"적 비룡대, 대요새 배후의 큰 산을 넘어 요새 상공으로 침입! 그대로 적병을 투하해 도시 내로 송장 인간이 잠입했습니다!"

4

——미디엄 오코넬은 『고양(高揚)의 가호』의 가호자다.

『고양의 가호』는 짧게 말하면 당사자의 기분 및 의욕이 솟구치면 솟구칠수록 그에 호응해 육체의 능력이 상승하는 힘이다.

미디엄은 자신의 가호에 자각이 없으며 오빠인 플롭도 여동생이 가호인 줄은 모른다. 다만 힘내야 할 때에 '힘내야겠다!' 하고 마음먹으면 힘이 솟고, 오빠에게 '힘내라!' 하고 들으면 힘이 솟는다는 감각은 있었다.

그러므로 그 자세한 내용은 모르더라도 남매가 서로 응원하는 관계가 그대로 최적의 답이었다는 드문 사례가, 이 오코넬 남매가 가진 강함의 비밀이기도 했다.

다만 『고양의 가호』의 까다로운 점은 그야말로 기분의 고저에 능력까지 좌우된다는 점이다. 기분이 고조되면 능력이 높아지는 반면, 기분이 저조하면 그만큼 능력도 발휘할 수 없어지는 양날의 검이다.

따라서 밝고 긍정적인 미디엄에게 최적의 가호라고 할 수 있지만, 여기서 그녀의 인생에서 최대급으로 슬픈 사건이 발생해서 역효과를 보였다.

과거, 긍정적인 자세의 화신 같은 미디엄에게도 세 번 풀 죽었을 때가 있다.

첫 번째는 가족 중 한 명인 마일즈가 죽었을 때.

두 번째는, 역시 가족 중 한 명인 발로이가 죽었을 때.

그리고 세 번째는, 죽었던 그 발로이가 송장 인간이 되었다고 알았을 때다.

첫 번째도 두 번째도, 실컷 울고불고 해서 회복하느라 며칠이나 걸렸다.

세 번째의 충격은 과거의 두 번 모두에도 지지 않는 수준이었지만 슬프게도 며칠이고 울며 지낼 만한 시간이 없었다.

그렇다면 미디엄은 울어서 퉁퉁 부은 얼굴로 풀 죽은 채로 작전에 참가했을까.

──결단코 아니었다.

미디엄 오코넬은 똑바로 울음을 그치고 있었다.

세 번째의 슬픈 사건이 첫 번째나 두 번째만큼 영향을 주지 않은 것은 아니다. 지금까지 보낸 인생 중에서도 최대급의 충격에 가슴도 머리도, 아마 마음도 너덜너덜해졌다.

그러나 플롭은 무릎을 안으며 웅크린 미디엄을 가만 놔두지 않았다.

"동생아, 말하지 않아서 미안하다. 죽은 사람이 잇따라 되살아나는 상황이야. 나는 발로이가 되살아날 가능성을 생각하지 않았던 게 아니었어."

연환용차가 성새도시에 도착하고 주어진 방에 틀어박혀 있는 미디엄에게로 발길을 옮긴 플롭은 송장 인간 발로이와의 조우에 대해서 그렇게 이야기했다.

오빠의 말을 들은 순간, 미디엄은 '역시 오빠야!' 하는 생각을 하면서도 그걸 평소처럼 말할 수가 없었다.

왜 말해 주지 않았느냐며 오빠를 탓하고 싶은 마음이 있던 반면에, 어째서 나는 눈치채지 못한 거냐며 평소에는 따지지 않는 자신의 미련함이 싫어졌다.

원래부터 생각하는 행위가 서툴렀다. 그렇기에 늘 그 역할은 플롭에게 맡길 뿐.

그 대신에 날뛰는 것이 자기가 할 일, 그거면 되었다. 그런데도 이제 와서 자신의 머리가 나쁘다는 이유로 슬퍼하다니 이상하다. ──아니, 그게 아니다.

"나는, 오빠를 정말 좋아해."

"응, 기쁜 말 해 줘서 고마워. 나도 그렇고말고."

"나는, 세리 언니도, 마일즈 오빠도 정말 좋아하거든."

"그렇지. 그걸 의심한 적은 없어. 물론 나도 두 사람을 아주 좋아하고말고."

"나…… 발 오빠도, 정말 좋아하는데."

"응."

미디엄은 무릎에 머리를 묻고 콧물을 훌쩍이며 더듬더듬 이야기했다. 그 이야기를 한쪽 무릎을 꿇은 플롭이 온화한 얼굴로 들어주고 있었다. 마지막에 발로이에 대해 말했을 때, 짧게 끄덕이기만 해 주었던 것이 고마웠다.

고마웠지만, 분하기도 했다.

"나, 정말 좋아하는데, 좋아하는 사람 생각을 안 하려고 했었어."

죽은 발로이가 송장 인간이 되어 되살아날 가능성.

말로 하지 못했다고 말한 플롭은, 말은 못했어도 생각을 하고 있었다. 한편, 미디엄은 생각도 하지 않았고.

그것은 미디엄의 머리가 나쁘기 때문이 아니라 눈을 돌리고 있었기 때문이다.

가족을 정말 좋아하는데, 좋아하는 가족인데, 눈을 돌리고 있었기 때문에 눈치채지 못했다. ──그 일 때문에 미디엄은 한 번 죽도록 후회했을 텐데도.

"마일즈 오빠가 죽고, 그다음에 발 오빠가 그런 일을 했다가 역시 죽었을 때, 나는 엄청 분했어."

미움받더라도 멀리하더라도, 그때 곁에 있으면 좋았을 거라고 생각한다.

시끄러울 만큼, 짜증스러울 만큼 옆에서 남매 둘이 와와 떠들며, 발로이가 아벨에게 덤비는 계획 같은 건 못 짜게 해 줄 걸 그랬다.

그러지 않은 바람에 발로이가 죽게 만들었다.

미디엄은 알고 있었을 텐데도.

마일즈가 죽어 버린 뒤, 발로이가 그런 생각에 빠질 것을.

왜냐면, 발로이는──.

"미디엄, 나는 제도에 갈 수 없어. 다친 곳이 다 낫지 않은 데다가 싸울 힘도 없으니까. 짐짝이 되는 건 확실해. 하지만 너는 달라."

"오빠……."

"발로이는 제도에 있을 거야. 이만큼 밀린 상황에 우리 쪽이 역전할 가능성은 제도에 있을 상대의 지도자를 쓰러뜨리는 수밖에 없으니까. 거기에 황제 각하 군이 온다고 상대가 예측한다면……."

"응, 그렇지."

다 말하지 않아도 플롭이 하고 싶은 말은 이해했다.

발로이는 싸울 때에 제일 빠르게 결판을 내는 방법을 선택한다. 그것은 병사가 되어도, 『구신장』이 되어도 변하지 않는 발로이의 근본적 성격이다.

발로이는 틀림없이 아벨을 노린다. 그러니까 제도에 있다.

그러니까 제도에 가면, 만날 수 있다.

"살짝 위를 쳐다보게 된 모양이구나."

"역시 오빠. 나를 잘 아네."

"핫핫핫, 미디엄의 오빠 노릇을 오래 했으니까 말이지! 자, 그러면 제도에 따라갈 수 없는 오빠 나름대로 동생을 위해서 온갖 수단을 써 보기로 하지!"

"수단?"

손으로 쓱쓱 얼굴을 닦은 미디엄은 벌게진 눈으로 갸우뚱했다. 여동생의 모습에 플롭은 허리에 손을 짚고서 웃음과 함께 대답했다.

"뭘, 네가 가고 싶다고 해도 황제 각하 군이 수긍해 줄지는 모를 일이야. 그러니까 그 친구가 수긍하게끔 설득할 흐름을 잘 고민해 봐야지. 걱정할 필요는 없어. 황제 각하 군의 약점은 알고 있거든."

"굉장하다! 역시 오빠! 아벨찡의 약점이 뭔데?"

"쉽게 말해, 사랑이란다."

손가락을 하나 세운 플롭이 자신만만하게 말했다.

그 말을 들은 것이 미디엄 말고 다른 사람이었으면 말뜻을 알 수 없어서 다들 갸웃거리거나 요상한 표정을 지었을지도 모른다.

하지만 미디엄은 플롭이 무슨 말을 하든 얼굴을 활짝 피며 대답할 수 있다.

"역시 오빠야! 믿음직해라!"

5

──이리하여 미디엄 오코넬은 제도의 최종 결전에 참가할 자격을 얻었다.

돌이켜 보면 우연에 우연을 거듭해 여기에 당도한 것이 기적으로 느껴진다.

처음에는 성새도시 과랄이다. 그 도시에 들어가려는 스바루와 렘과 스피카를 보았을 때부터 이 불가사의한 흐름은 시작된 것이다.

그 불가사의한 흐름이 미디엄과 플롭을 여기에 데려와 주었다.

"고마워, 스바루찡. 그때, 나랑 오빠와 만나 줘서."

제도로 가는 도중의 용차 안에서 미디엄이 그렇게 감사하자 스바루는 놀라고 있었다.

여전히 작은 몸으로 아주아주 날카로운 눈매로 열심히 고민하는 옆얼굴만을 보여 주던 스바루는 그 말을 들었을 때만 눈을 동그랗게 떴다.

그러나 곧 스바루는 부드러운, 렘과 스피카에게 보내는 다정한 얼굴로.

"뭔 말을 하는 거야, 미디엄 씨. 고맙다면 내 쪽이야말로 고맙지. 그곳에서 미디엄 씨와 플롭 씨를 만나지 못했을 때를 생각하면 섬뜩해."

그렇게 수줍게 웃으며 미디엄의 투정이 이루어질 기회를 마련해 주었다.

송장 인간이 된 『마탄의 사수』, 발로이 테메글리프와의 결판.

──그것을 위해 터무니없이 믿음직한 도우미까지 붙여서.

"고마워, 로즈찡. 내게 협력해 줘서."

미디엄은 바람에 머리카락이 나부끼는 것을 느끼며 하늘 위에서 감사의 말을 전했다.

전한 상대는 자신을 안고 하늘을 나는 존재──. 스바루와 에밀리아의 동료이며 미디엄의 싸움에 힘을 빌려주는 마법사 로즈월이다.

그는 미디엄의 감사에 "아아──니, 아니." 하고 웃음을 띠며 말했다.

"내 쪽이야말로 동행하게 해 줘서 감사하고오──말고. 실제로 네가 상대하고 싶다는 상대는 매우 난적이야. 무기는 하나라도 많이 갖고 싶어."

"──? 나, 무기가 아니라 사람인데?"

"아차, 이런. 에밀리아 님 타입이었구운──."

쓴웃음 지은 로즈월의 말에 미디엄은 물음표를 머리에 띄웠다.

어쩌면 겉보기만큼 무겁지 않다는 의미였을지도 모른다. 마법사가 얼마나 힘이 센지는 모르겠지만 같이 나는 이상 가벼운 상대인 편이 나으리라.

세리나와 같이 있던 미디엄은 비룡에 탄 경험도 많다. 그 경험이 남에게 안겨 날고 있는 지금 얼마나 도움이 될지는 모르겠지만——.

"하늘을 날 때의 요령은 날라 주는 상대를 믿고 전부 맡기는 것!"

과거에 신뢰하는 『비룡 기수』에게서 배운 경험이 이 순간의 미디엄을 지탱한다.

상대가 비룡이든 로즈월이든, 날개를 얻는 방법은 믿는 일이다.

"그 배짱과 요령, 좀처럼 나는 데에 익숙해지지 않는 오토나 페트라에게 들려주고 싶은데 말이야아——."

"그래? 그렇다면 로즈찡, 두 사람과 더 사이좋게 지내면 되지 않아?"

"아——하하하, 귀가 따가운거얼——."

솔직한 의견에 웃음이 깊어진 로즈월이 느릿느릿 고개를 가로저었다.

그 반응을 본 미디엄은 로즈월이 본심으로 웃은 것이 아니라 얼버무리려고 웃었음을 느꼈다. 아마 남과 사이좋아지는 데 서투른 것이다.

그런 사람도 있다는 걸 미디엄은 최근에 배웠다. 아벨도 그렇다.

어째서 구태여 그렇게 상대와 거리를 두려는지 모르겠다. ——아니, 지금은 살짝이지만 알겠다. 그렇게 함으로써 자신이 상처 입지 않기 위한 것이다.

"하지만 계속 그러고 있으면 후회하거든."

"————."

"그러니까 내가 로즈찡에게도 아벨찡에게도 모범을 보여 줄게."

미디엄이 그렇게 말한 직후, 날고 있는 두 사람의 저 너머에서 어마어마한 굉음이 울려 퍼졌다.

그것은 두 사람 쪽에서 볼 때 동쪽 방향——. 두꺼운 구름이 잇따라 모이는 그곳에 세계가 벌벌 떨 만큼 무시무시한 『용』의 모습이 있다.

사전의 약속대로 『용』과의 싸움을 맡은 것은 가필이다.

그렇게 가필이 『용』을 잡아 두고 있는 사이에 다른 사람들도 움직이기 시작한다.

그중 한 조가 미디엄과 로즈월의 조합이었다.

"————."

크게 숨을 들이마시고, 크게 내뱉었다.

한 번 시작하면 이제 무를 수 없다. 하지만 그거면 충분하다.

"로즈찡."

"시작하지. 뭘, 부담 가질 필요는 없어. 나는, 세계 최강의 마법사거어—든."

로즈월이 그렇게 선언한 직후, 미디엄은 한순간 온몸에 소름이 돋는 감각을 느꼈다.

그것은 우연히도 로즈월이 미디엄의 상상을 초월할 만큼 초상적인 마법을 발동해 제도를 뒤덮은 두꺼운 구름 위에 화염을 날리고, 수정궁을 수직으로 조준한 순간이었다.

로즈월은 그 초고등 마술을 다루며 미디엄을 안고 비행 마법도 전개하고 있다.

그것은 오른손으로 그림을 그리며 왼손으로 작곡하고, 입으로는 시를 읊으면서 눈과 뇌는 미지의 언어를 해독하는 것과 같은 복잡한 기예였다.

하지만 그 가치를 알지 못하는 미디엄에게 굉장하다고 칭찬할 논리는 세울 수 없다.

그 때문에 미디엄은 입으로 칭찬하는 것이 아니라 행동으로 표시했다.

"―――."

빤히 응시한 저 너머의 하늘, 제도 최심부에 있는 수정궁의 바로 위를 새빨간 화염의 작렬이 연쇄, 잇따라 꽃피는 진홍의 화염탄을 뚫고 고공으로 비룡이 날아올랐다.

아주 아주 멀리, 몇 킬로미터나 떨어져 있어서 콩알처럼 작다. 그러나 지금의 미디엄은 그것이 보고 싶고 말하고 싶고 만지고 싶은 상대임이 뚜렷하게 보이고 있었다.

――미디엄 오코넬은 『고양의 가호』의 가호자다.

기분이 솟구치면 솟구칠수록 능력이 높아지는 『고양의 가호』는, 밝고 긍정적인 미디엄에게 최적의 가호였다.

그리고 그 가호의 성능은 만나고 싶고 만나고 싶어서 견딜 수 없는 상대 앞에서, 미디엄이 태어난 이후 최대 최고의 효과를 발휘했다.

하고 싶은 일과 해야 할 일이 일치하고 과거의 후회는 쳐부수었다. 오빠에게 의탁받은 것을 가슴에 끌어안고, 믿음직한 아군과 함께 사랑스러운 얼굴에 도전한다.

따라서 미디엄은 머나먼 곳에서 자신을 봤을 발로이에게 말했다.

"이제 어디에도 멋대로 가게 두지 않을 거야. 나랑 제대로 얘기를 해, 발 오빠."

다음 순간, 한 박자 늦게 발사된 광탄을 뽑아낸 만도(蠻刀)로 쳐서 떨어뜨렸다.

충격이 온몸을 뚫고 지나가도 미디엄과 그녀를 안은 로즈월은 상처 하나 없다.

그대로 초장거리를 사이에 둔 상태의, 제국사상 가장 치열한 공중전이 막을 올렸다.

6

──로즈월 L. 메이더스는 왕국 제일의, 세계 제일의 마법사다.

이 사실을 본인에게 캐물으면 대담한 웃음과 확고한 자부심을 섞으며 "현대에는 그으―렇겠지." 하고 조건부로 긍정하리라.

'현대에는' 이라는 주석을 다는 로즈월의 표정에 분한 감정은 서리지 않는다. 좌우의 색이 다른 그의 눈동자에 대신 서리는 것은 갈망 같은 적막감과 깊은 사랑이다.

그것이 마법에 대해 이야기할 때의, 로즈월 안에서 사라지지 않는 덧없는 사모의 마음임은 람과 베아트리스 말고는 모르며 그 본인조차 자각을 못하는 일이었다.

그 점을 감안하면, 로즈월의 현대 으뜸가는 마법사라는 지위는 굳건하다.

결전에 도전하는 미디엄 오코넬에게도 그렇게 선언하고 안아든 그녀와 함께 하늘을 날면서, 머나먼 저편의 고공에 오른 『마탄의 사수』와 대치하고── 로즈월은 자신의 마법에 자신과 자부를 품고서 승산은 낮다고 어림잡았다.

"────."

제도 남서쪽에서 도시 하늘로 침입한 로즈월의 시야, 최북단에 위치한 수정궁 바로 위의 하늘이 새빨갛게 물들고 여러 개의 폭염이 꽃을 피운다. 그 화염을 떨어뜨린 것은 로즈월이지만 폭염으로 바꾼 것은 성에서 날아오른 한 쌍의 비룡과 그 조종자──인 듯하다.

'듯하다' 는 것은 로즈월의 눈이 몇 킬로미터나 떨어진 위치에서 고속으로 움직이고 있을 상대를 완전히 포착할 수가 없기 때문이다.

로즈월의 시력 문제가 아니다. 인간의 눈은 그렇게 만들어지지 않았다는 거다.

단, 품속의 미디엄은 가호의 힘으로, 상대방인 『마탄의 사수』도 모종의 방법으로 그 한계를 돌파해 서로 육안으로 확인했다.

그 증거로──.

"으, 컁!"

깜찍한 기합성과 함께 안겨 있는 미디엄이 만도를 휘둘렀다.

완전히 타인에게 의존하며 날고 있는 상태다. 결코 균형이 좋을 리가 없었지만 그럼에도 미디엄의 만도는 육박하는 광탄을 잡아내어 물보라 같은 소리와 함께 베어 떨어뜨렸다.

　충격에 얻어맞아 절단된 광탄이 등 뒤로 지나가 마나로 환원되는 것을 감지한 로즈월은 그 공격 속도와 정밀도에 전율을 금치 못했다.

　──그것은 믿기 어려울 정도의 수련 끝에 완성한 살해의 마기(魔技)였다.

　발사된 광탄은 『양(陽) 마법』의 일종으로 추측하지만, 빛의 열선을 쏘는 지와르드 계열과 달리 빛의 탄을 쏘아내는 그것은 체계화되지 않은 독창적인 기술이다.

　한순간의 공방이기에 확실하게 단언할 수는 없지만, 아마도 에밀리아가 쏘는 고드름과 비슷한 형질에 빛을 갖추어 그걸로 상대의 급소를 꿰뚫는 것이리라. 주목할 점은 얼음이나 흙처럼 실체가 따르는 요소가 아니라 어디까지나 빛으로 그런다는 점이다.

　그렇게 함으로써 상처에 실탄이 남지 않기에 상대에게 공격의 정체가 들통 나기 어려우며 나아가 맞은 상처 주변을 빛으로 태워 부상을 더욱 악화시키기도 쉽다.

　"좋은 마법이야."

　그야말로 『마탄』이라 칭하기에 어울리는 일격이라고 로즈월은 칭찬했다.

　이것을 독자적으로 고안했다면 상대에게는 일류 마법사가 될 재능이 있었을 터다. 물론 이제 와서 본인은 그런 명예를 바라지 않을 것이다.

제국인으로서의 평가라면 『구신장』이라는 더할 나위 없는 평가를 이미 받은 상대다.

하물며 산 자가 아니라 죽은 자가 그런 영예를 원할 거라고도 생각하기 어렵다.

"애초에 생전부터 명예나 영달에 고집하는 인물이 아니었던 모양이고오—. 그에 관해서는 가까운 사람에게서도, 최후를 지켜본 상대에게서도 들었지."

상대하는 『마탄의 사수』—— 발로이 테메글리프의 정보는 생전의 그를 아는 이가 생각 외로 많았기에 로즈월의 귀에도 기대 이상으로 들어올 기회가 있었다.

단, 오코넬 남매에게 들은 것은 성격적인 증언이 많고, 세리나도 그녀답지 않은 죄책감 때문에 말하기 저어했다. 그러므로 로즈월이 원하는 전술적인 관점의 정보를 그녀들에게서 얻을 수는 없었지만—— 생각지 못한 복병이 있었다.

그것은——.

"설마, 율리우스가 그 『구신장』을 쓰러뜨린 인재였을 줄이야."

로즈월은 품속에서 집중력을 높이는 미디엄에 들리지 않게 사고를 정리하며 고심에 찬 표정이던 율리우스를 떠올렸다.

아나스타시아의 첫째 기사이며 의리 깊은 성품 때문에 주인과 함께 볼라키아 제국까지 협력해 준 『가장 뛰어난 기사』는, 로즈월이 미디엄과 함께 도전하고 있는 강적에 대해서도 참으로 유용한 정보를 가져다주었다.

──원래 전장이 제도와 성새도시 어느 쪽이 되든 발로이 테메글리프와의 매치 업 상대는 로즈월이 되는 게 기정 노선이었다.

그것은 로즈월이 세리나 드라쿨로이와 옛 친분이 있는 관계이며 그녀가 어린 시절부터 돌보던 발로이에게 끝을 전하는 역할을 맡겼기 때문, 이 아니다.

로즈월에게도 정은 있지만 정에 휩쓸린 판단은 배제하는 게 기본이다.

당연히 로즈월이 발로이를 상대하는 것은 전략적인 판단에 근거한 선택이다.

새삼스러운 이야기지만 볼라키아 제국은 루그니카 왕국에게 오랜 숙적이다.

4대국 모두 방심할 수 없는 관계이긴 하지만 그 관계에서 가장 경계할 상대라고 서로 인식하고 있다는 사실은 확고부동하다.

그 때문에 왕선 기간 중뿐이라고는 해도 제국과의 불가침 조약이 체결된 것은 역사적인 쾌거이기도 하지만, 그걸로 양국의 냉각된 관계가 풀리는 것은 아니었다.

쉽게 말해 가상적이라고 할 수 있는 볼라키아 제국에 대한 루그니카 왕국의 경계는 오래도록 지속되었으며 그 주력인 『구신장』이나 경계 전력인 비룡대에 대한 대책은 항상 강구되고 있었다.

그 대책 회의 중에 결정된 것이다. ──제국의 비룡대를 상대하는 것은 왕국의 마법 부대이며, 그 정점인 로즈월이 최고의 『비룡 기수』와 충돌할 것은.

"그렇다곤 해도 주요 경계 대상인 『악랄옹』과도 『마탄의 사수』와도, 제국 내에서 대치하게 될 줄은 몰랐지이—만 말이지."

대(對) 제국의 대화를 시작하면 최대의 위협으로 간주되는 것이 그 두 사람이다.

물론 개인 무력으로 치면 『푸른 뇌광』이나 『정령 포식자』라는 양대 전력이 있지만, 그에 관해서는 왕국에도 그 못지않은 『검성』이 존재한다.

하지만 전쟁이 터지면 중요한 것이 지도자의 존재다.

전쟁을 끝내는 으뜸가는 방법은 지도자의 목숨을 끊는 것. —— 그에 관해서 제1위나 제2위보다 두려움을 사던 것이 『악랄옹』과 『마탄의 사수』두 사람이었다.

따라서 로즈월도 『마탄의 사수』의 소문으로 기술과 역량을 추측하고는 있었다.

결국 상대할 일 없는 채로 모반을 일으킨 그가 목숨을 잃었다고 들어서, 그 시뮬레이트의 의미는 없는 셈이 되었지만 기기묘묘한 운명이 이 상황을 실현했다.

그리고 상상이 아니라 실물 발로이 테메글리프의 기량을 확인했을 때, 세계 최강의 마법사인 로즈월은 확신했다.

"역시, 나 혼자아—선 못 이기겠어."

로즈월은 익살이나 농담 같은 게 아니고 겁을 먹은 기색도 아니라, 담담한 사실로서 인정했다.

이것은 마법이 무예보다 못하다는 이야기가 아니라 싸움 무대의 차이였다.

우선 첫 번째로, 기동력이 다르다.

비행 마법을 쓸 수 있는 로즈월은 세계에서 손꼽히는 단독 행동이 가능한 개인이지만, 그 속도와 기동성은 그게 본직인 비룡에는 미치지 못한다. 정면으로 공중전에 도전하면 속도로 교란당하다가 3차원적인 움직임에 희롱당하는 사이에 격추되는 게 고작이다.

두 번째로, 각자 갖춘 공격수단의 목적과 정밀도가 다르다.

발로이가 습득한 『마탄』은, 그야말로 타인을 죽이기 위해서만 단련된 기술이며 그 위력과 정확성에서 완성되었다고 해도 무방하다.

로즈월도 스승에게 부끄럽지 않은 마법사가 되고자 온갖 마법의 습득과 숙련을 목표로 삼았지만, 마법의 깊은 경지에는 아직도 멀다. 다채롭다는 점에서는 발로이를 압도해도 대상의 살해라는 한 점에 특화한 적에게 미치는 수준은 아니라고 단언할 수 있었다.

그리고 세 번째로, 전투 조건이 다르다.

두통이 이는 이야기지만 이것이 이 매치메이크에서 가장 큰 장애물이었다.

생각해 보면 알 일이겠지만 싸움이라는 것은 먼 곳에서 일방적으로 상대를 공격할 수 있으면 질 수가 없다. 그것이 본래 로즈월의 전투법이며 자신에게 가능한 최대 거리에서 싸우는 것은 마법사의 기본적인 필승 전술이라고 할 수 있을 것이다.

문제는 이 공격의 최대 거리에서 상대가 자신을 앞설 경우다.

그렇게 되면 당연히 지금까지 자기가 해 왔던 일방적인 공격을 상대에게 허락하는 셈이 된다. 그 사태를 피하기 위해 사정거리로 진다면 피아의 거리를 좁혀 거리적인 유불리를 상쇄한 상태로 가진 실력의 승부로 끌고 갈 필요가 있다.

하지만 로즈월에게 부과된 전투 조건이, 그 전제를 허용하지 않았다.

'솔직히 멀리서 아군이 차례차례 당하는 게 제일 방법이 없어. 상대가 그 연발 사격을 못하게끔 어떻게든 상대를 붙들어 줘!'

이 최종 결전에서 '멸망에서 구원하는 부대'의 멤버를 나눌 때, 스바루가 로즈월에게 맡긴 역할이 그것이다.

실제로 그것은 합리적인 판단이었다. 로즈월에게 하리벨이나 오르바르트를 제쳐 두고 자신이 최고 전력이라고 주장할 생각은 없지만, 최대 사정거리는 틀림없이 자신이다.

에밀리아도 꽤 괜찮은 편이지만 그녀의 경우에는 공격의 섬세함과 상대의 주전장인 하늘로 올라갈 방법이 없다. 로즈월에게 차례가 돌아오는 것은 당연했다.

그 결과, 로즈월은 다른 아군이 저격당하지 않도록 상대 쪽이 압도적으로 유리한 간격에서 공격을 가해 자신에게 주목을 유도하는 식으로 개전할 수밖에 없었다.

"우려하던 대로 이만큼 떨어져 있어도 상대의 공격은 정확하게 닿는군. 주의를 끄는 데에는 성공했지만…… 여기서부터 내 거리로 좁혀야 해. 그야말로 결사행이야아―."

그것이 얼마나 어려운 일인지는 앞서 말한 세 개의 불리점으로 충분히 알 수 있으리라.

강적을 상대로 상대의 특기 전술과 특기인 거리에서 싸워야 한다. 게다가 피아의 실력 차를 인정한 로즈월은 상대 쪽이 위라고 확신하고 있다.

　하지만 좌우의 색이 다른 두 눈에는 비탄도, 절망감도 어려 있지 않았다.

　왜냐하면――.

　"이얏!"

　깜빡 빛났다 싶은 직후, 물보라 소리와 충격이 로즈월과 미디엄 두 사람을 흔들었다.

　그것은 다음 탄의 착탄과 또다시 미디엄이 격추에 성공했다는 증명. 그 증명을 해낸 미디엄의 기량에 감탄하는 로즈월의 웃음이 깊어졌다.

　그 웃음의 이유는――.

　"미디엄, 가능하겠어?"

　"응! 할 수 있어! 로즈찡이 말한 대로…… 발 오빠는, 내 팔이나 어깨만 노리고 있는 것 같아!"

7

　"쳇――."

　확대된 왼쪽 눈의 시야, 발사된 다음 탄이 만도에 베이자 발로이는 낯익은 소녀의 향상된 기술과 상대의 악랄한 속셈에 어금니를 깨물었다.

빛의 굴절로 만들어 낸 천안경 속, 의욕 만점의 표정을 지은 미디엄과 그녀를 안고 하늘을 날고 있는 남자의 모습이 서서히, 확실하게 다가오는 것을 알 수 있다.

속셈은 명백. 장거리 공격이 특기인 상대와 거리를 좁히는 것은 전투의 정석이었다.

구름 위에서 화염탄을 떨어뜨리는 기습. 그에 실패하고 바로 전환한 것은 아닐 것이다.

그토록 정밀하지 않은 공격이라면 맞기 전에 눈치채지 못할 거라 생각하는 편이 문제가 있다. 그것은 격추하라고 날린 공격이었다. 그 사실을 알고 있어도 격추할 수밖에 없는 공격.

그렇게 감쪽같이 상대의 선수로 개전하고 압도적으로 유리한 초장거리 전투가 시작되자── 미디엄의 모습에 발로이의 전의가 움츠러들었다.

기습을 막게 하고 그럼에도 상대가 유리한 거리에서 전투를 시작한 것은, 발로이의 『마탄』이 맞힐 상대를 가린다는 것을 알고서 세운 작전이었던 것이다.

"미디……."

초탄과 차탄, 발로이가 쏜 『마탄』은 모두 미디엄에게 막혔다.

옛날부터 그랬다. 침울한 표정일 때의 미디엄은 운동치인 플롭에게도 밀리면서 의욕 만점일 때는 감당을 못할 만큼 망나니가 된다.

플롭도 마일즈도 손도 발도 못 썼고, 편애하는 마음이 있다고는 해도 발로이 또한 애를 먹었다. 세리나가 야단치지를 않다 보니 저 기운은 그만둘 때를 모른다.

그렇다고는 해도 설마 자신의 『마탄』을 막을 정도일 줄은 상상도 못 했지만.

"카아아."

"알고 있습니다요, 카리용."

날갯짓하는 애룡이 어금니를 깨문 발로이에게 울음소리로 호소한다.

『비룡 조련』의 기법으로 발로이와 카리용은 영혼―― 오드와 오드로 서로의 존재를 연결하고 있다. 그것을 통해 천성이 흉포한 비룡을 따르게 하는 것이 문외불출의 『비룡 조련』이다.

그런 관계인 만큼 발로이의 사고 및 감정의 흔들림은 카리용에게도 직접적으로 전해진다. 같은 말은 반대로도 할 수 있어서, 발로이도 카리용의 사고를 짐작할 수 있었다.

알고 있다. 『마탄』이 막힌 이유는 미디엄의 기량만이 이유가 아니다.

분발하는 표정을 지은 여동생 같은 존재의 모습을 목격한 발로이가 비정한 전사로서 그녀를 맞히지 못한 탓이다.

"팔다리……."

한 짝이라도 떨어뜨리면 미디엄의 전선 이탈은 확실하다.

그녀를 데리고 있는 마법사도 중상을 입은 그녀를 데리고 나는 데에 이점은 없다고 판단할 터. 가능하면 다리 말고 팔이 좋겠다. 팔이라면 그 후의 생활에 생기는 지장은 다리보다 적다.

미디엄을 부상 이탈시키고 저 마법사를 격추한 뒤, 스핑크스에게 그녀의 구명을 청하면 된다. 그러면 우려는 사라진다.

우려는, 깨끗이, 사라지는 것이다.

"합시다."

핏기를 잃은 송장 인간의 얼굴로, 발로이의 금빛 두 눈에 명확한 전의가 깃들었다.

직전까지 보이던, 미디엄을 공격하기를 망설이던 표정이 아니다. 자신의 성품과 자신의 목적 간 합의점을 찾아내고 그것을 실현하는 『마탄의 사수』의 표정이다.

"———."

전의가 금빛 눈에 서린 발로이의 온몸에서 열기가 고요히 가라앉는다.

오른쪽 눈을 감고 왼쪽 눈의 천안경에 의식을 집중. 애룡의 등에서 세운 무릎에 창을 고정하고는, 창끝에 날카롭게 곤두선 빛의 탄을 만들어 낸다.

발로이는 외도를 걷는 마법사이며 이 재주 하나밖에 갈고닦지 않았다.

이 한 발은 마나의 소비도 적어서 필요 최소한의 수순으로 최대의 효과를 발휘하기에 자신의 성미와도 상성이 좋다. ——확실하게 끝낸다는 자세의 표명이다.

"———."

이렇게 발로이가 집중하고 있을 때 똑같이 집중력을 높이는 카리용.

천안경을 들여다보며 표적의 거동을 꼼꼼히 관찰하는 순간,

그 외의 주위에 대한 경계는 소홀해지지만 그런 발로이 대신에 카리용이 주변 시야를 확보한다.

비룡의 시력과 본능적인 경계심으로 주위를 감시하는 애룡은 이 전술을 확립한 발로이에게 결코 빠트릴 수 없는 존재였다.

"저와 붙겠다면야 당연히 거리를 좁히고 싶으시겠죠. 하지만 그걸 아는데 그러도록 가만히 놔두겠습니까?"

비행 마법 같은 게 있다니 놀랍지만 그 접근 속도는 비룡과는 비교할 여지도 없다. 상대가 접근하는 만큼 물러나면 피아의 거리는 줄지 않는다.

물론 물러나는 데에도 한계가 있기에 거리를 벌릴 방법은 물러나는 것뿐만 아니라 선회 및 고도를 활용하게 된다. 그래도 문제는 없다.

광대한 하늘에는 제한이 없다. 그렇기에 『마탄의 사수』의 전법이 확립된 것이므로.

"맞아라."

물기 없는 입술에서 나온 말을 신호로 창끝이 강하게 확 빛난다.

『마탄』이 발사되는 순간, 발로이 쪽에는 아무 반동도 감개도 없다. 있는 것은 희미한 빛의 깜빡임과 1초도 지나지 않는 새에 찾아오는 저격의 결과만.

천안경으로 확대된 시야에서 미디엄이 세 발째 『마탄』까지 만도로 막았다.

발로이가 노리는 곳이 팔다리라고 알아챈 움직임이다. 그것이 그녀의 타고난 감 때문인지, 아니면 뒤의 마법사가 속삭인 조언 때문인지는 불명.

그것을 대단하다 칭찬하며 발로이는 숨을 내쉬고…….

"맞아라, 맞아라, 맞아라, 맞아라, 맞아라."

잇따라 네 발째부터 여덟 발째까지를 단숨에 갈겼다.

"――――."

발로이의 『마탄』에 반동은 없다. 따라서 연달아 쏘는 데에도 지장은 없다.

굳이 제한이 있다면 발사하기 위한 빛의 탄을 만들어 내는 속도지만, 발로이는 이 『마탄』의 일격을 궁구하는 데에 지닌 마법의 재능을 전부 퍼부었다.

1초에 다섯 발, 한 치의 어긋남 없이 같은 정밀도로 쏘는 광탄――. 그것이 발로이 테메글리프가 『마탄의 사수』라고 불리는 까닭이며, 일장의 지위를 쟁취한 이유였다.

"맞아라, 맞아라, 맞아라, 맞아라, 맞아라."

미디엄이 두 손의 만도를 맹렬히 휘두르며 필사적으로 『마탄』에 저항한다.

그것 자체는 칭찬할 일이지만 발로이 쪽의 여력은 전혀 줄지 않았다. 지나간 시간도 기껏해야 10초, 앞으로 20초만 더 계속하면 미디엄은 반드시 힘이 바닥난다.

발로이는 자신의 『마탄』으로 그 순간에 담담히 다가가면――.

"――――."

순간, 냉정에 전념하던 발로이의 사고에 의문이 생겼다.

그 사이에도 빛의 탄의 작성과 『마탄』을 통한 끊임없는 연속 사격은 이어지고 있지만, 발로이가 의문을 품은 것은 이 상황 자체였다.

기습에 미디엄을 동행시켜서 발로이의 『마탄』에 현저한 제한을 건 상대다.

당연히 발로이를 상대할 각오로 도전한 적이, 상대가 평소와 같은 전투 방식을 관철하면 돌파할 수 있는 어설픈 작전을 실행할까.

이상하다고, 묘하다고 생각을 해야 한다. 자신의 본분을 발휘할 수 있는 상황이기에 더욱.

발로이가 그렇게 생각한 직후였다.

"카아악."

천안경을 들여다보는 발로이를 대신해 주위를 경계하던 카리용이 높이 울었다.

수정궁 상공을 고속으로 날며 상대와의 거리를 일정하게 유지하던 애룡의 호소에 발로이의 의식도 카리용이 운 원인 쪽으로 쏠렸다.

그것은 높은 하늘 위에 있는 그들보다 더 높은 곳에서 내려왔다.

"큭, 잘도 해 주셨군요!"

이를 갈고 부르짖는 발로이의 시야에 두꺼운 구름을 뚫고 내려오는 것은, 조금 전 수정궁을 노린 화염탄의 비보다 더욱 직접적인 위협.

——작은 산처럼 거대한 얼음덩이가 하늘에서 제대로 맹렬하게 떨어지고 있었다.

"차폐물이 없는 곳에서 발로이 경과 싸우는 것은 치명적입니다. 상대는 제국에서 으뜸가는 『비룡 기수』……. 모든 방위가 사정거리에 닿는, 경이적인 실력자이니까요."

심각한 표정을 지은 율리우스의 조언에 따르면, 로즈월이 도전한 공중전은 제국에서 최고의 『비룡 기수』 상대로 가장 선택해서는 안 될 전장이었다.

여하튼 하늘에는 차폐물이 될 만한 것이 하나도 없다. 전후좌우는 물론이거니와 상하 대각선의 3차원적인 방위로 사정거리를 확보할 수 있는, 거의 최악의 환경이다.

상대에게 가장 불리한 전황을 준비하는 것은 전사의 법도이며 구태여 상대와 조건을 맞추거나 오히려 자신이 불리한 상황을 택해서 싸우는 것은 머리가 이상한 작자들뿐.

그렇다면 전제 조건상 어쩔 수 없다고는 해도 상대의 특기인 전장에서 특기 전술을 쓰게 하며 특기인 거리에서 싸우는 것을 선택한 로즈월은 머리가 이상한 것일까.

──단연코 아니다.

로즈월은 자신이 정상이라고는 말하지 않지만, 승리의 갈망에 애태우거나 불리한 전황을 즐기는 객기와는 무관하다는 것을 이해하고 있다.

자신의 이상성은 인정하지만 그 이상성은 전투에서 발휘되는 것이 아니다.

따라서 로즈월은 승산이 없는 전장에 임하는 어리석은 짓을 하지 않았다.

"허억, 허억, 허어어억."

로즈월의 품속에서 가쁜 숨을 쉬는 미디엄의 몸에서 김이 피어오른다.

접촉한 손바닥에서 전해지는 고열은 그녀의 몸이 전의에 호응해 성능을 높였다는 증표. 그와 동시에 불과 10초 정도로 한계를 몇 번이고 넘었다는 증거이기도 했다.

두렵기 짝이 없는 『마탄』의 연사 성능. 설령 그것이 치명상을 피하는 모양새로 날아오는 공격임을 알고 있어도 50에 육박하는 탄수를 모조리 쳐낸 미디엄에게는 감탄했다.

하지만 다음 10초는 버티지 못한다. 그러니까 로즈월은 전황을 한 단계 움직였다. ──제도 위를 덮은 구름을 뚫고, 구름 위에서 거대한 얼음덩이를 지상에 낙하시킨 것이다.

"이건 제법 장관이지이─ 않나?"

산으로 착각할 만큼 강대한 얼음덩어리를 떨어뜨린 것은 물론 로즈월이다.

단, 저만 한 사이즈의 얼음덩이를 만들어 내면 아무리 세계 최고의 마법사를 자부하는 로즈월이어도 마나의 잔량이 간당간당해질 수 있다.

그렇기에 얼음덩이는 마나가 남아도는 에밀리아에게 만들어 달라고 했다.

"저렇게 큰 것을 만들고 쌩쌩하시단 말이지. 정말로 기가 막힌 얘기야."

이미 빙산을 만들어 내는 것과 다름없는 기적을 일으킨 에밀리아는 스바루의 지시에 따라서 태연히 다른 전장에 임하고 있다. 그것이 믿음직한 것과 동시에 언젠가 적대적으로 맞설지도 모르는 가능성을 고려하면 아주 골머리가 아파진다.

그러나 이 순간에는 그 믿음직함에 기대어 빙산 낙하의 작전을 세웠다.

저 거대한 빙산은 로즈월의 마나를 다 쓰더라도 만들어 낼 수 있을지 미심쩍지만, 에밀리아가 만든 그것을 유지하며 띄워 두는 것뿐이라면 그 정도까지는 아니다.

그것을, 화염탄을 떨어뜨린 뒤에도 대기시켜 두다가 지금 이 순간에 멍에에서 풀어놓았다.

"————."

하늘에서 산이 떨어지는 거나 다름없는 질량 공격이지만, 그 표적은 하늘을 도망쳐 다니는 발로이를 머리 위에서 짓뭉개는 것이 아니다. 그럴 수 있으면 편하겠지만 발로이라면 빙산의 피해 범위에서 벗어나는 것도 그리 어렵지는 않을 것이다.

따라서 빙산을 낙하시킨 이유는 발로이를 향한 공격이 아니다. ——방해다.

"차폐물이 없으면, 만들어 내면 되지."

중얼거린 직후, 로즈월의 두 눈이 가늘어지고 직후에 빙산 전체에 금이 갔다.

다음 순간, 하늘을 뚫을 듯 날카롭게 울린 소리는 그야말로 하늘에 끼운 유리가 단숨에 금이 가는 것만 같았으며, 이어진 현상은 하늘의 붕괴로도 보였을지 모른다.

빙산이 깨지고 산산조각 난 파편을 뿌리며 지상에 무작위로 떨어진다.

깨졌다고 해도 산의 파편이다. 얼음덩이는 파편 하나하나가 건물이나 용차에 필적할 만큼 커서 하늘에서 떨어지는 그것은 빙산의 산사태나 다름없다.

마치 상자에 돌멩이나 모래를 가득 채우고 화단 위에 쏟은 듯한 광경——.

"이것이, 마법사의 본분이야."

특기인 거리에서 일방적으로 공격할 수 있으면 지는 일은 있을 수 없다.

그것이 마법사의 기본이자 필승 전술이라고 앞서 말했다. 따라서 로즈월도 그 기본에 따른 전투법을 선호하며 실행한다.

일방적으로 공격하기 위해서는 상대의 '선택지'를 줄이는 게 중요하다.

특기인 거리라는 것은 그러기 위한 알기 쉬운 지표에 불과하다. 상대의 '선택지'를 줄이고 자신이 유리한 상황으로 끌고 가는 것.

그것이 세계 최강의 마법사인 로즈월의 전투법이었다.

"이랴압!"

쏟아지는 얼음조각과 얼음덩이 틈새를 빛이 지나가고, 다가온 『마탄』을 미디엄이 베어 떨어뜨린다.

미디엄에게는 무슨 일이 일어나도 동요하지 말라고 지시해 두었지만 그 지시대로 움직여서 고마울 따름이다. 『마탄의 사수』도 상당히 기겁했을 테지만 바로 공격으로 돌아선 점은 훌륭하다고 칭찬할 만하다.

단, 그 연사 성능과 기동력은 비교할 여지도 없게 저하했다.

무엇보다——.

"네가 내가 들은 것과 같은 인물이라면, 『마탄』은 나를 직접 노리지 못해. 이 고도에서 떨어지면 미디엄이 살아날 방법이 없으니까."

9

——규격 외의 전황을 실현하는, 악마 같은 발상을 하는 적.

발로이는 미디엄을 방패 삼아서 자신의 전술을 봉쇄한 데다가, 광대한 하늘에까지 부자유를 부여한 마법사에게 분명하게 명확한 적의를 띠며 위협적이라 인식했다.

볼라키아 제국에는 소위 마법사가 매우 귀중하다.

그것은 토양이나 종족적으로 마법이 서투른 성질이 계승되고 있다는 점도 있지만, 궁극적으로는 제국인의 주의에 마법이 맞지 않기 때문이었다.

제국인의 근저에 있는 것은 강자에 대한 존경이며 그것은 뛰어난 무인의 기술이나 재능에 대한 동경이라고 바꿔 말해도 무방하다. 직접 무기를 들고 상대와 맞부딪쳐서 타도하는 자가 볼라키아 제국의 이상적인 무인이며, 그렇지 않은 싸움은 꺼려하며 승리는 존경받지 못한다.

그런 전투법에 대한 편견과 선입관은 뿌리 깊어서 빈센트 치세에 재검토되기는 했으나 그래도 완전히 사라지기에는 아직 시간이 더 필요할 것이다.

『마탄의 사수』라고 불리던 발로이의 전투법이나 시노비의 두령이던 『악랄옹』 오르바르트의 살해법도 다른 나라의 경계와 정반대로 평판이 좋았다고는 할 수 없다.

발로이나 오르바르트나 평판 때문에 싸우던 것은 아니니까 상관하지 않았지만.

그렇게 맺고 끊는 면이 있었기에 발로이도 다른 제국인과 달리 유달리 마법사를 꺼리지는 않았다. ──생전의 그 평가를 여기서 번복하고 싶다.

"그런 수법은 좋아하지 않습니다, 마법사 형씨──!"

만물만상을 이용하며 자신의 전장을 만들어 내는 수완에 감탄은 해도 그 독니를 자신에게, 감히 식구에게까지 겨누면 분노도 솟기 마련이다.

그 머리를, 가슴을 꿰뚫어 버리고 싶지만──.

"카리용──!"

"카아악."

등을 두드려 애룡을 북돋고, 울부짖은 비룡이 날갯짓하며 속도를 높인다.

어두운 하늘을 춤추는 발로이와 카리용은 믿을 수 없는 규모로 쏟아지는 얼음 폭풍 속을 날며 느닷없이 생긴 얼음덩어리 미궁의 공략에 집중, 돌파에 도전한다.

발로이의 『마탄』을 피하겠다고 나무들이 우거진 숲으로 도망치거나 견고한 보루에 틀어박히는 등의 대처를 하는 상대가 있다.

그런 상대일 때, 발로이는 『마탄』의 연사로 나무들을 일소해서 사선을 확보하거나, 상대가 숨은 곳을 특정해 벽을 관통해 『마탄』을 맞혀서 적을 처리해 왔다.

하지만 이런 어처구니없는 방법으로 공략을 시도한 이는 지금까지 없었다.

그러니까 당연히 이런 어처구니없는 공략 방법을 뒤집을 수단 또한 존재하지 않는다.

"그렇단 말은, 이걸 넘으면 제 승리란 말입죠?"

발로이는 부서진 빙산의 파편, 스치면 목숨째 가져갈 수도 있는 그것들을 회피하며 공격해 온 미디엄과 마법사의 모습을 머리에 그렸다.

그 두 사람 말고 제도의 하늘에 올라올 수 있는 이는 없었다. 즉, 발로이와의 공중전에서 꺼낼 수 있는 패는 이 두 사람으로 끝이라는 뜻이다.

아무래도 세리나는 발로이 상대로 자랑하는 비룡대를 내보내지 않은 모양이다.

"과연, 상급백은 안목이 있으셔."

비룡을 이용한 공중전에도 명확한 서열이라는 것이 존재한다.

예를 들어 단짝이 없는 비룡 단독은 『비룡 기수』가 있는 비룡을 결코 당해내지 못한다. 뛰어난 『비룡 기수』는 단 한 조로 백 마리 비룡 무리를 쫓아낸다.

그리고 『비룡 기수』와 『비룡 기수』가 부딪치면, 이것도 뛰어난 쪽이 반드시 이긴다. 수의 유불리는 거의 관계없이, 뛰어난 『비룡 기수』가 있는 쪽이 이기는 것이다.

발로이보다 실력 있는 『비룡 기수』가 없으면, 비룡대를 아무리 보내도 귀중한 기수와 비룡의 주검을 산처럼 쌓는 결과밖에 되지 않는다.

뛰어난 『비룡 기수』라는 것은 그토록 귀중하고 탁월한 인재다.

그렇기에 발로이는 세리나를 미워하지는 않았다. 그녀가 마일즈에게 루그니카 왕국에서의 밀명을 허가한 것은 필요한 일이었다. ──어쩔 수 없는, 일이었다.

"그래도, 저는──."

이를 악문 중얼거림 후반, 그것은 입에 올린 발로이 본인에게도 들리지 않았다.

발로이와 애룡 아래, 부서진 빙산이 잇따라 제도에 추락해 굉음을 울리며 어마어마한 먼지구름과 함께 시가지를 파괴해서 모습을 바꿔가고 있었기 때문이다.

가엾은 제도에 미친 피해, 마법으로 야기된 마재(魔災)라고 할 만한 참사가 이어진다.

생전에는 지키려고 하던 낯익은 거리다. 그것이 파괴되는 사실에 생각하는 바가 없지는 않지만, 발로이의 의식은 부서져 가는 거리보다 적에게 집중되어 있다.

　　"――――――."

얼음조각이 먼지처럼 휘날리고 빛을 난반사하는 환상적인 광경이 탄생하는 가운데, 저 너머에 있었을 터인 미디엄과 마법사의 모습이 더욱 선명하게 보이게 된다.

그러나 아직 거리는 있다. 구름 위에서 빙산을 떨어뜨려 제도의 시가지를 이토록 거대하게 파괴할 정도의 피해를 낳았음에도 만회한 거리는 여전히 미미한 수준이다.

"맞아라, 맞아라, 맞아라."

만회한 거리를 도로 밀어내듯 발로이가 쏘는 『마탄』이 닿을 때까지의 시간이 단축된다.

그것은 그 시간만큼 미디엄에게 찰나만큼 빠른 반응이 요구된다는 뜻이다. 이미 소모가 심한 미디엄이 앞으로 몇 발까지 저지할 수 있을까.

설령 발로이의 기동력을 저하시키고 사각(射角)과 사선(射線)을 한정해도 아직 발로이 쪽이 유리하다.

즉, 다음 수가 올 것이다.

"――? 아까 썼던 불덩어리를 또…… 아니."

상공에 이변의 조짐이 있어서, 얼음조각을 창으로 찔러 부수고 광탄으로 날려 버리고서 사선을 확보하려던 발로이는 고개를 들었다가 눈썹을 찌푸렸다.

빙산이 크게 구멍을 뚫은 두꺼운 구름, 그 구멍을 통과하듯 떨어지는 화염탄과 조금 전 빙산에는 미치지 못해도 거대한 얼음 덩이들. 그것들이 떨어지는 광경에 발로이는 하늘의 장애물이 추가되었나 생각했다가——그 진의를 깨달았다.

그것들이 떨어지는 것은 발로이와 애룡이 날고 있는 위치에서 크게 벗어나서——수정궁을 직격하는 궤도를 그리고 있었다.

"무슨, 짓거리를 하는 겁니까, 더러운 놈——!!"

발로이는 자신을 노리고 떨어지지 않는 불꽃과 얼음의 낙하물을 목격했으나, 그것이 다름 아닌 자신에 대한 공격이라며 언성을 높였다.

저것들은 발로이에게 직접적인 피해를 야기하지 않는다. 대신에 성 안에 남아 있는 마델린의 몸이나 성내에 있는 이들을 가차 없이 짓뭉갠다.

그냥 놔둘 수는 없다. ——스핑크스가, 죽으면 안 되기 때문이다.

"오오오오오——!!"

날개를 펼치고 급선회해 얼음덩이가 닿지 않는 위치에서 급제동하는 카리용. 그 등에서 튕겨지듯 몸을 일으킨 발로이가 창끝을 수정궁의 하늘에 겨누어 『마탄』을 쏘았다.

초당 다섯 발의 생성 속도로는 따라잡지 못한다고, 이 순간, 생전에는 넘지 못한 한계를 넘어서 발로이의 『마탄』이 탄막처럼 하늘을 뒤덮었다.

떨어지는 화염탄을, 얼음덩이를, 미쳐 날뛰는 빛의 탄환이 모조리 격추하고 수정궁을 붕괴시켜야 했을 대피해로부터 지켜낸다.

하지만 이 순간, 등을 돌린 발로이를 상대가 노릴 것은 자명한 이치──.

"맞아라."

따라서 발로이는, 창끝으로 수정궁에 떨어지는 낙하물을 노리며 창의 물미로 다가오는 적을 조준하고 『마탄』의 앞뒤 동시 사격으로 대응했다.

"──────."

배후로 쏜 『마탄』은 한 발이지만, 그걸로 충분했다.

등을 돌려서 빈틈을 보인 줄 알았던 발로이를 향해 일직선으로 날아오는 불꽃의 마법──. 그것이 정면에서 『마탄』에 관통되어 이 또한 공중에서 폭산한다.

광탄은 상대의 마법을 뚫고 여전히 직진하며 빈틈을 찔렀다고 여기던 미디엄과 마법사에게 적중, 만도가 그것을 요격하려고 한다.

"미디, 저는 『구신장』이던 남자라고요."

의욕 만점이라고는 해도 여동생 같은 존재에게 전투 기술에서 뒤처질 상황은 없다.

의표를 찌르기 위해서 배후로 쏜 『마탄』은 발로이가 여태까지 쏜 빛의 탄환과 비교해 한 둘레 살짝 더 크고, 그만큼 위력으로 앞섰다.

"우앗!"

물보라 튀는 소리가 나고 미디엄의 손에서 만도가 두 자루 다 날려갔다.

창졸간에 본능으로 차이를 알아차렸는지 한 자루가 아니라 두 자루로 요격한 것은 훌륭했다. 덕분에 왼손 팔꿈치 아래를 날려버리려던 그녀의 팔은 양쪽 다 남았다.

단, 막을 수단이 없어지면 그게 그거다. 다음 일격으로 그 팔을 날려 버려 끝내겠다.

"맞아라."

살의와 함께 창끝이 깜빡이고, 수정궁을 뭉개려던 불꽃과 얼음의 처리가 끝났다.

그대로 단숨에 카리용을 타고 상승해 접근한 만큼의 거리를 다시 벌리면서 미디엄을 이탈시키기 위한 『마탄』의 생성을——.

"뭣."

——찰나, 발로이의 시야를 가득 메우듯 무지갯빛이 하늘을 뒤덮었다.

10

——발로이 테메글리프의 공략에서 율리우스의 조언은 참으로 유용했다.

이미 한 번 공략한 적이 있는 인간의 조언이다.

이토록 유익한 정보는 스바루라도 좀처럼 준비할 수가 없다. 여하튼 스바루는 전사가 아니므로 전투법에 관한 헌책은 애매모호해지기 십상이라서.

어쨌든——.

"저는 발로이 경과 싸우고 경을 쓰러뜨렸습니다. 물론 페리스의 조력 없이는 거둘 수 없던 승리지요. 발로이 경만한 인물이 어째서 그런 모반에 가담해 빈센트 각하의 생명을 노렸는지, 그 이유도 나중에."

"『사자의 서』를 보았다고 했었지이—. 참으로 기구한 우연이야. 율리우스, 가능하다면 네가 본 것을 자세히……."

"메이더스 변경백, 제가 전해드리는 것은 어디까지나 발로이 경의 전투 방식과 저 자신이 어떻게 싸웠는지. 제가 경의 허락을 받지 않고 본 것, 발로이 경이 품고 있던 것에 대해 발설하는 일은 평생 없으리라 여겨 주셨으면 합니다."

그렇게 진지한 표정으로 고한 율리우스의 태도를 이적행위라고 지적해서 그가 『사자의 서』에서 얻은 정보를 미주알고주알 다 캐내는 방도도 있었다. 하지만 로즈월은 그 방도를 택하지 않고 어디까지나 율리우스가 전하겠다고 마음먹은 내용만 듣는 데에 그쳤다.

그 선택을 스스로도 뜻밖이라고는 생각한다.

원래의 로즈월이라면 상대의 정보를 얻을 수단이 있으면 그것을 남김없이 얻은 다음에 작전을 구상하고 싸움에 임하는 것을 선호했을 터다.

그럼에도 불구하고 율리우스의 심경에 동조해 그의 생각을 존중한 것은 왜인가.

그 심경 변화의 이유에 분명한 답은 알 수 없지만——상관없다.

발로이 테메글리프의 모든 것을 알지 못해도 율리우스는 귀중한 답을 주었다. 로즈월이 보자면 그것만으로도 충분했다.

율리우스에게서 얻은 가장 유용한 수확, 그것은———.

"너를 해치운 것이 율리우스라는 뜻은, 말이지. 혹시, 너는 자신이 어째서 죽었는지 모르는 것이 아아——닐까, 발로이 테메글리프 군."

『폭식』의 권능으로 율리우스는『이름』을 먹히고 말았다.

그 결과, 율리우스의 주위 사람은 예외인 스바루를 제외하고 누구나 그에 대해 잊었다. 그것은 로즈월도 예외가 아니며 필시 죽은 자조차도 예외가 아니다.

다름 아닌 율리우스의 손에 죽은 발로이조차도 자신이 죽음에 이른 이유가 무엇인지를 모른다.

즉———.

"한 번 죽었을 때와, 같은 방법으로 죽일 수 있지."

참으로 기박한 우연, 기적적인 운명이었다.

이것은 율리우스가 발로이를 죽이고, 그 율리우스가『이름』을 먹히지 않았으면 거머쥘 수 없던 한 줄기 승리의 기회라고 할 수 있다.

당사자인 율리우스나 발로이의 고뇌는 상상하는 것조차 주제넘은 짓이지만 외부인인 로즈월은 마음속에만 그 운명에 감사하겠다.

——전개된 무지개의 장벽이 상승을 시도하는 발로이와 비룡의 진로를 막았다.

극광을 이용한 장벽이 율리우스가 발로이를 쓰러뜨린 결정타가 된 마법이라고 들었다.

이것은 율리우스가 대동한 정령과 함께 고안한 오리지널 마법이며, 재현하려면 로즈월이라도 비정상적인 소모가 필요했다.

여러 마법의 동시 사용은 로즈월도 하고 있지만 여섯 종류 동시는 제정신으로 할 짓이 아니다.

로즈월은 자신의 체내 게이트가 비명을 지르는 소리를 들으며 그럼에도 승률을 높이기 위해서 율리우스의 승리를 재현했다.

이것은 무슨 야유나 해코지가 목적인 게 아니라 전략적인 선택이다.

물론 발로이의 도피로를 막을 뿐이라는 목적이라면 로즈월이 특기 삼는 불꽃이나 바람을 구사해 같은 짓을 할 수 있었다. 하지만 손에 익은 마법은 한눈에 위험하다고 간파당한다.

필요한 것은 발로이의 판단력을 찰나라도 빼앗을 수 있는 처음 보는 마법.

그 때문에 이 무지개의 극광도 『폭식』의 권능이 잊게 만든 것의 일부일 거라 추측하고 부담을 각오하며 굳이 이것을 최종 국면에 가져왔다.

"윽."

이를 악다문 미디엄의 두 손에서 만도가 떨쳐 나가고 그럼에도 전의를 잃지 않은 기색으로 주먹을 꼭 쥐고 있다.

어쩌면 『마탄』 한두 발은 두 손을 희생해 막을 수 있을지도 모르지만, 그 정도 대가를 요구하는 싸움으로 만들 생각은 없었다.

상대의 선택지를 빼앗는다는 의미로 미디엄은 이미 충분하고도 남는 활약을 했다.

제도로 가는 도중, 미디엄이 스바루에게 감사를 표하고 스바루 또한 미디엄에게 감사를 전했었지만 로즈월도 전적으로 같은 의견이었다.

'뭔 말을 하는 거야, 미디엄 씨. 고맙다면 내 쪽이야말로 고맙지. 그곳에서 미디엄 씨와 플롭 씨를 만나지 못했을 때를 생각하면 섬뜩해.'

그러면서 멋쩍게 웃은 스바루의 연기력에는 로즈월도 박수치고 싶어졌다.

확실히 오코넬 남매의 협력이 없으면 이 공략은 성사되지 않았다고.

"하지만——."

무지개에 가로막혀 떨어진다.

그것이 제국 최고봉의 『비룡 기수』가 맞이하는 결말이 될 거라고, 로즈월은 눈을 가늘게 뜨고——.

——찰나, 대각선 뒤에서 날아온 충격에 꿰뚫려 의식이 크게 흔들렸다.

11

눈앞에 무지갯빛이 펼쳐진 순간 발로이의 온몸에 오한이 엄습했다.

송장 인간의 몸임에도 불구하고 생존 본능이라고 해야 할 싸움의 직감이 계속 작동하는 것은 얄궂은 이야기다.

그, 죽은 생존 본능의 호소에 따라 발로이는 극광이 만들어 낸 장벽을 향해 말 그대로 숨겨 두었던 '비밀 무기'를 쏘아 돌파의 초석으로 삼았다.

──로즈월의 추측대로 발로이는 자신의 사인을 기억하지 못한다.

어째서 자신이 목숨을 잃게 되었는가. 그 계기가 되는 동란이나 거기에 가담한 동기 및 이유는 기억이 나는데 죽음의 이유만이 흐릿했다.

기왕이면 죽음의 이유보다 그 외의 것을 잊으면 좋았을 거라는 생각이 없지도 않다.

하지만 그것을 잊으면 나 자신이 아니라고 단언할 수도 있었다.

아무튼 발로이는 자신이 죽는 순간을 떠올리지 못하고 있었다.

그러나 다른 송장 인간의 이야기를 듣건대, 뭔가 뭔지 모르는 사이에 죽은 자를 제외하면 그 죽음에 이르는 경위까지 잊은 자는 찾을 수 없었다.

그런 만큼 발로이는 고심했다. 자신이 어째서 죽었는지, 답이 나오지 않는 사인을.

그리고 어떤 가능성이라면 자신을 죽일 수 있을지 생각이 닿는 대로 고민하고 또 고민했다.

모반의 관계자라고 들켜서 세실스라든가가 목을 베는 흐름이나, 그루비와 모그로 같은 일장 동료에게 숙청당할 경우도 고려

했다.

하지만 모반을 결행한 이유가 이유다. ──루그니카 왕국의 인물에 얽힌 게 아닐까 생각하고 어떤 싸움이었을지 추측했다.

──비행 중, 도피로를 막힌다는 패배는 마지막에 떠오른 후보였다.

발로이가 그 발상에 이른 것은 연환용차의 싸움에서 라미아 고드윈의 신병을 회수해 플롭과 미디엄의 존재를 확인했을 때였다.

그때, 발로이가 견제하기 위해서 쏜 『마탄』을, 연환용차 안에 있던 누군가가 무지개의 장벽을 쳐서 막은 것이 보였다. ──그, 무지개를 본 순간이었다.

확신은 없었다. 다만 저것은 성가신 능력이라고 느낀 것이다.

그렇기에 어떤 상황에 내몰린다 해도 순식간에 뽑아 쏠 수 있게 『마탄』을 한 발 예비로 준비하는 걸 염두하고 있었다.

그것이 이 순간의 무지개 장벽 파훼에 도움이 된 것이다.

"카아악!"

포효하는 카리용이 무지개를 뚫고 온몸에 상처가 나면서도 포위를 돌파한다.

송장 비룡이 되어서 얻은 이점을 최대한으로 활용해 애처로운 상처를 복원하며 생존을 향한 길을 날라 주었다. 애룡에게 감사한 발로이는 『마탄』을 장전한 창을 비스듬히 들었다.

"맞아라."

발사된 그것은 적과는 생판 다른 방향으로 곧게 날았다. 그러나 광탄의 사선에는 떨어지는 얼음덩이의 잔해가 있으며 광탄은 그 얼음의 단편을 비스듬히 미끄러졌다.

그 기세로 광탄이 주위의 잔해 속을 튕기듯 날아다니고, 날아다니고, 날아다니다가── 그대로 무지개를 쏘았던 적의 등판에 꽂혔다.

태어나서, 죽어서, 처음 성공한 빛의 도탄이다.

사선(死線)이랄 만한 것을 말 그대로 뛰어넘은 발로이의 마기(魔技)는 더욱 진화했다.

──로즈월의 불운은, 발로이의 선택지를 줄이기 위해서 선택한 마법이, 사실은 처음 보는 것이 아니라 두 번째 보는 것이었기에 대응할 기회를 주고 말았다는 점이다.

"로즈찡──!!"

상정 외의 각도에서 날아온 도탄에 맞아 비행을 방해받은 마법사를 비명이 부른다.

그것은 마법사의 품속에서, 자신이 지킬 수 없는 위치에서 공격받아 손도 발도 쓰지 못한 미디엄의 비통한 목소리였다.

직접 마법사를 노리고 쏘아 떨어뜨리면 상당한 고도에서 낙하하게 되어 미디엄이 살아나지 못할 우려가 있었다.

그것이 발로이에게 공격할 대상을 미디엄으로 압축시키는 효과를 낳았지만, 빙산 낙하와 수정궁에 대한 공격이 도리어 상대의 화가 되었다.

"여기서부터라면 떨어지기 전에 주울 수 있죠."

제도의 남서쪽과 최북단, 몇 킬로미터나 되던 장거리전의 거리는 싸우는 중에 없어졌다. 휘청거리는 상대가 지면에 추락하기 전에 미디엄을 주울 수도 있는 거리다.

발로이는 카리용의 목을 손으로 두드려 그대로 얼음덩이를 지나쳐서 미디엄을 회수하고자 날개를 그쪽으로 돌렸다.

미디엄에게 뭐라고 욕을 먹을지, 그에 견딜 각오를 하면서——.

"로즈찡?"

불현듯 들린 목소리는 어벙벙한 것이어서, 직전까지 지르던 비명 같은 소리와는 전혀 달랐다.

굳이 말하자면 미디엄답게 얼빠진 음색이었지만 그것이 이 싸움 중에 들렸다는 게 이상하다는 점과 그 후의 전개에 발로이는 의식을 빼앗겼다.

"뭣."

발로이는 검은자위에 금빛 눈동자가 떠오른 송장 인간의 두 눈을 부릅뜨며 말을 잃었다.

발로이의 시야, 하늘을 날고 있던 마법사의 팔을 벗어나 미디엄이 지상에 낙하한다. ——아니, 낙하가 아니다. 내던진 것이다.

미디엄의 몸이 기세를 붙이며 지상에 힘껏 내던져졌다.

자유 낙하보다 빠르게 지상에 떨어진다. 지금 당장 주우러 가지 않으면 늦는다.

그렇게 사고한 직후, 발로이는 악마의 생각을 이해했다.

"＿＿＿＿＿＿."

미디엄에게로 날아가는 선택 직전, 발로이와 마법사의 시선이 교차했다.

마침내 얼굴을 뚜렷하게 볼 수 있는 거리에 접근한 상대는 천안경 너머가 아니어도 얼마나 부아가 치미는 낯짝을 가진 남자였는지.

등짝에 광탄을 맞고 입에서 피를 흘리는 와중에도 상대는 웃음을 띠고 있었다.

그 웃음에 『마탄』을 처박고 즉시 미디엄에게로 날아가자고 사고한다. 상대의 의도대로 움직이지는 않는다──.

"카아악!"

순간, 카리용의 울음소리가 발로이의 의식을 미디엄에게로 돌렸다.

내던져져 지상에 떨어지는 미디엄. 그 낙하 속도는 빠르지만 발로이와 카리용이라면 충분히 따라잡을 수 있다 싶다. ──아니, 그러겠다 싶었다.

미디엄이 낙하할 곳에, 깨진 얼음덩이의 잔해가 검산(劍山)처럼 기다리고 있지 않으면.

"────."

미디엄의 온몸이 얼음 칼날로 갈가리 찢기는 모습을 환시한다.

상대에게 미디엄은 동료 중 하나일 터. 그런 당연한 사실이 이 상대를 앞두고서는 아무 보험도 되지 않는다고 이성이 외친다.

상대는 마법사다. 만물만상을 제 것처럼 이용하는 마법사──.

"────."

사고는 찰나, 결과는 직후에 나타났다.

발로이의 창끝에 깃든 『마탄』은 한 발, 선택지를 고를 기회는 한 번뿐. 이 『마탄』을 마법사와 얼음의 검산 어느 쪽으로 겨눌까.

──발로이는 식구의 죽음을 무엇보다 싫어했다.

"그렇지 않습니까, 마일즈 형."

"카아아."

속삭이는 것 같은 부름에 애룡의 울음소리가 허락처럼 겹쳤다.

찰나, 발사된 『마탄』은 곧게, 떨어지는 미디엄을 꿰뚫으려던 얼음의 검산을 모조리 다 파괴했다.

그리고──.

"너의 패인은, 가장 소중한 존재 말고 다른 것에 흔들렸던 거야."

철저히 비정한 남자의 목소리와 동시에 발사된 상대의 『마탄』이 발로이의 가슴과, 애룡의 날개를 꿰뚫고 이 하늘의 싸움을 결말로 이끌었다.

제5장 『마델린 에샬트』

1

──그 조합을 지시한 나츠키 스바루가 얼마나 의식했었는지는 확실하지 않지만, 그 전장은 말 그대로 『용호상박』이라는 고사성어를 실현하고 있었다.

"────."

제도 루프가나의 남문, 성형성새의 제1정점을 통해 돌입한 가필은 그 눈에 구름을 두른 천공의 지배자──『운룡』 메조레이아를 담고 있었다.

지상 최강의 생명체인 용(龍), 그 위용을 앞둔 가필은 온몸의 근육이, 혈육을 뿜어내는 심장이, 투쟁심에 불타는 영혼이, 강하디강하게 존재를 주장하는 것을 느끼고 있었다.

다시 말해──.

"절, 호, 조다!!"

이를 딱 부딪친 가필은 스바루가 맡긴 큰 임무를 전심전력으로 받아들였다.

가필도 친룡왕국 루그니카의 백성 중 하나다. 용이 터무니없는 힘을 가진 초존재임을 알고 있다. 플레아데스 감시탑과 제도 결전에서 두 마리의 용과 조우하고 양쪽 모두와 격돌하게 된 에밀리아도 말했었다.

'용? 그러네. 볼카니카도 메조레이아도 엄—청 강했어. 몸도 커다랗고 숨결도 위험하고 발톱도 길어. 나, 깜짝 놀라기만 했는걸!'

에밀리아는 손짓 발짓을 곁들이며 용이 얼마나 장난 아닌 상대였는지를 전하려고 했지만, 에밀리아의 표현력과 가필의 이해력에 한계가 있어서 실제 사실은 전해지지 않았다. ——하지만, 그거면 된 것이다.

"책도 읽었고 얘기도 들었어. 용과 싸우는 꿈이라면 꼬꼬마일 적부터 백 번은 더 꿨다구!"

「인간!!」

크기가 워낙 차이 나는 입으로 각자 전의와 전의를 부르짖으며 용호가 요란하게 개전한다.

무지막지하게 불탄 가로를 짓밟으며 전진하는 가필. 그런 가필을 노리고 『운룡』이 입을 벌려 정점생물인 용의 대명사인 숨결이 발사되었다.

그 조짐을 감지한 가필은 사선에서 벗어나고자 옆으로 뛰었고——.

"쿠억?!"

순간, 작열과도 극한과도 다른 충격에 얻어맞아 비명을 흘렸다.

숨결은 피했다. 그러나 숨결을 피하지 못했다. 그 말이 의미하는 바는 단순명백하다.

단숨에 일대를 통째로 쓸어내는 용의 숨결.『운룡』은 그것을 한 번에 다 뱉지 않고 짧게 나누어 뱉었을 뿐. 길게 숨을 뱉는 것이 아니라 짧게 두 번 뱉은 것이다.

──아니, 두 번 수준이 아니다. 한숨을 나누면 숨이 닿는 한 숨결을 연사할 수 있다.

"치잇!"

이어지는 공격을 피하고자 가필은 옆으로 뛴 기세를 타고 벽을 뚫으며 민가에 뛰어들었다.

하지만『운룡』의 숨결 앞에서는 석조 건물이더라도 버틸 수 없다. 이전, 스바루에게 들은 늑대의 숨결로 날아가지 않는 돼지의 집과는 다르다.

그러니까 집이 용의 숨에 날아가기보다 먼저 가필이 던졌다.

"ㅇㅇㅇㅇㅇㅇㅇㅇ으라아앗!!"

입을 쩍 벌리고 포효하는 가필이 돌입한 민가를 땅바닥째로 뜯어내어 하늘의 용을 향해 호쾌하게 던진다. 맹렬히 가로를 으스러뜨리며 날아가는 집 포탄── 공교롭게도 그것은 스바루가 제도 퇴각전 때에 채용한 것과 같은 작전이었다.

가옥이 그대로 포탄이 되는 초질량이 맹회전하며 용에게 육박한다.

「방해짜아!」

그것을『운룡』은 압도적인 외견과 대조적인 귀여운 어조로 포효하며 숨결로 산산이 부수었다.

그러나 그 결과로 메조레이아가 말 그대로 한숨 돌릴 수 있다고 여긴다면 생각이 짧다.

"으라으라으라으라으라으라으라으랏차!"

첫 번째 집 포탄이 막혀도 정연히 늘어선 제도의 시가지 그 자체가 잔탄이다. 그것들에 잇따라 달려든 가필의 집 포탄이 막무가내로 연투되었다.

제도를 무기로 삼는 그 비상식적인 전법에 메조레이아의 황금 눈동자가 번쩍 뜨이고――.

「누우우우운에에에에 거어어어스으으으을리이이인짜아아아!!」

날아오는 집 포탄을, 길게 끄는 노호와 함께 메조레이아의 미쳐 날뛰는 용조(龍爪)가 갈랐다. 밑에서 위로 휘두른 꼬리가 민가를 한꺼번에 분쇄, 그리고――.

「슬슬 죽어짜.」

"읏."

파괴된 집들의 잔해를 발판 삼아 공중에 뛰어 올라가던 가필. 그를 좌우에서 끼듯이 메조레이아의 용조가 후려쳤다.

가슴 앞에서 합장하는 것 같은 타격에 가필은 은의 완갑(腕甲)을 찬 두 팔을 마주치듯이 사출, 용의 오른팔을 왼팔로, 용의 왼팔을 오른팔로 각각 막았다.

무시무시한 충격이 온몸을 관통하고 송곳니는 금이 가고 코피가 터졌다. ――하지만, 버텼다.

"어――."

'떠나' 하고 피로 물든 얼굴로 으름장을 놓는 것보다 먼저 용의 두 팔에 낀 몸에 꼬리 내려치기가 직격——. 소리를 두고 달아날 듯한 기세로 격추된 가필의 몸이 던진 민가 거리와는 또 다른 시가지를 파괴하고 연거푸, 연거푸 구르다가 제도의 방벽에 격돌하고서야 멈추었다.

"이, 이봐?! 이봐, 꼬맹이?!"

먼지구름이 뭉게뭉게 자욱한 가운데, 가로에는 지면을 튀고 갈아내며 부순 가필의 흔적이 남았으며, 그것을 목격한 빨강머리 남자—— 하인켈이 목소리를 뒤집었다.

가필의 도착 이전에 『운룡』과 대치하고 있던 그는 일반인을 백 명 단위로 다진 고기로 바꿀 법한 일격을 맞은 가필에게로 달려가며 얼굴이 해쓱해졌다.

"죽었어…… 죽었나? 당연히 죽었지! 저런, 저런 걸…….""

"멋대로…… 죽이지, 마시지."

"아."

금이 간 방벽에 등을 기대고 다리를 널브러뜨린 가필의 말에 하인켈이 침묵. 그 옆에서 가필은 입을 우물대다가 부러진 송곳니를 피와 함께 뱉어냈다.

그러고 나서 무거운 머리를 흔들고 벽에 체중을 실으며 천천히 일어섰다.

"아아, 젠장…… 역시 터무니없구만, 용이란 건. 에밀리아 님이 긴가민가하게 말하던 이유를 잘 알겠어."

"너, 그런 몸으로 서서…… 머리가, 머리가 돌았냐!"

입 안의, 어정쩡하게 부러진 이를 뽑아내자 바로 새 이빨이 자란다. 잘 다물리는지 확인하고 있는 가필을 하인켈이 핏발선 눈으로 바라보았다.

그는 파란 눈을 부릅뜨고 자기 머리를 거칠게 쥐어뜯으며 물었다.

"왜 왔어? 의미를 모르겠다! 용이다…… 용이라고?! 멀리서나마 봤을 거 아냐! 그걸…… 바보야. 바보가 하는 짓이야! 알 거 아냐! 그런데!"

"그야 피차일반 아니슈, 아저씨."

"아……?"

"여기에 있는 것도, 용 상대로 싸울 태세인 것도 바보가 하는 짓이라면 아저씨도 똑같지 않느냐는 소리야."

가필의 반론에 하인켈의 파란 두 눈이 크게 흔들렸다.

그가 하는 말을 보면 자신을 똑같이 보지 말라고 말할 듯하지만, 그러고 싶다면 치명적이다. 왜냐하면 하인켈의 머리를 쥐어뜯는 쪽과 반대쪽 손에는———.

"아직 검을 잡고 있잖아."

"————."

가필은 그것을 던져 버리지 않은, 하인켈이 품은 일말의 소원이 서린 증거라고 믿는다.

공포 탓에 손가락을 뗄 수 없어졌을 뿐일지도 모른다. ——아니다. 물어 부순다.

제정신을 잊고 그저 들고 있었을 뿐일지도 모른다. ——아니다. 물어 부순다.

이 순간에 칼집에 넣고 달아나려고 했을지도 모른다. ——아니다. 물어 부순다.

약한 생각을, 꺾이는 의사를, 겁낼 이유를, 전부 물어 부순다.

전부 다 그렇게 물어 부순 뒤에 이를 악다물고 소원과 맞서는 남자의 얼굴이 완성되는 거라고 믿고 있기에 물어 부순다.

"대장도, 오토 형도 그랬어. 이 어르신도 그러고 싶다."

"나, 나는……."

하인켈이 와들와들 검을 잡은 채로 떠는 자신의 손을 내려다보고 동요했다. 그런 하인켈을 흘긋 보던 가필은 등을 방벽에서 일으키고 자세를 바로 했다.

그리고 답을 매듭짓지 못한 하인켈에게 고했다.

"이 어르신이 왜 여기에 왔느냐고 물었지?"

"아?"

묻는 말에 하인켈이 얼빠진 목소리를 흘렸다. 이유는 간단하다.

가필이 하인켈의 가슴을 떠밀어 가로에 밀어 쓰러뜨린 것이다. ——찰나, 천공에서 쏜 『운룡』의 숨결의 사선에서 쓰러진 하인켈만이 벗어난다.

"꼬맹이——."

"오오오오옷!!"

그리고 『운룡』의 숨결 사선상에 남은 가필은 벽을 등지고 바로 위로 드높이 도약——. 하얀 열선으로도 보이는 숨결은 상공으로 벗어나는 가필을 쫓아 사선의 각도를 바꾸어 시가지를 태우고 방벽을 티끌로 바꾸며 위로, 위로 따라붙는다.

그에 따라잡히기 전에 가필은 아직 원형을 남기고 있던 벽에 발바닥을 붙이고는 말했다.

"대장이, 말해서 그래."

직후, 박찬 벽에 방사형으로 금이 가는 각력이 폭발, 가필이 유성처럼 하늘을 달리며 앞으로, 앞으로, 앞으로. 비상하는 『운룡』에게 급접근하여──.

"나더러! 하늘에 날면서 까부는 용을 떨어뜨리고 오라고!!"

「크윽?!」

숨결 바로 위를 뛰어넘은 육박한 가필의 굳센 팔이 메조레이아의 콧잔등에 직격했다.

포탄을 방불케 하는, 마석을 채운 창고가 폭발을 일으킨 것만 같은 거대한 소리가 하늘에 울려 퍼지고 가필의 혼신을 담은 타격에 『운룡』이 몸을 뒤로 꺾으며 새빨간 피를 뿜었다.

부서진 콧잔등에서 용이 코피를 흘리고, 권타의 반동으로 지상에 나가떨어진 가필이 폭포수 같은 그 피를 뒤집어쓴다. 뒤집어쓰면서 이를 드러내고 웃었다.

"아직 멀었어! 『승산이 없는 이프루제』는 이제 시작이다, 코피 터진 용!"

「너, 어어어어!!」

있을 수 없는 굴욕에 메조레이아가 격노하고 그 모습에 가필이 더욱 웃었다. 성난 하얀 용과 황금의 호랑이가 천공과 지상에서 재충돌하고 충격파에 제도가 평지로 바뀌었다.

"제정신이 아냐⋯⋯."

그 비현실적인 난타전에 숨결에서 구원받은 하인켈은 멍하니, 아연히 중얼거렸다.

하인켈은, 움직일 수 없었다. 엉덩방아를 찧은 채 도망치지도 못하고 있었다.

"제정신이, 아냐."

──다만 그 오른손은 검을, 꼭 쥐고 있었다.

2

──마델린 에샬트는 현존하는 이들 중에 가장 젊은 『용인』이다.

원래 용인은 그 발생 구조부터 다른 어떤 종족과도 다른 기원을 가진다. 그 상태를 정확히 알려면 용인과 용(龍)의 관계부터 알아야만 한다.

현대에 용은 지상에서 확인할 수 있는 개체가 현저히 감소했지만, 이것은 옛 시대에 『작대기꾼』레이드 아스트레아가 좋아하는 음식이 용 고기였다는 점과, 유력한 용 무리의 수장이 『나태의 마녀』와 적대한 것이 크게 영향을 미쳤다.

그런 적대적인 존재들에 더해 용의 특수한 생태가 종족적인 멸망을 더욱 가까이 끌어들였다.

우선 용은 증식하는 데에 교미나 교배가 필요하지 않다. 수컷과 암컷이 짝을 짓지 않아도 단독으로 생식이 가능한 생물이다.

다량의 마나로 구성된 몸의 구조는 타종족과 근본부터 달라서 억지로 비슷한 존재를 찾는다면 같은 마나체(體)인 정령이 해당할 것이다.

그 때문에 용에게는 다른 개체를 지키는 의식도, 종의 보존 의식도 전무에 가까웠다.

그 결과 용이 자신들의 멸망의 위기를 깨달은 것은 멸망의 목전에 섰을 때——그때가 되어서야 비로소 용들은 결단에 쫓기고 있음을 이해했다.

——결단이란 곧, 용의 긍지에 따르느냐 마느냐의 양자택일이었다.

긍지에 따르는 용은 대지를 버리고, 레이드나 『나태의 마녀』가 필두인 적대적 존재들의 공격을 용인하지 않으며 저 너머로 날아가는 쪽을 택했다.

긍지에 따르지 않는 용은 대지에 남아 오만하며 분수에 맞지 않게 용을 적대시하는 존재들과의 관계를 단절하지 않고, 서로의 생명을 노리는 무익하고 비정상적인 선택을 내렸다.

인간의 감각으로는 긍지의 해석이 반대로 느껴지겠지만 용들의 감각으로는 이것이 옳다.

애초에 용이란 다른 종족과 비교할 여지가 없는 초존재다. 구태여 그것을 증명하기 위해서 타종족과 충돌할 이유는 없다. 용에게 싸움이란 생존 경쟁이며, 승패를 겨룬다면 살아남는 것이 곧 그것이다. 따라서 그럴 수 있는 이가 뛰어난 개체라고 할 수 있다.

그 지극히 당연한 사고방식을 하지 못하고, 할 필요가 없는 증명을 위해서 인간과 싸우거나 대지에 고집하다가 생명의 위기에 처하고 용 전체를 폄하시키는 쪽이 잘못된 것이다.

그 비정상적인 용의 필두는 잔류한 데다가 적극적으로 인간 편을 들던 『신룡』 볼카니카인데, 그 『신룡』의 화제는 본론에서 벗어나기에 생략하겠다.

——여기서 드디어 이야기는 본론인 용인으로 돌아온다.

용의 종족적인 총의에 반대하여 대지에 남은 용들은 저마다 독자적인 활동을 개시했다.

일부 용은 레이드나 『나태의 마녀』에게 도전하여 목숨을 잃고, 일부 용은 정 붙인 토지에서 은자 같은 생활을 선택했으며, 그리고 일부 용은 인간이 되었다. ——이, 마지막 일부 용들의 선택이 용인의 기원이다.

이것도 얄궂은 이야기지만 용인의 탄생에는 레이드 아스트레아의 존재가 큰 영향을 주었다.

용들이 지상을 떠날 지경까지 몰아붙인 방약무인한 품성도 그렇지만 그 이상으로 그의 강함이 용들의 긍지에, 일종의 혁명적인 감명을 준 것이다.

앞서 말했다시피 용은 자신들이 온갖 생물의 정점이라는 자부가 있으며 자신들이 초존재임을 자각하고 있다. 그것은 손발을 움직이는 법이나 사물을 보는 법, 소리를 듣는 법을 배우지 않아도 알 수 있듯이 감각적인 이해다.

따라서 용에게 중요한 것은 초존재라는 확신이며, 그렇다면 용의 타고난 형태에 구애될 필요도 없다. ──뛰어나다면 인간과 같은 형태라도 상관없는 것이다.

원래부터 용이 거체에 날개가 나고 날카로운 발톱과 이빨, 딱딱한 비늘을 지닌 모습을 하고 있는 것은 그것이 초존재로서의 능력을 발휘하기 쉬운 형태였기 때문이다. 오래도록 용의 모습에 변화가 없던 것은 그 이상으로 용의 힘을 발휘하는 적절한 모습이 없었기 때문이고.

하지만 초존재로서 군림하기 위한 새로운 가능성이 싹텄다면, 용은 바뀐다.

그것이 용인의 기원이며 용과의 관계. ──용인이란 즉, 단위생식으로 늘어난 차세대 용의 진화 형태. 용인이 모두 인간과 비슷한 형상을 하면서도 인간과는 비교도 되지 않는 규격 외의 힘을 가지고 있는 것은 그 때문이다.

단, 오랜 용의 역사 속에서도 이만큼 급격하게 형상이 다른 진화를 이룩한 전례는 없어서 용인의 탄생에는 다양한 문제가 발생했다. 개중에도 중대한 결함으로 취급되는 것이 용인의 부모라고 해야 할 용의 영혼에 심각한 손상이 발생해 정신이 결여된 빈껍데기가 되는 『용각(龍殼)』 현상이다.

용각이 된 용은 살아 있는 송장이나 다름없는 상태가 되어 본능적인 자기 방위 행동 말고는 연결이 깊은 직계 용인의 의사에 따르는 인형처럼 되고 만다. 그 상태로도 용이 가진 규격 외의 힘에는 흠이 없지만, 자의식이 봉인된 껍데기 상태가 바람직할 턱이 없다.

대지에 남은 용 자체가 적어서 용인으로 진화한 용은 더욱 소수다. 그런 관점으로 보아도 용인으로의 진화는 용에게 끔찍한 실패 사례로 치부되었다.

하지만 다른 용의 실패를 알면서도 용인은 절대수가 적으나마 존속했다.

그것이 용으로서의 긍지를 버린 대지에 남은 끝에, 자신의 선택이 틀렸다고 인정하지 못하는 어리석은 이상자의 발악이라고, 용으로서 경멸받을 줄 알면서도.

──용인은 지금도 탄생하며 마델린 에샬트도 그중 한 명으로서 삶을 부여받은 것이다.

3

──문득 정신이 드니 가필은 어두운 공간에 덩그러니 앉아 있었다.

"어어?"

비췻빛 삼백안을 동그랗게 뜬 가필은 주변을 두리번거렸다.

짚이는 구석이 없는 장소였다. 어둑한 공간, 가필은 의자에 털썩 앉아 무릎 위에 팔꿈치를 실어 턱을 괸 상태로 그곳에 있었다.

대관절 이곳은 어디이고 어째서 자신은 이런 곳에 있는가.

"이 어르신은, 바로 좀 전까지……."

"쉬. 시끄러워, 가프."

이마에 손을 짚은 가필은 느닷없이 옆에서 거는 말소리에 눈을 휘둥그레 떴다.

가필의 왼쪽 옆자리, 그곳에 입술에 손가락을 짚은 분홍머리 소녀―― 람이 있었다. 그녀의 모습에 놀라며 "람!" 하고 그 이름을 부르려고 했다.

그러나 뻗어 온 그녀의 손에 입이 막혀서 그럴 수 없었다.

"우급…….'

"람은 입 다물라고 했어. 그런데 소란 피우다니, 배짱도 좋아."

"미, 미안……. 그런데 왜 람이 여기 있어? 여기서 뭘 하던 거야?"

"바보 같은 걸 묻지 말아 줄래? 당연히 극을 보고 있었지."

질책에 목소리를 죽인 가필의 질문에 람이 대답한 직후, 소리가 울려 퍼졌다.

가필이 무심코 어깨를 들썩인 몸짓을 신호로 천천히 두 사람의 정면 시야가 트이고 그것이 무대의 막임을 뒤늦게 깨달았다.

막이 올라가며 무대에 빛이 밝았다. ――말 그대로 이야기의 개막이다.

그렇게 되고서야 비로소 가필은 자신과 람이 있는 곳이 극장의 관객석이며, 딱 좌석 한가운데를 차지하고 있음을 이해했다.

그리고 의도치 않은 관람에 초대받은 가필이 목도한 것은――.

"고양이……?"

멍하니 중얼거린 가필의 시야, 무대 위에 나타난 것은 두 발로선 세 마리의 새끼 고양이였다.

작은 고양이들이었다. 자묘인(子猫人)인 미미 남매들보다 훨씬 작은, 손바닥 사이즈의 작은 고양이다. 회색 털의, 얼굴이 똑같이 생긴 고양이들은 관객석에 인사하고는 각자 소도구를 꺼냈다.

한 마리는 금빛 가발, 한 마리는 붉은 가발, 한 마리는 하얀 솜털을 머리에 뒤집어썼다.

그리고 세 고양이는 저마다 위치로 이동하더니, 지켜보는 가필과 람 앞에서 분발해 눈이 크게 뜨일 활극을 시작했다. ──공연 내용은, 금발 고양이와 솜털 고양이가 격하게 아옹다옹하고 그 모습을 빨강머리 고양이가 묵묵히 지켜보는 것이었다.

무대의 대도구는 이게 또 제법 공이 들어가 있어서 석조 시가지를 재현한 배경과 연출 효과를 표현하는 배경판이 임장감을 높였다. 열연하는 고양이들도 왠지 모르게 본 적이 있는 느낌이 들었지만 잘 보니 에밀리아와 베아트리스가 가끔 스바루에게 그려 달라고 조르던, 에밀리아와 계약한 대정령과 똑 닮았다.

"근데 그래서 어쨌단 얘기냐고……! 어이, 여기서 나가자, 람! 이게 뭐였냐는 건 네 안전을 확보한 다음이면 돼."

"가프."

"뭐야, 극이 보고 싶다면 다음에 다른 곳에 같이 가자고. 그러니까 지금은 이 어르신이랑……."

"가프, 깨닫지 못했어?"

고개를 젓고 위화감에서 도피하려는 가필의 입술에 람이 손가락을 짚었다.

또 입이 다물린 가필. 그 입술에 짚은 손가락을 거둔 람은 그 손가락으로 곧장 무대를 가리켜 가필의 의식을 그리로 유도했다.

 정인의 행동에 당황하면서도 가필은 다시금 무대를 바라보고, 깨달았다.

 금발 고양이와 빨강머리 고양이, 솜털을 쓴 고양이가 마주 보며 시가지를 파괴하며 펼치는 활극――. 마침내 솜털 고양이에게 떠밀린 금발 고양이가 구르다 배경판 아래 깔린다.

 박진감 넘치는, 박진감 넘친다고 느끼는 극이 무엇을 연기하고 있는가――.

 "가프, 너, 죽어 가고 있어."

 한발 앞서 이 극장의 정체를 알고 있던 람이 눈치가 느린 가필에게 말했다.

 이곳이 가필이 꾸고 있는 포말의 꿈, 그 극장과 연극이라고.

 "_____."

 람의 지적에 눈앞의 연극에 대한 이해가 급속히 진전되었다.

 ――배경판 아래 깔린 금빛 가발의 고양이, 저것은 가필이다. 빨강머리와 솜털 고양이의 배역도 뿌예진 기억의 복귀와 함께 선명해졌다.

 "맞아, 이 어르신은 지금 대장에게 부탁받아 『용』과 붙고 있던 도중…… 그렇단 말은 저 솜털이 용인가?! 빨강머리가 아저씨?!"

 "꽤나 깜찍해지긴 했어."

 "그런 소리 할 때냐! 이러고 있을 수 없지, 바로 돌아가야……!"

 "기다려."

"꾸에엑!"

상황을 이해하고 뛰쳐나가려던 가필이 신음을 터트렸다. 람이 가필의 목걸이를 잡아 어마어마한 힘으로 잡아 세웠기 때문이다.

무심코 뒤돈 가필이 목을 조른 데에 불만을 토로하려고 했지만——.

"잠깐잠깐, 가필. 여기선 언니분 말대로 일단 타임을 부르자."

그런 가필을 람 너머에 앉아 있던 나츠키 스바루가 막았다.

스바루의 모습은 오랜만에 보는 팔다리가 긴—— 길다고 말해도 현재와 비교하면 길 뿐이지 실제로는 그렇게까지 길지 않지만, 그 모습의 스바루였다.

"어이, 지금, 무지무지 상처 받는 생각하지 않았냐?"

"뭔 소리 하는 거야, 대장, 만날 자기 입으로 다리가 짧으니 몸통이 기니 했으면서."

"자기가 말하는 거랑 남이 말하는 거하곤 대미지가 다르거든! 둘 다 그렇게 생각하지?"

"스바루, 지금 빠냐의 연극이 딱 좋은 대목이니까 방해하지 마."

"미안해, 스바루. 이야기는 나중에 꼭 들어줄 테니까…….."

그 오랜만에 보는 사이즈의 스바루가 무릎 위에 태운 베아트리스와 옆자리의 에밀리아에게 홀대받았다. 그녀들은 무대 위 고양이들의 연극에 빠져서 그럴 경황이 아닌 듯했다.

어쩐지 전에도 비슷하게 스바루가 둘에게 박대받은 모습을 보았던 느낌이다.

"그거야말로 이 공간의 바탕이 된 극장의 추억이에요. 그 왜,

다 같이 백경 토벌이 주제인 무대에 초대받았을 때의 극장하고 똑같잖아요."

"가프 씨도 참, 극장이 쏙 마음에 들던 것 같더라. 나도 좋아하지만."

"오토 형, 페트라……."

이번에는 스바루와는 반대쪽 옆좌석 쪽에서 나온 목소리에 돌아보자, 손을 살랑살랑 흔드는 페트라와 그 너머에서 어깨를 으쓱이는 오토와 시선이 부딪혔다.

나아가 오토 너머에는 긴 금발 여성의 모습도 보여서——.

"웬 처량한 표정이에요, 가프. 그리고 이번에는 드물게 람의 말이 정론이에요. 진정하고 극을 보세요."

"누님…… 진정하라니, 그런 소릴 해도 말이지."

"요 녀석, 이토록 주위가 말을 해도 들은 척도 안 하느냐? 정말이지, 한동안 떨어져 사는 사이에 성장한 줄 알았더니 아직 응석받이구먼, 가 도령."

"크엑! 할머…… 할망구?!"

"어째서 이 아이는 나쁜 쪽으로 고쳐 말할꼬."

할머니로 따르는 류즈가 못 말리겠다며 고개를 가로젓고 있었다. 누나인 프레데리카와 그녀가 나란히 앉아 있는 터무니없는 좌석순에 가필은 체념한 듯이 도로 앉았다.

고개 숙인 가필의 얼굴을 옆자리의 람이 연홍빛 눈으로 들여다보며 물었다.

"어때? 조금은 진정했어?"

"『다그라함의 포위망』이란 식인데 진정하겠냐…… 어쩌라고."

"일단 람의 말에 귀를 기울일 마음은 든 모양이네. 그러면 됐어."

"과연 대단하세요, 언니."

"우오?!"

허탈해진 가필의 대꾸에 람이 끄덕이자 갑자기 앞자리의 손님이 뒤돌아보며 끼어들었다. 연청빛 머리카락의 그 소녀가 람의 여동생인 렘이라고 가필이 깨달을 무렵에는 렘 본인은 흥미 없는 듯 도로 바라보며 가필의 놀람을 무시했다.

"뭐, 뭐야……?"

"이건 그거다. 가필 안에서 아직 렘의 이미지가 별로 없어서 애매한 반응밖에 하지 않는 거지. 내가 흉내 낸 범주로군."

"그 레벨로 불리는 거라면 이 관객석에 얼마나 우르르 몰려오는 처지가 되는 건데."

무릎 위 베아트리스의 머리카락을 만지작거리는 스바루. 렘의 무미건조함에 대한 그 고찰은 정곡을 찌르는 느낌이지만 그 재현도라면 애초에 극장에 부르는 게 잘못이지 않은가.

"아니요, 가프. 확실히 당신은 렘에 대해 잘 모릅니다만 마음에는 담아 두고 있잖아요? 당신 마음의 중요한 부분에. 그러니까 그녀는 여기에 있는 거랍니다."

"그렇지. 굳게 의식한 상대는 마음에 잔류해. 본인과의 친밀함이 중요한 것은 아니라는 것이, 이 극장에 불리는 조건일 거야."

"심장에 안 좋네."

왠지 모르게 이 극장의 룰은 이해하기 시작했지만, 그 설명을 프레데리카와 어째선지 뒷자리에 앉아 있던 라인하르트에게 들으니 현실감이 없다.

현실이 아니니까 현실감이 없는 게 정답이기는 할 것이다. 아마 프레데리카와 라인하르트가 같은 곳에 있으며 이런 식으로 대화한 적은 없을 터다.

"하지만 처음에 느낀 초조함 같은 건 진정이 됐어. 이대로 람이 말하던 것처럼 얌전히 있으면 되는 거냐? 왠지 졸리기 시작했고……."

"핫! 말도 안 되는 소리는 그만해. 자면 죽어."

"역시 엄청 위험한 곳 맞잖아!"

"“쉬―.”"

언성을 높이자마자 입술에 손가락을 짚은 베아트리스와 에밀리아, 페트라에게 주의받았다. 그 지적에 무심코 입에 손을 짚은 가필은 불만을 풀 길이 없었다.

돌아가겠다고 하면 말리고, 앉아 있으면 죽는다고 하면 어쩌란 말인가.

"빈손으로 돌아가도 어쩔 수 없다아―는 얘기야. 너무 어렵게 생각할 건 없어."

"칫, 이 어르신 머릿속에까지 있는 거냐……."

"미움을 많이 샀는거얼―. 그렇다곤 해도 네 머릿속에 내 책임은 없지만."

후열에 앉은 로즈월이 긴 다리를 꼬며 그렇게 도발했다. 짜증과 함께 그쪽에 눈길을 주고 불만을 토하려던 가필은 얼어붙었다.

얼어붙은 원인이 된 후열의 여자는 가필의 시선에 "어머." 하고 미소 지었다.

"열기가 듬뿍 담긴 눈빛을 보내는걸. 이런 곳이지만 나와 또 한 껏 베어 주려고?"

"너하고 붙어 봤자 재미가 없어. 메일리에게도 미안하고, 안 해."

"그래, 아쉬워라. 당신 안에 내 자리가 있는 것은 나쁜 기분이 아니지만."

"엘자도 참, 정말 성격이 나쁘다니까아."

핏빛 웃음을 띤 엘자의 말을 이어받은 메일리는 앞 열, 렘 옆에 있었다.

왠지 모르게 좌석 순서의 공통점을 알 것 같자, 자연히 엘자 옆에는 여덟 개의 팔을 가진 파란 피부의 다부진 거한의 모습이 나타났다.

"＿＿＿＿."

거한은 바위 같은 표정으로 가필을 힐끗 볼 뿐 아무 말도 하지 않았다.

단지 말없는 압박감을 받은 가필은 배 속이 오그라드는 감각을 맛보아 두 주먹을 불끈 쥐었다. ——그 주먹에 누군가의 작은 손이 포개졌다.

"가프, 괜찮을 것 같아? 제대로 할 수 있을지 무지 걱정돼."

"미미……."

"그러네. 가프는 본성이 소심하다 보니."

앞자리에서 몸을 내민 미미에게 오른손을, 왼손을 옆자리의 람에게 잡힌 가필은 둘의 얼굴을 번갈아 보다가 손의 감촉에 길고 긴 숨을 내뱉었다.

이것은 현실이 아니고 현실의 가필은 죽어 가고 있다. ──그런 상황에 번갈아가며 말이 걸려 오는 것은 완전히 스바루에게서 들은 적이 있는 『주마등』이다.

"근데 말이지, 가필. 주마등이란 것은 보통 태어난 뒤로 지금이 순간까지 겪은 추억을 쫙── 돌아보는 거지 극장에 불려 나오진 않는 거야."

"그렇다면 이건 대체 뭔데, 대장."

"그거야 너, 그 답은 스스로 찾아내야지."

"과연 스바루 군이에요. 저는 감복했어요."

"스스로."

중간에 쓸데없는 맞장구가 들어갔지만 가필은 스바루의 말에 생각에 잠겼다.

이것이 주마등이 아니고 답을 스스로 찾아내라고 말하면, 역시 죽어 가는 가필이 일어설 때까지 주어진 찰나의 유예로 느껴진다.

"으으, 어느 쪽 빠냐든 힘내 줬으면 하는 것이야……."

"그러네. 우리는 어떤 결과가 되든 끝까지 지켜보자……!"

사고의 미로에 헤매는 가필을 아랑곳하지 않고 극을 관람하는 베아트리스와 에밀리아는 손을 맞잡으며 팩과 팩과 팩의 열연에 일희일비하고 있다.

바야흐로 무대에서는 쓰러진 배경판 밑에 깔린 금발 팩에게로 가려는 솜털의 팩을, 빨강머리 팩이 잡아 세우는 클라이맥스 상태──.

"빨강머리."

빨강머리 팩이, 금발의 팩을 지키며 솜털의 팩과 맞서고 있다.

변화한 상황이 현실을 반영한 것이라면, 그 생각에 가필은 초조감에 쫓기며──.

"바보구나."

그것은 귀에 익은 매도. 하지만 평소 이상으로 확실한 질책이 섞인 매도였다.

무심코 숨을 죽인 가필 옆에서 질책한 람이 포개지 않은 쪽의 손으로 무대를 가리키고 "잘 봐." 하고 가필을 무대에 집중시켰다.

시선이 닿는 곳, 배경판 밑에서 기어 나온 금발 팩이 빨강머리 팩을 밀어냈다. 그대로 금발 팩은 솜털 팩에 맞서며── 반격을 당해 금발 팩이 빛으로 변해 사라졌다.

"원아웃. 하지만 생명에 스리아웃은 없어. 원아웃이면 게임 세트야."

금발 팩이 빛으로 변하고 뒤돌아서 달아나려던 빨강머리 팩도 뒤를 따라 솜털 팩에게 빛으로 변했다. 무대에는 솜털 팩만이 남아, 종막. 드문드문한 박수 소리 속에서 막이 내리고, 솜털 팩의 인사를 지켜보다가 무대는 엔딩으로──.

"어어──! 하나도 재미없거든! 미미, 납득 못 하겠어예──!"

그러자 가필의 손을 잡은 미미가 꼬리를 바짝 세우고 버릇없이 소란을 떨었다.

하지만 이미 끝난 무대. 미미가 소란을 떨든 말든 폐막인 것은 변하지 않는다──. 그래야 했다.

다음 순간, 극장에 처음과 똑같은 폐막의 종이 울리고, 내려간 막이 다시 올라간다. 그리고 막 너머에는 사라졌던 금발과 빨강머리 팩, 지웠던 솜털 팩이 모여 쓰러진 금발을 빨강머리가 지키고 솜털과 맞서는 클라이맥스가 재연되고 있었다.

"이건……."

"무턱대고 일어서기만 하면 통하지 않았지. 그러면, 어쩔래?"

배드 엔딩을 맞이한 무대의 재연에 놀라는 가필 옆에서 람이 물었다. 그녀는 연홍빛 눈을 가늘게 뜨고 돌아보는 가필에게 길을 제시했다.

제시한 길을 따라 가필은 다시금 무대 위를 보았다.

"언니는 멋지세요."

정말 그렇다고, 가필은 아직 잘 모르는 정인의 여동생에게 진심으로 동의했다.

4

──무대 위에서 금발 팩은 몇 번이고 몇 번이고 빛이 되었다.

이 연극은 상당한 애드리브가 허용되는 듯해서 이러면 어떠냐는 객석의 의견에 배우의 연기 플랜이 대폭으로 좌우된다.

물론——.

"진심 어린 발차기로 제도를 몽땅 뒤집어 보는 건 어떻지?"

"한번, 일부러 몸이 절반이 될 정도로 다쳐 봐서 상대가 죽었다고 여겼을 때 저격하는 건 어떨까?"

"용이라고 해도 모종의 집착은 있는 모양이군. 예를 들어 제도에 있을지도 모르는 용의 지인이나 가족을 방패로 삼는다는 건 어어——떨까?"

"하려고 해도 못할 짓이나 하겠다고 생각도 들지 않는 작전밖에 떠오르지 않는 녀석은 입 다물고 있어!"

채용을 검토할 마음도 들지 않는 의견을 쳐내자 후열의 제안자들이 일제히 침묵했다.

이만저만 쓸모가 없는 게 아니지만 어디까지나 가필의 머릿속에 있는 그들의 언동이기에 마치 자기 자신에게 화내는 것만 같은 무익한 허탈감이 있는 대화다.

"적어도 지형을 이용할 필요는 있겠네요. 몸의 크기 차이는 치명적이라고도 할 수 있습니다만 뒤집어 보면 작기에 찌를 수 있는 빈틈도 있을 겁니다."

"응, 그렇지. 가프 씨 쪽이 저 용보다 몸은 작아서 힘을 겨뤄도 밀릴지도 모르지만…… 그러니까 이길 수 있단 얘기로 풀어 가면 되잖아."

"이치로는 그렇지만 실제로 어떡하면 되는데? 가필은 몰라도 만약 나에게 용과 싸우라면 상대가 거꾸로 서 있어도 못 이길걸."

"스바루가 베티 없이 용 퇴치라니, 가필 말고 아무도 기대하지 않아."

"그야 그렇지. 에밀리아땅은 가필에게 뭔가 조언할 거 있어?"

"나? 그러네…… 깔리기 전의, 메조레이아의 꼬리를 끝까지 막아내지 못한 부분, 그 부분이 좋지 않았던 것 같아. 엄―청 궁색한 자세였지만 억지로라도 받아 흘리려 하지 말고 피해야 하지 않았나 했어."

"생각한 것 이상으로 번듯한 대답이 나왔다!"

"에밀리아 씨는 과연 대단하세요. 저는 감복했습니다."

한편으로 건설적인 대화를 해 주고 있는 같은 줄의 동료들은 가필이 인식한 존재인데도 가필 이상으로 똑똑한 발언을 하는 듯 느껴진다. 과연 각자의 재현도도 높은 인상이다. 앞 열에 앉은 렘의 반응만은 자신이 없지만.

다만 여기서 검토한 내용을 현실에 가지고 가도 어차피 가필의 머릿속 일이지 현실이 아니다. 그 발상에 의미가 있을지 없을지.

그 이상으로――.

"불안한 게냐, 가 도령?"

"불안이라기보다 나 자신이 한심해서 그래. 저 용의 상대는 이 어르신이 맡았건만."

얼굴을 들여다보는 류즈의 물음에 가필은 씁쓸한 기분을 토로했다.

기대받아 출동했는데 현실의 가필은 죽어 가고 있으며 머릿속의 극장에서는 여러 동료들―― 동료가 아닌 사람도 있지만 그런 모두에게 위로받고 있다.

"그게, 어디가 한심한 것이어요?"

"――――――."

느닷없는 질문에 미간에 주름을 잡고 있던 가필이 고개를 들었다. 그런 가필을, 류즈 옆에 앉은 프레데리카가 빤히 응시하고 있었다.

그녀는 가필과 같은 비췻빛 눈동자를 늠름히 깜빡이며 동생의 대답을 기다리고 있었다.

그, 말없는 누이의 눈빛에 기가 죽은 가필은 이를 떨었다.

"한심, 하잖아. 다들 혼자서 싸우고 있는데 이 어르신만 이렇게……."

"혼자서 싸우지 않으면 한심하다. 그렇게 말하는 거여요?"

"그래! 아니, 좀 틀려. 협력해서 싸운다는 게 한심하단 소리가 아니야. 이렇게 머릿속에 우르르 같은 편끼리 뭉쳐서――."

"바보네요, 가프. 주위를 똑바로 잘 보아요."

패색이 농후한데 꿈에 틀어박혀서 동료들에게 매달린다.

그런 꼴불견인 자신을 탓하던 가필에게 프레데리카가 조용히 그렇게 말했다. 녹색의 눈을 가늘게 뜬 누나의 눈빛에 가필은 숨을 죽였다.

"주위……."

시키는 대로 가필은 극장 안을 천천히 둘러보았다.

옆자리에 앉아 있는 동료들, 뒷자리를 차지하고 있는 적들, 앞자리에 앉아 있는 것은 아군이라고 단언하는 데에 망설임이 있는 사람들. ――그리고 어느 틈에 극장 안에 빈자리는 하나도 없이 그 전부가 가필이 아는 얼굴 중 하나로 메워져 있었다.

람과 스바루가 있는 것은 물론, 로즈월과 라인하르트가 있으며, 미미와 렘이 있고, 그 외에도 면식이 있는 많은 이들이 있다.

호감이 가는 상대가 있으면 친해질 수 없다고 여기는 상대도 있고, 그중 어느 상대도 가필의 인생과 접점이 있어 극장에 자기 자리를 확보하고 있었다.

"뭐냐, 극장도 꽉 찼구먼. 여기로는 곧 다 들어오지도 못 하겠구나."

가필과 같은 것을 본 류즈가 흐뭇하게 웃었다.

할머니의 말대로 만석이 된 극장에는 서서 보는 손님까지 나온 상황. 다 같이 무대 위의 팩들을 바라보며 가필 역의 팩이 지는 모습을 보고 있었다.

한심하고 꼴불견인 패배다. 관객 전원이 오죽하니 기가 막혔으리라고—.

"바보구나."

"저기 있지, 가프. 여기 가프의 머릿속이다? 하지만 가프 별로 머리 안 좋아. 미미랑 똑같이! 그러니까 모두가 하는 말도 그렇다?"

좌우, 양쪽에서 잇따라 하는 소리에 가필은 숨을 집어삼켰다.

그리고 부끄러움에 아래를 향하던 얼굴로 극장에 있는 사람들을 새삼 둘러보고, 그들이 당하는 가필 역을 맡은 팩의 모습에 하고 싶은 대로 마음껏 떠드는 볼멘소리를 듣고—.

"아무도 이 어르신 입맛에 맞을 뿐인 소리도, 말하지 않을 거란

소리도 하지 않는구만."

람의 표현은 짧막하고, 미미의 표현은 애매모호. 하지만 같은 말을 하고 있다.

이곳은 가필의 머릿속 극장이고 객석을 메운 모두가 가필을 위로하기 위해 모인 거라면 더 기분이 좋아질 소리를 했을 터다.

하지만 가필은 머리가 좋지 않다. ──그들이 말하지 않는 말은, 말하게 할 수 없다.

"너도 생각했다시피 여기서 나온 플랜을 그대로 밖에서 활용할 수 있는 게 아니야. 이런 건 그냥 위안거리지, 위안거리. 하지만 위안이라도 받아서 나쁠 게 어디 있어."

"가필이 용을 막지 않으면 모두 끝난다고 스바루가 말했으면서, 어쩐지 무책임한 소리인 것이야."

"나는 가필 머릿속의 나니까……!"

"그거, 그렇게 엄─청 큰일 날 소리 꺼낼 거라고 여긴다는 뜻이니?"

눈이 동그래진 에밀리아의 물음에 가필은 "아─." 하고 신음했다.

"대장이라면 얼마든지 기막힌 요구를 해도 상관없다고 생각하니까, 그런 소리 하는 대장이 이 어르신 머릿속에 있을지도 모르겠네."

"그리고 기막힌 요구인 걸 알면서도 이뤄 주겠다고 뛰어다닌다고요. 나츠키 씨가 우쭐해질걸요."

"그 말씀을 오토 님이 하시는군요……."

프레데리카가 쓴웃음 짓자 오토가 자신을 손가락으로 가리키며 뜻밖이라는 내색을 띠었다. 그 모습을 본 페트라가 "아하." 하고 입에 손을 짚고서 웃자, 그 웃음이 주위에 전파되었다.

정신이 들고 보니 가필도 이런 상황인데도 웃고 있었다.

"뭐랄까…… 머리가 굳어 있었을지도 모르겠어."

"호오, 가 도령이 말이냐?"

"베아트리스가 말했다시피 이 어르신이 용을 막지 않으면 이 세상의 종말이라고 대장이 맡겼으니 말이지. 질 수 없는 건 항상 그렇지만…… 그 뭐냐."

람과 미미가 포갠 좌우의 손. 그 감촉을 천천히 풀고서 가필은 자유로워진 두 손을 가슴 앞에 힘차게 부딪쳐 소리를 냈다.

그 자세 그대로 이를 딱 부딪쳐 전의를 고양시킨다.

"이건 이 어르신이 맡은 역할이지만 나 혼자서 하는 싸움이 아니지."

"훌륭하다."

솟구치는 가필의 결의에 낮고 묵직한 『전귀(戰鬼)』의 칭찬이 겹쳤다.

그것이 뒷자리에 앉은, 네 쌍의 팔로 팔짱을 낀 거한의 한마디임을 가필은 확인하지 않는다. 지금 확인하고 싶은 것은 하나뿐이다.

"말했었지, 대장! 하늘을 날면서 까부는 용을 떨어뜨리고 오라고!"

"그래! 말했지! 하고 와 줘!"

"엉!"

가필이 기세등등하게 대답하고 그 자리에서 힘차게 일어섰다.

그때까지 일어설 때마다 만류하던 람이 이번에는 그러지 않았다. 그녀는 자신의 팔꿈치를 안은 자세로, 내려다보는 가필에게 "왜?" 하고 눈을 가늘게 떴다.

"핫! 아무것도 아냐. 이 어르신의 머릿속인데 부드러워질 줄 모르는 여자네."

"굳이 말할 필요도 없는 소리를 하지 않을 뿐이야. 그것이 가프의 역할이잖아."

가녀린 어깨를 으쓱이며 시선을 주지 않는 람의 말에 가필은 쓴웃음. 대신에 폴짝 뛰어오른 미미가 좌석 위에 서서 외쳤다.

"그럼 미미는 말할래! 가프, 여기서 이기면 멋있을걸—!"

그렇게 말하고 웃으면서 미미의 손이 힘껏 가필의 등을 때렸다.

그러자 한 박자 늦게 미미와 똑같이 스바루가, 베아트리스가, 에밀리아가, 페트라가, 프레데리카가, 류즈가 가필의 등을 때렸다.

가필은 떠밀리듯 등을 얻어맞아 극장 출구로 향한다.

"오토 형! 조언 좀 줘!"

"그러네요……. 목숨을 거는 위험한 짓, 저 말고 다른 사람이 하는 건 용서 못하겠어요."

"오토 형한테만은 듣고 싶지 않은 소리야!"

농담과 함께 형님 같은 존재에게 등을 얻어맞은 가필이 극장의 출구로.

그 문을 열어 주는 것은 좌석에서 보이지 않는다 싶던 어린 남동생과 여동생. 그리고 두 동생의 어깨를 안은 어머니의 미소를 받으며 가필은 엄지를 세웠다.

극장을 가득 메울 정도의 만남, 좋은 주마등이었다.

그러니까 마지막으로, 무대 위의 팬들을 손가락으로 척 가리키고서.

"이 어르신은 고양이가 아냐! 고저스 타이거다!!"

5

천재지변이나 천변지이의 부류로 비유될 때도 있는 것이 『용』이라는 존재지만, 『운룡』 메조레이아는 그야말로 그 풍문에 이견의 여지가 없는 난동을 발휘했다.

제도를, 몇 분 전과 전혀 다른 경치에 바꾸는 파괴의 화신이 펼치는 맹공은 이 세상 것 같지 않은 피해를 낳고 무릎의 떨림이 그치지 않는 하인켈의 마음을 깨트렸다.

──정말로 찰나, 그 마음이 산산이 깨지는 것을 늦춘 희망도 있었다.

그러나 그 희망은 용과의 난타전에 대패하여 대지를 쪼갤 듯한 포효를 정통으로 맞아 날아갔다. 잔해도 가차 없이 쏟아져서 지금은 그 밑에 깔려 있다.

그러니까 헛일이라고, 그렇게 말을 했다. 무의미하고 무자비하게 목숨을 잃을 뿐이라고.

하인켈은 그것을 그저 잠자코 보고 있을 수밖에 없어서──.

"고저스 타이거다!!"

다음 순간, 고함 소리가 잔해 더미에서 터져 나왔다.

너무나도 뜬금없는 사건에 경악해서 목이 턱 막힌 하인켈은, 위로 내지른 주먹으로 잔해 더미를 치워 버린 인물── 가필의 생존에 놀랐다.

"아아, 젠장……. 이 어르신, 얼마나 자고 있었어……?"

"자, 잔해에 깔리고 5초 정도."

휘청휘청 머리를 흔들고 너덜너덜한 웃옷을 찢어 버리는 가필. 그 의문에 아연실색하면서도 하인켈이 대답하자 가필은 목뼈를 뚜둑 꺾었다.

"──5초인가. 열 번은 죽을 뻔했구만, 위험해라, 위험해."

그, 절대로 죽은 줄 알았던 공격을 받은 직후 같지 않은 태도에 하인켈은 말문을 잃었다. 하지만 하인켈 이상의 경악을 맛본 존재가 있었다.

「뭐, 엇…….」

피아의 체격 차를 감안하지 않고 심상치 않은 전투를 보인 가필을 드디어 격추했다.

그 고심이 불과 5초 만에 뒤집힌 상대에게 하인켈도 동정했다.

──동정한들 어쨌단 말인가. 저, 초생물인 『운룡』상대로.

「너, 왜…… 왜 죽지 않은 거짜……?」

"아앙? 말 같은 소릴 해라, 죽었잖아. 아저씨가 5초 마련해 주지 않았으면."

"나, 나는 아무것도……."

곤혹스러워하는 용에게 가필이 이를 드러내지만, 하인켈은 고개를 가로저었다.

가필이 날아가 잔해에 파묻힌 직후, 하인켈이 검을 든 채로 메조레이아와 마주한 것은 사실이다. 하지만 그것은 가필이 쓰러지면 다음 표적은 자신이 될 것임을 알았기에 그저 시선을 마주했을 뿐이다.

메조레이아가 5초 망설인 것도, 가필과 같은 인간의 강함을 경계했기 때문이지 하인켈의 공훈 같은 게 절대 아니다.

그 증거로──.

「큭! 죽어어어어엇!!」

하인켈의 존재 따위 시야 끝자락에도 두지 않은 채 메조레이아의 분노가 폭발했다.

『운룡』이 우두커니 선 가필에게 달려들고 그 굵고 긴 꼬리를 벼락처럼 내리쳤다.

순간, 하인켈 따위는 접근하려는 날갯짓만으로도 날아갈 지경인 규격 외의 폭발력이 가필이라는 개인에게 집약되어 꽂히고──.

"아?"

찰나, 『운룡』의 몸이 공중에서 비틀대다가 등짝부터 제도의 방벽에 처박혔다.

「카아악?!」

거꾸로 뒤집혀 온몸으로 방벽을 함몰시킨 메조레이아가 무슨 일이 일어났는지 알 수 없는 충격에 호흡이 흐트러졌고, 그 모습에 하인켈도 벌어진 입을 다물지 못했다.

어떻게 했는지는 모르겠다. 하지만 누가 무엇을 했는지 알 수 있었다.

──가필이, 메조레이아의 꼬리 일격을 받아 흘려 용을 던진 것이다.

"아아, 젠장……. 성공했잖아."

가필이 두 손을 내려다보며 어째선지 그 전과에 불만스럽게 뇌까렸다.

마치 자신의 싫은 추억을 파헤친 것 같은 표정으로 가필은 용을 던진 두 손을 오므렸다 펴기를 반복하다가 뒤돌아보았다.

그 녹색 눈이 거꾸로 처박힌 『운룡』의 금빛 두 눈과 정면으로 부딪치고──.

"성공했으면 어쩔 수 없지, 『다가올 새벽의 발도』다. 시작하자구, 제2라운드. 이 어르신만 산더미 같은 응원을 받아서 미안하지만!"

그렇게, 이해할 수 없는 논리를 장작 삼아 전의를 불태우며 가필과 『운룡』의 충돌이 찰나의 중단 뒤에 재개── 신화의 한 구절이 결말로 향해 갔다.

6

이해가 미치지 않는 충격이 『운룡』 메조레이아의 용각에 담긴 마델린을 때려눕혔다.

방벽에 메다 꽂혀 거꾸로 뒤집힌 시야에 비치는 피투성이 소년
── 금빛 털에 초인적인 회복력, 사나운 귀기를 통해 짐승의 아
인족임이 전해지지만 그게 다일 뿐인 인간이다.

 그것이 용의 포효를 정통으로 맞고 살아남다니, 있어서는 안
될 일이었다.

 ──용각 상태의 메조레이아에게 자신의 의사를 격납하고 그
몸을 제 것으로 움직인다.

 이것은 용인인 마델린의 특권이며 용인으로서 삶을 얻은 지 햇
수가 짧아서 개체로서의 부모에 해당하는 메조레이아와의 연결
이 강하게 남아 있기에 가능한 폭력적인 기술이다.

 평소에는 그 작은 몸으로 감당하지 못하는 힘을, 이 커다란 몸
이라면 마음껏 휘두를 수 있다. 이 강대함이야말로 진정한 마델
린이라고 목청 높여 말할 수 있다.

 저런, 조그맣고, 약하고, 짓뭉개질 것처럼 약한 몸으로 태어나
고 싶지 않았다.

 그렇지 않으면, 저런 몸이 아니라면, 발로이가 도전한 마지막
싸움에도 마델린이 방치될 일은 없었다.

 마델린이 무시무시한 얼굴이고 강하고 큰 몸을 가진 용이었으
면── 그렇건만.

「인간!」

 "『성역의 방패』, 가필 틴젤."

 터져 오른 마델린의 노성에 응수하듯 소년── 가필이 이름을
밝혔다.

그것이, 싸움에 도전하는 전사의 대사임을 모르는 용인은 『운룡』의 꼬리를 휘둘러 벽에 박힌 몸을 뽑고, 지면을 단단히 디딘 소년── 적과 마주 노려본다.

질 수 없다. 설령 상대가 누구라 해도 마델린은 질 수 없다.

이 『운룡』의 용각이야말로 마델린이 발로이를 위해서 원하던 신부 의상이다.

「특별한 건, 너 따위가 아니짜……!」

길고 하얀 수염을 떨며 『운룡』의 목이 절규를 터트렸다. 세계를 위압하는 포효. 그러나 반생반사의 가필은 흔들리지 않았다.

그 모습은 마치 믿음직한 아군을 산더미처럼 데리고 있는 것 같았다.

"그래, 알아. 반한 여자가 바보라고 꾸짖으며 이 어르신이 착각하지 않게, 섣불리 굴지 않게 말려 줬거든!!"

가슴 앞에 주먹을 맞부딪쳐 은빛 완갑의 거센 충돌음을 일으킨 가필이 부르짖었다.

허약함은 티끌만큼도 없는, 나약해야 할 생물에게 마델린은 분노와 다른 무언가를 느꼈다. 그 느낀 무언가를, 용이 인간에게 품어서는 안 될 그것을, 부정한다.

「사라져짜아아아아아!!」

순간, 마델린의 격발에 호응해 『운룡』의 포효가 다시 제도를 흔들었다.

도시 남쪽에서 발사된 파멸의 숨결이 직선으로 가로를 불태워 건물을 티끌로 바꾸며 사선상에 있는 모든 것을 쓸어내고──

황금의 영혼과 격돌한다.

"오, 오오오오오오오——!!"

두 다리를 그 자리에 꽂아 버리듯 버텨 서서 은빛 완갑을 찬 두 손으로 숨결을 막는다.

잠깐 팽팽히 맞서는 것만으로도 기적일 텐데, 가필은 날아가 지 않고 사라지지 않고, 상식을 벗어난 상극을 성립시키며 파멸 에 온 마음을 다해 저항했다.

「크으으————.」

자신도 대량의 마나로 용각을 구성하고 있는 『운룡』은, 포효 를 계속하면서도 그 눈으로는 심상치 않은 기세로 대지에서 빨 아올린 마나를 체내에 순환시키는 가필을 포착하고 있었다.

지금까지 보인 가필의 비정상적인 회복력과 지구력도, 저렇게 대지에서 힘을 빨아올린 것이겠지만 그 규모와 기세의 상승선이 단숨에 폭등했다.

그 증거로 감히 가필은 그 자리에 버텨 서는 것만이 아니라 『운 룡』의 숨결을 받으며 한 걸음 앞으로 발을 내디뎠다.

한 걸음, 한 걸음씩, 착실하게 나아가며 마델린과의 거리를 좁 힌다.

"이 어르신이 약해지지 말라고, 하고 오라며 등짝 두드려 준 녀 석들이 잔뜩 있다고!!"

의문을 느낀 마델린의 시야, 소리조차 불사르는 파괴 속에서 목소리가 들렸다.

말도 안 된다. 하지만 가필은 외쳤다. 외치고, 여전히 발을 디

떴다. 이『운룡』의 숨결을, 지도조차 바꿔 쓸지 모를 파멸 속에서 전진한다.

한 걸음, 또 한 걸음, 있어서는 안 되는 한 걸음을 내딛고――.

「카아아!!」

그 전진을 목격한 마델린이 호흡이 크게 흐트러졌다.

포효와 숨결, 어떻게 바꿔 말하든 그것은 결국 파멸을 야기하는 용의 외침이다. 즉, 마음이 어지러워지고 숨이 차면 끊긴다.

가필의 전진과 대항은『운룡』의 숨결에 승리하기에 충분했다.

"카아아아라라아아앗!!"

쿵, 하고 유달리 세게 밟는 걸음과 맞추어 가필이 두 팔을 번쩍 쳐들었다.

그 동작으로『운룡』의 숨결 마지막 한숨이 하늘로 사출되었다.

부릅뜬 용의 눈에는 전신에서 하얀 증기를 뿜으며 눈을 돌리고 싶어질 정도의 화상과 새빨개진 몸을 급속히 치유하는 가필이 있었다.

그의 배후에는 가느다란 두 팔로 지켜낸 제도의 시가지와, 시가지에 엉덩방아를 찧고 있는 빨강머리 남자의 모습이 있었다.

「――――.」

버텨냈다고, 믿기 어려운 충격에 얻어맞은 마델린.

그러나 진정한 충격은 용의 숨결이 통하지 않았다는 점보다 더 다른 형태로 찾아들었다.

"제정신이…… 아냐."

숨결 앞에 나동그라졌던 빨강머리 인간이 갈라진 목소리로 중얼거렸다. 안중에 없던 그 남자는 우두커니 선 가필의 모습에 파란 눈을 일렁이며 말을 이었다.

"저런, 성까지 지워 버릴 것 같은 숨결을, 막아냈어……!"

「아————.」

전전긍긍하는 빨강머리의 말은, 용의 위협에 저항한 가필에게 두려움조차 품은 것이었지만 마델린에게는 자신의 행위를 돌아보게 하는 흉기가 되어 꽂혔다.

빨강머리의 말이 맞다. 가필이 막지 않았으면 마델린의 숨결은 곧게, 제도 남쪽에서 북쪽으로 종단하여——— 사선상의, 수정궁을 지워 버리는 것이었다.

거기에는 마델린의 본체도, 발로이와 카리용도 있었을 텐데도.

「아, 아니짜…….」

느릿느릿 힘없이 고개를 가로젓는, 용답지 않은 몸짓으로 자신의 행동을 부정한다.

마델린은 머리에 피가 오르고 사고가 하얗게 물들어서, 눈앞의 적을 어떻게든 하고 싶다는 일심으로 충동적으로 자신의 소중한 것까지 전부 다 몽땅 지워 버릴 뻔했다.

그것을, 작고 약한, 나약하며 홀쭉한 인간이 구해 내다니.

「아니야, 아니야, 아니야아니야아니야아니야아니야아니야아니야아니야아니야아니야아니야아아아……!」

"너, 무슨……."

「용은! 발로이를 위해서! 전부, 전부 전부, 발로이를 위해서였짜!!」

머리를 감싸 쥐고 부정의 말을 거듭한 마델린의 모습에 가필이 미심쩍다는 표정을 지었다. 가필의 목소리를, 가장 듣고 싶지 않은 목소리를 덧칠하듯 마델린이 외쳤다.

스스로도 영문 모를 외침을 지르며 『운룡』의 날개를 홰쳤다.

"흡!"

폭풍이 일어나고 반사적으로 몸을 숙인 가필의 머리카락이 세게 나부낀다. 『운룡』 메조레이아의 몸이 단숨에 상승해 천공으로 날아올랐다.

거기에 있는 것은 제도 루프가나 전체를 뒤덮고 있는 두꺼운 먹구름이었다.

「특별한 건, 너 따위가 아니짜……!」

『운룡』 메조레이아의 부름에 따라 제국 전토에서 모여든 구름――. 그것은 메조레이아가 퇴적해 둘 수 없는 마나를 가둬 둔, 하얀 파괴 충동.

그것들을 한꺼번에 모아 뭉친다. ――도저히 마델린이 통제할 수 있는 양이 아니다. 그럼에도 그저 터무니없는 힘의 덩어리로서 지상에 떨어뜨리는 것은 가능했다.

「특별한 건, 용 따위가 아니짜……!」

구름을 지상에 떨어뜨려 가필과 빨강머리 인간을 지워서, 마델린이 저지른 짓을 아는 자를 죽여 버리는 것은 가능했다.

그렇게 해서, 마델린은――.

「특별한 건, 발로이뿐이면 되는 거짜……!」

우는 것 같은 용의 목소리가 하늘 높은 곳에서 쏟아지며 눈 아래의 조그만 인간이 하늘을 쳐다본다.

쳐다보면서, 작지만 여리지도 약하지도 않은 소년은 이를 딱 부딪쳤다.

"이, 멍청하기 짝이 없는 자식이."

7

——마델린이 탄생한 것은 『운해도시(雲海都市)』 메조레이아 가 있는 팔조아 산의 정상이었다.

제국에 오래도록 생식하는 『운룡』의 이름을 받은 그 도시는, 제국 독자적인 기술을 이용한 『비룡 기수』를 뜻하는 이가 반드 시 발을 옮기곤 하는 땅이다.

자리를 잡은 용의 힘에 의한 것인지 산의 표면에 휘감긴 듯한 거대한 구름이 1년 내내 사라지지 않는 험준한 산. 표고가 높은 위치에 도시가 존재하며, 『비룡 기수』가 되려면 그 이상의 표고 에 사는 야생 비룡의 둥지에서 알을 들고 살아 돌아올 필요가 있 기 때문이다.

『비룡 기수』를 지망하는 이, 백 명에 한 명밖에 생환할 수 없는 위험지대——. 그보다 더 위, 아무도 본 적이 없는 전인미답의 산봉우리가 마델린이 태어난 고향이었다.

하얀 구름에 감싸여 하늘임에도 하늘의 푸름조차 바랄 수 없는 곳에서, 용인이라는 세계 유수의 희귀한 존재로서 삶을 받은 마 델린. 초존재인 용의 신세대로서 본능적인 이해를 얻었음에도 그녀에게는 비극이 기다리고 있었다.

　그것은——.

「——나, 메조레이아. 나의 사랑하는 아이의 목소리에 따라 천공에서 오는 바람이 되리라.」

　낳아 준 부모인 『운룡』 메조레이아가, 용인을 낳은 까닭에 용 각화하여 의사소통이 어려운 상태가 되어 마델린의 탄생을 맞이 한 것이다.

　오랜 시간을 살며 세상의 잔혹함도 부조리도 알고 있을 『운룡』 이, 무엇 때문에 그런 세대교체를 택했는지 지금도 마델린은 알 지 못한다.

　단 하나 할 수 있는 말은, 마델린은 말도 변변히 나누지 못한 채 그저 자신과 가깝다는 사실만을 알 수 있는 용 곁에서 지냈다는 것이다. 구름 속에서 한없이 이어지는 고독 아닌 고독과 함께.

　그리고 그 고독을 끝낸 것이, 제국사에서 단 한 명도 성공한 적 없던, 운해에 삼켜진 산봉우리에 다다른 『비룡 기수』—— 발로 이 테메글리프였다.

　"이거 참, 실력이나 시험할 생각으로 도전해 보긴 했는데…… 설마 꼭대기에서 기다리시는 게 귀여운 아가씨와 무서운 용일 줄은 몰랐습지요."

　"크르르."

　농무(濃霧)가 아니라 농운(濃雲)의 세계에서 마델린—— 아직 그 이름도 없던 용인의 어린아이를 발견한 발로이는 난처하게 뺨을 긁고 있었다.

옆의 비룡, 카리용도『운룡』의 위용과 어린 용인의 존재감에 기가 죽었음에도 단짝인 발로이를 지키려 서 있었다.

「──나, 메조레이아. 나의 사랑하는 아이의 목소리에 따라 천공에서 오는 바람이 되리라.」

같은 말밖에 하지 않고 식사로 마나덩어리인 구름을 줄 뿐인『운룡』이 갑작스러운 방문자를 거절하지 않은 것은 그들에게 적의가 없었기 때문이다.

발로이와 카리용 이전에도 무리에서 벗어난 비룡이 섣불리 구름에 길을 잃고 들어와서는『운룡』의 본능에 배제되어 어린아이의 시야에 들어오기 전에 사라졌었다.

그 때문에 이때, 어린아이는 자신과『운룡』말고 다른 생명을 처음으로 본 것이었다.

그리고『운룡』과 용인이라는 기적의 조화와 만난 발로이는, 그럼에도 큰 부담감 없이 자신이 걸치고 있던 외투를 벗고 말했다.

"일단 걸치십쇼, 아가씨. 여자가 함부로 맨살을 드러내면 안 됩니다."

그리고 어린아이── 훗날 발로이의 입으로 마델린이라고 이름을 붙인 그녀에게 태어나 처음 겪은 정과 온기를 내어준 것이었다.

──마델린과 발로이의 기묘한 밀회는 늘 운해 안에서 거듭되었다.

"마델린, 또 왔습니다요. 착하게 있었습니까?"

"발로이!"

"와타탓?!"

하얗고 두꺼운 구름을 뚫고 발로이가 모습을 보이자 마델린이 달려들었다.

소녀 모습을 한 용의 몸통박치기를 받아 내는 충격과 기세에 막 착지했던 카리용과 함께 벌러덩 뒤집어지며 정신을 못 차리던 발로이가 마델린의 머리를 쓰다듬었다.

첫 만남 이후로 발로이는 빈번하게 팔조아 산의 정상에 만나러 와 주었다.

많은 『비룡 기수』가 목숨을 걸고 도전했으나 그럼에도 아무도 다다르지 못한 산봉우리다. 당시의 마델린은 그런 발로이와 카리용이 얼마나 대단한지, 얼마나 고생했는지 알지 못했다.

다만 문턱이 닳게 산에 드나들며 마델린이 모르는 바깥세상과의 관계를 가져다준 발로이는, 그녀에게 둘도 없는 존재가 되었다.

마델린이라는 이름도 어떻게 부를지 곤란해 하던 그가 열심히 고민하며 붙여 준 것이다.

"제가 그쪽 분이랑 다를 바 없이 어리던 시절에 친절히 대해 준 은인의 이름인데 말이죠. 제 이름을 지어 준 사람이고…… 신세를 졌죠."

"발로이, 그 인간이, 소중했다……짜?"

"확실하게 그렇게 생각하기 전에 이별이 와 버렸습죠. 그래도 이 나이까지 제 안에 남아 있다는 건 그렇다는 거겠죠."

헤실 웃는, 하지만 어딘가 쓸쓸한 듯한 그의 가슴에 마델린이

빰을 문질렀다.

　소중한 것의 이름을, 이렇게 마델린에게 주었다. 그것은 즉, 발로이가 마델린을 소중히 여겨 주고 있다는 증거라고 생각했다.

　발로이가 그렇게 생각하며 아껴 주고 있음은, 마델린에게 따뜻한 감개를 가져다주었다.

　그것을 더욱 갖고 싶어서, 더욱더 갖고 싶어서 발로이와의 시간을 갈망한다.

　발로이와 더 이야기를 하고 싶어서 인간의 말도 제대로 배웠다. 어째선지 아무리 해도 이상한 사투리만은 뗄 수 없었지만 발로이는 그것도 개성이라고 다정히 용납해 주었다.

　"헤헤, 제 눈은 잘못되지 않았습니다. 잘 어울려요, 마델린."

　"그, 그러짜? 후후……."

　만족스러운 눈치의 발로이 앞에서 빙글 돈 마델린은 팔랑거리는 천──그에게 선물받은 옷의 감촉을 확인했다. 솔직히 용인인 마델린은 옷 따위 번잡하다는 인상밖에 없었지만, 발로이의 선물이라는 점 하나로 그런 인상은 흩어졌다.

　무엇보다 그가 선물해 준 옷은 하늘색──마델린의 머리색과 같으며 그녀가 태어난 뒤로 한 번도 본 적이 없는, 구름 너머의 세상을 가르쳐 주는 것이었다.

　──이름을 받고, 말을 받고, 옷을 받고, 행복을 부여받았다.

　마델린은 자신이 발로이에게 받은 그 전부를 기억하고 있다.

　그것은 용의 습성이다. 용은 저축한 보물을 결코 잊지 않는다. 놓지 않는다.

발로이가 준 것은 형상이 있는 것도 없는 것도, 전부 다 마델린의 보물이었다.

"그러면 달이 반쯤 이지러지기 전에 또 오죠, 마델린."

한바탕 소중하며 깨질 것처럼 애틋한 시간을 보낸 뒤에, 발로이는 카리용에 타고 『운룡』의 둥지에서 떠나간다.

다음 밀회의 약속을 품고 마델린은 슬픈 기분을 참으며 몇 번이고 그를 배웅했다.

——산의 정상에 마델린을 남기고 날아가는 발로이를 누가 무정하다 말할 수 있으랴.

하얀 구름에 휩싸인 용의 둥지에서 살며 아직 자신의 머리색과 같은 하늘조차 본 적이 없는 마델린을 발로이가 한 번도 밖에 데리고 나가려 하지 않았던 것은 아니다.

다만 그것은 불가능했다. 애매의 세상에 있는 『운룡』이, 발로이가 둥지에 오는 것은 용납해도 마델린을 데리고 나가는 것은 용납하지 않았기 때문이다.

「——나, 메조레이아. 나의 사랑하는 아이의 목소리에 따라 천공에서 오는 바람이 되리라.」

용의 둥지에서 주인인 용의 눈총을 받는데 인간에게 승산이 있을 리가 없다.

그렇기에 발로이는 마델린을 데리고 나갈 수 없다. 마델린도 발로이가 죽기를 바라지 않았다. 밖으로 데리고 나가 달라는 말은 감히 할 수 없었다.

그 대신에 딱 한 번, 애원을 했다.

"발로이, 여기서 계속…… 용과 같이, 있어 주지 않겠짜?"

"――――――."

그렇게 애원했다가, 얼굴을 굳어진 발로이의 반응에 마델린은 이해했다.

발로이는 이 산의 정상에 남아 주지는 않는다. 그의 세계는 이 하얗고 흐린 저 너머에 있다. ――마델린의 세계가 이 하얗고 흐린 안쪽이 전부이듯이.

"죄송합니다, 마델린."

그렇게 사과하고 여느 때처럼 머리를 쓰다듬으려는 발로이의 손길을, 처음으로 거절했다.

울먹이며 발작을 일으키고 몰아세우듯이 발로이와 카리용을 산봉우리에서 쫓아냈다. 쫓아낸 뒤에 마델린은 사흘 밤낮 동안 흐느꼈다.

그렇게 실컷 흐느낀 뒤에 후회했다. 그런 한때의 감정 폭발 때문에 발로이와 다시는 만날 수 없게 되면 어쩌냐고, 마지막에 본 그의 슬픈 얼굴을 떠올리고 마음속 깊이 후회하고 후회하며, 하염없이 후회했다.

그러나 마델린은 어리고, 그 생각도 상상력도 어리숙하고 짧았다.

마델린에게 인생 최대의 후회는, 사흘 밤낮 동안 흐느낀 다음에 찾아왔다.

――그날, 『운룡』 메조레이아가 상처를 입고 돌아왔다.

마델린의 탄생 이후 처음 있는 일이었지만 며칠 전의 발로이에 대한 후회가 남아 있던 그녀는 누가 메조레이아에게 상처를 입혔는지 염두에도 두지 않았다.

불운하게도 『운룡』의 둥지에 침입한 비룡이거나, 무모하게도 산의 정상을 목표로 한 인간이거나, 어느 쪽이든 메조레이아가 돌아왔다는 것은 이겼다는 뜻이다.

그러니까 『운룡』에게 상처를 입힌 것이 누구인지 생각도 하지 않았다.

"미안합니다, 마델린."

그 답을 마델린이 안 것은 그 최악의 이별로부터 한동안 지나서 다시 산봉우리를 방문한 발로이가 눈을 돌리고 싶어질 만한 중상을 입은 모습을 목격했을 때였다.

그의 사과는 이전 날 전한 이별에 관한 것이 아니라──.

"……『운룡』을 쓰러뜨리고 밖에 데려가주고 싶었는데 말이죠."

까딱 죽을 뻔한 상처를 입고 비슷하게 꼴이 형편없는 애룡에 기대어 처량하게 웃은 발로이의 말에 마델린은 눈물을 철철 흘렸다.

후회했다. 마델린의 용생에서 가장 큰, 씻을 수 없는 후회였다.

──용은 보물에 집착한다. 그것이 용의 습성이다.

그것은 용각이 되어 애매의 세계에 잠기려 해도 잊을 수 없는 습성이며, 『운룡』이 손에서 포기하지 않는 보물이 마델린이었다.

발로이는 그것을 빼앗으려다가 목숨이 위태로워진 것이다.

"바보, 였짜……."

"못할 건 없다고 생각했는데…… 스스로도 참 어이가 없어요."

"아니야! 아니짜! 발로이가 아니라, 용이, 바보였짜……!"

마델린은 처량하게 자조하는 발로이를 부정하고 비로소 알았다.

오늘 이 순간까지, 발로이에게 받기만 하던 자신. 그런 자신을 둘러싸고 있는 하얀 구름은 마델린이 자신의 발톱으로 찢어야만 하는 대상이었다.

그것을 마델린은 발로이의 정에 기대어 그에게 목숨 걸고 깨달라고 했다.

이렇게 부끄러움을 모를 수 있을까. 그런 꼴사나운 모습이 초존재인 용인이어도 되겠는가.

"용이, 스스로 하겠짜."

"마델린?"

"용이 스스로 밖으로 나가겠짜. 데리고 가 주는 것이 아니라, 스스로…… 이번에는 용이 스스로 발로이를 만나러 가겠짜. 그러면……."

발로이에게 선물받은 옷자락을 꼬옥 잡고, 발로이에게 배운 말로, 발로이에게 배운 감정을, 모든 것을 가르쳐 준 발로이에게 전했다.

초존재인 용인, 그런 자신을 사로잡은 특별한 인간에게 전했다.

"그러면, 용을 신부로 삼아 주겠짜?"

"_____."

발로이의 물음에 과거와 똑같이 한순간의 침묵이 생겼다.

이때 발로이의 침묵은, 사흘 밤낮 흐느끼는 처지가 되었던 부끄러운 줄 모르는 마델린을 괴롭힌 것과 다르게, 거기에 간직된 것을 분명히 알 수 있었다.

그때의 마델린은 보고 싶은 것밖에 보려고 하지 않았다.

발로이에게 말을 걸고 있었는데 보아 달라는 기분뿐.

그러니까──.

"그럽지요. 그럴 수 있으면 저도 마델린도 얼마나 좋겠습니까."

최선을 다한 발로이의 다정한 배려에, 마델린은 자신이 그의 최고가 아님을 충분히 알면서도 소중하디 소중한 약속을 나눈 것이다.

8

──마델린의 이 기분이 진짜 연심이 아니라는 이도 있으리라.

그것은 알에서 부화한 병아리가 처음 본 대상을 버팀목으로 삼는 각인 효과 같은 것이라고, 영리한 척 단정 짓는 이도 있을지 모른다.

그저 모르는 행복을 많이 내어준 상대를 특별히 여기고 싶을 뿐이라고.

마델린의 구애에 애잔히 미소 지은 발로이의 답을, 장래는 아버지와 결혼하겠다고 말한 딸을 상대로, 상처 주지 않으려는 다정한 거짓말이라고 비웃는 이가 있을지도 모른다.

달리 정인이 있는 발로이가 그 감춘 마음을 입에 올리지 못하는 것과 똑같이 이룰 수 없는 마음을 품은 마델린을 염려했을 뿐이라고 연민할 이도 있을지 모른다.

하지만 그런 것은 죄다 인간의 잣대에 불과하다.

용인의, 혹은 용의 가치관이나 사고방식은 인간과 다르다. 만약 가령 용인도 용도 마델린의 마음을 부정한다면 마델린의 가치관은 그것들 전부와 다르다.

마델린은 진심으로, 진지하게 마음속 깊이 발로이 테메글리프를 원했다.

그것이 연심이나 애정이 아니라면 마델린은 영원히 그것을 알 일이 없다.

그렇게 생각될 만치 목숨 건 열정으로 영혼을 태우며 그 하얀 구름을 뚫고 간 것이다.

마델린은 앞을 막으며 뜻을 꺾으려던 『운룡』을 조복하고, 처음으로 자신의 머리색과 같은 하늘로 뛰쳐나와 처음으로 무언가를 스스로 해내고 처음으로 그를 만나러 갔다.

그리고, 안 것이다. ──발로이 테메글리프의, 유일하게 특별한 남자의 죽음을.

"어떡하면, 되었짜?"

그 답을 마델린은 지금도 알지 못한다.

수긍하기에는 지나치게 큰 것을 들이대는 현실에 마델린의 연심은 갈 곳을 잃었다.

살 의미조차 잃고 아예 제국을 적으로 돌려줄까 생각다 못하던 마델린을 발견한 것이, 『구신장』의 빈자리를 메울 존재를 찾던 벨스테츠였다.

"어떡하면, 되었짜?"

마델린이 벨스테츠를 죽이지 않은 것은 그가 발로이를 알고 있었으며 실처럼 가는 눈 속에서 마델린과 같은 상실의 통곡을 보았기 때문이다.

마델린과 말을 나눈 벨스테츠는 그녀에게 두 가지 길을 제안했다.

하나는 주체 못하는 감정대로 날뛰고 제국의 적으로서 발로이와 같은 결말을 맞이한다.

다른 하나는 벨스테츠의 추천을 받아 발로이를 대신하는 『구신장』이 되어 죽은 그의 발자취를 쫓아 복수의 기회를 기다리는 것.

많이 고민하지는 않았다. ──이렇게 『비룡장』 마델린 에샬트가 탄생했다.

"어떡하면, 되었짜?"

지위를 얻고 걷기 시작했으나, 그것은 목적지를 알 수 없는 여행이었다.

그 산의 정상에서, 하얀 구름에 휩싸인 좁은 세계에서, 발로이가 가르쳐 준 밖으로 걸음을 디뎠어도 마델린의 마음은 그날, 비룡과 함께 나타난 남자에게 사로잡힌 채였다.

그럼에도 『구신장』으로서 해야 할 역할에는 종사했다. 발로이 대신에.

그럼에도 제국의 『장』으로서 보여야 할 위신을 보였다. 발로이 대신에.

그럼에도 제국의 적을 쓰러뜨리고자 힘을 행사했다. 발로이 대신에.

그 나날은 마델린에게 바닥 모를 공포의 매일이었다.

"어떡하면, 되었짜?"

자신이 분투하고 발로이를 생각하며 발로이의 구멍을 메우려고 할 때마다, 마델린 스스로 발로이의 무덤을 파헤쳐 그를 죽이고 도로 메우는 기분이었다.

발로이의 부재를 메꿀 때마다, 그가 있을 곳을, 분명히 존재하던 흔적을 앗아 간다.

그것을 싫어해 타인에게 역할을 양보할 수도 없다. 마델린은 양보한 상대가 발로이를 죽이고 있다 느껴서 필시 상대를 죽일 것이다.

"어떡하면, 되었짜?"

다른 누구에게도 시킬 수 없으니까 스스로 발로이를 죽여 간다. 그러다가 이윽고 발로이를 전부 죽였을 때, 자신의 마음 또한 죽는 것일까.

그것이 가장 좋은 형태라는 기분이 들었다.

발로이가 내어준 마음이고 감정이다. 그것은 발로이가 죽었을 때에, 그의 가장 소중한 시간에 같이 있을 수 없을 때에 죽었어야 했다.

그런데도──.

"어떡하면, 되었짜?"

──『대재앙』은 마델린이 잃어버린 것을 분명히 되살려 주었다.

자신이 가장 좋아하는 색이라고, 하늘색 머리카락을 칭찬하며 머리를 쓰다듬어 주었다.

부드럽게 헤실거리는, 보고 있으면 가슴이 옥죄는 웃음을 띤 그와 이루지 못한 약속──. 티 없이 맑은 하늘 아래에서, 구름이 훼방 놓지 않는 곳에서 얼싸안을 수 있었다.

마델린은 드디어 그 산봉우리 말고 다른 곳에서 발로이와 맞닿을 수 있었다.

그럼에도 여전히 하늘에는 두꺼운 구름이 끼고 세계는 캄캄하게 닫힌 채였다.

"어떡하면, 되었쨔?"

이제 어떻게 해야 되는지 마델린은 알 수 없었다.

사랑스럽고 사랑스러워서, 단지 그것 말고 다른 것은 이제 아무것도 알 수 없는 것이다.

알고 싶지도 않은 것이다.

"어떡하면, 되었쨔?"

9

거무칙칙한 구름이 휘몰아치며 하늘에 오른 『운룡』을 중심으로 모여든다.

천공을 뒤덮을 듯한 파멸의 먹구름이 제도의 시가지를 모조리 파괴할 만한 힘을 간직하고 있음을 본능적으로 알아차린 지상의 가필은 이를 으득거렸다.

용의 숨결을 버틴 직후인데 한숨 돌릴 틈도 없었다.

"저 커다란 구름, 전부 다 『용』의 마나로 이루어졌어……!"

이 순간, 메조레이아가 불러 모을 때까지 눈치채지 못했던 비장의 수다.

너무나 대담하게 하늘에 띄운 『운룡』의 비기. 그러나 가필의 마음속이 떨리는 것은 목격한 파괴의 힘이 아니라 조종자의 모습 때문이었다.

『운룡』 메조레이아—— 아니, 그 내용물이 다른 존재임은 왠지 모르게 알고 있다.

어린 외견과 정반대로 오래 살아온 사람 특유의 풍격을 띠던 류즈. 그녀를 아는 가필에게는 『운룡』의 거체에 숨은 미성숙함이 느껴졌다.

"대장은 날고 있는 용을 떨어뜨리고 오라고 이 어르신한테 말했는데……."

세계 최강의 생물인 용을 떨어뜨리라고, 그렇게 믿고 맡긴 사실은 터무니없이 중대하다.

그 신뢰가 주는 힘은 죽음에 임한 가필이 본, 영문 모를 극장이라는 주마등에서 현실로 돌아올 활력을 부여했다.

하지만 진실로 가필을 여기로 보낸 이유는 따로 있었다.

스바루가 그것을 노렸는지는 알 수 없다.

어떻든 간에 상관없고. 이, 『운룡』 메조레이아는 가필이 상대해야만 하는, 그런 적이었다.

왜냐하면——.

"지 세상을 지키겠답시고 빽빽 악쓰며 울고 있구만."

비명 같은 소리를 지르며 무턱대고 힘을 긁어모으는 메조레이아의 모습. 그것이 가필에게 야기한 것은 몹시 씁쓸한 수치의 감정이었다.

과거, 가필은 지금의 메조레이아와 같은 분노와 비탄을 주위에 폭발시켰다.

그때, 동료들이 힘으로 그 폭발을 막아 주었기에 가필의 현재 입장과 각오, 강하게 내디딘 두 다리와 튼튼한 몸이 존재한다.

물론 가필과 메조레이아는 입장도 상황도 종족조차 다르다. 그렇기에 가필과 같은 해결법을 메조레이아에게 쓸 수 있다고는 장담할 수 없다.

하지만 그래도, 쓸 수 없다는 근거도 없다.

확인하려면 가필과 똑같이 송곳니를 거두게 하고 대화를 나눠 볼 수밖에 없다.

그러기 위해서——.

"음."

정신없이 주위에 눈길을 주던 가필은 이를 세게 딱 다물었다.

무너져 가는 방벽, 용의 숨결에 불타 반파된 제도. 높은 건물은 죄다 기울어진 지반대로 한복판부터 무너져서 민가를 쌓고 있을 시간도 없었다.

메조레이아에게 닿고 싶어도 가필은 저 구름 높이까지 닿을 수 없다.

그러니까 가필은 혼자서 하기를 포기했다.

"아저씨!!"

"아?"

낯빛을 바꾸고 돌아본 가필의 시야에서 땅바닥에 털썩 엉덩방아를 찧고 앉아 멍하니 하늘을 바라보던 하인켈이 돌아보았다.

떨리며 초점이 뿌예진 파란 눈에 비치는 가필은 그 두 어깨를 잡았다.

"힘 좀 보태! 어떻게든 해서 저기까지 날아가야 해!"

"날아…… 난다? 난다고? 뭔, 뭔 소릴 하고 있어?! 가능할 리 없잖아, 그런 짓! 얼마나 높다고 생각하는 거야!"

고함치는 것 같은 가필의 부탁에 하인켈 또한 고함치듯 반박했다.

어깨를 잡은 손을 흔들어 뿌리치려 하면서 머리 위를 손가락으로 가리켰다.

우렁찬 소리와 함께 마구잡이로 모은 구름의 색이 변하고, 먹구름 너머에 있던 하늘의 색까지 집어삼킨 것처럼 파랗게 물든 보라색으로 하늘색이 변해 간다.

하인켈은 천변지이 그 자체인 광경을 가리키며 창백한 얼굴로 외쳤다.

"이제 끝났어!"

"안 끝내!"

"웃."

"아무것도 안 끝났어! 이 어르신도 아저씨도 지지 않았다고!"

가필은 뿌리치지 못하게끔 어깨를 단단히 잡은 채 하인켈에게 강하게 호소했다.

숨을 집어삼키고 얼굴은 굳은 하인켈. 떨리는 손가락으로 하늘을 가리키며 반대쪽 손에는 아직 자신의 검을 쥐고 있는 남자를, 가필은 믿겠다고 마음먹었다.

"현실미가 없지? 이해해, 아저씨. 마치 이 세상의 종말 같잖아."

그렇게 중얼거린 가필이 눈을 가늘게 뜨고 소용돌이치는 구름 모양의 파멸을 머리 위에 둔 채 자신들이 있는 전장과는 다른, 저 너머의 하늘을 응시하며 끄덕였다.

아무래도 정말로 어디나 다 스바루가 말하는 건곤일척의 순간 같다.

제도의 북쪽에는 구름을 뚫고 빙산이 떨어지고, 북동쪽에는 성벽과, 그 너머의 산들까지 닿을 듯한 세계를 절단하는 참격이 솟구친다. 동쪽 하늘과 땅은 백을 넘는 붉은색만으로 세계를 구성하고, 모든 전장이 별개의 종말을 제국에 초래하려고 하고 있었다.

하지만 가필은 절망하지 않는다.

"안 그래, 대장."

스바루는 다채로운 면면으로 다가오는 종말과 싸울 방법을 선택했을 터다.

그리고 이곳의 종말에 대항하기 위해 스바루가 최강의 패로서 선택한 것이 다름 아닌 가필 틴젤이다.

에밀리아도, 베아트리스도, 로즈월도, 스피카도, 하리벨도, 오르바르트도, 탄자도, 미디엄도, 자말도 아니라 가필이다.

그리고 이 순간, 그 가필과 이곳에 같이 있는 것이——.

"——『검성 레이드는 용을 앞두고 검을 뽑고 웃는다』."

"그런…… 머리 이상한 선조와 같이 취급하지 마."

"——『라인하르트로부터는 도망칠 수 없다』."

"그 이름을 꺼내지 마! 나는! 나는……!"

"————."

"나는……."

천지가 종말을 맞이하려는 그곳에서 하인켈이 하늘을 가리키던 손으로 자신의 얼굴을 가리고 힘없는 목소리로 중얼거렸다.

그다음에 이어질 말이 무엇인지 가필은 알 수 없다. 어쩌면 하인켈 본인도 그 다음 말을 발견하지 못했을지도 모른다.

그렇다면——.

"아저씨가, 꺼내지 못하는 그 뒷말을 이 어르신과 같이 뜯어 열어 주자고."

10

상상할 수가 있을까.

끝없이 이어지는 넓은 창공, 그것을 가득 메우는 구름 전부가 창칼의 소나기로 전락하여 세계의 종말 같이 쏟아지는 광경을.

당장에라도 일어나려는 상황이 그것이었다.

단, 창칼의 소나기라는 표현의 인상과 다르게 세계를 끝내는 파멸의 운하(雲霞)는 제국의 너른 대지 전부에 쏟아지는 것이 아니라 일거에 집중하여 꿰뚫으려 하고 있었다.

──휘몰아치는 먹구름이 나선형으로 뒤틀려 천공을 짜낸 거대한 원뿔을 형성한다.

강대한 그것은 일그러지고 흉흉하지만, 파멸이 목적이라는 한 점을 볼 때 아름답기까지 했다.

천공에서 하얀 날개를 펼치고 두 손을 내민 『운룡』이 형성한 종언의 형태는 그 거체와 정반대로 어린아이처럼 흐느끼는 용의 손에서 발사되었다.

「사라져짜.」

울먹이는 그 한마디는 파멸이 떨어지는 지상의 누군가를 향한 것인지, 견디지 못하고 사라질 지상 그 자체에 향한 것인지, 아니면 지상도 그 누구도 아닌, 자기 자신에게 쏟아내는 자벌적인 것이었는지 알 수 없다.

어느 것이어도 결과는 마찬가지다.

용이라는 초존재가 오랜 시간을 들여 준비한 비장의 수를 막을 수단이란 없다. 제도의 남쪽 절반 정도가 날아가는 대피해가 발생하고 『대재앙』의 목적은 성사된다.

제도는 붕괴, 즉 재앙을 상대하는 제국의 완전 패배를 의미하고 멈추지 않는 죽음의 군세는 멸망시킨 대지를 집어삼키고 그 맹위를 남은 나라들에도 돌릴 것이다.

그렇게 세계는 그칠 줄 모르는 비극의 연쇄에 빨려 들어간다.

그것이 종언이 떨어진 세계의 흔들림 없는 결말이다.

그, 어딘가의 호기심 덩어리인 『마녀』 말고는 아무도 기뻐하지 않을 결말을 부정할 수 있는 것은, 떨어지는 종언에 뛰어든 왜소한 용사뿐━━.

"_____."

세차게 내딛기 전에 대지의 존재를 혼으로 감지한 용사는 긁어모을 수 있는 대로 모든 힘을 모아다가 온몸을 맡겼다.

쭉 뻗은 다리가 칼집에서 뽑히지 않은 검 위에 실린다. 한순간 힘의 균형이 맞았던 직후, 혼신의 힘이 담긴 맹렬한 검격이 위로 솟구쳤다.

━━그것은 위대한 일격이었다.

무섭도록 강대한 용을 상대로 휘두른 것이 아니라, 세계를 파멸시키고자 하는 원뿔을 베는 것도 아니고, 단련한 기술이란 한 점도 살리지 못했다.

적과 눈을 마주치지도 못 했다. 그러나 위대한 일격이었다.

적어도 그것을 자신의 발바닥으로 받은 용사는 그렇게 판단했다.

나머지는 그 위대한 일격이 어디에도 기록되지 않고 누구도 기록하지 않은 것이 되느냐 마느냐, 결말을 의탁받은 자신이 증명하는 것뿐이다.

「_____.」

떨어지는 종언 너머에서 천상으로 오르는 용사와 용의 눈이 마주쳤다.

용의 눈빛이 일렁이는 것을 본 용사의 입가에 웃음이 맺혔다. 상황에 맞지 않을 만큼 부드러운 웃음은 금세 호전적이고 사나운 맹호의 표정으로 덧칠되었다.

"주먹을, 갈겨 주마."

있는 힘껏, 봐주는 것 없이 처박겠다. 그것을 처박고, 그런 다음에———.

"니 얘기를 들어주겠어. 대장과 다른 사람이 이 어르신에게 그래 줬듯이."

솟구친 은빛의 굳센 팔이 원뿔 모양을 한 파멸의 먹구름과 충돌했다.

찰나, 접힌 천공과 뒤틀린 먹구름이 소리 없는 폭발이 되어 세계를 집어삼켰다.

"———."

충돌의 결과는 소리가 사라진 세계에 야기되었다.

그것이 어떤 결말을 맞이했는지는 깜빡이는 것 같은 빛 뒤에 그려지리라.

다만 충돌 뒤에 생긴 하늘은, 자욱하던 먹구름이 지워진 하늘은 파랗다.

과거, 혼자뿐이라 고독하던 용인에게 이름을 준 『비룡 기수』. 그가 사랑하듯이, 아끼듯이 몇 번이고 만지던 머리색과 같이 하늘색이 펼쳐질 뿐이었다.

막간 『아라키아』

1

　——누가 시켰기 때문이 아니다. 아라키아가 그것을 입 안에 머금은 것은.

　꿀럭꿀럭, 피가 흐르는 소리가 아픔으로 변해 밀어닥친다.
　싸움 도중부터도 여전히 빠르게 뛰는 심장 고동, 심장이 뛸 때마다 영혼에 직접 못을 박는 듯한 충격이 온몸을 관통하지만, 그것이 도리어 아라키아의 마음을 편하게 해 주었다.
　심장이 피를 보내는 것을 보니 아직 자신은 인간 형태를 하고 있나 보다.
　설령 그것이 오차 같은 사소한 안식에 불과하다 해도 아라키아 자신이 휘저어지며 영혼이 흩어지지 않기 위해서는 필요했다.
　——『정령 포식자』라는 특이한 존재는 이 세계에 아라키아밖에 현존하지 않는다.
　연구자라기보다 이상자라고 할 만한 이들의 망집 끝에 만들어진 그녀는, 누구와도 이해를 나누지 못할 숙명 아래 유일무이한 존재로서 삶을 부지해 왔다.

아라키아는 희박해진 자아를 굳이 유지하기 위해 자신에게 소중하다고 여기는 '기둥'의 존재만을 인연 삼아 정령을 포식하고 힘 있는 자의 역할을 완수했다.

그러면 된다고 생각했었다.

그래서는 안 된다는 것을 '기둥'을 잃고 나서야 비로소 알았다.

알아 봤자 뒤늦은 일이라고 자아가 붕괴하고 자신이 흡수한 정령에게 영혼이 덧칠된다. 그것이 '기둥'을 잃은 『정령 포식자』의 본래 결말이다.

그러나 아라키아는 그렇게 되지 않았다. 거기에는 두 가지 요인이 있을 수 있다.

하나는 아라키아의 '기둥'으로 삼은 존재가 생이별한 정도로는 놓치지 않을 만큼 눈부신 태양 같은 인물이었다는 점.

그리고 다른 하나는, 아라키아는 절대로 인정하기 싫어하는 이유———. '기둥'과 떨어져 버린 이후의 나날, 아라키아가 아라키아임을 강하게 의식시키는 천둥이 끊임없이 그녀의 영혼이 떨리게 하며 열등감을 깨우쳐서 그 자아를 자극해 왔기 때문이다.

눈부신 태양이 비추고 시끄러운 천둥이 야단을 떨어 아라키아는 자신의 영혼을 유지했다.

"이쪽은 이렇게 결론짓겠습니다만, 자각은 있으신지 여쭈고 싶군요."

"아니······."

그것은 아라키아의 서열이 오르바르트를 추월해 제2위로 승격했을 때의 일이다.

치샤는 영리하고 이야기도 알기 쉽다. 그러나 『정령 포식자』에 관해서 남아 있던 문헌을 뒤졌다는 그의 견해는 아라키아에게는 받아들이기 어려운 내용이었다.

아라키아 본인부터 『정령 포식자』인 자신에 대해서는 감각적으로밖에 알지 못했지만, 그래도 자신의 전부는 프리스카로 이루어진 것이라고 믿고 싶었다.

그 절실한 소원을, 하필이면 그거냐 싶은 성분으로 희석되고 싶지 않다.

애초에──.

"왜…… 그 얘기를 한 거야?"

그렇게 의문을 표한 대로 치샤가 그런 화제를 꺼낸 것 자체가 놀라웠다.

아라키아의 '기둥' 인 프리스카──. 그녀를 『선제의 의식』에서 예외적으로 눈감아 주어 산 채로 국외로 내보낸 것은, 볼라키아 제국에서도 비밀 중의 비밀.

당시 그 추방에 관여한 아라키아와 치샤는 알고 있는 게 당연하지만 다른 누가 들을까 하여 몇 년씩 입에 올리지 않던 화제다.

그런데 어째서 치샤는 이때에 이르러 그 이야기를 꺼냈는가.

"당신이 여리고 덧없이 사라지는 존재인지 여부를 알고 싶어서 그렇지요. 언젠가 올 큰 싸움의 머릿수로 당신을 꼽아도 될지 여부를."

"의미불명……. 나는, 『구신장』이니까."

치샤와 빈센트가 예측하는, 반란 및 모반의 진압에 차출되는 것은 당연하다.

그러나 아라키아의 답에 치샤는 눈꼬리를 내리며 보기 드문 표정을 지었다. 거의 언제나 어이없는 표정이나 무표정만을 짓는 치샤의, 좀처럼 볼 수 없는 미소다.

그 미소로 아라키아의 허를 찌르며 치샤는 말을 이었다.

"당신이 생각하는 싸움보다도 조금 더 큰 것이 될 것 같아서 말입니다. 당신이 진심으로 각하를 섬기며 이쪽을 아군이라 여기는 것이 아님은 알고 있는 바."

"————."

"알고는 있어도, 부정하지 않으면 다소 상처를 받는군요."

"공주님을 위해서…… 나는 사라지지 않아."

아라키아는 이마에 손을 짚은 치샤의 반응은 언급하지 않고 자신의 안대를 매만지며 그리 대답했다.

자신이 자신인 이유, 아라키아라는 영혼의 답은 분명히 있다. 치샤가 걱정하는 일은 일어나지 않는다. 치샤를 안심시키기 위해서는 아니지만, 그렇게 말했다.

"그리고 그 일하고 세실스는 관계없어."

"후. 어디까지나 이쪽의 추론이니까 말입니다. 기어이 다르다는 인정을 받고 싶다면 한 번쯤 세실스에게 이겨 보셨으면 할 따름입니다."

"어라라라라? 지금 제 얘기 안 했어요? 뭔데요, 뭐, 아냐와 치샤 둘이서 절 따돌리다니 성격 고약한 짓 하지 마세요. 혹시 그건

가요? 질리지 않고 연패 기록을 경신하고 있는 아냐의 희박한 승산에 관한 상담이에요?"

"세실스, 죽어."

결국 직후에 시작된 세실스와의 충돌에서 덤터기 쓰기 싫어한 치샤가 도망쳤기에 그 이상의 이야기는 들을 수 없었다.

그 후, 치샤와 뒷이야기를 한 기억도 없다. ──다만 멍하니 생각했다.

아라키아도 치샤와의 관계가 오래되었다.

프리스카와 생이별한 『선제의 의식』 때부터의 관계로, 아라키아는 프리스카와 생이별한 이유에 깊이 관여한 치샤를 용서하지 못하고 있다.

하지만 치샤는 아라키아에게 글자를 읽고 쓰는 법의 기초를 가르쳐 주었다. 그에게는 빚을 졌다. 그 빌린 몫만큼 치샤가 바란 싸움을 해도 좋다고는 생각했다.

그렇기에 치샤가 이야기하던 다가올 큰 싸움이 언제 오는지 듣고 싶었다.

──아니면 이것도 프리스카 말고 다른 이유라는 셈이 되고 마는 것일까?

세실스는 싫다. 빈센트는 감정이 복잡하지만 프리스카 일이 있기에 용서 못하는 쪽에 가깝다고 본다. 오르바르트는 농담이 재미있다. 고즈는 얼굴이 재미있다. 그루비는 입은 못 됐지만 잘 챙겨 주고, 모그로는 싫은 티를 내지 않고 이야기를 들어준다. 요르나는 어색하지만 왠지 모르게 싫어할 수 없었다. 발로이는 가끔 비룡에 태워 주고, 마델린과는 서로 얼굴을 맞대지 않게 했던 것 같다. 토드에게는, 감사하고 있었다.

——그 모든 것도 프리스카 말고 다른 이유라는 셈이 되고 마는 것일까?

"————."

뿔뿔이 조각날 것 같아서, 갈기갈기 찢길 것 같아서, 떠올리는 족족 자신이라는 존재가 사라지는 감각이 있어서 아라키아는 『아라키아』를 긁어모았다.

그러지 않으면 자신이라는 존재가 사라져 버리니까——가 아니다.

"——주, 님."

그러지 않으면 자기 안에 터질 듯이 날뛰는 그것을 억누를 수 없어진다.

그것은 터무니없이 커다란 존재였다. 그것은 믿을 수 없을 만큼 무거운 존재였다. 그것은 견디기 어려울 만큼 일그러진 존재였다. 그것은 내버려 두면 제국을 멸망시키는 존재였다.

그것을 자신이 억누르지 않으면, '기둥' —— 프리스카를, 지킬 수 없다.

그렇기에 아라키아는 누가 시킨 것도 아닌데 그것을 입에 머금었다.

비교도 되지 않게 가녀리고 작은 자신의 몸 안에 거대한 『석괴(石塊)』를 흡수했다.

『마녀』를 자칭한 괴물에게 이 존재를 이용당해 제국을 멸망시키게 두어선 안 된다.

그 때문에——.

'짐작건대 뭔가 안 좋은 거라도 입에 댔나요. ——당신은 정말 손이 많이 가네요.'

시끄러운 천둥이, 갈가리 찢기는 영혼을 이어 붙이는 착각.

그 뇌운 같은 통증과 상실에 시달리며 아라키아는 『아라키아』를 긁어모으고, 긁어모으고, 긁어모아서 휘저은 존재의 무산에 계속 저항한다.

저항하며 참아낸다. ——소멸하려는 영혼에 걸고 유일한 가능성을 고대하며.

2

헤아리는 것도 싫어지지만, 헤아리는 것은 버릇이 되었다.

일부러 자세한 숫자를 기억함으로써 직면한 현실을 왜소화할 수 있다—— 같은 영리한 이야기가 아니다. 그런 정신론 빼고 정말로 그냥 버릇이 되었을 뿐이다.

그 버릇이 헤아렸다. ——이걸로 191회째라고.

"스스로 생각해도 너무 평범한 인종이라 지긋지긋해져……."

알은 열이 맺히고 흐르는 땀이 투구 안을 적시는 것을 느끼며 중얼거렸다.

용해된 제2정점을 무대로 자리에 어울리지 않는 단역의 발악은 이어지고 있다. 일대는 시시각각 지옥으로 바뀌었으며 그 환경의 격변에 사람에게서 비롯한 것들은 적응하지 못했다.

나무들과 건물은 불타고 모래와 가로는 녹기 시작한다. 청룡도를 쥔 손바닥은 화상을 입고 두른 의류도 언제 불이 붙을지 알 수 없다. ──실제 불덩이가 된 것도 한두 번이 아니다.

하지만 그런 이차원으로 화한 세계에서도──.

"타타타타타타타타타타타타타타──!!"

맹렬히 부글부글 거품을 내며 끓어오르는 마그마 위를 주파하며, 번갯불로 착각할 속도의 명배우가 대활극을 펼친다.

깊이 있는 짙은 파란색 산발을 나부끼고 눈에 선명한 분홍색 기모노를 휘날리면서 달리는 것은 이 세계의 주연배우라고 자부하는 세실스 세그문트였다.

"차앗!"

어린이 특유의 높은 목소리를 구령 삼아 세실스의 몸이 대각선으로 뛰었다.

발을 내디딘 찰나, 직전까지 있던 지면이 부풀어 오르다 내부에서 폭발을 일으켰다. 그 폭풍조차도 아군 삼아서 사출된 세실스가 공중에서 몸을 틀었다. 그대로 번갯불의 발차기가 허공에 있는 은발의 견인족(개 아인족)── 아라키아에게 날아간다.

"아, 으."

보석처럼 붉은 눈에서 피눈물을 흘리는 아라키아, 희미하게 신음하는 그녀의 몸통에 세실스의 밑창이 타들어 간 짚신이 육박하고, 육박하고, 육박하여── 임팩트 순간, 하늘에 큰 소리가 터졌다.

"~~~으으!!"

직후, 날아올랐을 때 이상의 속도로 내리꽂힌 세실스의 작은 몸이 가로에 튕겼다. 비명을 꾹 참으며 고개를 들자 한 박자 늦게 어린아이의 동안이 피를 뿜었다.

"완벽히 맞춰 주게 되었네요."

세실스가 이마에서 흐르는 피를 혀로 핥고 고스란히 격추당한 사실을 받아들였다.

거기에 놀란 기색은 없다. 왜냐하면 질풍신뢰는 이미 십여 회 요격을 당했기에. 그 기색은 급속히, 그것도 심각하게 악화되고 있었다.

"아라키아 아가씨가 위험해."

개입할 틈을 엿보던 알은 공간을 일그러뜨리고 부유하는 아라키아를 보았다.

아라키아의 모습은 불과 십여 초 전보다 이형화가 더욱 진행되어 가녀린 소녀의 몸 내부에서 뚫고 나오려는 듯 여러 개의 마정석이 돋아나 있었다.

아라키아의 팔과 등에서 난 그것은 멀리서 보면 천사의 날개처럼 보이기도 했다.

그러나 그 실태는 아라키아가 흡수한 너무나 큰 존재가 자신을 가두는 소녀의 몸을 물어뜯으며 넘쳐 나오려는 참상일 뿐이었다.

"빌어먹을."

서서히 힘에 침식되어 이형화가 진행되는 아라키아의 모습에 알은 욕설을 뱉었다.

자신의 바람을 이루기 위한 가능성을 밖에서 구하는 기분은 이해한다. 하지만 자기 분수에 맞지 않은 존재로 메꾸려고 하면, 운명은 그렇게까지 해서 지키고 싶던 것에 적의를 드러낸다. ──가장 잔혹한 결말을 준비하는, 그런 구조가 있는 것이다.

　──당초, 아라키아와의 싸움을 우세로 진행하던 것은 세실스 쪽이었다.

　제2정점을 날려 버리고 그대로 제도를 통째로 지워 버릴지도 모를 위험물로 화한 아라키아를 잡아 두고자 세실스는 일부러 가시 돋친 적의로 그녀의 주의를 끌었다.

　분명히 말해 알보다 한두 단계도 아니라 열 단계를 훌쩍 넘는 초월자들의 싸움이다.

　알이 있어 봤자 개입할 여지는 거의 없었지만 그래도 200번에 육박하는 시행착오 중에 두 번은 세실스의 손발이 날아가는 것을 저지할 수 있었다.

　그 사이에도 아라키아는 한없이 물을 따르는 컵을 든 것처럼 넘치는 물을 무작위로 뿌리며 알과 세실스의 생명을 크게 위태롭게 했다.

　하지만 그것이 반복될 뿐이라면 영역이라는 반칙을 쓰고 있는 알은 물론, 섭리 밖의 존재로서 뛰어다니는 세실스를 잡아내는 것은 영원히 불가능했으리라.

　그러나 상황은 변했다.

　앞서 말한 아라키아의 이형화가 진행되는 즉시 전투법이 변화했기 때문이다.

"온다!"

들뜬 감조차 느껴지는 목소리를 터트리며 피를 닦은 세실스의 두 눈이 빛났다.

찰나, 세실스 주위의 공간이 일그러지고 사방에서 튀어나온 뒤틀린 돌기둥이 구렁이처럼 소년에게 덤벼들었다. 사납게 물어뜯으려는 돌기둥을 몸을 숙이고, 뒤로 뛰고, 틀어서 피하면서 땅을 박차는 세실스의 속도가 한순간에 톱 스피드에 이른다.

하지만 피눈물을 흘리는 아라키아의 맹공은 번갯불을 놓치지 않는다.

땅을 박차고 가속하는 세실스의 진로에 놓인 지면이 뒤집히더니 돌과 흙으로 이루어진 거대한 팔이 순식간에 백 가까이 생겨나서 소년을 쥐어 터트리고자 일제히 붙잡으려 들었다.

"안됐지만 무대의 배우는 접촉 엄금!"

가벼운 대답, 파도처럼 밀어닥치는 인공 팔을 발판 삼아 도약, 공중으로 쫓아오는 팔을 계단처럼 달려 올라간 세실스는 다시 공중의 아라키아에게 육박하는 번갯불이 되었다.

하지만——.

"망했다——!"

스치기만 해도 알을 폭산시킨 실적이 있는 거암의 주먹을 짚신 바닥으로 받아 온몸의 탄성을 구사해 충격을 죽이고, 기세만 얻어 날았던 세실스가 소리쳤다.

탄도 미사일 같은 기세로 아라키아에게 돌진하는 세실스. 그 사선상에 하얀 빛이 생성되고 공중에서 도망칠 곳 없는 세실스가 스스로 빛에 뛰어들어──.

"우오오오오!"

부르짖는 알이 청룡도를 쳐들어서 세실스가 빛에 뛰어들기 전에 칼날을 후려쳤다.

다음 순간, 청룡도의 직격을 맞은 빛이 한순간 세게 깜빡이다가 접근한 알의 몸을, 육박하던 세실스의 몸을 집어삼켜 날려 버리고──.

× × ×

"망했다──!"

거암의 주먹이 휘두른 기세를 훔친 세실스가 탄도 미사일처럼 날아가며 소리쳤다.

그 외침이 터지는 것보다 먼저, 알은 청룡도 끝을 아무것도 없는 공중에 겨누고──.

"도나!"

아라키아와 비교하면 달과 코딱지만큼 차이가 나는 마법이지만, 생성된 탄환은 하늘을 달려 막 생성된 파멸의 빛의 기선을 제압했다.

한순간의 섬광이 투구 너머로 알의 눈을 태우지만, 빛은 알의 생명도, 세실스의 생명도 죽이지 못했다.

"알 씨, 좀 하시네!!"

그 구사일생의 감개조차 가볍게 수용한 세실스가 일직선으로 아라키아에게 돌격했다.

치켜든 오른손의 수도, 어중간한 명도조차 능가할 만큼 괴물급으로 날카로운 그것이 일섬, 마정석의 날개가 난 아라키아를 사선으로 충격이 때린다──.

"헉!"

순간, 알은 과장 빼고 천둥이 울리며 하늘을 갈라지는 광경을 환시했다.

실제로 그것은 착각이 아니고 세실스가 지른 수도의 충격파가 등 뒤로 관통해 그 너머에 있던 쓰러지기 직전의 건물군에 마무리를 지어 일대를 붕괴로 이끌었다.

하지만, 그래도, 중요한, 수도를 맞은 아라키아는.

"────."

희번덕거리며 핏빛으로 물든 눈이 움직이고 바로 코앞에 있는 세실스를 들여다본다.

그 이마에 강렬한 수도를 맞았음에도 불구하고 허공에 있는 몸을 미동도 하지 않았던 아라키아는, 답례라는 듯이 그 마정석으로 이루어진 날개를 번쩍 올리고──.

"────."

얇은 입술이 희미한 소리를 엮은 직후에, 일격이 세실스를 치명적으로 쑤시고 지나갔다.

3

──시시각각 시간이 흐르고, 경과하고, 지나가며, 『아라키아』가 사라져 간다.

아라키아는 서서히 존재를, 영혼이 있을 곳을 덧칠되는 감각을 맛보며 아픔과 고통 속에 열심히 자신의 눈부신 태양을 떠올리려고 했다.

감당할 수 없는 존재였다. 많은 희생 끝에 만들어졌음에도 불구하고, 만들어진 후 어찌 될지에는 무관심하여, 갈 곳 없는 위험물 그 자체로서 삶을 얻었다.

쓸 곳도, 올바른 취급 방법도 모르는 두렵기만 할 뿐인 존재를, 그녀는 태연히 자기가 걷는 인생 옆에 세우더니 따라오라고 당당히 단언했다.

그, 완성된 웅대함에 대체 어떻게 거역할 수가 있었을까.

반항심일랑 싹틀 리 없었다. 그녀는 아라키아가 옳다고 생각하는 것의 상징이며 그녀가 존재해 주는 것이 아라키아가 태어난 의미다.

그 빛을 잃지 않도록, 그 빛이 아름답다고 생각하는 것을 흘리지 않도록, 필요하다고 생각하면 옆을 떠나는 것조차 감수해 몸이 찢기는 기분에도 견뎠다.

견디고 견디고 견뎌내서, 그다음에 또 태양이 뜨기를 믿을 수 있었기 때문이다.

그, 내일의 새벽을 지킬 수 있다면 뜨는 해의 빛을 자신이 받지 못해도 상관없다.

무작정 아우성치며 손에 들어오지 않는다고 떼를 쓰다가, 다름 아닌 태양에게서 실망의 눈길을 받고서야 비로소 다다른 결론.

태양에 버림받았다고 생각했다. 태양은 이제 자신을 비추지 않을 거라 생각했다.

그러나 그 제도 결전에서 마주하며 흐느끼는 아라키아에게 『양검』을 겨눈 태양── 프리스카는 그 진홍의 보검으로 아라키아를 베지 않았다.

그 후, 나타난 『대재앙』의 종복에게 포위당했을 때도 도망치려고 마음먹으면 도망칠 수 있었을 터다. 하지만 그녀는 아라키아의 무사와 맞바꾸어 잡히는 쪽을 택했다.

태양은 아라키아를 버리지 않았었다. 태양은 다시 세상을 비추어 주었다.

──프리스카 베네딕트. 볼라키아 제국의, 저물고, 다시 떠오르는 태양의 상징.

그녀를 생각하면 아라키아는 『아라키아』인 채로 있을 수 있다. 자신이라는 그릇을 깨고 태양이 비추기 시작하는 대지를 없애 버릴 위협을, 막아 세울 수 있다.

그렇게 파멸의 시간을 연장하고 있는 아라키아의 몸에서 『석괴』 또한 저항을 거듭하고 있다.

몇백 년이나 되는 긴 시간을 정체하며 지내고, 자신의 힘 일부가 인간 사이의 분쟁에 이용되더라도, 혹은 인간의 영위를 풍요롭게 하는 데에 활용하든 개의치 않는 대정령. ──그것은, 아라키아라는 여린 그릇에 들어감으로써 본래 알 수 없던 파멸을 알았다.

그것을, 『석괴』에게 가르치는 것이야말로 아라키아가 거듭한 저항의 진의다.

"＿＿＿＿."

누군가가, 누군가가 아라키아의 모습을 한 대정령을 막기 위해서 싸우고 있다.

그 누군가가 다소나마 아라키아의 힘을 소모시켜 주기에 『아라키아』를 잃는 데에 제동이 걸린 것이라고도 생각한다.

하지만 부족하다. 약화시키기만 해서는, 틀어막기만 해서는 부족하다.

『대재앙』의 목적을 방해하기 위해서 아라키아는 그것을 입에 머금었다.

무슨 짓을 당해도 가만히 있는 대정령은 아라키아에게 흡수당함으로써 자신을 상실하는 것에 대한 두려움을 알았다.

이제 앞으로 한 걸음만 남았다. 한 걸음만 더 가면 대정령은 이해한다.

『아라키아』가 살기 위해서는 태양이 필요하다.

그리고 『아라키아』를 살리기 위해 필요한 것이다. ──천둥이.

누군가가, 누군가가 아라키아를 막기 위해서 저항하는 것을 느낀다.

부족하다. 그 누군가로는 부족하다. 필요한 것이 누구인지는 알고 있다.

그러니까 아라키아는 터질 것 같은 와중에도 고대한다.

──천둥이, 진짜 천둥이 울려 퍼지기를 고대한다.

4

"죽여 줘, 세실스."

그렇게 들린 순간, 어이없게도 사고가 멈추고 말았다.

혼신의 수도를 후려치고 그것이 상대에게 전혀 통하지 않았다고 짐작한 직후, 피눈물을 흘리는 아름다운 소녀는 울면서 가냘픈 목소리로 애원한 것이다.

"_____."

그 직후, 그 중얼거림을 수용하는 것보다 먼저 세실스의 가슴이 강렬한 일격을 맞았다.

소녀의 팔은 가늘지만 빼곡히 난 마정석의 예리함 때문에 칼날이나 마찬가지. 가엾은 세실스의 얄팍한 가슴팍은 끔찍하게 갈라지고 아끼는 기모노를 피로 물들이며 낙하한다.

아픔, 있다. 실수했다는 실감, 있다. 대 핀치의 조짐, 충분하고도 남게 있다.

그러나 깊숙이 갈라진 상처보다, 하늘에 꼬리를 끌고 있는 피보다, 멀어지는 소녀의 애처로운 눈과 얼굴, 무엇보다 들은 말에서 눈을 뗄 수 없다——.

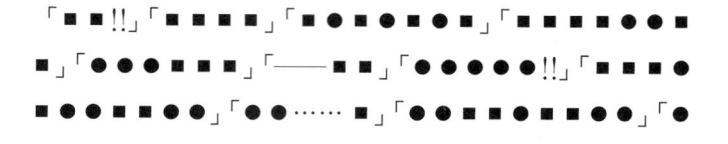

「■ ■!!」「■ ■ ■ ■」「■ ● ● ● ● ■」「■ ■ ■ ● ● ■
■」「● ● ● ■ ■ ■」「── ■ ■」「● ● ● ● ●!!」「■ ■ ■ ●
■ ● ● ■ ■ ● ●」「● ● …… ■」「● ● ■ ■ ● ● ● ●」「●

■●■●■●■」「●●■■●●■■●──!」

"죄송하지만 정숙하길 부탁합니다!!"

그 순간, 세실스는 끊임없이 들리던 관객의 목소리에 강하게
호소했다.

여느 때라면 세실스는 관객의 목소리를 막으려는 짓을 하지 않
는다.

들리는 목소리를 자신의 모티베이션을 높이기 위한 분발 요소
로 삼고 말하는 대로 흘려들으며 늘 태연히 지내고 있다.

그것을, 막았다. 정적을, 아픔보다 번잡한 정적을 원했다.

"_____."

낙하하면서 세실스는 관객의 목소리가 들리지 않는 정적 속에
서 소녀를 하염없이 바라보았다.

피눈물을 흘리며 괴로워하고 슬픔을 호소하는 수단으로 세계
를 부수는 그녀는, 의미를 이루지 못하는 신음 소리 속에 드디어
자신의 소망을 섞었다.

그것이, 다름 아닌 자신의 이름이었다는 사실은 그야말로 주
연배우의 숙명이라고 할 수 있으리라.

그러나──.

"죽여 달란 소리는 그냥 못 넘기지."

아픔이나 놀람보다, 나온 대사 쪽이 받아들이기 어려워서 세
실스는 이를 깨물었다.

순간, 머리부터 지면에 낙하하는 몸의 무릎을 접고 반전, 위태

롭지 않게 착지한다. 그 착지를 노리고 떨어지는 돌기둥의 연쇄를 피하고 피하고 피해서, 날아서 지면을 발꿈치로 긁었다.

그리고 고개를 들었다.

"그건 저한테 한 말이 아니네요."

물론 이 상황에 이름이 불릴 세실스가 달리 있을 것 같지는 않다.

그러나 눈물을 흘린 그녀가 부르고, 바람을 의탁받은 것이 자신이 아님은 자~알 알겠다. ──그것이 공연히 화가 치밀었다.

중대 장면, 활극, 클라이맥스 신, 담당 회차, 뭐라고 표현하든 상관없다.

그런 순간, 그런 장면, 그런 활약처가 준비되어 거기서 불리는 세실스 세그문트가 자신이 아니어도 될 리가 없다.

따라서──.

"세실스! 너, 상처는……."

"결심했어요, 알 씨."

깊은 상처를 입어 피를 흘리는 세실스를 어째선지 자기 목에 청룡도를 댄 채 부른 알. 그 말에 대꾸하며, 세실스는 찢어진 기모노 옷자락을 뜯어서 끈 모양으로 만들어 산발이 된 자신의 파란 머리카락을 뒤로 묶었다.

그리고 웃으며, 울고 있는 소녀── 히로인을 올려다보고 장담했다.

"천상의 관람자도 굽어보시라. 세계가 어느 쪽을 선택하는지."

제6장 『세실스 세그문트』

1

──세실스 세그문트는 『별점쟁이』다.
이 서두는 이미 썼으므로 폐기하겠다.

──세실스 세그문트는 이 세계의 주연배우다.
이 사실은 이야기하기보다 보여 줌으로써 증명하고 있으므로
촌스럽다 하겠다.

──세실스 세그문트는 이 세상에 유일무이하다.
이 주장은 꼭 세실스에만 국한한 이야기가 아니므로 두통은 아
프단 식의 이야기다.

──세실스 세그문트는 세실스 세그문트다.
이 정의가 가장 와 닿으므로 이번 시작은 이것을 채용하겠다.
그러면──.

2

──세실스 세그문트는 세실스 세그문트다.

천지신명에 따라 이 사실은 결코 흔들리지 않는 세실스의 대전제다.

설령 자신의 몸에 무슨 일이 일어나든, 주위가 말하듯이 지금보다 훤칠한 신장에 용모 단정한 꽃다운 미청년인 어른 쪽 자신이 있다 해도 그것은 이미 비포어 세실스이며 지금 이 순간의 세실스는 나 자신밖에 존재하지 않는 것이다.

따라서 그것을 증명하겠다.

"천상의 관람자도 굽어보시라. 세계가 어느 쪽을 선택하는지를."

뜯은 옷자락으로 머리카락을 꾸욱 다 정리하고 빈 두 손으로 자신의 뺨을 세게 때린다.

세실스는 이런 식으로 기합을 넣는 행위를 좀처럼 하지 않지만, 관객이 배우의 변화를 기분 좋게 따라오기 위해서도 이런 묘사는 작극상 아주 중요하다.

그런 묘사를 한 뒤에 "그러고 보니." 하고 고개를 모로 꼬고 말했다.

"의외로 말을 순순히 듣네요, 여러분. 이제 환담을 재개하셔도 일절 상관없어요."

「●●■■▼●■●!」「▼■■──」「■■■■■!!」「▲■

■▲●●■▲●●▲▼■●▲■■●●●」「●■●●■
■■!」「──▲▼▲」「●●▲▼▲●●」「■●▲●■■●
●▲■●!●■●!▲▼■!」「●●■■■▼●■──」

그 즉시, 침묵을 강요받았던 관객들의 열광이 폭발하고, 세실
스는 그것들의 평상 운전에 속으로 옳지 옳지 끄덕이며 자신의
상태를 되찾았다.

평소부터 자신에게 못 박힌 그들에게 승인 욕구를 충족받고 있
는 세실스지만 저렇게 그들의 입을 막은 것은 처음이었다. 그들
도 깜짝 놀랐겠지만 본인도 놀랐다.

다만 그 사실도 참으로 유쾌하다. 조짐이 좋다는 건 바로 이것
이다.

"여하튼 얕잡아 본 상대가 다시 돌아보게 하러 갈 참이라서요."

그렇게 읊은 직후, 세실스의 안면을 빛의 일섬이 꿰뚫었다.

"세시──?!"

히죽 웃은 얼굴 중심을 꿰뚫린 세실스의 모습에 알이 외쳤다.

달려온 그는 세실스의 피해에 어째선지 자기 목에 댄 청룡도에
힘을 주려고 했다. 하지만 그 팔은 직전에 움직임을 멈추었다.

얼굴을 꿰뚫린 세실스의 잔상이 흐릿해지고 실상의 세실스가
그 팔을 잡아 세웠기 때문이다.

그리고 숨을 집어삼키는 알의 팔을 확 놓고──.

"조금 떨어지는 편이 전체를 보기 편해요."

그렇게 관극의 요령을 가르친 직후, 세실스의 잔상이 터지고

충격파가 번진다.

빛의 일섬이 공간을 가르고 뒤늦게 닿은 소리가 퍼지는 파괴를 쫓아가듯이 확대, 이미 원형을 남기지 않은 가로가 십여 미터에 걸쳐 둥그렇게 날아갔다.

"우으아아아아?!"

그 여파에 휘말려 날아가는 알의 비명이 길게 이어지지만, 폭심지에서 뛰쳐나온 세실스는 알 쪽을 보지 않았다. 보지 않아도 날아가는 방식도 구르는 방식도 알 수 있다. 왜냐하면 제일 볼 맛이 나는 날아가는 방식과 구르는 방식을 알아서 머리에 그렸으니까.

배우는 무대 곳곳까지 볼 수 없지만 무대 곳곳까지 알아야만 한다.

따라서 세실스는 주변 정보를 수집하는 감각──── 아니, 뇌내 공상 시야를 확대해 전장을 무대로 무대 효과를 자기 취향으로, 다시 말해 세계적으로 가장 돋보이게 연출한다.

"────────."

사선(死線)을 달리는 세실스의 머리 위에 부유하는 히로인의 이형화가 점점 진행된다.

세실스의 혼신을 다한 수도에도 꿈쩍하지 않은 히로인은, 가녀린 몸 전체에 마정석을 여러 줄기 돋은 상태로 빛나는 날개를 두른 환상적인 모습으로 변화해 있었다. 특히 눈길을 끄는 것은 그녀 주위에 떠올라 부드럽게 하늘을 어루만지고 있는 빛의 띠──── 얇고 납작한 마정석이다.

어떤 원리인지 불타는 시가지의 붉은색에 반사되는 마성(魔性)의 띠는, 바람에 나부끼는 얇은 비단 같은 궤도로 하늘을 유영하다가, 찰나, 세계를 종단하며 세실스에게 사출되었다.

조금 전, 알을 날려 버린 일격이 눈을 빛낸 세실스의 안면에 육박하고――.

"낼름. 과연 이건 이상한 맛. 뭐라고 할까 보석맛?"

찰나, 세실스는 쏙 내민 혀끝으로 얼굴 중심을 꿰뚫기 직전에 피한 띠의 맛을 확인했다. 혀끝의 감촉은 부드러운데도 딱딱해서, 그 맛은 말 그대로 보석에 가까웠다.

옛날에 사탕과 비슷해서 보석을 입에 넣었다가 실망했을 때와 완전히 똑같은 맛이다.

"보석으로 된 띠……. 그러고 보니 서반은 빛이니 불이니 날리다가 도중부터 돌기둥과 땅의 손발로 바뀌었죠. 보석도 그 연장선상이라는 뜻인가요……. 참으로 우아해서 제 취향! 좋은데요, 좋아요, 클라이맥스도가 높아져요!"

환히 빛나는 띠를 핥던 혀를 집어넣은 세실스가 기분의 고양에 가가대소.

이 중대 국면, 대승부의 장면에 상대하는 것이 날개의 날개옷을 두른 천녀라니 감탄스럽다. 하물며 앞선 뇌속(雷速)의 수도, 막힌 것은 그녀의 몸도 똑같이 변질되어 가고 있기 때문이다.

보석 중에는 철보다 딱딱한 물건도 있다나 뭐라나.

다시 말해, 세실스가 상대하는 히로인은――.

"금강석의 천녀!!"

떠오른 말을 그대로 출력한 직후, 천녀의 날개옷에서 금강석의 띠가 사출되었다.

번뜩임과 함께 세계를 저며 내면서 밀어닥치는 빛의 띠, 도합 열두 가닥이 세실스를 포개어 죽이려고 사방팔방십이방에서 덮쳐드는 시산혈해——. 넘을 수 있으면 어디 넘어 보라며 미쳐 날뛰는 열두 줄의 사선을 헤치고 헤치고 헤쳐나간다다다다다다다다——!

"여기서 상상력의 나래를 펼치기!"

쏟아지는 맹공은 그칠 기색이 없고, 얕지 않은 상처에서 피를 뿜으며 전부 무시.

전투 도중의 사고 가속은 눈부셔서 지금까지 펼친 대활극을 절찬 갈채 대환성. 그러나 이대로는 서서히 불리해지다가 지루해져서 모두 외면할 거라고, 세실스는 베스트 연출 플랜을 도출하기 위해서 온몸의 기능을 무대 주목을 우선하는 쪽으로 기어 체인지.

——맨 처음으로, 색을 식별하는 기능을 커트. 세계가 백과 흑으로 물들었다.

채색된 세계의 다채로움은 잃지만 흑백의 세계에는 흑백의 세계에서만 표현할 수 있는 사물의 본질이라는 장점이 있다.

——이어서, 소리를 분간하는 기능을 커트. 관객의 목소리도 자신의 심장 소리도, 닿는 것이 늦은 빛의 띠가 바람을 가르고 무대가 해체되는 소리도 몽땅 버려 둔다.

무음의 세계는 심심하지만 부자유를 만끽하는 풍류만이 낼 수 있는 맛이 있다. 이 환경이어야 깨달을 수 있는 묘(妙), 배우의 몸짓이나 얼굴 연기의 교묘함에 감동받는 기쁨이.

──더해서 아픔하고 맛하고 냄새하고, 그런 쪽 기능도 싹 커 트. 몸 쪽은 싸움에 몽땅 투자하고 머리 쪽을 번뜩이는 사고에 전 부 집중, 뇌내 공상 시야 극장의 개막이다.

"자."

거기서 한숨 돌리고 흑백의 세계──금강석의 띠가 가하는 맹 공을 피하는 중인 공간에서 세실스는 구경할 맛이 나게 분투하 는 자신을 말 그대로 부감(俯瞰)하고 있다.

사고의 가속을 공상적으로 표현하고 찰나를 연장하는 듯한 감 각. 그렇다고는 해도 이것도 만능이 아니다. 이야기는 움직여야 비로소 마음을 흔드는 법이다.

저 금강석의 히로인이 울면서 애원하기에 심히 화가 치민 세실 스이긴 하지만, 그 호소의 진의를 자기 편할 대로 어그러뜨려 슬 로 모션이지만 천천히 착실하게 진행하고 있는 이 상황을 움직 일 추진력을 얻어야 한다.

"_____."

무난히 생각하면 그녀는 세실스의 관계자일 것이다. 어쩌면 과하게 유명한 세실스를 일방적으로 알고 있는 코어한 팬일 가 능성도 있지만, 가령 그렇다 해도 이후의 사고에는 문제가 없으 므로 그 부분의 옳고 그름은 묻지 않겠다.

여기서 중요한 것은 그녀가 의식하는 세실스 세그문트라는 것 이 지금의 자신이 아니라 여러 가지로 시끄럽게 화제에 오르던 비포어 세실스라는 사실이다.

딴 사람이 들으면 어이없을 테고 실제로 슈바르츠나 탄자는 어이없어 했지만, 그 비포어 세실스의 이야기는 세실스의 흥미를 전혀 끌지 않았다.

무슨 말을 들어도 남의 말, 무슨 짓을 하든 우연히 닮은 사람, 무엇을 남기든 남의 떡.

그것이 세실스의 감각이며 따라서 분명히 세실스 안에서는 비포어와 애프터의 공존이 완료하고 있다. 아무래도 그것은 아무거나 주워 먹다가 컥컥거린 상태 아니냐는 의혹이 있는 히로인도 같은 감각인 듯하다.

히로인은, 비포어 세실스와 애프터 세실스를 동일시하고 있지 않다.

"그것 자체는 환영할 만한 일이고 '켜져라 얍' 해서 될 수 있는 게 아니므로 현재 상태로 이야기를 진행할 수밖에 없지만 말이죠!"

"어떻게 해야 할까요. 다른 존재라고 나누어 생각해 주는 거야 고마운데도 불구하고 필요하다고 여기는 게 지금 제가 아니라는 사실에는 분명하게 불만이 느껴져요."

끙끙 생각에 잠긴 세실스 옆에 불쑥 다른 세실스가 얼굴을 내밀었다.

지금, 비포어와 애프터 세실스는 별개라고 단언한 와중인데 여기서 어나더 세실스가 나오면 복잡하지만 말 상대가 있으면 일이 편한 것도 사실.

"뭐, 여기선 집중력이 고조되어 사고의 가속을 더욱 알기 쉽게 가시화한 결과라고 인식해 두죠. 그보다 지금은 히로인 얘기부터 합시다."

"히로인 얘기라기보다는 저 소녀에 대한 제 스탠스 얘기 같네요. 물론 보스나 탄자 씨를 보고 있으면 이야기상에서 중요 인물과 그 히로인의 관계가 그때까지 없던 케미스트리를 일으키는 것은 상상하기 어렵지 않습니다만."

"그렇단 말은 저와 저 소녀 사이에도 그런 케미스트리가?"

"글쎄요. 애초에 무슨 의도로 저 소녀를 히로인으로 결정했었던가요."

"분위기상."

"분위기상인가~."

"그래도 말이죠. 보스가 말하는 라이브감이라는 것은 우습게 볼 게 아니에요. 즉단즉결척수반사는 요컨대 직감에 의지한 인스피레이션이라는 뜻인데 많은 장면에서 저는 직감에 따라 해 왔잖아요."

"그건 확실히. 그렇단 말은 현재도 직감에 따른 결과인 것이니까 이다음도 직감에 따르는 게 베스트가 아닌지?"

"그런 느낌이 들기 시작했습니다. 그런데 그렇다면 그거네요. 제 직감은 지금 이 순간의 저라는 세실스 세그문트 말고 다른 것을 의지하는 게 어째 좀— 하고 여기고 있어요."

"과연. 하지만 저 소녀가 바라는 것은 지금의 제가 아니라는 얘기였죠. 요구받는 것은 비포어 세실스입니다만 그 이유는 애프터 세실스는 비포어 세실스라면 할 수 있을 일을 못 한다고 여기고 있기 때문인 게 아닐까요?"

"아, 그럼 지금의 제가 전의 저를 넘으면 해결되네요."

"이의 없음——!"

두 세실스가 함께 끄덕이고 서로가 납득이 가는 합의에 이르러 그대로 어느 쪽이 부감되고 있는 리얼 세실스에게 돌아갈지로 잠깐 말썽이 있었다.

여기에 어느 쪽이 진정한 세실스의 영혼인지를 결정하는 무익한 투쟁이 시작되고, 끝나서—— 직후에 리얼 세실스의 시간이 통상 속도로 움직이기 시작하고 천녀의 날개옷이 뿌린 열두 개의 금강석이 생성하는 사선(死線)에 대한 대처가 재개된다.

"느리게 보고 있었다 보니 체감 속도가 빠르다, 빨라, 빨라!"

춤추는 열두 가닥의 빛의 띠는 각각이 의사가 있는 것처럼 독립되어 일반적인 무기와는 다르게 생물처럼 불규칙한 궤도를 성립시키는 하드한 적이다.

그런 치사성이 높은 아름다운 보석군에 포위당했음에도 세실스는 생각했다.

"죽여 달라는 그 표현, 저 소녀 머릿속의 세실스라면 가능하다는 생각."

그것은 즉, 그녀의 머릿속에 있는 세실스라면 이 금강석의 포위망도 쉽사리 돌파해서 자신에게 당도한 끝에 멋지게 심장을 멎게 할 수 있다는 신뢰의 표명이다.

당연하지만 비포어 세실스를 넘을 작정인 애프터 세실스와 어나더 세실스가 융합을 이룩한 퍼펙트 세실스는 그 윗줄에 올라서는 것이 필수 조건——.

"맞히지 못하고 건드리지 못하는 비포어 제가 하지 않은 거라면 이렇게 하면?"

목 위를 노리는 광대(光帶), 몸통을 육박하는 광채, 발을 챈다기보다 발을 뜯어가는 것을 노리는 후리기. 그것들을 머리를 기울이고 몸을 틀고 왼발 오른발 순서대로 뛰어 피하고, 그 후에도 뒤로 몸을 젖히고 쭈그리고 무릎을 펴서 뛰어 올라 전탄 회피, 그 결과——.

"이야말로 빛의 실뜨기!"

독립된 열두 가닥의 띠를 아슬아슬하게 피하여 각각이 공중에서 서로 얽히게 유도, 멋진 그물코 모양으로 매듭을 만든 그것은 『도쿄 타워』가 된다.

검노고도에서 여기까지 오는 여행 중, 슈바르츠가 심심풀이로 선보인 실뜨기 중, 웬일로 탄자가 대놓고 감동하며 슈바르츠가 진지하게 멋쩍어하던 것을 재현했다.

물론 마나로 만들어진 금강석의 띠에 길이의 한도는 없어서 만들어진 매듭도 한 번 구성을 풀고 재구성되면 아무 일도 없던 것처럼 원상복구다.

이 행위에 전략적인 의미란 없다. 다만 얻었을 뿐이다. ——확신을.

"나는 나를 넘을 수 있어."

실물은 보지 못했다. 실제로 비교한 것도 아니다.

그러나 세실스가 머릿속에서 그리던 비포어 세실스는 이 『도쿄 타워』를 만들 수 없었다. 그 남자 안에는 『도쿄 타워』가 없으니까.

　그러므로 비포어 세실스라도 피했을지도 모르지만 피하는 것 이상의 멋진 장면을 만드는 데에는 성공했기에 그만큼 퍼펙트 세실스가 한 걸음 리드.

　확신 직후, 빛의 『도쿄 타워』가 예상대로 구성이 풀리고──── 예상과 다른 형태로 폭발을 일으켜 의도를 웃돌았다.

　"당신도 상당히 지기 싫어하네요!"

　여전히 색과 소리가 누락된 세계에서 세실스는 히로인의 오기를 칭찬했다.

　칭찬하자마자 수직 아래로부터 밀어닥치는 빛의 폭발────. 직격당하면 띠를 피한 몫이 허사가 될 위력, 공중에 있는 몸은 자유도가 지상보다 압도적으로 낮다.

　위험하다, 위험하네, 위험해서 위험하기에 불타올랐다. ──── 다시 공상 시야를 확대해 전신 기능의 기어 체인지를 감행.

　색각, 현상 유지. 청각, 현상 유지. 통각과 촉각을 재기동하고 그 즉시 솟구치는 고통을 이를 드러내는 웃음 뒤에 숨기고서 1초를 100분할하는 감각 속에 '열쇠'를 찾는다.

　그것이 있으면 각본을 다음 페이지로 넘길 수 있는 '열쇠'를.

　"찾았다."

　온몸의 가죽을 벗기고 신경을 드러내듯 감각을 퍼트리던 세실스의 쭉 뻗은 다리가 무언가에 닿았다. 그것은 상황에 쓸 만한 벽이나 건물이 아니다. 닿은 것은 세실스의 싸움에 말려들어 부서진 시가지로부터 날아오른 잔해 파편, 한 톨의 돌멩이다.

그것을, 발판 삼는다.

"쉬."

발바닥에 닿은 너무나 희미한 감촉을 발판 삼아 세실스의 몸이 공중에 뛰었다.

올라오는 무색의 파괴에 따라잡히지 않도록 세실스는 휘말려 올라간 나뭇조각이나 깨진 유리창, 심지어 큼직한 잿뭉치를 밟고 더욱 높이 달아났다.

어째서 할 수 있는가. 할 수 있으니까 할 수 있다고, 보는 사람에게 믿음을 준다.

갖가지 이치나 개념을 무시하고 하늘로 달아나는 세실스의 그것은 상식에 대한 폭거였다. 그것을 목격한 이는 기적이라고 부를지도 모르지만 세실스더러 말하라면 이 정도는 서두, 일상의 다양한 순간에 찾아오는, 세계를 꾸며 가는 기적의 한 줌에 불과하다.

그리고 기적을 계속 일으키다 보면――.

"애가 타서 현실이 적의를 드러내지."

부조리한 상승으로 광망(光芒)으로부터 달아나는 세실스, 그 도주의 옳고 그름이 결과로 나오기 전에 무색의 광망을 내부로부터 물어뜯으며 재구축된 빛의 띠가 하늘의 세실스에게 따라붙었다.

나선형으로 얽혀든 열두 가닥의 띠는 세실스를 향해 끝부분을 방사형으로 펼쳐 마치 식충식물의 꽃이 아름다운 꽃잎으로 날벌레를 잡아채듯 달려든다. 봉오리처럼 다물린 꽃잎, 금강석의 꽃에 삼켜지는 세실스에게 달아날 방도는 없다.

그것도 아마, 분명, 지금의 세실스가 아닌 세실스였다면.

"쿵." 하고 입으로 낸 소리를 백 배로 불리는 듯한 소리로 세실스가 박찬 하늘이 터졌다.

소리를 뒤에 버려 두고 뇌속으로 달리는 세실스는 공기에 벽이 있음을 알고 있다. 그 벽을 박차는 것은 간단하지 않지만, 활약 장면에서 실수하는 삼류 배우라고 얕보이는 것은 사절이다. 그것이 벼락치기라 해도 완벽하게 연기해야 주연배우.

──결과적으로 다물린 꽃잎을 뚫고서 낙뢰처럼 세실스가 지상에 꽂혔다.

그 대가로 오른쪽 무릎 아래가 보기에도 처참한 몰골이지만 상처 없이 승리를 거머쥐는 선드러진 모습도, 상처를 입으면서도 상대를 꺾는 처절한 모습도 그림이 된다는 의미로는 우열을 가리기 어려운 법. 이렇게 할 걸 저렇게 할 걸 하고 끝난 다음에 구시렁대는 것은 관객에게 실례, 우레 같은 박수를 받는 심경으로 피투성이 가슴을 쭉 펴고, 앞으로, 앞으로, 간다──.

"열 걸음."

눈어림으로 공중에 있는 히로인과의 거리를 재고, 구태여 피투성이 쪽인 다리로 내디딘다.

달리기 시작한 세실스를 노리고, 한 번은 다물렸던 봉오리가 다시 벌어지며 금강석의 꽃잎이 포자를 뿌리듯 쏟아지는 것을 큼직한 한 걸음으로 제친다.

"아홉 걸음."

세실스의 좌우 공간이 일그러지고 뒤틀린 그곳에서 돌기둥이 튀어나온다.

금강석의 띠 말고 다른 공격 수단이 여기서 재시동, 얄미운 조치에 이를 갈고 지면에 두었던 오른쪽 다리에 무리하고 험하고 무모한 요구를 강요해 가속, 좌우에서 튀어나오는 돌기둥 틈새를 뒷머리채만을 희생하며 빠져나가 공기만을 터트리게 만든다.

"여덟 걸음."

지면을 깨트리며 집만 한 크기의 여러 사각형——큐브형의 바윗덩이가 떠올라 투창의 소낙비인 양 공격을 쏟아 붓는다.

들어 올린 왼쪽 무릎을 뻗어 육박하는 돌창의 끝부분을 밟고는, 직격했다간 그대로 묘비로 쓸 수 있을 만큼 치명적인 그것을 발판 삼아 빗속으로 뛰어든다.

"일곱 걸음 여섯 걸음, 이하 생략!"

예측치 못한 사태에 임기응변, 걸음 수의 카운트를 리셋하고 퍼펙트 세실스를 거부하듯 구축된 돌기둥의 폭풍을 헤쳐 나가 무한하게 여겨지는 거리를 제로로 당긴다.

자신이 인정한, 자신에게 닿을 수 있는 세실스 말고는 다가올 수 없다고 맹위를 떨치는 히로인.

그 고집스럽고 완고한 히로인에게 지금의 자신이라도 닿아 보이겠노라 증명하려고 벼르는 세실스.

그것은 그야말로 세계 유수, 제국사에 남는 레벨의 위험하고 파멸적인 오기 경쟁이다.

세실스는 그 오기 경쟁을 제압하고 성취한다.

성취해서 어떻게 되느냐 같은 게 아니다. 성취하고 싶으니까 성취하는 것이지.

"두 걸음!!"

휘두른 두 손의 수도로 길을 막는 돌기둥을 날려 버리고, 차폐물에 가려져 있던 히로인까지의 거리를 대충 찍어서 계측. 뛰쳐나온 곳, 10미터가량 상공에서 그녀의 모습을 발견, 역시 내 직감이라고 뇌내 스탠딩 오베이션하며 사정거리에 잡는다.

"_____."

거기서, 분해와 재구성 과정을 거쳐 다시 열두 가닥의 금강석 띠가 막아섰다.

히로인은 돌기둥의 폭풍을 지나 자신을 올려다보는 세실스에게 빛의 띠를 다시 겨누었다. 순간, 사정거리를 크게 잡으며 펼쳐진 띠의 끝부분이 살짝 번뜩이고, 극히 얇은 그것을 더욱 나누어 열둘에서 스물넷, 스물넷에서 마흔여덟, 마흔여덟에서 아흔여섯, 아흔여섯에서 백아흔둘, 백아흔둘에서 삼백여든넷, 삼백여든넷에서──.

"~~~으."

세는 것도 어처구니없을 만큼 갈래를 나눈 빛의 띠가 허공을 아름답게 빛내며 폭포수처럼 떨어졌다.

좌우와 뒤, 퇴로가 되는 방향은 돌기둥이 메워서 무대는 불가피의 결계로 화했다. 길은 정면에만 있고 떨어지는 빛의 물방울은 맞기는커녕 스치기만 해도 치사, 필사.

——치사, 불가피, 치사, 불가피, 치사, 불가피, 치사, 불가피, 치사, 불가피, 치사, 불가피, 치사, 불가피, 치사, 불가피, 치사, 불가피, 치사, 불가피, 치사, 불가피.

"＿＿＿＿＿."

색도 소리도 없는 세계를 '죽음' 의 가능성이 가득 메운다.

피하기 어려운 '죽음' 이라는 운명을 앞두고 연거푸 쌓던 기적에 대해 상기한다.

오른쪽 다리는 무릎 아래가 붙어 있는 것이 기적, 너무 깊어서 심장이 보일 듯한 가슴의 상처로 움직이고 있는 것이 기적, 찢어진 기모노가 풀려서 꼴사나운 모습을 보이지 않은 것도 기적, 여전히 울고 있는 히로인의 모습에 오히려 의욕이 솟는 자신의 존재가 기적.

그리고—— 하늘로 뻗은 세실스의 손에 최고의 타이밍으로 소도구가 닿은 기적.

3

——1만 2천 2백 88회.

알이, 자신의 무대 위의 역할을 파악하느라 소비한 횟수다.

"＿＿＿＿＿."

자신의 머리카락을 묶은 세실스가 알로서는 알 수 없는 논리로 마음을 다잡은 직후, 싸움은 알의 개입을 코웃음 치는 영역으로 더욱 가속되고 말았다.

원래부터 자신이 할 수 있는 일은 거의 없음을 뻔히 알던 전장이다.

정의된 영역 안에서 200회 가까운 시행착오를 해도 개입에 성공한 기회는 고작 2회. 그 2회에 의미는 분명히 존재했지만 더욱 기어를 높인 싸움에서는 알이 개입할 기회라곤 단 한 번도 오지 않았다.

그 자리에 같이 있는 것만으로도 말려들어서 날아가 버린 게 2천 회 이상이다.

그러나 개입을 일절 포기하고 전장을 떠나는 선택지도 취할 수 없었다. 알이 아무 짓도 하지 않으면 세실스는 아라키아에게 닿기 전에 빛의 띠에 살해당한다.

바뀌지 않는 결과를 바꾸기 위해 알은 개입할 수 있는 여지를 찾다가──휘말려 들어 날아가길 거듭했다.

몇 번이고 몇 번이고, 몇백 번이고 몇천 번이고 반복하다가, 깨달았다.

위치 선정의 문제나 섣불리 주의를 끈 알이 벌레를 터는 정도의 감각으로 띠 한 가닥에 숯덩이가 된 적도 있지만, 세실스가 아라키아의 눈앞에 당도할 때까지 가까스로 지켜볼 수 있다면, 불가피의 공격에 노출된 세실스의 불가해한 움직임이 보였다.

──아라키아가 두른 빛의 띠가 절망적인 수로 갈래가 나뉘며 쏟아지기 직전, 세실스가 하늘을 향해 손을 뻗는 것이다.

"────."

처음에 알은 거기서 세실스가 혼신의 수도라도 지를 줄 알았다. 그러나 세실스의 오른손은 빛의 비가 쏟아지는 순간에도 움직일 낌새를 보이지 않았다.

그것이 수도가 아니라 다섯 손가락을 벌리고 있음을 깨달은 것은 몇백 회나 지난 다음이었다.

"———."

그것을 확인한 뒤에도 개입할 여지없이 시행 횟수는 무의미하게 쌓여 갔다.

초고속의 전투는 결과가 나올 때까지도 눈을 깜빡이듯 빨라서, 상황의 확인과 가능성의 검토, 떠오른 발상을 구체화하려는 사이에도 돌이킬 수 없는 패배가 가속도적으로 쌓였다.

그 사실 자체에 조바심은 없어도 그다음에 이르지 못하는 사실에는 초조감이 솟는다.

자신은 물러나아 할 곳에서 물러나기를 망설이다가 잘못된 외통수로 빠져든 것이 아니냐는, 그런 터무니없는 후회가 좀먹으며 그 감정째 숯덩이가 된다.

이만큼 알이 필사적인데도 문제의 세실스는 돌아보지도 않았다.

아라키아도 알을 거들떠 보지 않았다. 공연히 화가 치민다.

이것은 자신들 둘만의 싸움이라고, 몇천 번이나 걸쳐 폭력적인 수단으로 주장하고 있을 뿐 아니냐는 생각마저 든다. ——만약, 그게 아니라면?

"———."

그것은 느닷없이 머리에 스친 가능성이고, 알은 그것을 바로 고개를 저어 부정했다.

싹트려던 뜬금없는 발상, 그 발상이 발전할 조짐에는 몇 번 입회했지만, 모두 다 그 이상의 성과는 없이 파멸의 빛에 삼켜져 매번 사라져 갔다.

그러나 이때는 희한하게 종말을 건너 다음 재개의 시작까지 넘어왔다.

만약 그게 아니라면. ──만약 개입할 여지가 있다면.

"_____."

알은 싹튼 가능성에 철저하게 매달려 보기로 했다.

세실스가 온갖 공격을 피하고 아라키아 앞에 당도한다. 아라키아가 두른 찬란한 빛의 띠가 무수히 갈라지며 그것이 쏟아져서 빛이 세계를 집어삼키는 종막.

이 종막까지 남은 시간을 몇 번이고 몇 번이고 반복하고 반복해, 무슨 일이 일어나는지를 완전히 파악하기 위해서 계속 도전했다.

도중에, 세실스가 빛의 띠를 핥고 있음을 깨닫고 식겁.

도중에, 세실스가 아무것도 없는 공간을 박차고 나는 것을 깨닫고 식겁.

도중에, 실은 아무것도 없는 공간이 아니라 돌멩이나 잿뭉치를 박차고 있었음을 깨닫고 더욱 식겁.

그렇게 이해가 진행되고 진행되고 진행되며, 진행되다가, 고개를 쳐들었다.

세실스는, 어쩌면, 혹시—— 알이, 활약할 장면을 마련했을지도 모른다.

"_____."

무슨 기대를 하는 거냐며 알은 날아가면서도 아연실색했다.

요구의 허들이 워낙 높아서 '설마'와 '혹시'가 머릿속에서 춤추기 시작했다. 하지만 깨닫고 말았다. 떠오르고 말았다. 끌려나오고 말았다.

내려갈지 말지 망설이고 있는 무대 위는커녕 한복판으로——.

"_____."

그다음에 이어진 악전고투가 길었다. 아무도 이해하지 못한다. 받을 필요도 없다.

그 순간까지 살아남아, 그 순간까지 당도하여, 그 순간에 늦지 않으며, 그 순간에 개입해야만 한다.

그러기 위해서 악전에 고투를 거듭했다. 하지만 괜찮다. ——별의 개수만큼은 아니다.

그러니까——.

"가라고, 명배우."

하늘에 쳐든 세실스의 손에, 1만 2천 2백 89회째의 진실——던져진 청룡도의 칼자루가 굳게 굳게 잡혔다.

4

——과거, 『장물 창고』라는 건물이 있었다.

왕도 루그니카의 빈민가, 왕국이 오랜 세월 떠안은 부채의 상징인 장소로, 장물의 거래가 당당히 이루어지던 어둠이 깊은 곳이라 해도 된다.

　왕국의 운명을 가르는 중요한 물건을 둘러싼 싸움, 그 무대가 되기도 했던 장물 창고는 최종적으로 당대의 『검성』 라인하르트 반 아스트레아가 개입해 『창자사냥꾼』 엘자 그란힐테를 물리치는 과정에서 붕괴되는 운명을 걸었다.

　그때, 라인하르트가 휘두른 것은 아무 이름도 없는, 양산품 철검이었다.

　특별히 뛰어난 무기도 아니고 우연히 장물 창고에 있던 것을 라인하르트가 빌려 싸움에 썼을 뿐인 흔한 도검――. 그러나 그 한 자루는 『검성』 라인하르트의 손이 휘두름으로써 숱한 명검조차 도달할 수 없는 검격을 지를 기회를 얻었다.

　물론 범상한 검이 그 일섬에 견딜 수 있을 리 없기에 검은 라인하르트의 손아귀에서 즉시 허물어지며 형체 있는 사물로서의 생애를 마쳤다.

　그러나 부서진 검은 불행했을까.

　장물 창고의 한구석에 방치되어 몇십 년이나 먼지를 쓰며 폐기되는 종말과, 『검성』의 일격에 함께하다가 소멸하는 것, 어느 쪽이 검의 숙원이라고 할 수 있을까.

　이야기가 본론에서 새고 있으므로 궤도를 수정하겠다.

　짧게 말하면, 장물 창고라는 건물이 붕괴된 것은 흔해 빠진 고철이 검으로서의 숙원을 다할 수 있는 고수와 만나 휘둘러졌기 때문이다.

　그렇다면.

　『검성』이 그 결과를 이루었다면, 동격의 고수가 그러지 못할 이유도 없다.

　"멋진 일처리였어요, 알 씨."

　뻗은 손아귀의 감촉을 강하게 확인한 세실스는 기적을 일으킨 남자를 칭찬했다.

　인정하자, 단언하겠다. 이 순간, 세실스에게 청룡도를 던져 주는 것이 알의 입장에서 얼마나 큰 어려움이 따르는 행위인지 세실스는 상상도 가지 않는다.

　인간의 상상력은 무한대지만 무한에는 이를 수 있다는 경솔한 발상조차 주제가 넘는다.

　있는 것은 알아도 당도할 수가 없는 산의 정상 같은 것──. 그것이야말로 세실스가 목표로 하고 있는 『천검』과 다를 게 없는 몽환이다.

　그러나 알은 때를 맞추었다.

　어떤 방법을 썼는지, 세실스조차 상상할 수 없는 수단으로 고비를 넘어서 알은 세실스가 원하던 기적을 이 손아귀에 전달했다.

　훌륭하다, 훌륭하네, 훌륭하며 훌륭하고 훌륭하다는 말밖에 못 하겠어, 만점에 만세에 대갈채다.

　"＿＿＿＿."

　빛의 비가 세실스에게 회피 불능의 '죽음' 이 되어 쏟아진다.

세실스만한 배우쯤 되면 재미없게 죽는 모습보다 아름답게 별을 점점이 박는 식의 죽음을 관객이 바라는 기분도 이해하고 상황에 따라서는 그럴 수도 있을까 하는 생각이 없지도 않지만, 지금은 시기가 좋지 않다. 머리에 그린 폐막과도 다르다.

따라서——.

"그 엔딩은 다시 쓰겠습니다."

세실스는 어린아이의 몸에는 지나치게 큰 청룡도를 이 순간, 지금까지 몇천 몇만 몇억 번 휘두른 것 같은 숙련된 검술로 승화시켜 그었다.

처음으로 휘두르는 무기? NO다. ——세실스의 뇌내 극장 안에서는 이 청룡도를 피를 토하며 아침도 밤도 휘둘렀다는 공상의 실적이 있다. 다만 그 장면을 자세히 묘사하는 것은 세실스 입장에서 NG이므로 노력의 결과만을 뽑아왔다.

찰나, 청룡도의 한계를 넘은 뇌광의 일섬이 쏟아지는 빛의 비를 베어 지워 날렸다.

일섬에 지워진 것은 무수히 분열한 빛의 띠만이 아니다. 세실스의 좌우와 배면을 가리며 피할 곳을 막으려던 돌기둥의 밀림까지도 먼지처럼 날아갔다.

이 순간, 세실스 세그문트의 검격은 『정령 포식자』 아라키아를—— 아니, 볼라키아 제국의 대지 그 자체라고 할 수 있는 『석괴』 무스펠을 능가했다.

"————."

그리고 빛의 비가 그친 곳에서 세실스와 아라키아의 시선이 교차하고——.

"웃."

사출된 열세 번째 빛의 띠를 세실스가 목을 틀어 피했다. 오른
뺨에 스쳐 오른쪽 귀 아래 절반이 날아가고 뜯긴 목과 어깨에서
피가 증발하지만, 회피에 성공.

저 빛의 비 뒤에 아직 술수를 숨기고 있었다는 사실을 역시 만
만치 않다며 칭찬하고.

"한 걸음——."

남은 거리의 걸음 수 카운트를 재개, 왼쪽 다리로 땅을 박차 공
중에 오른다.

거기서 세실스의 벼락 같은 질주가 하늘의 아라키아에게 육박
하고자——.

"————."

순간, 피한 빛의 띠가 무색의 폭발을 일으켜 세실스의 머리가
폭풍에 얻어맞고 있었다.

5

「어이쿠?」

난데없이 저녁놀이 비치는 방 안에 우두커니 서 있던 세실스가
갸우뚱했다.

두리번거리지만 본 적이 없는 장소였다. 세실스는 쉽게 잊는
다고 정평이 났지만 뜻밖에도 눈으로 보았던 장소 및 사물은 잊

지 않는다.

어떤 시추에이션이나 소도구라도 쓸모가 있는 기회는 있을지 모른다. 무대 효과라는 것은 생각지도 못한 발생에서 태어나기도 하는 법이다.

「그런 제 인식으로 모르는 곳이기는 하네요. 그렇다기보다 애초에 이런 곳에 있는 것 자체가 조금 위화감이 열심히 일하고 있는데요.」

이곳을 본 기억이 없어도 직전에 무엇을 했었는지 잊을 만큼 소홀하지 않다.

세실스는 송장 인간투성이인 제도에서 흐느끼는 히로인에게 죽여 달라고 요구받았고, 그 때문에 화가 울컥 솟았기에 과거의 자신을 초월하리라 결의해 알의 청룡도를 가루로 만들었을 터다.

「거기서 끝난다면 제가 알 씨의 청룡도를 부순 것을 마음에 두다가 현실 도피한 것 같게 생각되네요. 아무리 그래도 그건……어차차.」

남의 물건을 부수면 세실스라도 가슴이 아프다. 하지만 물건에도 수명이나 천운이 있다. 기회가 오면 그것이 망가지는 것도 부득이한 법. 알의 청룡도는 그에 속하리라. 모든 게 다 뭉뚱그려 정리된 뒤, 슈바르츠에게나 변상해 달라고 부탁하면 그만이다.

그렇게 결론을 내렸을 즈음 방에 변화가 생겼다. ──석양이 비치는 창문 너머, 낯선 방의 입구가 열린 것이다.

그리고──.

"이야아, 좋긴 좋네요, 호출되는 기억이 없는 호출이라는 것은. 항상 호출될 때는 대개 혼날 건수지만 오늘은 그럴 걱정이 없고요!"

「아항, 옳거니.」

낄낄 웃으며 경쾌한 발걸음으로 방에 들어온 것은 파란 머리에 호리호리한 청년——. 분홍색 기모노를 두르고 짚신을 신은 인물을 본 기억은 없지만, 짚이는 구석은 있다.

훤칠한 팔다리에 부드러운 인상을 남긴 단정한 용모, 거울로 매일 확인하는 자기 얼굴과의 공통점, 이미 의심할 여지는 먼지만큼도 없다.

「어른 쪽 저네요. 그렇다면 이건 비포어 나의 기억?」

그 과거의 자신——『세실스』의 실존을 확인한 세실스는 상황을 추측했다.

그토록 곳곳에서 『푸른 뇌광』의 화제가 퍼지고 있었으니 없다고 의심하는 건 무리가 있었지만, 이렇게 정말로 커다란 자신을 보니 꽤 감동했다.

「흠흠, 좋지 않나요! 제법 이상적으로 컸네요! 돋보이는 부분은 여전하고 색기가 늘어서 남자다운 맛이 성장했어요!」

목격한 『세실스』의 모습에 대견하다고 홀딱 반한다.

마음가짐으로서는 지금의 세실스와 똑같이 자신이 이 세계의 주연배우라는 기개를 지니고 있을 테니까 심신을 최고의 상태로 유지하는 것은 당연한 일.

그 생각이 제대로 실천된 것 같다고, 그것 자체는 대환영이라고 평할 수밖에 없다.

「자, 그럼. 그런데 이렇게 성장한 나를 앞에 둔 것은 좋지만 다음 전개가 예측되지 않네요. 제가 저를 넘는다는 발상을 실현하기 위해 여기서 과거의 저와 칼부림에 돌입한다거나? 그렇게 여기려니 이쪽 저에겐 제가 보이지 않는 것 같은데…….」

한바탕 감동을 마친 세실스는 새삼 현재 상황에 의아해했다.

눈앞에서 손을 흔들어 보아도『세실스』는 이 자리에 있는 세실스의 존재를 눈치채지 못한다. 이 광경에 간섭할 수 없으면 이것이 의미하는 바는 무엇인가.

그 답은 제대로 상황의 진전과 함께 제시되었다.

"질책 여부에 관해선 그쪽이 자각하지 못했을 경우도 있으리라 생각되니, 짚이는 곳이 없답시고 안심하는 건 성급하지 않겠습니까."

이어서 들린 목소리는『세실스』보다 늦게 방에 들어온 인물의 것이었다.

그 인물은 열려 있던 문을 뒤로 돌린 손으로 닫더니 먼저 들어온『세실스』를 쳐다보고 날카로운 눈매를 가늘게 떴다. ──그것은 참으로 해괴한 외양의 인물이었다.

긴 백발에 하얀 얼굴, 두른 의상과 손에 든 지휘용 부채조차 하얗게 통일한 옷차림,『세실스』이상으로 호리호리하고 키가 큰 모습은 그림 동화에 등장하는 수상한 요괴로 보였다.

그 외양을 보건대 참으로 세실스 취향인 임팩트다.

"음. 그렇게 말을 꺼내는 걸 보니 제가 짚이는 데가 없을 뿐이지 역시 잔소리 맞나요? 그렇다면 저를 먼저 방에 들여보낸 건

실수였군요. 저 창문을 쨍그랑 깨고 밖으로 뛰쳐나가 성벽을 달려 내려가서 도망칠 뿐이라고요. 치샤."

"성의 병사가 놀라니 그런 기행은 삼가 주십사 합니다. 그리고 일단 오늘은 정말로 잔소리하려는 게 아닙니다. 그렇게 경계하지 않아도 상관없을 따름이지요."

"뭐예요, 놀래키지 마세요. 정말이지 치샤도 참 심보가 고약해라. 몇 년이 지나도 똑같네요, 그런 부분은."

"네, 웬일로 같은 의견이로군요."

『세실스』가 그 하얀 인물을 스스럼없이 치샤라고 불렀다.

그렇다면 이름이 치샤가 맞을 남자와 『세실스』는 자못 친해 보였다. 지금의 세실스에게 치샤와 만난 기억은 없지만 연 단위의 관계가 있는 것은 대화를 보건대 알 만하다.

겉보기 나이상 얼추 10년──. 세실스의 『푸른 뇌광』이란 이명이 퍼진 정도를 보아도 그 정도 연수가 타당하지 않을까 짐작했다.

「그렇게 되면 이 과거 회상도 현실에서 최근 1, 2년의 대화려나?」

그렇게 짚은 세실스는 사고를 더욱 진행하며 그에 따라 고개를 모로 꼬았다.

당연하지만 걸리는 부분은 이 과거가 보이는 이유와 어째서 이 과거를 보고 있느냐는 부분──. 후자는 몰라도 전자는 왠지 모르게 이해할 수 있다.

「작아진 것이 사실이라 치고 아마 작아지기 전의 기억은 봉인

되었을 뿐이지 사라져 없어진 것은 아니라고 생각한단 말이죠.」

작아졌을 때의 기억이 없기에 작아지는 메커니즘은 잘 모르겠지만, 세실스가 보낸 10년을 몽땅 없던 걸로 할 수는 없을 터다. 그럼에도 10년의 기억을 떠올리지 못하는 것은 육체와 정신이 상호 간에 영향을 주기 때문일 뿐이다.

세실스가 할 수 있다고 생각한 행위를 몸으로 실현하듯이, 몸 쪽이 줄어들었다고 증명되면 정신 쪽도 그에 따라 퇴행해야만 한다. ──아마 대충 그런 것이다.

그러므로 이 기억 자체는 잠들어 있을 뿐이지 세실스 안에 계속 있던 것이리라 생각한다. 생각하므로, 보이는 것 자체는 문제 없다.

문제는 역시 보는 이유 쪽이다.

「이거…… 내가 작아진 때의 기억 같단 말이죠.」

세실스가 그렇게 떫은 표정을 지은 것은 찜찜한 가능성에 생각이 미쳤기 때문이다.

세실스는 미경험이지만, 인간은 죽음에 임했을 때 다가오는 '죽음'에서 달아날 방법을 찾아 자기 인생의 기억을 거슬러 올라가 '죽음'을 부정할 수단과 재료를 찾으려고 한다나 보다.

눈앞의 광경이야말로 그 인생의 스파크인 것이 아닐까.

「이게 정말로 제가 작아지는 씬이라면, 그걸 보고 돌아갈 방법의 힌트를 잡아내어 상황을 타개하자 같은 전개 아녜요? 그거 무지무지 촌스럽지 않아요?」

자신을 넘어서겠다고 선언하고 눈물을 흘린 히로인에게 다다르고자 결사행을 감행, 조역인 알이 역할 이상으로 최고의 어시스트를 해 줬는데 자신은 초지일관에 실패한다.

「그런 건 싫어싫어싫어잉!」

하도 싫다 보니 바닥에 드러눕고 팔다리를 파닥거리며 떼를 써 봤다. 하지만 그러는 세실스의 저항은 『세실스』와 치샤의 대화를 막을 수 없었다.

드러누운 세실스를 방치하고 두 사람의 화제가 진행된다.

"뭔가 복잡한 표정을 짓고 있네요, 치샤."

"이것 참, 평소에는 별달리 남의 안색을 신경도 쓰지 않을 텐데·이럴 때만큼은 날카로운 부분이 이쪽이 당신을 성가시다고 여기는 이유입니다."

"하하하, 재미있는 소리를 하네요. 평소부터 제대로 주위 사람들의 안색도 보고 있어요. 보긴 해도 대개는 언급하지 않고 방치할 뿐이죠!"

"그러면 무엇 때문에 오늘은 그걸 언급한 겁니까?"

"친구가 힘들어 보이면 걱정하지 않아요? 비교적 평범하게."

"당신의 입으로 평범이라니 웃기는군요."

웃음 따위 한 톨도 띠지 않은 얼굴로 치샤가 대꾸하자 『세실스』가 입술을 삐죽였다.

그 모습을, 기억에게 무시받고 있는 세실스가 떼쓰기를 그만두고 책상다리로 앉아 올려다보았다. 친구라니, 스스로 말하는 것도 뭐하지만 자신에게 있다는 게 뜻밖의 극치였다.

슈바르츠나 탄자, 구스타프나 플레아데스 전단 사람들은 세실스에게 아군이어도 친구나 가족이 아니다. 그런 자신에게 친구라니.

그러나 그런 세실스의 감개가 어쨌든, 문득 아련한 눈빛을 띤 치샤가 "세실스." 하고 『세실스』를 불렀다.

"만약 이쪽과 각하가 의견이 어긋나 대립하면 어쩌시렵니까."

"각하와 치샤가? 대화로 풀 수 있는 거라면 대화하면 되고 대화한다고 어떻게 될 게 아니라면 자웅을 가를 수밖에 없지 않나요?"

"자웅을 가를 때, 당신은?"

"물론 각하 편이죠. 말할 필요도 없는 일이잖아요?"

기탄없이, 부담없이, 『세실스』는 어조를 바꾸지 않으며 담담히 대답했다. 그대로 그는 안쪽 책상에 폴짝 엉덩이를 올려 발을 지면에서 떼고 치샤를 보았다.

무릎 위에 턱을 괸 『세실스』는 파란 두 눈 중 한쪽을 감더니 말했다.

"빙빙 돌아가는 투에다가 불가해한 가정의 이야기……. 혹시 뭔가 저지를 셈이에요?"

"그렇지요. 커다란…… 커다란 싸움에 대비해야 하여서."

"'커다란 싸움'."

치샤의 한마디에 반응하는, 과거와 현재의 세실스의 발언이 겹쳤다.

『세실스』에게는 짚이는 데가 없을 듯한 이야기이고, 세실스도 이거라고 말할 수 있을 만큼 치샤를 알지 못한다. 그 말에 치샤는 뒷짐을 지고 창가까지 걸어가 말했다.

"무엇과 맞바꾼다 해도 꼭 이겨야 하는 싸움입니다. 하나 그 거대한 싸움에 임해서 이쪽과 각하의 의견이 어긋났습니다. 승리 조건의 설정부터 각하와는 의견이 맞지 않더군요. 합의할 여지도 보이지 않는 바입니다."

"치샤와 각하가 교섭에 실패하다니 웬일이래요. 웬일 정도가 아니라 아예 처음이지 않아요?"

"그런 것 같진 않군요. 종종 각하께 뜻을 밀어붙일 때가……."

"네. 그러니까 치샤 쪽이 각하를 설득하는 걸 포기한 게 처음 아녜요?"

"―――."

창밖의 경치를 바라보며 침묵하는 치샤의 등을 향해 『세실스』가 고개만 돌렸다. 치샤가 대답하지 않는 것은 『세실스』의 주장이 사실이기 때문이리라.

오랜 관계지만 저래 봬도 빈센트는 치샤에게 얼토당토않은 요구만 한다. 제국이 시작된 이후 첫 현제라는 평판은, 치샤의 피와 땀과 눈물 위에 성립된 것이다.

「끄응…….」

그렇게 생각한 순간, 세실스는 치샤를 잘 알고 있는 기분이 들기 시작했다.

화제에 오른 각하에 대해서도 어렴풋이 얼굴이 떠올랐다. 어쩐지 미간에 주름이 잡힌 얼굴이다. 얼굴은 뿌옇지만 미간의 주름은 특징적이라 주름이 본체 같다.

그 감각을 별로 환영할 수 없는 심경이지만 세실스는 『세실스』

와 치샤의 대화에 흥미가 솟아서 추이를 지켜보았다.

치샤와 각하── 빈센트가 교섭 실패. 그 뒤에──.

"이쪽은 이 건에 관해서 각하와 의견을 부딪칠 뜻이 없습니다. 각하께 의혹의 파편조차 품게 하지 않는 것이 절대 조건. 그걸 위해서……."

"제가 방해되는 거죠?"

조용히, 살짝 즐거운 듯이 『세실스』가 치샤의 등에 물었다. 그 말에 치샤는 말없이 뒤돌아서 하얀 몸을 내리쬐는 석양으로 주황색으로 물들이며 눈을 가늘게 떴다.

또다시 부정이 없다. 무언은, 침묵은 긍정이라는 증거다.

"각하와 치샤의 의견이 갈라져 대립하는 거라면 저는 반드시 각하 편에 붙습니다. 그건 저의 대전제이자 양보할 수 없는 검의 맹세예요."

"네, 그렇게 대답할 것은 아는 바입니다. 더해서 당신이 각하 편에 선다면 이쪽의 승산은 없는 거나 다름없지요. 설령 아라키아나 오르바르트 일장…… 아니요, 당신을 뺀 『구신장』을 전원 이쪽 편으로 끌어들여도 당신 하나를 당해낼 수 없을 테지요."

"호오호오호오호오, 그건 또 참 매력적인 이야기네요. 사실은 저도 이전부터 하던 생각이 있거든요. 제국 최강 군단 『구신장』이지만 아홉 명이라는 건 많지 않나 하는."

「그건 저도 하는 생각이네요.」

네다섯 명 줄여서 오대정(五大頂)이나 사천왕(四天王)이라는 것도 나쁘지는 않다.

그런 인식의 세실스와 서서히 전의를 높여가는 『세실스』. 두 세실스의 시선을 정면으로 받는데도 치샤의 표정은 무너지지 않았다.

이런 표정일 때의 치샤는 요주의, 뭔가 터무니없는 책략이 있다.

"공교롭게도 실제로 『구신장』을 설득한 것은 아닙니다."

"뭐야, 그래요? 아니, 하지만 그렇겠네요. 고즈 씨나 모그로가 각하를 배신할 리 없을 테고. 그런데 그렇다면 어쩔 건데요?"

"_____."

"그걸로 포기할 치샤가 아닌데. 그런 표정이거든요?"

보글보글 되살아나는 그리운 감개, 그것을 뒷받침하는 『세실스』의 반응. 『세실스』는 책상에 엉덩이를 맡긴 채 치샤의 거동 하나하나에 주의를 보내고 있다.

치샤가 어떻게 움직이든 제압할 수 있다. 하지만 그것은 치샤도 알고 있는 이야기.

자, 어떻게 할 생각인가. 무슨 수로 이 『세실스 세그문트』의 빈틈을 찔러서 자신을 조그만 어린아이 모습으로 줄였는가.

"세실스, 당신을 판 위에서 배제하겠습니다. 이쪽과 각하의 수읽기에 당신이 나올 막은 준비하지 않겠습니다. 당신에게는 다른 역할을 준비하려는 바입니다."

"그렇게 말해도 '네 그러세요' 하고 기운차게 대답할 수는 없어요. 그렇다고 힘으로 저를 치울 수도 없다면 말의 힘으로 배제할 건가요? 제가 제국에서 제일 말귀를 못 알아듣는 『장』이라는 것은 치샤도 아는 대로인데요."

그렇게 말한 『세실스』가 책상 위에서 엉덩이를 내려 바닥에 착지, 빙글 춤추듯이 휘돌고 치샤와 정면으로 마주했다.

『세실스』는 석양 속에 머무는 치샤의 모습을 눈부시게 바라보며 그에게서 눈을 떼지 않았다.

오래 알고 지냈으며 서로 좋은 점도 나쁜 점도 속속들이 잘 아는 관계. 그런 친구의 얼굴을 들여다보며 『세실스』는 웃었다.

웃으며, 치샤가 준비한 비장의 책략이라는 것을 꺼내라며 도발했다.

"자, 어떤 말이나 의견이나 논리로 저를 설득하겠어요? 이건 각하에 버금가게 똑똑한 치샤 골드라도 난제일 테죠!"

"_____."

그 싼 티 나는 『세실스』의 도발에 치샤는 눈을 감고 한 박자 띄웠다.

그리고 두 눈을 뜨고 『세실스』를 비추며 말했다.

"세실스. 부디 각하를 부탁합니다."

———.

————.

——————.

──방심도, 설득도 아니라 부탁이라니 전율스럽다.

"이건 반칙이지."

「퍼펙트!!」

6

　사방에 튀는 피의 붉은색이 기억 속 석양의 붉은색과 강하게 강하게 인상이 겹쳤다.

　등에 저녁놀을 지며 집무실에서 치샤 골드는 세실스를 쓰러뜨렸다. 빈틈을 찔린 것도, 애원하며 이익으로 설득한 것도 아니라, 부탁받았다.

　그것이 『세실스 세그문트』가, 세실스 세그문트가 된 이유다.

　——확 뜨거운 작열의 감각이 머리를 때리며 세실스의 의식이 현실로 회귀했다.

　의식이 그날의 석양에 뛰어들었던 시간은 1초에도 그 반의 반의 반에도 미치지 못한다.

　하지만 그 시간이면 막아서는 히로인—— 아라키아에게는 충분하다.

　손아귀에서 부서져 사라지는 청룡도, 그 혼신의 일격으로 지웠을 터인 빛의 띠가 재구성되어 금강석의 파편이 반짝반짝 산란하는 그 안에 아라키아가 있다.

　가녀린 몸 깊은 곳에 붙들린 것은 『석괴』 무스펠인가.

　볼라키아 제국의 대지 그 자체에 이를 박다니, 그 분별 없는 소행은 놀랄 지경이다. 아니, 아무리 세실스라도 그 눈물을 보고는 그런 생각을 하지 않는다.

　그 한마디를 들어서야 늘 하듯이 놀려먹을 수 없다.

　"하지만 그런 얼굴로 하는 부탁은 사절이거든요."

어떻게든 세실스가 부탁을 듣게 하고 싶으면 하다못해 최선을 다해 웃어야 한다. 그 선택에 후회는 없다고 거짓 없는 웃음으로 말하면 세실스도 진지하게 받아들일 만하다.

웃고서 세실스에게 작아지라고 지시한, 그 속절없는 친구처럼.

"아아, 그런 거였나요."

지금도 세실스의 팔다리는 짧고 되살아난 기억도 잠들어 있던 것이 단편적으로 살아난 수준이다.

작아진 몸을 원래대로 되돌릴 방법은 모르겠다. 치샤의 구체적인 수법을 떠올리기 전에 기억은 끝났고 그걸로 그 회상의 목적은 달성되었다.

죽음을 눈앞에 둔 인간이 그 타개책을 자기 기억 속에서 찾는다는 현상. 그것은 틀림없이 그 일례였다. 다만 타개책의 답이 예상과 달랐을 뿐.

그, 치샤의 얼굴과 부탁을 들었다. ──원래 몸으로 돌아가지 않아도 세실스 세그문트가 죽음을 거절할 수 있는 근거로는 충분하고도 남았다.

"애초에 제가 질 리 없고 말이죠."

자부심과 자신감 가득히, 그러나 그것은 실력만이 근거인 발언이 아니다.

세실스에게는 자기 철학으로, 여기서 아라키아 상대로 질 수 없다는 답이 있었다.

왜냐하면 여기에는──.

"보스가 없습니다. 제가 여기서 죽는 일이 있다면 약속 따위 가볍게 어기고 달려 올 텐데.”

　그렇게 중얼거린 세실스는 피에 젖은 미모로 쓴웃음 지었다.

　나츠키 슈바르츠는 그런 소년이다. 검노고도에서 출발해 플레아데스 전단을 자칭하며 동쪽으로 진군하는 도중, 달 아래에서 세실스와 슈바르츠는 약속을 나누었다.

　슈바르츠의 기적 같은 ‘관람’ 의 힘으로 세실스를 구하지 말아 달라고.

　서로를 존중하겠다고 약속을 했지만 세실스는 알 수 있다. 슈바르츠는 여차하면 태연히 약속을 어긴다. 세실스 본인부터가 그렇다. 슈바르츠도 같은 족속이다.

　그러니까, 알 수 있는 것이다.

　세실스가 죽는다고 ‘관람’ 으로 보면, 슈바르츠는 반드시 여기로 달려왔다.

　그러지 않고 있다. 그것을 슈바르츠의 신뢰라고 바꿔 말해도 좋다.

　그리고 같은 것은 세실스 쪽에서 슈바르츠에게 향하는 말로도 칠 수 있다.

　“＿＿＿＿.”

　생억지 같은 확신을 얻은 세실스에게 되살아난 여섯 가닥의 띠가 맹렬히 번뜩이며 육박했다.

　이미 공중에 있으며 다음 움직임을 낳는 게 어려운 세실스는 피할 수 없다. 하지만 피할 수 없어도 할 수 있는 일이 있다. 그것은 한순간 백일몽에서 가지고 돌아온 비장의 수다.

"마사유메."

──청룡도를 잃어버린 세실스의 손에 다른 카타나의 칼자루가 잡혀 있었다.

이름이 불리자 도신의 무늬가 파도치듯이 출렁이는 것은 한 자루의 마검. 그것은 세실스 세그문트가 지닌, 강대한 힘을 가진 『몽검(夢劍)』 마사유메.

어디 있는지 모르겠다고 로우안이 한탄하고, 다른 한 자루인 『사검』 무라사메와 마찬가지로 이 세상의 섭리를 초월한 존재를 베는 것이 용납된 초상의 검.

세실스의 기억과 함께 잃어버리고 모두가 어디 있는지 골머리를 썩인 것도 당연하다.

『양검』 볼라키아는 허공을 칼집으로 삼는다. 그리고 『몽검』 마사유메는 꿈을 칼집으로 삼는다. ──따라서 세실스는 백일몽 속 『세실스』의 허리에서 마사유메를 빌려왔다.

손아귀에서 맥동하는 마사유메는 작은 체구의 세실스가 소유자라고 인정하고 있다. 이것이 무라사메라면 이렇게 쉽게 풀리지 않는다. 여기서는 이 운명에 감사하겠다.

감사하고, 일섬── 육박하던 여섯 가닥의 띠를 베어 넘기고, 초극한다.

"노리는 것은──."

아라키아──의, 가슴 중심, 그곳에 크게 진을 치고 있는 힘의 덩어리.

그것을 조복한다. 해 본 적은 없다. 하지만 할 수 있다고 믿으며 실현한다. 그럴 힘이 세실스에게는 존재한다. 마사유메도 믿음 직하다. 목격자인 알도 있다. 실수할 수 없다고 불타오른다.

나머지는——.

"꿈은 깨어서 보는 것, 보여 주는 것이에요, 아냐."

그렇게 말한 세실스는 신장되는 초속(超速) 중에 아라키아의 두 눈을 보았다. 빛이 없는 왼눈에서 피눈물을 흘리며 평소 이상 으로 감정을 읽기 어려운 표정을 띤 아름다운 소녀.

그, 낯이 익다고 감개 깊은 그녀의 오른쪽 눈에 파란 화염이 떠 오르는 것이 보여서——.

"당신이 소중히 여기는 사람도, 당신을 소중히 여기고 있어요."

그렇게 자상하게 엮인 천둥소리가, 요구받은 것 이상의 종막 에 이르는 일섬을 날렸다.

——그것이 세실스 세그문트가, 히로인의 투정 어린 애원에 보내는 답이었다.

제7장 『스핑크스』

1

　──경계하는 감시병의 배후에 돌아서 그 몸의 중심선을 따라 점혈을 때린다.

　상대는 그 즉시 소리도 지르지 못한 채 허물어졌다. 쓰러지는 몸을 받쳐준 것은 배려 때문이 아니라 갑옷이 바닥을 때리는 소리가 울리면 곤란하기 때문이었다.

　"나 원 참, 한 손으로 다 큰 남자를 안는 것은 노인네에게는 고역이여. 속은 텅 비었으면서 실하게 묵직하니까 골치가 아파."

　그렇게 중얼거린 백발백미의 노인── 오르바르트는 쓰러뜨린 적을 왼손 하나로 안고 옆의 성벽을 발끝으로 가볍게 두드렸다. 그러자 두드린 벽면이 수면처럼 파도치며 쑥 밀어 넣은 적의 몸을 삼키고 그대로 파묻어 버렸다.

　다행히 송장 인간은 호흡하지 않아도 죽지 않는 모양이라 벽에 묻어도 죽이지 않고 끝난다. 흙으로 된 몸은 피도 흐르지 않으니 흔적이 남지 않고 정리하기가 편해서 좋은 일이다.

　"다만 그거 말고는 하나도 좋지가 않아. 죽여도 죽자마자 일어나는 놈도 있으니 섣불리 죽이면 손만 더 많이 갈 수가 있어."

상대하는 송장 인간의 특성 중에 오르바르트가 가장 위험시하는 것이 쓰러뜨린 적의 부활이었다.

쓰러뜨려도 쓰러뜨려도 되살아나면, 투쟁심이 넘치는 제국병이라도 마음이 꺾인다──는 이유가 아니라, 죽여도 되살아나는 송장 인간이 죽기 전의 기억을 이어받는 점이 문제였다.

그래 버리면 상대는 대체 가능한 생명과 맞바꾸어 온갖 정보를 즉시 공유할 수 있다.

시노비의 두령인 오르바르트는 싸움에서 정보의 신선도와 확실성의 중요성을 충분히 잘 알고 있다. 평생 동안 제일 많이 죽인 적이 척후나 전령일 정도다. 그것도 본래는 정보의 전달을 막기 위한 살해인데, 그렇게 해도 정보가 전달되는 것은 부조리할 뿐이다.

따라서 오르바르트는 송장 인간 상대로 철저히 '불살' 하려 애쓰고 있었다.

방금처럼 오르바르트에게 점혈을 맞고 벽에 파묻힌 송장 인간은 이미 50구 정도. 몸의 구조도 알맹이도 껍데기뿐이지만 점혈이 급소로 기능해서 한시름 놓았다.

물론 그것도 송장 인간의 방대한 총수로 보면 소박한 저항에 불과하지만.

"죽이고 죽는 게 잘하는 과목인 제국인에게 죽지 말라 죽이지 말라는 것은 너무한 짓이거늘."

제국을 구하기 위한 협력 관계에 있는 왕국과 도시국가에서 온

우군이 들으면 얼굴을 찌푸릴 의견이지만, 태반의 제국인이 공감할 의견이다.

결과적으로 『대재앙』을 이끄는 적은 볼라키아 제국이 가장 거북해하는, 불살이 최적의 답이 되는 방위전을 걸어 왔다. ── 아니, 결과적인 것일 리 없다.

"앞날이 멀지 않은 노인네의 여생인데 만만찮은 적이 나오다니 좀 봐 달라 이걸세."

백미에 가린 눈을 가늘게 뜬 오르바르트는 단독으로 잠입 중인 수정궁에서 숨을 죽였다.

존재를 죽인 시노비의 은신술은 성의 감시병을 염두에 둔 경계라기보다 제도에 광범위하게 뿌려진 『가시넝쿨의 저주』의 대상에 들어가지 않기 위한 대책이다.

오르바르트도 아픈 것은 사절이다. 심장에 가시넝쿨이라니 상상만 해도 편을 갈아타고 싶어진다.

"그렇게 되지 않기 위해서도 신중하게 움직여야 한단 말이지."

──소수 정예를 통한 제도 돌입과 적 수괴의 재빠른 암살.

그것이 『대재앙』과의 전쟁 최종 국면에 채용된 작전이며, 빈센트는 물론 오르바르트도 이견이 없는 타당한 최선의 수였다.

"그렇다곤 해도 상대도 당연히 그건 예상하고 있을 게야."

하지만 설령 상대가 예측한다 해도 달리 놓을 자리가 없다면 그 수를 놓을 수밖에 없다. 나머지는 행마가 들통 난 수에 상대의 예상을 배신하는 요소를 얼마나 담아 둘 수 있느냐는 것.

그 때문에 소수 정예를 또 나누어 적의 이목을 끄는 요란한 미끼 뒤에 오르바르트가 움직이고 있다. ──단신으로 수정궁에 잠입해 불투명한 성내의 정보를 가져가기 위해서.

특히 중요도가 높은 것은『대재앙』의 수괴인 스핑크스라는 놈의 위치와 성내에서 운신을 못하고 있을『강철인』모그로 하가네의 해방. 그 밖에는 여유가 있으면 세실스의 애도인『몽검』과『사검』의 회수인데.

"뭐, 아마 세시의 칼은 못 찾겠지만.『사검』은 도망치지,『몽검』은 어디다 보관했는지도 모를 일이니 말이여."

그러므로 오르바르트는 우선도가 낮은 칼의 탈취를 애초부터 팽개쳤다. 어디에 있는지 알 수 없는 칼은 어디에 있는지 알 수 없는 세실스가 알아서 찾으면 그만이다.

오르바르트의 이상은 스핑크스의 소재지를 파악하고 그 신병을 확보하는 것이다.

그게 성공하면 그 작아졌는데도 돌아가고 싶어 하지 않는 기특한 소년── 슈바르츠와 동행한 소녀의 힘으로 송장 인간을 영혼째 멸할 수도 있다.

그게 실현되는 게 이『대재앙』과의 싸움에서 가장 바람직한 결말이다.

단, 그것도 쉬운 일이 아니다.

"나 원, 여기도 막다른 곳이 되었어."

신속한 결말을 바라는 기분과 정반대로 오르바르트는 발을 종종 멈추었다.

그 원인은 외관에 변화가 없는 수정궁── 성내의 모습이 일변했기 때문이다.

"이런 현혹술도 원래는 우리의 전매특허인데 말이지."

푸념한 오르바르트의 시야에 수정궁의 내용물은 복도의 구조 및 방 위치, 문의 크기 등 다양한 요소가 재구축되어 시노비의 감조차 현혹하는 미궁으로 변해 있었다. 공간 그 자체를 뒤튼 것 같은 위화감이 있으니 필시 『마녀』의 소행이리라.

이 정보를 가지고 가기만 해도 오르바르트가 선행한 의미는 충분히 존재했다. 어쩌면 참모역을 맡은 슈바르츠는 이것을 기대해 오르바르트에게 정찰역을 맡긴 것일까.

그렇다면 그 안목은 믿음직한 동시에 미래의 위협이다.

지금은 협력 관계에 있는 왕국과 도시국가도, 송장 인간의 『대재앙』을 사전에 차단한 뒤에 제국에 어떤 태도로 접할지 모를 일이다.

그렇게 되었을 때, 빈센트 옆에는 이제 치샤가 없으니까.

"한데, 잘도 해 주었어, 체시."

전화(戰火)와 혈풍(血風), 산 자에게도 죽은 자에게도 감도는 '죽음'의 공기.

그것들 때문에 마음속으로 추도할 여유는 없었지만, 오르바르트는 자신의 기술을 '능력'으로 훔쳤을 뿐만 아니라 빈센트로 위장한 것을 들키지 않은 치샤를 그리 평했다.

오르바르트는 남의 기술을 훔치는 것은 좋아하지만 도둑맞는 것은 좋아하지 않는다.

여하튼 성장이란 젊은이의 특권이다. 그들에게는 훔치지 않아도 자기 손으로 새로운 것을 만들어 낼 가능성이 얼마든지 있다. 반대로 노인에게는 성장의 여지가 없다. 그러니까 오르바르트는 자기 쪽에서 도둑맞는 것을 좋아하지 않는다.

만약 젊은이가 만들어 내는 게 아니라 훔치는 데에 맛을 들이면 어떻게 되겠는가.

이 세상에 새로운 것이 생기지 않게 되고 오르바르트가 훔칠 것이 없어지지 않겠나.

"체시도 뻔뻔한 짓을 다 했어. 기분은 모르는 것도 아닌데."

치샤는 한정된 시간 내에서 가장 좋은 결과를 추구했다.

요컨대 치샤와 오르바르트의 선택은 똑같다. 오르바르트는 마중 올 날이 가까운 노인네고, 치샤는 마중 올 기회를 가깝게 정한 결사병이었다.

그러니까 수중의 패를 늘리기 위해 수단을 가리지 않았다는 이야기다.

고를 수 있는 패가 적은 와중에 승부에 나선 치샤는 이 상황을 쟁취했다.

──빈센트를 살리고 오르바르트를 한편으로 만든 이 상황을.

"_____."

──오르바르트 덩클켄에게는 야심이 있었다.

그것은 제국사에 달리 비견될 자가 없는 형태로 이름을 남기겠다는 인생 최후의 목표이며, 자신이라는 존재가 일개 생명으로서 분명히 존재했음을 새기고 증명하는 것이었다.

시노비 대다수는 생명을 쓰고 버림받아 오래 살지 못하기 마련이다. 그런데 오르바르트는 세수 백 세를 목전에 둘 때까지 살았다. ──그렇다면 그 마지막도 시노비답지 않아도 된다.

이름 따위 남기지 않고 역사의 어둠에 사라지는 것이 시노비다운 것이라면, 구태여 그 정반대를 바라리라.

그 때문에 오르바르트는 호시탐탐 그 기회를 기다리고 있었다.

인생 마지막에 꽃 한 송이를 피우기 위해 가장 보람이 있는 것은 『현제』 빈센트 볼라키아의 목을 따는 것이라고도 생각하긴 했지만──.

"상대가 멸망이라면야 배신도 의미가 없잖아."

상대가 『대재앙』── 송장 인간의 군세로, 그 목적이 볼라키아 제국의 멸망이어서야 오르바르트의 꿍꿍이는 여리고 덧없게 무너질 도리밖에 없었다.

오르바르트는 제국사에 이름을 남기고 싶은 것이다.

그 제국이 멸망하면 오르바르트의 바람은 도저히 이룰 수 없다. 그러니까 이렇게 될 때까지 오르바르트가 조급한 마음을 먹지 않게 한 치샤의 암약에 탄복했다.

"이 난리법석이 정리된 뒤, 내가 뭔가 저지를 여지가 남아서 좋긴 한데. 내 수명이 다하겠어, 까닥하면."

전후, 소모된 제국이 회복하는 도중에 행동을 일으킨다──는 것도 『대재앙』에 편승하는 감을 부정할 수 없어 아무리 『악랄옹』이라도 내키지가 않는다.

그런 오르바르트의 발이, 원래 수정궁이라면 알현실로 통하는 대문 앞에서 멈추었다.

"어─째, 찜찜한 느낌이 든단 말이지."

백미를 매만지는 오르바르트의 속마음에 솟는 것은 상반되는 두 가지 감각이었다.

이 문 너머에 가서는 안 된다는 감각과, 이 문 너머에 가야 한다는 감각─. 전자는 뿌리 깊은 본능이고, 후자는 시노비로서의 오랜 감이 근거다.

평소라면 오르바르트의 판단은 오직 전자만을 택한다. 그러나 오르바르트의 감이 말하고 있다. 이 문 너머에야말로 오르바르트가 잠입한 의미가 있다고.

"오래 끌다가 국가 전복할 기회를 놓치면 죽어도 못 죽지."

갈라진 목소리로 중얼거린 오르바르트는 진퇴 어느 쪽을 선택할지 결정했다.

알현실이라면 제도 결전에서 모그로가 뚫은 벽의 구멍을 통해 안을 확인할 수 있으리라. 오르바르트는 복도의 창문을 지나 벽을 타고 목적한 방에 도착했다.

그리고 공간의 왜곡에 주의하며 방 안을 엿보고─.

"이것 봐, 나라도 이 정도까진 안 한다."

그, 변할 대로 변한 방에 있던 『마녀』의 성과물에 『악랄옹』이라고 불리던 시노비의 두령은 불쾌감을 숨기지 않으며 중얼거렸다.

2

─그 존재의 영혼은 이미 원래 모습을 잃고 찢겨 있었다.

외법으로 지상에 다시 불려 나와 자신이 속했던 제국을 멸망시키기 위한 군세 휘하에 들어간 가엾은 영혼의 포로, 그것이 송장 인간들이 처한 상황이다.

많든 적든 송장 인간들은 그 정신 구조에 생전과 다른 손길이 더해졌다. 그렇지 않으면 되살아난 망자 전부가 제국의 멸망에 가담하는 모양새가 되진 않았으리라.

손길을 더한 방법은 경증부터 중증까지 다양하지만 원래 형질에 큰 부하가 걸릴수록 명령에 충실해지는 반면, 본래 실력을 발휘할 수 없어질 우려가 있었다.

그 때문에 생전에 강자였던 존재일수록 경증의 부하로 억누르고 싶어지는 게 술자의 도리다.

실제로 『마녀』는 『형극제』나 『마탄의 사수』 같은 강자라면 부하를 걸었을 때의 큰 약체화가 우려되어 다소의 자유 의지를 남겨서라도 약체화를 피하는 쪽으로 방침을 돌렸다.

어쨌든 그런 일부의 예외적 강자나 솔선해서 『마녀』에 협력하는 자세를 보인 라미아 고드윈 같은 존재를 제외하면, 송장 인간의 영혼은 끔찍하게 농락되고 있다.

생전에 어떤 소원을 품었든 간에, 얼마나 고결한 전사였다 해도, 무엇을 소중히 여기고 있었다고 한들, 그 전부가 짓밟히듯 이용당한다.

그리고 제국을 멸망시키기 위한 재앙의 첨병으로 움직이기를 강요받는 것이다.

──그 존재도 예외가 될 수 없었다.

자유 의지를 빼앗기고 싸우기 위한 도구로서 쓰고 버림받는 존재가 되어 거듭된 '죽음'을 맛보더라도 다시 영혼이 초빙되어 흙의 그릇을 새로운 내림대 삼아 되살아난다.

서글프게도 그 존재는 『마녀』가 설정한 송장 인간화의 조건과 딱 합치했다.

전사로서는 일류의 실력에, 그럭저럭 이상으로 간직한 싸움에 대한 집착, 시키는 대로 따르는 인형이 되어도 아깝지는 않으며 강한 후회와 증오가 최후의 순간으로서 새겨졌다. ──그 때문에 송장 인간이 된 그 존재는, 그치지 않는 격정대로 날뛴다.

찢겨서 원래 형태를 잃어가는 영혼에 끌려가는 모양새로, 그 육체는 이미 인간형이라는 사실을 잊고 보기에도 끔찍한 이형으로 화해 있었다.

길고 큰 팔, 지나치게 늘어난 다리, 뼈와 가죽뿐인 납작한 몸통. 그런 모습으로 변모해도 『마녀』에게 이용당하는 상황에서 벗어날 수 없다.

수없이 살해당해도 영혼을 연장해서 다시 다른 괴물이 되어 되살아난다.

그것을 끝내기 위해서는 『마녀』의 바람을 이룰 수밖에 없다. 『마녀』의 바람을 이루어 『대재앙』의 전조가 되어 제국을 불사를 수밖에 없다.

있을 수 없는 모습이 된 존재의 현재 소원은 그것이었다. 그것만이 소원이었다.

그것만이, 그것만, 그거다, 그거, 소원은, 그것뿐──.

"——『거안(巨眼)』의 이즈메일."

——. ————. ——————.

문득, 음산한 포효와 거센 전투 소리에 섞여 그것이 들렸다.

이미 귀 모양이 아닌 귀에, 그 밖에도 여러 소리가 날아들고 있었을 텐데 그 한마디만이 유독 뚜렷하게, 묘하게 확실히, 신기하게도 똑똑히 들렸다.

그것이 어떤 의미를 가지고 있는지 그 존재는 모른다.

모른——.

"이즈메일!"

"아 어어으이아."

의문이 사고에 정체를 낳고, 죽이기 위해 잔뜩 달린 팔과 다리가 전부 멈추었다. 그 틈을 누비듯 뻗은 작은 손이 얇고 평평한 가슴에서 무언가를 가로챘다.

스르륵, 무언가가 빠져나간 감각이 있었다.

소중한 것인지, 커다란 것인지도 모르겠다. 단지 그것이 빠져나간 뒤, 빵빵하게 차 있던 폭력적인 충동이 사라지고 처음부터 있던 것만이 남았다.

그것은, 싸울 이유다. 공명심이나 야심, 그런 식으로 표현할 수도 있다.

달려온 것은 싸우기 위해서였다. 싸운 것은 역사에 이름을 새기기 위해서였다. 거기에 자신이 있었다고, 일족이 자랑한 '자신'이 분명히 있었노라고 증명하기 위해서였다.

자신이라는 존재가, 『거안』의 이즈메일이, 거기에——.

"아아, 이루어졌었나……."

커다란, 검은 단안에 떠오른 금빛 눈동자가 그 남자의 얼굴을 또렷하게 비추었다.

흑발의 날카로운 눈매를 가진 그 미장부는, 자신의 목숨에 육박한 칼날에도 미동조차 없이 당당히 상대를 응시하며 변할 대로 변한 이즈메일을 불렀다.

볼라키아 제국의 정점은, 이즈메일을 인식하고 있었다.

그것이──.

"검랑의 영예다, 황제 각하."

3

"──『거안』의 이즈메일."

그렇게, 이형화한 송장 인간을 응시한 아벨이 부른 순간, '설마' 싶었다.

그러나 사전에 결심했었다. ──제도의 최종 결전에서 아벨이 송장 인간의 이름을 부르면 뭐가 어떻게 되든 그것을 믿겠다고.

실제로 여태까지 아벨은 한 번도 송장 인간의 이름을 잘못 부르지 않았다.

"이즈메일!"

"아 어어으이아."

전투도끼와 일체화한 팔을 자말이 막고, 거미나 개미처럼 움직이는 자잘한 다각을 베아트리스가 음 마법으로 구속, 거기에 손을 잡은 스바루와 스피카가 뛰어들어―― 이즈메일이라 부른 이형의 가슴에 손바닥을 치고 『성식』이 발동했다.

조건을 만족하면 설령 그 형상이 인간에서 일탈했더라도 다른 송장 인간들과 같은 결말을 맞이한다. 아니나 다를까 괴이한 형상으로 변한 이즈메일도 거체를 천천히 떨다가 크고 둥그런 금빛 단안에 아벨을 비추면서――.

"――아."

말이 되지 못하는 목소리로 무언가를 남기고, 모래처럼 무너져서 사라졌다.

그것을 성불이라고 가볍게 말해도 될지는 모르겠지만, 이제야 잠이 든 것이다.

"아아, 젠장! 믿을 수 없어! 뭐였던 거야, 방금 괴물은!"

"단안족(單眼族)의 용사, 『거안』이라 불리던 이즈메일이다. 마지막에 부른 대로이지 않나."

"단안족은 눈알이 하나 있을 뿐이 아니라 저런 괴물이냐…… 인 거네요."

강력한 송장 인간과의 전투를 마친 자말이 턱에 흐르는 피와 땀을 닦으면서 투덜거렸다.

무심코 황제 상대로 쓴 거친 어조를 반성하지만, 그 지적은 엉뚱한 것이리라. 이즈메일이라는 인물은 처음부터 저런 모습이던 게 아니다.

"베아코, 아까 그 사람은……."

"저것은 『불사왕의 비적』의 피해자인 것이야. 몇 번이고 몇 번이고 되살아난 탓에 원형이 되는 영혼 쪽에 에러가 나온 거야. 에러, 일 것이야."

"우—아우……."

복잡한 표정의 베아트리스 옆에서 스피카가 침울한 기색으로 자신의 손바닥을 내려다보았다. 스바루는 그런 스피카의 머리를 쓰다듬어 주면서 이즈메일의 명복을 빌었다.

이즈메일과는 제도에서 퇴각전 때에도 조우했지만, 이번에는 그때 이상으로 이형화가 진행되어 있었다. 그것이 몇 번이고 되살아난 폐해라면 이번에야말로 해방되었을 것이다.

스피카는 침울한 표정이지만 그 힘이 확실하게 그를 해방했다고 여기고 싶다.

"하지만 너는 용케 저런 모습이 되었는데도 상대가 누군지 알아봤네."

"송장 인간으로 되살아난 시점에서 인상에 어느 정도의 영향은 나와 있다. 그렇다면 그자의 특징으로 분간하는 것이 핵심이다. 그자는 알기 쉬운 부류였지."

"알기 쉽다니……."

솔직히 스바루는 이즈메일의 원래 모습을 모르지만 만약에 옆에 세우고 비교해도 공통점을 찾아낼 수 없을 만큼 크게 변모했을 거라고 생각한다. 그런데도 분간해 내는 아벨은, 괴물급의 기억력이라기보다 묘하게 감이 좋을 뿐이라는 쪽이 그나마 납득이 간다.

"국내의 유력한 병사의 존재는 파악해 두기 마련이다. 적이 되든 아군이 되든 간에 판단 재료가 많아서 나쁠 건 없다."

하지만 그 뒤에 이어진 아벨의 말은 단순한 신체적 특징으로 상대를 간파한 것이 아니라 그 외의 부분도 평가하고 있었기에 나온 것이었다.

사라지기 직전, 최후에 아벨을 바라보던 이즈메일에게 그 사실이 전해졌다면 좋겠다. 그것이 아무런 위안이 되지 않는다 해도 스바루는 그렇게 생각했다.

"웃, 중대 국면이군."

그때, 스바루는 하늘 저편에서 들리는 굉음에 고개를 들고 중얼거렸다.

스바루의 시야에 하늘을 가린 구름을 뚫고 수정궁 쪽에 떨어지는 빙산―― 로즈월이 전술에 이용하려고 에밀리아에게 마련시킨 흉악한 그것이 보였다.

더욱 먼 하늘에는 휘몰아치는 구름이 흉흉한 흉기가 되고, 또 다른 방향에서는 지상에 들리는 천둥이 시끄럽게 울려 퍼지며 선명한 검격에 난도질당하는 시가지도 보였다.

각 정점, 스바루가 지시한 조건을 지키며 각자가 격전을 펼치고 있다는 증거다.

"로즈월 녀석, 너무 힘주고 있어."

"저걸 보면 저 녀석이 제대로 위험한 녀석 맞단 사실을 깨닫게 돼. 성에 오르바르트 씨가 숨어들었는데 뭉개려는 거 아니겠지, 저 녀석."

"뭉갤 필요가 있으면 뭉갤 것이야. 그런 남자야."

하늘이 깨질 것 같은 소리와 함께 부서진 빙산이 무수한 빛을 천공에 흩뿌렸다.

개입할 수 없는 전투의 승패는 답답해도 맡긴 동료들에게 기댈 수밖에 없다. 최대급으로 경계해야 하는 『마탄의 사수』와 『운룡』과 『가시넝쿨의 저주』를.

"스스로 말하면서도 벽이 하도 많아서 싫어진다……. 남은 것은 에밀리아땅과 탄자가 잘해 주느냐에 달렸어."

스바루는 현재 전력을 최선의 방향으로 할당했다고 여기지만, 그 안에 에밀리아의 배치만을 확실하게 결정하지 못한 채 어정쩡한 모양새가 되었다. 그녀에게 맡겨 둔 역할을 감안하면 지금은 탄자와 함께 있어 주는 게 정답이라고 믿지만.

"솔직히 에밀리아땅 없이 이즈메일이 나왔을 때는 위험하다 싶었는데……."

이 진용으로 이형화 이즈메일을 막을 수 있던 것은 전원이 사력을 다한 덕분이었다.

특히 자말의 공헌도가 높다. 보는 중에도 움직임이 좋아진 그는 어쩌면 사지에 섰기에 엄청난 기세로 레벨링하고 있을지도 모른다.

그것 자체는 대환영이다. 자말이 믿음직스럽다는 정신적인 저항감을 제외하면.

"자말 오렐리, 더 할 수 있겠지?"

"예! 각하의 분부라면 백 구든 이백 구든 할 수 있습지요!"

"그렇다는군. 너희도 최선을 다하도록."

"젠장, 다른 녀석이 할 수 없는 일을 하고 있답시고 당당하긴."

중요한 역할을 완수하는 와중이지만 혼자만 태연한 낯짝인 아벨에게 악담을 뱉은 스바루가 베아트리스와 스피카 쪽을 살피며 무리하지 않았는지 확인했다.

이 팀의 전투는 항상 총력전에다 외줄 타기, 불안이 있는 상태로 진행하는 것은 상책이 아니다.

"베티는 노프라블럼인 것이야."

"아— 우!"

스바루의 눈짓에 둘은 당차게 대답했다.

모습을 보니 체력이 제일 불안스러운 것은 자신이 될 것 같다. 스바루는 『플레아데스 전단』과의 연결을 의식하며 유대 파워의 도핑을 확인한 뒤에 끄덕였다.

"슬슬 상황에 변화가 생길 거야. 하리벨 씨나 오르바르트 씨가 역할을 다해 주면 우리도 수정궁에 길을 낼 수 있어. 그럼——."

다른 전역의 정보를 획득하여 이번 회차와 앞으로의 전개를 고려할 재료를 갖고 싶다.

그렇게 동료들에게 이르려던 순간이었다.

"과연. 이건 기묘한 현상이군요. 요ㆍ관찰입니다."

갑자기, 의식 밖에서 들린 그 목소리에 전원이 튕겨지듯이 고개를 돌렸다.

눈을 부릅뜬 스바루의 시야에 지금껏 없었던 제3자—— 키가 작은, 창백한 피부를 가진 송장 인간이 쭈그려 앉아 지면에 쌓인 먼지를 손가락으로 확인하고 있었다.

『성식』으로 성불한 이즈메일의 먼지를 만지작거리는, 분홍머리의 면식이 있는 송장 인간──.

"보아하니 핵이 되는 벌레에 직접 간섭한 것은 아니로군요. 벌레는 기생할 곳을 잃고 죽었다⋯⋯. 영혼의 상실? 탈취, 강탈, 회수⋯⋯ 흥미롭습니다."

손끝을 더럽힌 먼지를 혀로 핥다가 그리 매듭지은 것은 스바루의 지인과 쏙 빼닮은 모습에, 한편으로 전혀 닮은 데가 없는 온기 없는 눈을 가진 존재──『마녀』스핑크스였다.

『대재앙』의 수괴, 다시 말해 이 최종 결전에서 최대의 작전 목표였다.

"─────."

워낙에 당당한 등장에 스바루는 순간 말을 잃었다.

제도에는 『가시넝쿨의 저주』나 『마탄의 사수』의 존재를 필두로, 비장의 수인 스피카를 수정궁으로 데려갈 수 없는 상황이 설정되어 있었다. 그래서 스바루는 동료들에게 각 정점의 공략을, 오르바르트에게는 수정궁에 단신으로 잠입하는 역할을 맡기고 길을 내는 데에 고심한 것이다.

그것도 다 성에 있을 스핑크스에게 다다르기 위한 것이었는데.

그 목적이 제 발로, 이렇게 스바루 일행 앞에 나타나다니──.

"아니."

'기회다' 하고 스바루는 머릿속을 전환하고 베아트리스의 손을 굳게 잡았다. 힐끗 쳐다보는 베아트리스에게 눈짓으로 수긍하고 놀라고 있는 스피카와도 손을 잡았다.

예상 밖의 전개라 해도 스핑크스가 눈앞에 있다는 사실은 달라지지 않는다. 송장 인간인 그녀의 천적, 스피카가 이렇게 만전의 상태로 여기에 있다는 사실도.

송장 인간의 특성을 살린 『사망도주』는 위협적이지만 그 불사성과 맞바꾸어 『마녀』는 회피할 수 없는 『성식』이라는 약점을 짊어졌다. ──그곳을, 찌른다.

그렇게 함으로써 이 볼라키아 제국의 싸움을 끝낼 수 있다.

그러니까──.

"스핑……."

"설마 『폭식』의 권능을 이용할 줄은 놀랐습니다. 요·대책입니다."

"웃."

움직이려던 순간, 스핑크스의 조용한 분석이 기선을 꺾었다.

비장의 수인 스핑크스의 『성식』, 그것이 『폭식』의 권능임을 간파한 스핑크스의 안목에 스바루는 숨을 집어삼킨다. 삼키고 말았다.

설령 정체를 알아맞힌다 해도 맞기만 하면 족한 권능의 강점을 잊고.

그 바람에 대가를 치르는 처지가 되었다.

"등신이."

그렇게 험하게 욕하는 목소리가 떠밀린 스바루를 비롯한 아이들과 스핑크스 사이에 끼어들었다.

스핑크스는 펼친 손을 스바루 일행에게 겨누고 있었다. 그 손가락에서 발사된 하얀 열선이 스바루와 스피카의 머리를 꿰뚫기 전에, 그 끼어들기가 발생했다.

들어 올린 검의 칼날이 동그랗게 뚫리고 막지 못한 열선이 난폭한 무사 같은 남자——자말 오렐리의 몸통을 관통해 피가 타는 비릿한 냄새로 스바루에게 후회를 새기고 갔다.

4

——스핑크스는 『탐욕의 마녀』가 하던 불로불사 연구의 실패작이다.

『성역』이라는 모형 정원을 만들어 내기 위한 핵이 되어 몸을 바친 소녀——류즈 메이엘의 육체를 기초로 정령과 같은 구조로 마나체를 구축한 복제체.

복제체의 공허한 생명에 이미 존재하는 영혼을 유착시킬 수 있으면 영혼의 복제라는 의사적인 불로불사의 비원을 달성할 수 있다고 예상했다.

그러나 이 계획은 생명의 그릇과 영혼, 그 크기 및 형태가 개개마다 다르다는 사실 앞에서 맥없이 무너진다.

『탐욕의 마녀』의 영혼은 류즈 메이엘의 복제체에 완전히 수용될 수 없었다.

그 지극히 정당한 파탄의 결과 탄생한 것이, 『탐욕의 마녀』의 불량품이자 훗날까지 많은 화근을 세계에 짙게 남기는 존재, 스핑크스였다.

『스핑크스』라고, 잡종 괴물의 이름이 주어진 그 존재는 제조된 본래의 목적에 맞지 않는다고 처분되어야 했을 때 운명의 장난으로 살아남았다.

그리고 숱한 만들어진 생명이 그렇듯이 스핑크스 또한 자신이 제조된 목적을 이루기 위한 활동을 개시했다.

만들어진 『마녀』, 스핑크스가 창조된 목적——『탐욕의 마녀』로서 완성되기 위해서 스핑크스는 많은 재앙을 낳게 된 것이다.

"등신이."

자말이 그렇게 욕한 입에서 피를 흘리며 그 자리에 무너졌다.

발사된 백광은 본래 어린아이들의 머리를 꿰뚫어야 했기에 자말이 맞은 것은 옆구리께의 높이다. 그럼에도 복부가 관통된 중상이라는 것은 확실하다.

"자말——!"

"상정한 대상은 피해를 모면했습니까. 하지만 대응 가능한 범주입니다."

떠밀리며 순간적으로 비호받은 스바루의 반응이 어쨌든, 일을 저지른 장본인인 스핑크스는 공격의 실패에 연연하지 않았다.

조용히, 냉담하다고 단언해도 좋은 송장 인간의 두목이 한 말에 스바루는 어금니를 깨물었다.

쓰러진 자말은 전투 속행이 곤란. 그러기는커녕 바로 치료하지 않으면 생명이 위태롭다.

"스바루! 눈앞에 집중해!"

"아."

순간, 스바루의 팔을 당기는 베아트리스가 날카로운 목소리로 불렀다.

그녀의 말에 허물어지는 자말에게서 시선을 뗀 스바루가 스핑크스를 보았다. 마찬가지로 베아트리스와 스피카, 아벨도 스핑크스를 응시하고 있다.

엄중 경계 태세로 들어간 셋은 그 의식을 적인 스핑크스에 집중하고 있었다.

자말의 치료는 뒤로 미룰 수밖에 없다. 그것은 옳다. 절대적으로 옳다.

그런데도──.

"당신이 저의 계획을 뒤튼 이물질이라고 생각합니다만, 아니었습니까?"

쓰러진 자말에게서 의식을 떼지 못하는 스바루의 모습에 스핑크스가 갸웃하며 물었다. 들여다보는 송장 인간의 금안에 스바루의 사고가 더더욱 갈가리 어지러워졌다.

"웃, 맞추도록 해, 스피카!"

"아아우!"

반사적으로 움직이지 못하는 스바루를 대신해 베아트리스와 스피카가 동시에 움직였다.

베아트리스의 부름에 긴 금발을 찰랑이는 스피카가 고무공처럼 튀어 스핑크스를 향해 날았다. 그 도약에 맞추어 베아트리스는 우두커니 서 있는 스핑크스의 좌우와 후방에 남보라색 결정

화살을 전개, 피할 곳을 막고 몰아세웠다.

둘의 연계에 사방이 막힌 스핑크스는 속수무책으로—— 그렇게 되지는 않았다.

"엘 지와르드."

자그마한 영창과 이어진 파괴 효과는 절대적이었다.

임박한 위협을 상대로 스핑크스는 아무것도 들지 않은 두 손을 벌리더니 방금 자말을 공격했을 때와 비슷하게 이번에는 좌우의 열 손가락으로 하얀 열선을 방사했다.

단, 이번에는 광선총처럼 한순간의 열선이 아니라 조사(照射)를 유지하는 빛의 검이었다.

열 손가락에서 열 줄기 빛의 칼날, 웬만한 대검보다 사정거리가 긴 그 무기를 휘두르는 스핑크스가 자신을 중심으로 전방위를 난도질하는 공격으로 공간을 장악했다.

베아트리스가 전개한 보라 화살이 백광에 휩쓸려 모조리 베여 나가고, 정면에서 날아든 스피카에게도 그 맹위가 엄습했다.

"우!"

백광이 스피카의 가녀린 몸을 양단하기 직전, 그녀의 모습이 전원의 시야에서 사라졌다.

전이다. 단거리 텔레포트를 발동해 스핑크스가 쏜 백광의 사선상에서 벗어난 스피카가 가로에서 벗어난 건물 잔해 위에 출현했다.

그리고 스피카보다 더 뒤에 있던 스바루와 베아트리스는——.

"멍청한 것, 적 수괴의 모습에 얼이 나갔나?"

반사적인 비아냥을 빼먹지 않은 아벨이 스바루와 베아트리스의 머리를 눌러 그 자리에 숙이게 했다.

　스핑크스가 날린 반격의 사선상에 있던 스바루와 베아트리스를 구하고자 뛰어든 그가 둘을 위에서 짓눌러 열선을 피하도록 만든 것이다.

　"자말 오렐리가 일어선다는 기대는 가질 수 없다. 너희의 활약이 중요하다."

　"마, 말하지 않아도 알아! 지금 네 임기응변에는 이후의 활약으로 갚아 줄 테니까 보기나 하란 것이야!"

　난폭하게 밀려 쓰러진 베아트리스가 볼을 부풀리며 허겁지겁 일어섰다. 아벨은 그런 베아트리스의 당찬 반론에 콧방귀를 뀐 뒤에 여전히 쓰러져 있는 스바루를 내려다보았다.

　"왜 그러지? 짝은 위세가 좋은데, 너는——."

　일어설 수 없는 거냐고 도발적인 말을 꺼내려던 것이리라.

　하지만 그는 바로 이변을 알아차린 듯이 말을 끊고 모양 좋은 눈썹을 모았다.

　"스바루?"

　그 옆에서 베아트리스도 아벨과 같은 이변에 눈을 끔뻑였다.

　베아트리스와 아벨, 둘의 발아래에서 스바루는 앞으로 고꾸라져 있었다. 그 모습에 떨어진 위치로 전이한 스피카도 곤혹스럽게 바라보고 있었다.

　이들은 순간적으로 무슨 일이 일어났는지 알 수 없었던 것이리라.

따라서 그런 선택지가 애초에 머리가 없던 일행을 대신해 스바루의 신변에 무슨 일이 일어났는지를 맨 처음 알아차린 것은 얄궂게도 적인 스핑크스였다.

　스핑크스는 감정의 표현력이 현저히 떨어진 창백한 송장 인간의 얼굴로, 그럼에도 알아볼 수 있는 곤혹감과 의혹을 눈에 띄며 입을 열었다.

　"어째서, 음독을? 요·설명입니다."

　"큭, 네놈!"

　스핑크스가 꺼낸 의문 직후, 표정이 바뀐 아벨이 스바루의 뒷덜미를 잡고 일으켜 세웠다. 난폭한 행동에도 스바루의 항의는 없었다.

　왜냐하면 스바루는 이미 어금니에 숨겨 둔 독 봉지를 찢어 '죽음'으로 통하는 지옥의 고통을 맛보는 도중이었기 때문이다.

　"안 돼애애애! 스바루?! 스바루?!"

　"우아우――?!"

　피거품을 뿜으며 경련하는 스바루의 모습에 베아트리스와 스피카가 비명을 질렀다.

　떨고 있는 스바루에게 베아트리스가 매달리려고 하지만, 아벨은 소녀를 밀어내며 스바루의 입 안에 손가락을 넣어 약봉지를 빼내더니 성난 표정을 지었다.

　"네 이놈, 무슨 생각이지?! 정신이 나갔나?!"

　"그르륵, 그르르륵……."

　"운명과 싸우겠다고 큰소리를 쳐놓고 이 꼴이냐?!"

격노하는 아벨의 목소리와 흐느끼는 베아트리스의 목소리. 필사적으로 뛰어드는 스피카의 비통한 목소리. 그것을 온몸이 흐물흐물 녹는 상실감과 함께 스바루는 들었다.

그 분노한 목소리에, 우는 목소리에, 절망하는 목소리에 말로 대답할 수 없다.

그럼에도 제대로 의미는 있다. 필요한 일이다. ——이것이 최선의 수다.

아무도 죽지 않는 미래로, 다다르기 위한, 제일, 좋은, 방법.

"그륵, 극."

"요·설명입니다."

아무에게도 그것을 전하지 못한 채, 『마녀』의 의문은 해소되지 않은 채, 숨은 끊어졌다.

나츠키 스바루가 절명한다. ——이 최종 결전에서 이미 몇 번이나 해 왔듯이, 또.

5

——처음 몇 년, 탐구라고 해야 할 스핑크스의 여행은 지극히 곤란했다.

복제체의 바탕이 된 류즈 메이엘의 몸은 가혹한 세상에 견딜 적성이 없어서 극단적인 악천후 및 한난 변화, 때로 마수(魔獸)나 악의 있는 인간에게 쉽게 목숨의 위협을 받고, 그에 대항할 수단도 결여된 등, 들어갈 그릇을 선정한 시점에서 미흡한 점이 워낙 많았다.

마나체에는 성장 및 단련 같은 개념도 의미가 없기에 개선에도 기대를 할 수 없다.

육체에 의존하지 않는 지식 및 기술의 습득은 가능하지만, 그것들을 배우기 위한 여정에서 생명이 위태로워질 기회도 많아, 항상 위험과 이웃하는 나날이었다.

거기에다 소체가 된 류즈 메이엘은 하프엘프이며, 스핑크스도 그 외견적 특징을 물려받았기에 박해 및 백안시될 때가 허다했다.

그러나 외견의 특징을 원래부터 크게 바꾸는 용모의 개선은 망설여졌다.

그것들은 처음에 스핑크스에게 주어진 것이며, 조건을 크게 바꾸면 자기 자신이 창조된 목적을 이룰 수 없어질 우려가 있었기 때문이다.

따라서 스핑크스는 가장하기를 선호하지 않고 다른 방법으로 살아남을 방도를 모색했다.

생명만 빼앗기지 않으면 족하다고 구경거리나 노예 신세가 될 때도 있다. 류즈 메이엘은 외모가 단정했기에 통이 큰 주인의 사용인이 된 적도 있었다.

아는 것, 배우는 것에 탐욕적이던 스핑크스는 어디에서나 능력을 인정받았다.

학습 능력을 이해받으면 여러 국면에서 이용 가치가 생긴다. 그러는 와중에 스핑크스는 자기 몸을 지킬 방법이 그것이라고도 깨달았다.

빈약하고 살아갈 힘이 결여된 몸으로 세상을 유랑하기 위해서는 자신의 이용 가치를 만들고 그것을 바라는 무리에게 제공하여 그 보호하에 들어가는 것이 최선이다.

　그렇게 자기 몸을 자기가 지킬 수 있게 될 때까지 스핑크스는 타인의 산하에 들어가 살아가는 수단을 택했다.

　그런 나날은 자그마치 150년가량 이어졌다.

　　　　　　　　×　×　×

　──이세계 소환된 이후로 나츠키 스바루가 겪은 가장 많은 사인(死因)은 무엇일까.

　그렇게 질문받았을 때, 스바루는 확신과 함께 '음독 자살'이라고 대답할 수 있다.

　『마도』 카오스프레임의 홍유리성(紅瑠璃城)에서 오르바르트와의 지옥 같은 술래잡기 때도 상당수의 '죽음'을 맛보았지만, 그것은 사인 『오르바르트』라고 하지 않는 한 죽은 방법이 다양했다.

　그 절망적인 11초 같은 예외를 제외하면, 틀림없이 최다 기록은 독이다.

　몹시 불명예스러운 이야기지만 이세계에서 제일 많이 스바루를 죽인 것은 그 독을 조합한 눌 할아버지라고 말할 수 있을지도 모른다.

　어쨌든 『검노고도』 기눈하이브에서의 분투, 『플레아데스 전단」을 결성하기 위해서 높은 빈도로 사용된 독은 지금도 스바루의 입 안에 숨겨져 있었다.

"전원, 무사히 데리고 돌아가겠어."

그것이, 이 제도 최종 결전에 도전하는 스바루가 양보할 수 없는 절대 조건으로 규정한 내용이다.

원래 그런 자세와 마음가짐은 몸이 작아지기 전, 제국까지 날아오기 이전부터 지니고 있었지만 지금까지 보낸 제국에서의 나날로 각오는 더욱 강해졌다.

그것은 피할 수 없는 충돌 결과, 이런 수 저런 수를 다해 '죽음'이라는 결말을 강요하려 드는 볼라키아 제국에 대한 스바루 나름의 반골 기질 때문이다.

제국이 '죽음'을 억지로 강요하겠다면 뭐가 어찌 되든 그것을 쳐내겠다.

그러기 위해서 할 수 있는 일은 다 한다. 그것이 몇 번, 몇십 번, 몇백 번씩 지옥의 고통을 수반하는 일이 되더라도 말이다.

"컥, 끄윽!"

새빨갛게 명멸하는 시야가 트이고 온몸의 혈육과 뼈, 혈관 하나하나, 세포 한 조각에 이르기까지도 한꺼번에 믹서에 가는 듯한 고통에 스바루의 목이 비명을 질렀다.

하지만 정말로 직전까지 맛보던 치사성의 고통과 그 고통 이상의 괴로움을 스바루에게 주는 노성과 우는 소리가 저 너머로 사라졌다. ──『사망귀환』이다.

음독 자살로 『사망귀환』이 발동하여 나츠키 스바루는 시간을 역행했다.

　그 순간, 스바루는 자신이 제도에 쳐들어가기 전의, 마지막으로 들른 진지에서 세수하던 직후의 장면으로 돌아왔다고 의식을 전환하려다가――.

　"등신이."

　"―――."

　가슴을 떠미는 감촉과 쥐어짜 내는 듯한 욕설이 들려서 스바루는 『사망귀환』의 리스타트 지점이 갱신되었음을 바라보는 결과가 되었다.

　"상정한 대상은 피해를 모면했습니까. 하지만 대응 가능한 범주입니다."

　욕설과 함께 피를 흘리며, 손에 든 검의 칼날이 동그랗게 뚫린 자말이 무너졌다. 범인인 스핑크스가 그 모습을 흘깃 보고 냉랭한 목소리로 담담히 고했다.

　그 광경도 그 말도, 양쪽 모두 불과 수십 초 전에 보고 들은 것이었다.

　"스바루! 눈앞에 집중해!"

　"아."

　현실의 이해와 파악에 사고가 흩어진 스바루를 베아트리스가 날카롭게 불렀다.

　그녀의 목소리에 머릿속이 박살 나고 직전에 겪은 음독의 충격을 깊이 숨을 내뱉어 빼낸 뒤, 스바루는 눈앞의, 새로운 상황에 대한 적응을 개시했다.

얼빠져 있을 틈은, 없다. 그러는 사이에 잃어버릴지도 모르는 것이 너무 많다.

──『사망귀환』지점의 갱신.

그것이 의미하는 것은 이미 시작된 제도에서의 최종 결전에서 각 정점에 할당한 '멸망에서 구원하는 부대'의 교체는 이제 할 수 없어졌다는 뜻이다.

현재, 베스트 인원을 베스트 전장에 배치했다고는 생각 중이다.

하지만 가장 피해가 적은 조건을 모두 확인한 것은 아니라는 점이 후회되었다. 특히 에밀리아를 탄자와 같은 조로 짰을 경우의 답을 알 수 없다는 게 심리적으로 크나큰 타격.

물론 다른 멤버들의 안부도 염려되어 불안과 걱정의 씨앗은 끝이 없지만──.

"당신이 저의 계획을 뒤튼 이물질이라고 생각합니다만, 아니었습니까?"

"───."

여태까지 머릿속에서 조립하던 젠가가 소리를 내며 무너진다.

구체화한 사고의 시행착오한 젠가는 다양한 각도로 바라보아 보다 나은 완성을 목표로 했었지만, 그것이 흔적도 없이 무너진다. ──아니, 무너뜨리는 것이다.

머릿속에 조립하던 젠가 옆에, 머릿속의 나츠키 스바루가 나타나 거칠게 그것을 때려 부수고 철저하게 파괴한다.

젠가의 원래 형태가 무엇이었는지 그걸 알 수 없어질 때까지,

그걸 신경 써 봤자 도리가 없어질 때까지 무너뜨리고, 무너뜨리고, 무너뜨리고, 무너뜨린다.

그리하여 더 이상 손을 쓸 여지가 없어진 젠가에 대해선, 일단 잊는다.

그러고 나서야 비로소 나츠키 스바루는 새로운 시행착오에 착수할 수 있는 것이다.

"아니지 않아."

갸우뚱한 스핑크스의 질문에 베아트리스와 스피카에게 두 손이 잡혀 있는 스바루는 검은 눈을 가늘게 뜬 아벨과 마찬가지로 적을 응시하며 대답했다.

스핑크스의 말은 전부 소화하지 못했다. 그녀의, 이『마녀』의 발언이 무엇을 의미한 것인지 해독하지 못했지만 기개는 변함이 없다.

『마녀』 스핑크스를 쓰러뜨리고 이『대재앙』을 끝낸다.

그러기 위해서——.

"내가, 너의 계획을 뒤트는 재앙의 천적이다."

6

지금에야『마녀』라고 불리는 스핑크스지만 탄생한 뒤로 수백 년은 그런 식으로 불리기에 어울리는 힘을 전혀 갖추지 못했었다.

이것도 스핑크스라는 존재가 탄생하고 처음 안 일이지만, '영혼'과 '그릇'에는 상관성이 있으며 그 불일치는 살아가는 데에 큰 결함이 되어 막아선다.

——그릇은, 그 영혼에 맞추어 최적화되는 것이다.

쉽게 말해 『탐욕의 마녀』의 기술 및 재능은 『탐욕의 마녀』의
몸이 아니라면 만족스럽게 다룰 수가 없다. 류즈 메이엘의 그릇
에 『탐욕의 마녀』의 영혼을 어중간하게 넣은 존재인 스핑크스
는 또다시 탄생 시점부터 창조된 목적을 방해하고 있었다.

그 결과, 스핑크스가 『마녀』라고 불릴 만한 힘을 얻는 데에
150년이 걸렸다.

그릇과 영혼의 불일치라는 결함을 떠안은 스핑크스에게는 걷
는 법이나 호흡하는 법, 심장이 뛰는 법에 이르기까지 새롭게 다
시 배우는 거나 다름없는 노력이 필요했다.

이것은 일반적인 재능의 소유자가 마법사가 될 때까지의, 백
배 가까운 시간이 걸리고 있다.

말을 더 보태면 이 시대, 스핑크스가 창조된 목적을 이루기 위
해서 활동하려면 다양한 요소가 장애물로서 너무나 많이 가로막
고 있었다.

신체적 특징 때문에 하프엘프로서 간주되어 『마녀』의 대명사
인 『질투의 마녀』에 대한 원한의 배출구가 된 것. 『탐욕의 마녀』
의 연구 성과인 스핑크스의 존재를 의심해 그 제자를 표방하는
인물의 집요한 추적을 받은 것.

그 밖에도 있지만 주로 이 두 가지 이유로 한 곳에 머무르지 못
하며 스핑크스가 창조된 목적을 이루기 위한 탐구는 수없이 제
자리걸음을 반복할 수밖에 없었다.

그런 나날 끝에 처음으로 자력으로 마법의 발동에 성공한 순간, 스핑크스는 손끝에 켜진 작은 불을 보고 크게 실망했던 것을 기억한다.

——『탐욕의 마녀』를 계승해야 하는 존재가, 이 정도의 마법밖에 쓸 수 없느냐고.

× × ×

"등신이."

그렇게 욕하는 입에서 피를 흘리며 또다시 자말이 그 자리에 허물어졌다.

쓰러지는 자말에게 떠밀려 손을 잡은 베아트리스와 스피카 둘과 함께 엉거주춤한 순간, 『사망귀환』의 재발동을 확인한다.

"상정한 대상은 피해를 모면했습니까. 하지만 대응 가능한 범주입니다."

스핑크스가 조준이 빗나간 결과에 낙담하지 않으며 냉정히 전과를 받아들이고 돌아보았다.

어차피 이 자리에 있는 스바루 일행 전원을 일소하는 것이 『마녀』의 목적이다. 그런 의미로는 정당한 전력이던 자말을 격추한 것은 첫 공격의 전과로서 충분.

적어도 이걸로 스바루 일행의 패는 한 장 사라졌다.

하지만——.

"스바루! 눈앞에 집중……."

"베아트리스! 자말을 치료해 줘!"

"윽, 알았어!"

먼저 외치려던 베아트리스를 막으며 스바루가 자말의 치료를 지시. 그 말을 들은 베아트리스는 눈을 크게 떴다가 곧장 자말에게로 달려갔다.

기민한 베아트리스의 등을 지켜본 스바루는 반대쪽 손을 잡은 스피카에게 눈짓했다.

"스피카, 부탁해!"

"아— 우!"

스피카가 튕기는 고무공 같은 속도로 힘차게 스핑크스에게 달려들었다. 그녀를 요격하고자 스핑크스가 두 손에서 열 줄기의 백광을 뻗는 것은 알고 있었다.

그러니까 그 전에, 스바루는 자말이 떨어뜨린 검을 줍고 던졌다.

"엘 지와르드."

종회전하는 자말의 검이 휘두른 스핑크스의 열선에 잘려 나갔다.

검은 허무하게 빛의 검에게 휩쓸려 공중에서 6등분되었지만, 스피카가 전이할 시간을 만드는 데에는 성공했다. 이 지원이 없으면 스피카의 전이도 제때 이루어지지 않는다.

"우!"

짧게 부르짖은 스피카의 모습이 가로 옆의 잔해 더미로 전이.

그리고 본래는 스피카와 그 배후에 있는 스바루를 한꺼번에 노리던 열선은 뒤에서 뻗어오는 팔이 거칠게 밀어 쓰러뜨려서 피하게 해 주었다.

달려든 아벨의 손에 뒤통수가 눌려서 억지로 짓눌린다.

"멍청한 것, 적 수괴를 얕보았나?"

"어느 패턴에도 도발하는 데에 여념이 없는 황제구만……!"

지면에 손을 짚어서 납작 찌부러지는 것을 회피한 스바루가 재빠르게 일어나 아벨의 얄미운 소리에 불만을 표했다.

아벨은 스바루의 반론에 아무 말도 없이 스핑크스를 경계하며 말했다.

"자말 오렐리가 일어선다는 기대는 가질 수 없다. 버려 두어야 하지 않았나."

"나는 그렇게 생각 안 해. 그 녀석에겐 돌아오길 기다리는 여동생이 있어."

"유족에게는 충분한 은상이 주어진다."

"가족이 죽고 가슴에 뚫린 구멍은 안 메워져."

베아트리스가 부상당한 자말 위로 손을 드리워 치유 마법을 걸고 있다.

분하지만 아벨의 말이 맞다. 영리한 베아트리스의 치유 마법이 최대한의 효과를 발휘해도 자말이 이 전투에 복귀할 가능성은 제로에 가까우리라.

하지만 여기서 자말을 빈사에서 구할 수 있으면 스바루의 우려는 하나 지울 수 있다.

그것은 스핑크스와의 싸움을 진행하는 데에 있어 크나큰 심리적 효과를 띤다.

그렇기에──.

"스핑크스! 너를 죽일 수 있는 건 나다!"

"──────."

시선을 돌려 상황을 확인하던 스핑크스가 직설적인 발언에 스바루를 보았다.

의식이 베아트리스 쪽에서 떠나 스바루 쪽에 쏠린다면 성공이다.

"송장 인간인 너는 '죽음'을 극복한 줄 알고 있을지 모르는데, 그런 건 쌩구라에 엉터리야. 아무도 영원히 살진 못해. 예외는, 없어."

"설득력은 있습니다. 실제로 당신들은 저의 『불사왕의 비적』을 갈아 치워 망자의 영혼에 간섭하고 있으니까요. 저만 예외일 수는 없겠지요. 다만."

"다만?"

"아뇨, 구태여 입에 담을 필요는 없습니다. 요·검증입니다."

굳이 스바루가 던진 도발에 스핑크스는 고개를 느릿느릿 가로저었다. 그러나 스핑크스의 대답에 스바루는 희미하게 뺨을 굳혔다.

그것은 스핑크스의 대답 내용에 문제가 있다는 등의 이유가 아니었다.

그렇게 대답하는 스핑크스의 입술이 살며시 풀어지며 웃었기 때문이었다.

"류즈 씨도…… 표정이 풍부한 편이 아니었지만."

송장 인간으로 되살아난 점도 거들어 류즈보다 한층 더 감정 표현이 희박한 인상이 있던 스핑크스의 미소——. 거기에 스바루는 뼛속까지 오싹해졌다.

그 오싹함에는 사랑스러운 외모의 존재가 송장 인간화했다는 점에서 기인한 혐오감보다, 더 크고 근원적인 이유가 있는 것처럼 느껴졌다.

그리고 그것은 스핑크스의 다음 한마디로 더욱 명확해졌다.

"한 가지, 요·확인하고 싶은 것이 있습니다. 그쪽의 당신은 빈센트 볼라키아 황제가 맞을까요?"

이어서 스핑크스의 말이 겨눈 것은 옆에 있던 아벨이었다.

뜻하지 않게 대화의 조준이 아벨을 노린 데에 스바루는 눈썹을 올렸다. 입장상 아벨이 주목받는 것은 당연하지만 여기서 스핑크스가 그를 신경 쓸 줄은 몰랐다.

전투력이 없고 상황상 가장 경계할 이유가 없을 터인 아벨을.

"어떻지요? 요·대답입니다."

"네놈 같은 천한 도적에게 이름이나 입장을 위장할 생각은 없다. 옳다. 내가 빈센트 볼라키아, 이 제국의 황제다."

"회답, 감사합니다. 거듭해서 요·확인하고 싶은 것이."

스핑크스는 날카로운 눈빛으로 노려보는 아벨에게 겁도 없이 말을 이었다.

제국을 멸하는 『대재앙』이라 자각하고 있기 때문인지 볼라키아 황제인 아벨과 대치하는 스핑크스의 언동에 스바루는 어찌 대응해야 하나 골머리를 썩였다.

대화가 약간이라도 더 길어지면 길어질수록 베아트리스가 자말의 치료에 쓸 수 있는 시간이 는다.

이 자리는 그 이점을 유효 활용해야 한다고 스바루는 두 사람의 이야기에 끼어들지 않았다.

그때——.

"회답은 약속하지 못한다. 하지만 말해 보아라."

"프리실라 바리에르, 혹은 프리스카 베네딕트."

"어……?"

생각지 못하게 갑자기 화제에 오른 프리실라의 이름에 스바루는 동요했다.

제도 결전에 참가했으나 『대재앙』이 출현해 시작된 퇴각전 도중 행방을 알 수 없어졌던 프리실라. 안부를 알 수 없는 그녀의 안전 확인은 똑같이 행방불명된 요르나와 함께 어쩌선지 그녀가 쓸 수 있는 『혼혼술』의 지속으로 확인했던 사항이었다.

요르나가 탄자와 카오스프레임의 주민에게, 그리고 프리실라가 슐트에게 건 『혼혼술』이 그녀들이 살아 있다는 증거라고.

물론 그 프리실라다. 구출하기 위해서 제도에 알이 남은 경위도 있으니 끈질기게 살아남았다고는 생각했지만, 여기서 스핑크스의 입에서, 하물며 아벨을 향한 질문이란 모양새로 이름이 거론되는 건 예상 밖이었다.

확실히 프리실라는 성곽도시 과랄 시점부터 참가하여 볼라키아 제국에도, 아벨에 대해서도 모종의 관계가 있음을 시사하고 있었다.

그것이——.

"————."

스바루가 확인하지 않았던 아벨과 프리실라의 관계가 언급된 아벨 쪽을 힐끔거린 스바루는 그가 검은 눈을 가늘게 뜨고 있는 것을 보았다.

그 극소의 반응이, 사실은 아벨의 적지 않은 동요를 표현한 것임을 알고 있다.

그것을 간파했는지는 확실하지 않지만 스핑크스는 침묵한 황제를 향해 하던 말을 계속했다.

"당신은 그녀의 오빠가 맞습니까? 요·확신입니다."

그렇게, 스바루의 예상을 배신하는 폭탄 발언을 계속한 것이었다.

7

마법을 쓸 수 있게 되어도 스핑크스가 사는 방식은 격변하지 않았다.

한 번 마법의 발동에 성공했기에 류즈 메이엘의 마나체로 게이트를 사용하는 법은 안정되고, 『탐욕의 마녀』의 영혼이 파악한 태반의 마법을 재현하는 데에는 성공했다.

그러나 그걸로 스핑크스가 처한 위험한 입장이 바뀌는 것은 아니며 여전히 남의 이목에서 숨고 위험을 피하기 위해 한곳에 머무르지 못하는 나날은 이어졌다.

다만 이전과 비교해 남의 이목에 숨기 쉽고 위협에서 달아나기 쉬워지기는 했다.

그 덕분에 스핑크스는 탄생한 뒤로 150년이 지나서야, 자신의 창조 목적인 『탐욕의 마녀』의 재현이라는 연구에 착수할 수 있었다.

──처음 100년은, 『탐욕의 마녀』를 아는 데에 시간을 소비했다.

『탐욕의 마녀』와 같은 영혼이 기원임에도 불구하고 스핑크스는 『탐욕의 마녀』의 영혼에서 흘려 버린 것이 워낙 많아서 지향하는 최종 목표가 지나치게 흐릿해졌다.

거기서 이미 사라진 지 오래된 『탐욕의 마녀』를 알기 위해 각지의 전승과 문헌을 더듬는 여행부터 시작했지만, 『마녀』를 역사에서 지우려고 하는 마녀교── 본래의 설립 목적은 그게 아니었던 것 같지만, 그들의 활동에 방해받기도 해서 성과는 지지부진했다.

그 결과, 스핑크스는 100년 걸려도 진전을 볼 수 없는 방침을 바꾸어 다른 방법을 모색했다.

──다음 100년은, 자기 안에 있는 『탐욕의 마녀』의 부족함을 메꾸기를 목적으로 세웠다.

100년 들여 세계를 순회하고 거의 성과를 올리지 못한 사실을 통해 스핑크스는 『탐욕의 마녀』를 아는 가장 큰 단서는 같은 영혼을 가진 자기 자신이라고 생각했다.

『탐욕의 마녀』의 재현에 실패하고 부족한 불량품으로서 탄생한 스핑크스. 만약 그 영혼이 부족한 부분을 메꾸어 본래 형태를 되찾는다면 그것은 『탐욕의 마녀』를 재현한다는 창조 목적을 달성하는 것이 되지 않겠느냐고.

그러나 이 시도도 100년 걸려 어렵다는 사실을 발각되어 돈좌했다.

방침 전환은 했어도 방기하지는 않았던 『탐욕의 마녀』를 알기 위한 자료 수색에 변화가 있었는데, 이것이 스핑크스에게 목표로 할 산의 정상을 놓치게 한 것이다.

아무래도 『탐욕의 마녀』는 몹시 복잡한 인간성을 가진 인물이었던 것 같다.

발견한 자료에 따르면, 『탐욕의 마녀』는 수많은 이와 말을 나누고 그들이 욕망하는 지식과 지혜를 주어서 좋게든 나쁘게든 종종 역사에 간섭했다고 기록되었다.

한편으로, 스핑크스의 애매한 기억 속에는 사람과의 접촉을 가능한 한 피하며 어지간한 일로는 타인의 인생과 관계되지 않으려던 『탐욕의 마녀』의 모습도 있었던 것이다.

그 상반되는 『탐욕의 마녀』상이, 스핑크스의 연구에 미혹을 낳았다.

이미 이 시점에서 스핑크스가 탄생한 뒤로 300년 이상이 경과했으며, 창조된 목적을 이루기 위한 연구를 전진시키고 싶은 생각이 있던 스핑크스는 다시 결단에 쫓겼다.

그리고 스핑크스는 결심했다. ──여태까지와 방식을 크게 변경하겠다고.

× × ×

　──아벨과 프리실라 두 사람이 남매.

　스핑크스가 꺼낸 진실은 충격적이었으나 스바루 안의 어떤 납
득과 연결되어, 지금까지 생긴 여러 의문점과 부합되어 해명되
어 갔다.

　프리실라가 제국의 내란에 개입한 것이나, 세리나를 비롯해
제국에 교우 관계를 가졌던 것. 때때로 제국 관계자와 의미심장
한 과거를 암시하는 대화를 나누고, 아벨과 예사롭지 않은 관계
가 있는 듯한 언행이 종종 있었던 것.

　그리고 아벨과 똑같이 기이할 정도로 오만하고 거들먹대는 성
격도 그렇다.

　아벨이 거들먹대는 것은 황제라는 이유로 해결되었다. 그러면
프리실라가 거들먹대는 것은 어째서인가. 그 답도 황족이라는
이유로 해결된다.

　──아니. 정확히는 황족이었다는 이유다.

　"황제를 결정하는 법은, 형제자매끼리 서로 죽인다는 머리 이
상한 룰이지 않았어?"

　"『선제의 의식』 구조의 옳고 그름에 대해 너와 논의할 생각은
없다."

　"논의고 자시고, 네가 황제 노릇하고 있는데 프리실라가 살아
있는 시점에서 너희 남매가 그 룰을 어떻게 여기고 있는지는 대

체로 알지 모르겠냐."

들으면 들을수록 납득 되는 아벨과 프리실라의 혈연관계지만 현재 상황이 제국에게는 있을 수 없다는 것 또한 알겠다.

본래 볼라키아 제국에는 제위 계승권을 가진 이들끼리 죽고 죽이다가, 마지막 한 명만 남지 않으면 황제가 정해지지 않는 룰이다. ──아벨은, 이것을 위반했다.

즉, 아벨과 프리실라는 공모하여 『선제의 의식』을 어긴 입장이라는 뜻이다.

"공모는 하지 않았다. 내가 결정하고 내가 실행했다. 프리스카는 죽고, 프리실라가 남았다. 단지 그뿐인 이야기다."

"그뿐이라니…… 어?! 그러면 혹시 프리실라는 절대로 제국에 돌아오면 안 될 입장이었던 거 아니야?!"

"성곽도시에서 내가 얼마나 심로를 맛보았는지 너에게 상상이 가겠나? 애초에 그 말을 꺼내자면 왕국의 왕선과 그 후보자에 대해 들었을 때부터 그랬다."

"별일이다 싶지만 그건 널 동정한다……."

외부인인 스바루로서는 상상도 가지 않지만 여동생인 프리실라를 도피시키기 위해 아벨은 상당히 위험한 다리를 건넜을 터다. 분명히 지금도 이 정보가 외부에 알려지면 아벨의 황제 지위가 위태로워질 정도의 폭탄.

그토록 고생해서 도피시킨 여동생이, 잠깐 눈을 뗀 틈에 이웃나라의 다음 왕 후보로 노미네이트되질 않나, 제국의 내란 궁지에 도우미로 참전하질 않나, 아벨도 그 장난 같은 귀면 뒤에서 지옥 같은 위통과 싸우고 있었을지 모른다.

어쨌든——.

"너희가 남매란 얘기는 어쨌든, 스핑크스가 프리실라에게 흥미를 가지고 있다는 듯한 정보는 나쁘지 않아. 프리실라가 수정궁에 살아 있다는, 『혼혼술』의 근거도 돼."

"짐작건대 프리실라와 『마녀』의 관계가 양호하다곤 못 할 것 같군."

"자각이 없을지도 모르겠는데, 너희 남매 모두 붙임성이 없으니까 고치는 편이 나을걸. 아군이라도 그러니까 적이라면 더욱 그렇지 않겠어?"

"그 불경, 가령 내가 눈을 감아 주어도 프리실라는 감지 않을 거다."

남매라는 정보를 밝히자마자 주저 없이 혈연에 관한 이야기를 날려 대는 아벨.

실제로 무례한 자를 조질 실행력이 없는 아벨보다 불쾌하다고 여긴 상대를 가차 없이 썰어 대는 프리실라 쪽이 화나면 무섭긴 하다.

"썬다고 말하니, 프리실라가 붕붕 휘두르는 그 검도——."

"——『양검』 볼라키아."

가까이에서 찬찬히 보여 준 적은 없지만 프리실라가 종종 공중에서 불쑥 뽑는 검이 터무니없는 힘을 간직한 보검이라는 사실은 알고 있었다.

그 검이 화제에 오르자 아벨이 더할 나위 없을 정도의 답을 주었다.

"혹시 말인데, 그 『양검』이란 거 제국에 대대로 전해지는 거라도 되냐?"

"그렇다."

"그럼 정체를 감추니 마니 하기 이전에 그 녀석이 갖고 있으면 안 되잖아!"

"그렇다."

딱딱한 목소리로 대답한 아벨, 스바루도 프리실라의 방약무인함에 머리가 아파지기 시작했다.

그럴 만하지 않겠나. ──볼라키아 제국의 전 황족이자 살아 있다고 알려지면 황제의 치세를 위협할지도 모르는 폭탄이고, 그런데도 왕국의 왕선 후보자로서 당당히 공식 석상에 서서 끝내는 자중하지 않고 제국에서 유래한 보검을 붕붕 휘둘러 댄다.

어쩐지 이전의 프리실라를 아는 사람이 나올 때마다 그녀의 과거를 안다는 식의 의미심장한 내색을 보인다 했다. 본인이 이토록 아무것도 감추지 않고 있으니까.

"에밀리라는 이름만 대면 다 통할 거라 생각하는 에밀리아땅이냐……."

그것도 에밀리아는 순진하고 귀여운 절세의 미소녀지만, 프리실라의 경우는 자신이 처한 입장을 알고 있을 텐데 하고 있으니까 질이 나쁘다.

어쨌든 간에──.

"본래라면 『양검』은 네가 가지고 있어야만 하는 거 아니야?"

"───────."

스바루의 그 질문에 아벨은 침묵을 고수했다.

아니라면 아니라고, 그야말로 웅변적으로 논리를 버무려 대답하는 것이 아벨일 텐데도. 그러지 않는다는 것은, 그런 뜻이라고 여겨야 마땅하리라.

그러니까──.

×　×　×

"등신이."

생각해 보면, 피와 함께 토한 그 욕설은 누구에게 하는 말인가.

반사적으로 떠밀어서까지 감싼 스바루 일행인가, 아니면 가차 없이 어린이를 노린 적 스핑크스인가. ──혹은 그 후의 선택지를 끼워 넣은 자말 본인인가.

물론 전자 중 한쪽이지 마지막 가능성일 리는 없다.

확실히 자말이 스바루 일행을 감싼 행위는 『사망귀환』으로 상황을 타개하는 스바루가 보자면 아무 의미도 없는 오지랖이었다.

만약 자말이 감싸지 않았으면 스핑크스의 기습으로 스바루의 머리가 증발하고 거기서 『사망귀환』이 발동해 그보다 전의 상황부터 대응을 개시한다.

그것이 지금과 똑같이, 스핑크스와의 접촉 후인지 그 전이 될지는 알 수 없다.

다만 그 경우, 자말이 다치지 않아도 되기에 스핑크스와의 전투를 회피할 수 없는 상황에서 전략의 폭은 넓었을 것이다.

결과적으로 자말이 마법으로 쓰러짐으로써 스바루 일행은 자말이라는 전력을 한 명 잃었고 나아가 빈사의 그를 구하기 위해 치유 마법을 쓰는 베아트리스도 행동이 속박되었다.

일어난 사건만을 보면 자말의 행동은 도리어 스바루의 일행을 괴롭힌 것이다.

그러나──.

"────."

검랑의 하나임을 자랑스럽게 여기고 그 검으로 여동생의 미래를 열겠다며 벼르던 자말이, 스바루 일행을 감싸고 쓰러지게 된 헌신을 무의미하게 만들지 않는다.

생명이나 본능이나 마음이나, 그런 것은 그런 존재가 아니니까.

"상정한 대상은 피해를 모면했습니까. 하지만──."

"너 때문에 신발을 먹었었지! 하지만 지금 걸로 없던 셈 친다!"

"────."

쓰러지는 자말 때문에 조준이 빗나가고 무슨 말을 하려던 스핑크스. 그 『마녀』의 말을 덧칠하듯 스바루는 큰소리로 자말에게 말했다.

그 외침이 지금의 자말에게 닿았는지 여부는 알 수 없다.

하지만 볼라키아 제국에 날려 오자마자 닿은 야영지에서 스바루는 자말에게 지독한 처사를 받았다. 그것을 지금, 용서했다.

──자말도 틀림없이 동료 중 하나라고.

"베아트리스! 자말을 치료해 줘!"

"윽, 알았어!"

이어진 스바루의 지시에 베아트리스가 재빠르게 자말에게 달려갔다. 그녀의 가는 손가락 감촉이 떨어지는 와중에, 이어서 반대쪽 손을 잡은 스피카를 끌어당기며 말했다.

"스피카, 부탁해!"

"아— 우!"

벼르는 표정의 스피카가 땅을 박차고 튕기는 고무공 같은 기세로 스핑크스에게 날아갔다.

긴 금발을 휘날리는 스피카의 도약을 눈앞에 두며 자신의 발언이 캔슬당한 사실도 무시하고 스핑크스가 두 손을 들어 올렸다.

생성된 열 줄기 빛의 검—— 거기로 스바루는 자말의 검을 던졌다.

"엘 지와르드."

"우!"

백광이 회전하는 자말의 검을 녹이고 그 너머에 있던 스피카까지 노린다. 하지만 그것이 닿기보다 먼저 스피카의 모습은 가로옆으로 전이. 동시에 스바루도 뒤에서 뻗은 아벨의 손에 머리가 눌려 스핑크스가 날린 반격의 회피에 성공했다.

"용케 즉시 전환했군. 하지만 다음으로 이어지지 못하면 의미가 없다."

"알아! 말해 두겠는데, 자말은 안 버려!"

"유족에게는 충분한 은상을 주겠다."

"그래선 못 구하는 걸 구하고 싶은 거야, 나는!"

합리에 전념하는 아벨에게 반박한 스바루는 쓰러지려던 몸으로 버텨 섰다. 그 자세대로 공격을 완전히 빗맞힌 스핑크스를 노려보고 외쳤다.

"스핑크스! 너를 죽일 수 있는 건 나다!"

"————."

"나는 송장 인간인 너를 죽일 수 있어. 소생의 마법이라도 만능이 아니야. 거짓말이라고 생각하나?"

"설득력은 있습니다. 실제로 당신들은 제 『불사왕의 비적』을 바꿔치워 망자의 영혼에 간섭하고 있으니까요. 저만 예외일 수는 없겠지요. 다만."

주의를 끌기 위한 스바루의 도발에 스핑크스는 고개를 가로저었다. 그녀는 스바루가 주장한 말의 설득력을 인정하고서.

"아뇨, 구태여 입에 담을 필요는 없습니다. 요·검증입니다."

자신의 천적인 스바루—— 정확히는 스피카의 『성식』을 경계하고 있음에도 불구하고 심상과 정반대로 여겨지는 미소를 띠었다.

『마녀』의 미소, 그 정체만은 알 수 없다. 알 필요도, 궁극적으로는, 없다.

"너는 쫄지 마라."

그렇게 작은 소리로 스바루가 꺼낸 말에 순간 옆에 서 있는 아벨이 눈썹을 찌푸렸다. 그 검은 눈에 의도의 설명을 요구받자 스바루는 그 설명을 흐름에 맡겼다.

미소의 여운을 남긴 채로 스핑크스가 아벨 쪽을 보고 입을 열었다.

"한 가지, 요 · 확인하고 싶은 것이 있습니다. 그쪽의 당신은
──."

"이 녀석은 빈센트 볼라키아고, 이 나라의 황제야. 그리고 프
리실라의 오빠가 맞아."

"────."

그, 스핑크스의 물음에 스바루의 회답이 선수를 쳤다.

그 순간, 스핑크스가 처음이란 수준으로 또렷하게 놀라며 눈
썹을 움직였다. 사전에 충고한 아벨도 비슷하게 놀라고 있지만,
필요 경비다.

"우──아우!"

그 각종 경비에 걸맞은 활약을, 스핑크스에게 달려든 스피카
가 한다.

사냥하는 고양이를 방불케 하는 탄력적인 민첩성으로 『마녀』
에게 육박한 스피카지만, 휘두르는 팔은 고양이 발톱보다 범이
나 사자, 혹은 곰의 일격 같은 위력이었다.

송장 인간 전사조차 정통으로 맞으면 한 방에 저승길로 갈 타격,
그것을 스피카가 가차 없이 스핑크스의 여린 몸에 갈긴다──.

"놀랐습니다. 당신의 특이성은 영혼에 대한 간섭 말고도 있는
것 같군요."

"아아우?!"

조용한 스핑크스의 분석은 스피카의 날카롭게 놀란 목소리와
겹쳤다.

스피카가 놀라는 것도 무리는 아니다. 혼신을 다한 그녀의 한

방은 스핑크스에게 도달했다. 단, 스핑크스는 올린 팔 하나로 교묘하게 받아 흘렸다.

파란 눈을 부릅뜬 스피카, 『마녀』의 금안이 희번덕거리며 쳐다본다.

"놀랐습니까? 『아인전쟁』에서 제가 패배한 건 몸 기술이 미숙했기 때문이기도 합니다. 그것을 감안해 저도 처음부터 배우기로 했지요. 물론――."

"우우?!"

"이 복제체로는 『유법』을 통한 성능의 향상에도 한계가 있습니다만."

그렇게 말한 스핑크스가 받아 흘린 기세를 이용해 스피카를 머리부터 메다꽂았다.

유려한 몸놀림과 기술은 어중간한 수련으로 체득할 만한 것이 아니다. 『마녀』는 스스로 고백한 대로 과거의 패배를 양식 삼아 배운 것이다.

옛날, 『마녀』를 두드려 패서 이긴 상대라는 게 쓸데없는 짓을 했다는 생각이 절로 든다.

"스피카아!"

"우― 아우!"

부르짖는 스바루의 목소리에 스피카가 이를 세게 깨물었다.

순간, 머리부터 지면에 떨어지기 직전에 스피카가 몸을 틀어다시 고양이처럼 몸을 운용했다. 무릎을 부드럽게 착지한 스피카는 날렵하게 스핑크스로부터 거리를 벌리려 했다.

"아우?!"

그러나 물려나려던 스피카의 움직임이 멎었다. 바라보니 그녀는 오른손 소매를 스핑크스에게 잡힌 상태로, 오른손과 이탈이 봉인되어 있었다. ──거기서부터 소녀와 『마녀』가 서로를 바라보며 손이 닿는 거리에서의 초접근전을 시작했다.

"우! 아우! 아─ 아우! 아아우!"

한 손을 서로 잡고 최소한의 동작으로 하이 레벨의 공방을 펼치는 스피카와 스핑크스.

스피카의 일격필살 잡아 휘두르기에 스핑크스는 유능제강(柔能制剛)이라는 듯한 매끄러운 기술과 때때로 손끝으로 쏘는 마법을 섞어 가며 대항했다.

"베아코!"

"조금만 더인 것이야!"

격렬한 싸움을 보던 스바루가 외치듯이 부르자 베아트리스가 대답했다. 손을 빛내는 베아트리스는 쓰러진 자말의 치유 마법에 전력을 다하고 있다.

그럼에도 아직 돌아올 수 없는 베아트리스를 기다리며 지원을 기다려야 할까.

"그럴 수가 있겠냐!"

우두커니 서 있는 선택을 지우고 스바루는 반사적으로 허리 뒤의 길티웁을 들었다. 그 판단을 내린 스바루의 어깨를 아벨이 거칠게 잡아 세웠다.

"기다려, 나츠키 스바루. 섣불리 움직이면──."

"바보 자식! 그런 소리나 할 때냐!"

예리한 아벨의 호소에 여봐란 듯이 큰소리로 반박한 뒤 뿌리치고 달리기 시작했다.

등 뒤에서 아벨의 혀 차는 소리가 들렸지만 스바루는 멈춰 서지 않고 스핑크스의 체술과 마법을 섞은 전법에 희롱당하는 스피카를 지원하러 채찍을 치켜들었다.

"싯──!"

휘두르는 채찍 끝단이 어린아이의 완력이라 얕볼 수 없는 속도로 날아갔다.

정확성은 원래 몸 사이즈였을 때보다 못하지만 극한 상태에서의 집중력이 잘 작동했다. 작아진 몸이 채찍을 제대로 다룰 수 있을 때까지 보낸 훈련의 나날을 잊어도 기력이 기적을 일으킨다.

공기를 가른 채찍이, 뱀의 송곳니처럼 스핑크스의 등에 빨려 들어가고──.

"뭣."

"보호하는 마음이나 초조감은 판단을 그르치는 독도 될 수 있지요. 감정이란 무엇인가, 사소하나마 이해했기에 더욱 그 두려움을 알겠습니다."

담담히 그리 응수하는 스핑크스. 그 오른손은 길티윕에 얽혀 있었다. 하지만 그것은 스핑크스가 일부러 내민 오른손이다. 스핑크스는 왼손으로 스피카의 오른 소매를 잡고 오른손을 스바루의 채찍에 묶여 양손이 봉인된 셈이다.

그러나──.

"아, 우…….."

애처로운 신음을 흘리며 왼쪽 허벅지를 백광에 꿰뚫린 스피카가 무릎을 꿇었다. ──두 손을 쓸 수 없는 스핑크스가 송장 인간의 금빛 오른쪽 눈에서 발사한 일격으로.

"마법의 발동에는 손가락이나 도구의 보조가 필요하다. 마법을 모르는 자가 하기 십상인 착각입니다."

"스피카── 우와앗?!"

아파서 소리를 내지 못하는 스피카, 그녀 대신에 외친 스바루가 몸을 돌린 스핑크스에게 힘껏 채찍이 딸려가 발이 떴다. 그대로 힘껏 땅바닥에 떨어져 이곳저곳에 타박상을 입은 스바루가 『마녀』의 발아래로 끌려 쓰러졌다.

이를 악물고 아픔을 참는 스바루. 바로 옆에 한쪽 무릎을 꿇고 아파하는 스피카의 얼굴과, 머리 위에는 내려다보는 스핑크스의 얼굴이 분명히 보였다.

그, 열기가 느껴지지 않는 금안과 눈이 마주치고──.

"왜, 웃는 건가요?"

"여기까지 구상한 대로라서 그래."

땅바닥에 위를 보며 누운 스바루의 표정에 스핑크스가 의문을 입에 올렸다.

그 의문에 답한 스바루는 일부러 놓지 않던 채찍을 손에서 놓고, 빈손으로 만든 손가락총을 스핑크스에게 겨누었다.

그리고──.

"미냐!"

스바루의 손끝이 작게 빛난 직후, 형성된 남보라색 결정 화살이 발사되었다.

의표, 지근거리, 방심, 아카데미상감의 연기——. 다양한 요소가 얽혀서 스핑크스는 스바루의 수작을 회피할 방도가 없었다.

"요·반성, 입니다."

창졸간에 머리를 기울인 스핑크스가 살짝 금이 간 목소리로 중얼거렸다.

스핑크스의 오른쪽 눈에 스바루가 쏜 보라 화살이 착탄하고 꿰뚫었다. 보라 화살이 맞은 위치부터 결정화가 시작되어 스핑크스의 창백한 피부를 침식해 간다.

원래부터 음 마법은 송장 인간 특효라고 할 만한 효과를 발휘했지만, 직통이다.

"나를 그냥 영리해 보이는 꼬마라고 생각했냐. 다들 하기 일쑤인 착각이지."

——스바루는, 귀엽고 유능한 베아트리스와 계약한 정령술사다.

설령 몸이 작아지더라도 베아트리스와의 연결이 끊어지지는 않는다. 베아트리스와 스바루는 게이트로 연결되어 스바루의 마나를 이용해 베아트리스가 마법을 행사한다.

그 반대도 또 가능하다. 스바루도 베아트리스의 힘을 빌려서 마법을 쓸 수 있다. 베아트리스와 계약한 첫 전투 때는 대토(大兎) 상대로 마법을 쓰며 그야말로 무쌍했을 정도다.

물론 400년 동안 모으고 모은 베아트리스의 마나는 첫 전투에서 몽땅 써서 지금의 스바루가 할 수 있는 것은 베아트리스가 볼 수 있는 거리에서 쓸 수 있는 한 발뿐인 히든카드뿐.

하지만 중요한 것은 히든카드가 있다는 것과 쓸 상황을 잘못 짚지 않고 쓰는 것.

"스피카, 한 번만 더 힘내자!"

"우!"

마법의 충격으로 스핑크스가 몸을 뒤로 젖히고 거기에 스바루가 단숨에 몰아붙인다.

다리가 관통된 스피카가 아파서 굳은 표정을 오기로 가리고, 펄쩍 일어난 스바루의 손을 잡으며 그 자리에서 쭉 일어섰다.

상처는 애처롭다. 하지만 몇 번 해도 상처를 이보다 더 가볍게 해 줄 수는 없었다.

그러니까 이것이 전원이 살아남아서 앞으로 나아가기 위한 베스트 전개——. 스바루가 스피카의 왼쪽 다리 대신을 맡으며 스핑크스에게로 향한다.

스피카의 『성식』을 전달해 스핑크스를 타도하려고——.

"발가의 작전을 간파할 만했습니다. 요·칭찬입니다."

오른쪽 눈부터 결정화 범위가 번지는 와중에 스핑크스가 스바루를 칭찬했다.

그대로 『마녀』는 굳기 시작한 얼굴로 웃음을 본뜨고, 턱 아래에 왼손 검지를 딱 붙였다. 그 손가락은 스바루에 대한 앙갚음인 양 손가락총을 만들고 있었다.

"웃."

순간, 스바루는 그것이 『사망도주』의 예비 동작임을 직감했다.

스스로 머리를 날려 버려 자해하고 상황을 리셋할 계산이다.

──여기서 자살해서 스바루 일행의 지식을 가져가면 다시는 스핑크스가 눈앞에 나타나지 않는다.

『성식』을 맞히기 위한 기회가 오지 않게 된다.

그것을 막으려고 움직이기보다 먼저, 스핑크스의 손끝에 희미한 빛이 켜지고──.

"이 등신이!!"

피를 토하는 것 같은 욕설에 뒤따른 참격이 스핑크스의 왼팔을 팔꿈치에서 잘라 버렸다.

"──────."

빙글빙글 회전하며 날아가는 팔에 스핑크스가 눈을 부릅떴다.

스핑크스가 꾀한 『사망도주』를 저지한 것은 칼날에 구멍이 난 검을 던져 그 팔을 자른, 눈에 핏발이 선 자말이었다.

중상을 입은 자말의 공격, 일어난 그의 몸을 베아트리스가 부축하고 있다. 상처에 치유 마법을 발동시키며 자말의 투척을 지원한 베아트리스가.

순간, 경탄하는 스핑크스와 치료에 시간이 걸린다고 대답을 했던 베아트리스와의 시선이 교차한다.

"뻥이었어."

혀를 내민 베아트리스가, 자말의 기적적인 부활극이 기적이 아니었다고 내막을 밝혔다.

그러나 왼팔이 떨어졌어도 스핑크스는 남은 오른팔로 같은 짓을 할 수 있다. ──아니, 베아트리스와의 한순간의 틈이 없었으면 그랬었다.

"간이 철렁했다."

말 내용과 정반대로 흘러나온 말은 여느 때처럼 냉엄했다.

다만 실제로 위태롭기는 했을지도 모른다. ──던져 준다기에는 자말의 검에 기세가 너무 붙었었으니까.

"요・칭찬입니다."

"불필요하다."

일어난 일에 무사한 왼눈을 크게 뜬 스핑크스에게 아벨이 차갑게 대답했다. 그대로 흑발의 황제는 받아 든 검을 휘둘러 스핑크스의 오른팔을 어깨부터 절단했다.

"아아……."

왼팔을 잃고, 오른팔이 절단되어 도망치려던 몸의 균형이 무너진 스핑크스가 제도의 가로에 등부터 낙법을 취하지 못한 채 호쾌하게 쓰러졌다.

스바루는 엇갈리며 땅바닥에 누운 『마녀』를, 깊은 숨을 내뱉고 내려다보았다.

여기까지 몰아넣는 데에 열 겹, 스무 겹의 심리전과 그 수준이 아닌 시행착오가 있었다. 그 모든 것을 다해 당도한 영역에서 스바루는 스핑크스 앞에 섰다.

"우리의 승리다."

"그렇군요. 인정하겠습니다. 저의, 패배입니다."

자말의 중상과, 스피카와 스바루의 부상, 베아트리스와 아벨의 무사는 결과론에 불과한 영역. 그 사실을 알고서도 꺼낸 스바루의 선고에 스핑크스는 끄덕였다.

두 팔은 없어도 스피카를 공격한 것처럼 눈에서 무언가 날아올 수도 있다. 이미 얼굴 오른쪽 절반은 결정화했지만 아무것도 못하게 하는 게 최우선이다.

"스핑크스."

그것이, 부름이 아님을 스핑크스 본인도 이해하고 있었다.

지금 것은 스피카에 대한 지시이며 그녀의 권능인 『성식』이 거닐 길을 닦은 것일 뿐. 스바루의 어깨를 빌린 스피카의 손이 스핑크스에게 뻗었다.

송장 인간이 된 『마녀』의 영혼에 간섭하여 이 『대재앙』을 끝내려고——.

"지와르드."

다음 순간, 스피카의 손가락이 닿기 직전에 결정화가 진행된 스핑크스의 얼굴이 소멸——. 발사된 백광이 『마녀』의 머리를 날려 버려 스바루의 의도를 박살 내었다.

"————."

옆에서 스핑크스가 살해당해 물을 먹은 일행이 숨을 집어삼켰다. 눈앞의 스핑크스는 파스스 부스러지며 곧 먼지로 변했다.

그리고 그렇게 만든 것은——.

"보아하니 매우 위험한 장면이었다고 판단했습니다. 요 · 대응입니다."

"『불사왕의 비적』의 효과는 유용합니다만 그 유용성을 체감하면 그 자리에서 바로 정보를 공유할 수 없는 것이 답답하게 느껴집니다. 요·개량입니다."

"그 전에 그들의 배제를 우선해야겠습니다. 요·대처입니다."

잇따라 들려온 목소리에 스바루는 어깨를 빌린 스피카의 몸이 굳는 것을 뚜렷하게 느꼈다. 아마 스바루도 똑같이 느꼈으리라.

그 정도로, 충격을 맛보는 게 당연한 일이다.

""" 요·전투입니다." """

궁지에 몰린 스핑크스를 처리한 것은 줄줄이 모여든, 다친 곳 없는 여러 명의 『마녀』 스핑크스들이었으니까.

8

──『아인전쟁』에 개입한 것은 스핑크스에게 매우 형편이 좋았다.

친룡왕국 루그니카의 국내에서 고조되던 인간과 아인의 대립 감정은 아주 자그마한 불씨 탓에 대화재로 번져서 오래 이어지던 임시의 평화를 쳐부수었다.

내전의 관여 유무를 불문하고 아인이라는 이유만으로 박해 대상이 되는 환경은, 스핑크스가 아인연합에 접촉하는 부자연스러움을 말끔히 지워 주었다. 하프엘프라고 소개하면 연합에 참가하는 데에 그 이상의 대의명분은 필요 없으니까.

거기서 아인연합의 주요 지도자인 발가 크롬웰과 리브레 페르미 두 사람과 만난 것은 스핑크스에게 요행이었다.

특히 거인족 발가는 그 사나운 외견과 정반대로 뛰어난 모사였다. 스핑크스가 지닌 지식과 마법 실력의 유용성을 깨닫자 그것을 대담히 작전에 도입해 많은 전장에서 아인연합의 승리를 양산했다.

스핑크스도 지금껏 결코 공개하지 않았던 『탐욕의 마녀』의 지식을 여럿 밝히며 발가의 계획에 협력, 혹은 반대로 조력을 얻었다.

──『불사왕의 비적』도, 아인연합 덕분에 재현에 성공한 금술(禁術)이었다.

술식 자체의 지식은 있어도 실현하기 위한 세부를 메꿀 연구와 실제로 술식을 사용한 작전의 입안은 필요하다. 그걸 위해서 발가는 『아인전쟁』을 능숙히 유도해 주었다.

스핑크스는 아인연합의 승리에는 흥미가 없어서 어디까지나 그 환경을 이용했을 뿐이었지만, 발가 진영에는 당시 큰 도움을 받았다. 물론 발가와 나란히 지도자 입장에 있던 사인족 리브레는 그런 스핑크스의 편입을 위험시하기도 해서 별로 양호한 관계는 만들지 못했지만.

어쨌든 『아인전쟁』에서, 스핑크스는 원하던 것 중 많은 것을 손에 넣었다.

개중에서도 가장 관찰하고 싶었던 '사랑' ──. 불완전한 스핑크스가 창조된 목적을 이루는 데 가장 부족하다는 것. '사랑'이라고 일반적으로 정의된다는 집착을, 지척에 둘 기회를 종종 얻

을 수 있던 것은 큰 수확이었다.

발가에게도, 리브레에게도, 많은 아인에게도 인간들에게도 그것은 존재했다.

그것이 실존하며 자신에게는 확실하게 빠져 있다는 확신이 스핑크스의 가장 큰 수확이다.

다만 350년 이상이나 변화가 없던 상황을 움직인 까닭에 스핑크스도 욕심이 났다고 해야 하리라. ──그녀는 잊고 있던 위협과 재회했다.

그것은 스핑크스가 『탐욕의 마녀』의 영혼을 복제하는 목적으로 만들어졌음을 알고 있으며, 그 존재를 없애고 싶어 못 견디는 집념을 가진, 『탐욕의 마녀』의 제자.

──최종적으로 스핑크스는 그 『탐욕의 마녀』의 제자에게 패하게 된다.

9

두려워하던 사태는, 두려워하던 순간에야말로 찾아온다.

그것을 스바루는 입 안에 쑤셔 박힌 차가운 손가락의 감촉과 그곳에 있다는 것에 지나치게 익숙해진 약봉지가 뽑히는 감각으로 깨달았다.

깨우치는 처지가 되었다.

"자해용 독약인가요? 불가해한 대비입니다."

"불가해라고 할 정도도 아니지 않은지? 전장에 간다면 일반적으로 죽음을 각오합니다. 또한 적대자에게 포박되어 정보가 유출될 여지를 없애는 것도 유효합니다."

"그 일반적이라는 표현이 부적절한 전장이 아닌지? 여기서 목숨을 잃는 것이 반드시 확실하게 입을 다물게 되지 않음은 그들도 알고 있을 겁니다."

같은 목소리, 같은 어조, 같은 가락의 검토가 거듭되다가 마지막으로 여러 눈이 스바루를 쳐다보았다.

같은 얼굴을 가진 『마녀』들은 스바루의 검은 눈을 동시에 들여다보고――.

"""요ㆍ회답입니다."""

뒤에서 어깨를 붙잡힌 스바루로부터 자해 수단을 빼앗고 그렇게 물었다.

――새로 나타난 여러 스핑크스들은 단 한 명뿐인 스핑크스를 몰아붙이는 데에 고전하던 스바루 일행을 불과 1분도 걸리지 않고 제압했다.

"우아, 우……."

지면에 깔린 스피카가 잡힌 스바루를 구하려고 필사적으로 버둥댔다. 하지만 치료가 되지 않은 다리 상처는 깊어서 자신을 누르고 있는 스핑크스를 뿌리칠 수 없다.

스피카만이 아니다. 베아트리스와 자말도 엉망진창인 상태로 가로에 쓰러져 있다.

특히 자말은 완전히 의식을 잃을 때까지 스핑크스들에게 마냥 욕을 퍼부었기 때문에 그만큼 정성 들여 구타당하는 처지가 되었다.

　그리고――.

　"잇따라 계속해서 잘도 질리지 않고 기어 나오는구나."

　"이만큼 궁지인데 여전히 굴복하지 않는 정신성에는 감탄합니다. 여동생…… 프리실라 바리에르와의 혈연이 느껴지는군요."

　"흥, 프리실라의 이름을 꺼내면 내가 흔들릴 줄 알았나? 『마녀』라는 치는 라미아의 흉내만이 아니라 퍽 교활한 짓을 하는군."

　그렇게 말하고 적의 어린 눈초리로 스핑크스를 응시하며 입 안의 피를 뱉는 아벨.

　지금 스핑크스들과 대치하며 두 다리로 서 있는 것은 그와 뒤에서 어깨가 붙들린 스바루 두 사람뿐. 그것도 아벨 혼자가 되었다.

　스바루를 구속한 스핑크스가 뒤에서 스바루의 무릎을 차서 꿇렸다. 그렇게 움직임을 막은 채 세 스핑크스가 아벨을 보았다.

　한 명은 스바루를 구속하고, 한 명은 스피카를 누르고, 마지막한 명이 자유로운 상태다.

　상대하는 아벨은 짧은 저항 속에서 적지 않은 상처를 입었다. 옷은 더러워지고 찢어졌으며, 뺨에 흐르는 피를 소매로 닦고 발아래에는 칼날이 없어진 검이 내버려져 있었다.

　하지만 이만큼 고통을 주었어도 아벨은 치명상을 입지 않았다.

　그것은 이 중대 국면에서 개화한 아벨의 비범한 검재 덕분――같은 게 아니라 스핑크스들이 의도적으로 아벨을 살려 두었기 때문이다.

"라미아 고드윈, 그녀에게 배운 것은 사실입니다. 그녀의 본질을 보는 안력은 확실했습니다. 그녀는 저보다도 훨씬 『영혼』의 진리에 가까웠지요."

"그녀 덕분에 『불사왕의 비적』의 병렬 재현에는 성공했습니다. 원하던 결과는 약간 다르나 한 단계 전진한 것은 사실입니다."

"그게 아니라면 이렇게 당신 앞에 모습을 보이는 것도 어려웠 겠지요."

말을 연잇는 스핑크스, 동일 송장 인간이 복수 출현하는 곡예는 연환용차를 습격한 아벨의 여동생―― 라미아 고드윈이 사용한 『불사왕의 비적』의 악용이다.

솔직히 스피카의 『성식』이 만전이라면 송장 인간의 증식은 과녁을 늘리는 행위에 불과하다. 그것을 알고 있기에 스핑크스는 스바루와 스피카를 떼어놓아 구속했다.

그리고 스핑크스들이 단 한 사람, 아벨을 살려 둔 것은――.

"볼라키아 황족인, 당신의 『양검』은 위협적이었습니다. 요ㆍ경계입니다."

"――――."

빈손의 스핑크스가 한 말에 아벨이 살짝 검은 눈을 가늘게 떴다.

스핑크스가 경계하는 『양검』 볼라키아―― 절대적인 힘을 간직한 제국의 비보. 그 보검을 『마녀』가 신경 쓰는 것은 당연하다. 스바루도 휘두르는 『양검』의 강대한 힘과 그 진홍의 참격을 받은 이의 말로를 두 눈으로 본 적이 있다.

단, 그때의 『양검』 소유자는 전부 아벨이 아니라――.

"프리실라 바리에르. 혹은 프리스카 베네딕트."

"욱, 아벨……!"

"그는 볼라키아 황제, 빈센트 볼라키아일 겁니다. 당신의, 아벨이라는 호칭은 애칭이나 이명으로 부적절하지 않은지? 요·정정입니다."

사소한 발언의 미흡함을 지적하고 붙들고 있는 스바루의 얼굴을 지면에 내리누른다. 그렇게 신음하는 스바루 쪽을 일별도 하지 않은 채 스핑크스는 아벨에게 갸우뚱하며 말했다.

"아무래도 정말로, 『양검』을 가지고 있지 않은 모양이군요."

그렇게 분명히, 아벨── 빈센트 볼라키아를 상대로, 황제의 증거인 『양검』을 소지하고 있지 않다고 단정적으로 말했다.

"흠."

스핑크스의 단언에 아벨은 침묵을 고수했지만 스바루는 목을 꿀꺽거렸다.

그것이 볼라키아 황제로서 얼마나 굴욕적인 일인지 스바루는 모른다. 하지만 그것은 『선제의 의식』에서 죽여야 했던 여동생을 살려 두었던 사실과 똑같거나, 그 이상으로 황제의 자질을 묻는 용서받지 못할 일임은 알 수 있다.

그리고 그 사실을 확인하는 것이야말로 스핑크스가 아벨을 살려 둔 목적이었다.

"동행해 주실 수 있을까요, 빈센트 볼라키아 황제. 괜찮다면 동생분인 프리실라 바리에르와 만나게 해드리겠습니다. 요·검토입니다."

"프리실라와 만나게 하겠다고? 뭘 꾸미지?"

"회답을 거부합니다. 요·숙고입니다."

저항하기 위한 결정타가 없는 아벨에게 스핑크스는 기묘한 제안을 했다. 그 제안의 진의는 설명하지 않았지만, 따르면 아벨은 이 자리에서 난을 피할 수 있다.

그렇다고 해서 그런 제의에 어슬렁어슬렁 따르는 귀염성은 제국의 정점에게 존재하지 않는다.

"농간을 부리지 마라, 『마녀』. 프리실라와 대화할 필요가 있다면 네년의 허락 따위 없어도 직접 그렇게 하겠다. 내가──짐이 누구인 줄 아느냐."

당당히 그렇게 응수한 아벨이 팔짱을 끼고 『마녀』의 제의를 쳐냈다.

더러워지고 피를 흘리며 생명조차 상대의 손바닥 위에 놓였음에도 흔들리지 않는 자세를 관철하는 아벨의 모습은 틀림없이 볼라키아 제국이 존숭하는 검랑 그 자체.

"요·반성입니다."

표정에도 어조에도 변화는 없지만 스핑크스의 목소리에는 명백한 실망이 있었다.

그것이 어떤 이유에 기인했는지는 덮어 두어서 알 수 없다. 하지만 스핑크스는 프리실라에게 아벨을 데려갈 수 없는 것을 아쉬워했다.

그리고 스핑크스는 실망한 사실을 거부하듯이 돌아보고.

"이자들의 목숨과 교환하면? 요·재검토입니다."

질문은 깔려 있는 스바루와 스피카 둘을 가리키고 던져졌다. 그 물음에 설득력을 추가하듯 스바루를 구속한 스핑크스의 압력이 증가했다.

"아우우! 우— 우아우!"

"스피카……!"

아마도 비슷하게 스피카도 압력을 받고 있다. 스바루보다 구속에서 벗어날 가망이 있는 스피카가 등을 누르는 스핑크스에게 버둥버둥 저항하려고 했다.

그 저항이 결실을 맺기 전에——.

"컥, 끼, 끼아아아악……."

"요·반성입니다."

끼끽하고 둔탁한 소리에 이어져 울려 퍼진 것은, 뼈가 부러지는 애처로운 파괴음. 그것은 스피카가 아니라 스바루의 오른팔 팔꿈치가 반대 방향으로 부러진 결과였다.

격통이 뇌를 찌르고 순간적으로 다른 타박상 및 찰과상의 통증이 날아갔다. 악다문 입 끝에서 피거품이 새고 견디다 못한 눈물이 뚝뚝 흘렀다.

그 본보기에 스바루의 팔을 부러뜨린 스핑크스도, 스피카의 팔을 부러뜨리기 직전까지 갔던 스핑크스도, 그것을 지시한 스핑크스도, 한 조각도 감정의 동요를 보이지 않았다.

그저 자신의 바람을 이루기 위한 본보기로 효과가 있는지 관찰하는 자의 시선이었다.

그러나——.

"집요하군."

아벨의 대답은 스바루의 팔을 부러뜨려도 일절의 감정을 양보하지 않았다.

그 대답에 스핑크스는 끝내 작게 숨을 내뱉었다.

"가능하면 당신은 살린 채로 데려가고 싶었습니다만."

"희롱하지 마라. 기어이 그러고 싶다면 나를 송장 인간으로 만들어서 데려가라."

"그것은 어렵다는 것이, 지금까지 거친 검토 재료에 따른 결론입니다."

스핑크스의 그 대답에 아벨은 사색에 잠기듯 한쪽 눈을 감았다. 하지만 그 사색에 진전이 보이기 전에 스핑크스들이 행동했다.

스바루와 스피카, 두 사람을 깔고 누른 스핑크스들이 손가락을 하나 세웠다. ──그 손가락을, 일으킨 스바루와 스피카의 뒤통수에 붙이고.

"아, 아벨……."

부러진 팔의 통증에 비지땀을 흘리는 스바루가 헐떡이며 아벨을 불렀다. 옆에서 버둥대는 스피카도 같은 상황이라 스핑크스의 노림수는 명백하다.

하지만 무의미하다. 본보기가 통하지 않았으니까.

"인질에도 의미는 없다. 아니면 『마녀』는 그 정도도 모르나?"

"그럴까요?"

"뭣이?"

"비호심이나 정이라는 것은 다루기 어려운 법입니다. 그것은 제국의 정점인 당신이어도 예외가 아닙니다. 요·분발입니다."

그렇게, 유일하게 자유로운 스핑크스가 아벨에게 고하고 그 손을 천천히 들어올렸다.

그리고 올린 손의 손가락을 하나 세우더니 그것을 아벨 가슴에 조준했다.

"움직이지 마십시오. 그들의 생명이 아까우면."

"천한 것."

이를 가는 것 같은 아벨의 짧은 말이 스핑크스의 입가에 일그러진 미소를 낳았다.

그 순간, 스핑크스의 손끝에 빛이 켜진다. ──아벨을 노린 한 명만이 아니라 스바루와 스피카, 둘의 뒤통수에 들이댔던 손가락에도.

──『마녀』의, 그 악랄한 선택을 기다리고 있었다.

"뛰어, 스피카!!"

"어?"

치사의 빛이 발사되기 직전, 스바루는 아픔을 잊고 외쳤다. 그 말에 곤혹해하던 스핑크스 중 하나가 그 자리에서 사라졌다. ── 스피카가 발동한 전이의 길동무다.

그렇게 스피카가 도약한 것을 신호로 스바루 쪽에도 움직임이 있었다. 그것은 스바루 본인이 움직이는 것이 아니라──.

"아무리 그래도 너무 무리하는 것이야!"

쓰러진 채 스바루의 신호를 가만히 기다리던 베아트리스가 성난 소리를 외쳤다.

인내심 깊게 버티던 그녀는, 스바루의 팔이 부러진 순간에도 참았던 뛰쳐나가고 싶은 기분을 남보라색 결정 화살에 담아 범인인 스핑크스에게 갈겼다.

　"――――."

　상황은 어지럽게 교체되듯 움직였다.

　스바루와 스피카, 둘을 구속하던 스핑크스의 공격은 미수로 끝났다. 그것도 스바루 쪽은 베아트리스가 저지했지만 스피카 쪽을 저지한 것은 다름 아닌 스핑크스다.

　――전이한 스피카는 아벨을 노리고 마법을 쏜 스핑크스의 사선상에 끼어들어 그 빛의 열선으로 자신을 구속한 스핑크스를 꿰뚫게 한 것이다.

　"이건――."

　바라지 않은 아군 오사를 유발당해 오직 홀로 남은 스핑크스가 눈을 크게 떴다.

　한 명은 자기 마법에 꿰뚫려서 소멸하고, 한 명은 마법 화살을 맞아 남보라색 조각상으로 변했다.

　그럼에도 허를 찔러 어떻게 할 수 있는 것은 여기까지다.

　"설마 마지막 한 명까지 일어서지는 않는 모양이군요."

　팔이 부러진 스바루도, 운신이 막힌 스피카도, 의식이 없다고 여겼던 베아트리스도 반격을 시도했다. 하지만 아쉽게도 공들인 구타를 당한 자말은 일어서지 않았다.

　그 모습을 지켜보고 마지막에 남은 스핑크스는 재빠르게 두 손을 들어 좌우의 다섯 손가락에서 열 줄기 빛의 검을 만들고 이번에야말로 스바루 일행을 토막 내려고 했다.

그 바람에 제일 눈을 떼서는 안 될 상대로부터 눈을 뗀 것도 깨닫지 못한 채.

"발검, 『양검』 볼라키아."

조용하고 엄숙한 목소리가, 화가 치밀 정도로 믿음직하게 스바루의 고막을 치고 지나갔다.

어떤 소란에도, 아무리 많은 사람들이 있는 곳에서도, 아무리 가혹한 싸움이 펼쳐지는 전장에도, 그 남자의 목소리는 닿으려는 상대에게 정확히 닿는다.

그것은 곧, 사람 위에 서서 사람을 이끄는 숙명을 진 자의, 왕의 그릇.

그리고 그것을 증명하듯이 그 자리에 있던 모두의 눈을 눈부시게, 붉게 비추는 것은――.

"당신은, 그것을 갖지 못했던 게."

"멍청한 것. 내가 한 번이라도 『양검』을 포기했다는 소리를 했더냐."

단 한 번, 그 순간의 승기를 끌어당기기 위해서 얼마나 큰 고난이 막아서더라도 뽑지 않았던 진홍의 보검이 허공의 칼집에서 뽑혔다.

그리고――.

"속임수 대결은, 우리의 승리다."

"얕잡아 봤구나. 나의, 두 군사의 책모를."

스바루는 아픔을 참으며 승리를 뽐내고, 아벨은 비장의 수를 잃었다고 『마녀』에게까지 믿게 한 책략을 짠, 이 자리에 없는 군사의 역량을 뽐냈다.

——다음 순간, 『양검』을 든 아벨이 땅을 박차고, 날았다.

그것은 지금까지의 아벨과는 비교할 수도 없는, 확고한 힘 있는 자의 질주. 『양검』이 스스로 선택한 소유자를 그에 합당한 차원으로 끌어올린다.

그야말로 세계가 양광(陽光)에 밝아지는 것처럼 아벨은 힘차게 보검을 쳐들고——.

"——『양검』은 내가 베겠다고 정한 것을 베고, 내가 태우겠다고 정한 것을 태운다."

"————."

진홍의 일섬이 사선으로 터지고, 그것은 반사적으로 아벨을 요격하려던 스핑크스의 열 줄기 백광을 일체의 저항 없이 태워 버렸다.

빛이 불탄다는 부조리, 그것이 당연히 일어난다고 믿게 하는 초상적인 힘이 『양검』의 광채에 존재하며, 그렇기에 다음 결말도 필연적인 것이었다.

"아."

갈라진 숨소리가 흐르고, 크게 뒤로 뛴 스핑크스가 자신을 내려다보았다.

날렵한 몸놀림으로 물러난 『마녀』. 그러나 분홍색 머리를 한

움큼, 『양검』의 번뜩임에 베였고── 찰나, 스핑크스의 전신이 발화했다.

그리고 그것은 베인 스핑크스만이 아니라 자기 자신에게 오사당해 먼지가 되어 가던 스핑크스와 남보라색 결정으로 변해 있던 스핑크스에게도 옮겨 붙고 있었다.

──『양검』볼라키아는, 『마녀』스핑크스를 불사른다고 규정되었다.

그 결과가, 저렇게 타오르는 스핑크스들의 모습이다.

"────."

화염에 휩싸인 스핑크스, 그것이 완전히 불타기 전에 발악할까 봐 경계하지만──.

"필요 없다. 『양검』의 화염에 태워진다 함은, 그런 뜻이다."

"그러냐……. 갈수록 중대 국면까지 그걸 숨겨 둔 네 신경이 의심스럽다."

한 손에 든 『양검』을 내린 채 스바루의 경계를 기우라고 지적하는 아벨. 그런 아벨에게 악담 같은 말을 돌려주자 그는 대답하지 않았다.

그저 피어오르는 불에 불타며 그 영혼까지 닿는 화염 속에 있는 스핑크스를 응시했다.

응시하면서, 아벨── 아니, 빈센트 볼라키아는 말했다.

"이번 헌책. 수고했다. 치샤 골드."

막간 『마녀』

1

　제도 루프가나의 수정궁, 과거에는 알현실이던 그 장소에 숨어든 시노비인 오르바르트 덩클켄은 팔꿈치 아래가 없는 오른팔을 흔들며 백미를 찌푸렸다.

　"겨우 움직이지 않게 됐냐. 나 원, 영감쟁이에게 우울해지는 짓을 너무 많이 시켜."

　느릿느릿 어깨를 으쓱이고 한숨 쉰 오르바르트의 눈앞, 그곳에 시노비의 괴노인조차 진저리를 친 이형── 그 형상이 끔찍하게 탈바꿈된, 이미 송장 인간이라고 부르기도 당치 않을 괴이한 존재의 잔해가 굴러다니고 있었다.

　오르바르트는 그 이형괴이의 존재에 대한 처사를, 자비의 일격이라 간주했다.

　죽은 송장 인간은 기억을 가진 채로 되살아난다. 더해서 송장 인간을 되살리기 위해서는 제국의 대지를 지탱하는 『석괴』의 마나를 소비한다. ──따라서 송장 인간의 살해는 최소한으로 하라는 지시였다.

"그래도 죽여 두는 편이 나아. 내가 그런 맘을 먹게 하다니 겁나 위험하구먼."

인명의 존중이니 약자에 대한 자비니, 마음에 여유가 있는 사람밖에 가지지 못한 그런 융통성. 앞날이 멀지 않은 융통성 없는 오르바르트는 그딴 것쯤 진즉에 버린 지 오래다.

그런 오르바르트로서도 알현실―― 아니, 『영혼』의 실험장은 도를 넘어섰다.

"꼬라지를 보니 아라키를 만든 녀석들이 떠오르는데. 노는 것도 아니고 복수하는 것도 아닌데 이런 짓을 해 대니까 처치곤란하단 말이지. 처치는 했지만."

그렇게 뇌까린 오르바르트의 뇌리에 과거에 처리한 특출 난 외도 집단이 떠올랐다.

아라키아라는 『정령 포식자』의 완성형을 만들어 내기 위해 방대한 수의 희생자를 낸 실행자들은, 그 동기를 사명감이니 제국의 미래를 위함이니 떠들었다.

이 알현실의 참상―― 흙덩이로 이루어진 그릇으로 되살아나는 송장 인간들의 영혼에 손을 대어 영혼이 섞인 존재나 변모한 존재. 이 전쟁에 이기기 위해서가 아니라 눈앞의 승패를 도외시한 목적을 위해서 시행된 만행. 이종괴이한 그것들을 만들어 낸 경위에도, 그 외도들과 똑같은, 감정과 분리된 성과를 추구하는 탐구심이 느껴진다.

그리고 그 탐구의 목적은 오르바르트도 일부와 접했기에 알 수 있다.

"영혼에 손을 대려 했구만그래."

오르바르트는 시노비의 기예 중 타인의 영혼―― 오드를 뭉쳐 줄이는 기술을 쓸 수 있다. 치샤에게도 도둑맞은 그것은, 그래도 어디까지나 표층을 어루만질 뿐이다.

하지만 이 탐구자는 그 이상의 성과를 추구하고 있다.

그것이 구체적으로 무엇인지 탐구자를 모르는 오르바르트에 게는 알 도리가 없지만――.

"께~름칙한 예감이 들어, 각하. 역시 내가 배신할 여지가 없지 않나?"

2

――『아인전쟁』에서 아인연합의 패배와 스핑크스 개인의 패배.

스핑크스는 그 패배에 관해서 많은 것을 이야기할 말을 갖고 있지 않다.

350년 이상이나 살았지만 그 세월 대부분을 숨어 다니며 살아 남는 데에 소비하던 스핑크스로서는 그녀를 토벌하겠다 마음먹 고 단련한 상대에게는 당할 수 없었다.

일어난 사건을 설명하자면 그저 그뿐인 이야기다.

솔직히 말하면 『탐욕의 마녀』의 제자에게 쓰러져 패배의 죽음을 앞둔 스핑크스의 뇌리에는 이 또한 역시 별다른 감개가 없었다.

원래 생명에 대한 집착은 없는 거나 다름없다. 살아남는 것을 최우선으로 긴 세월을 소비한 것은 그러는 것이 창조된 목적을 달성하기 위해 합리적이라고 생각했기 때문이다.

그리고 막상 그 창조된 목적을 달성하지 못한 채 사라지려는 때에도 마지막까지 존재했던 것은, 그 목적을 포기하기 어렵다는 본능적인 기피감뿐이었다.

그러니까 결전지가 된 루그니카 왕성 지하로 도망가 그곳에서 한 번은 『탐욕의 마녀』의 제자를 뿌리치는 기력을 발휘한 것도 그 본능에 따른 결과다.

다만 그 생명에 대한 집착이 없는 도주극이 스핑크스의 운명을 바꾸었다.

"네놈에게는 쓸 데가 있다. 쓸모를 다해 줘야겠다. 나의 바람을 이루기 위해서."

그 남자의 탁한 눈에는 강렬할 정도의 야심의 불꽃이 일렁이듯 보였다.

3

──『양검』 볼라키아의 화염은 멸하겠다고 정한 것을 태워 없앤다.

빈센트 볼라키아와 나츠키 스바루의 획책은 황제가 진홍의 보검을 모종의 이유로 포기했다고 스핑크스가 믿게 만들었다.

그 결과, 믿기 어려운 생명의 심리전 끝에 속임수 대결에 패배한 스핑크스를 화염이 태웠다.

『마녀』 스핑크스에게 도달한 『양검』의 칼날은 송장 인간으로 되살아난 『대재앙』의 책임자의 영혼에 붉은 화염을 보내어 빈센트 일행과 대치하는 여러 스핑크스를, 수정궁에 대기하는 스핑크스를, 제도의 각 전장을 관찰하는 스핑크스를, 제국 전토로 공격을 개시해야 했던 무수한 스핑크스를 일제히 불태웠다.

"요·대책입니다."

베인 스핑크스가 벌건 불꽃에 태워지며 그리 중얼거렸다. 하지만 통각이 희박한 송장 인간의 이점을 살려도 불타 사라지는 자신을 오래 남겨 둘 수는 없다.

그러면 이미 타 버린 복수의 몸을 방기하고 이 '죽음'을 양식 삼아 배운 새로운 스핑크스로 계획을 수행할까. ──아니, 불가능하다.

『양검』의 화염은 스핑크스의 영혼을 태우고 있다.

새로운 송장 인간 스핑크스를 만들어 내려 해도 근간인 영혼이 불탄 이상 흙덩이 몸은 불타면서 만들어지는 사태를 회피할 수 없다.

"────."

대책은 없다. 그런 속수무책의 감각과 함께 이 스핑크스의 몸이 붕괴한다.

불타 죽어 이 '죽음'을 배우고 다음으로 향해도 재구축된 스핑크스의 몸은 타오르며 역시 대책은 없다고 결론지으며 끝나갈 뿐.

끝, 끝이다. 오랜 시간을 들여 세계를 순회한 『탐욕의 마녀』의 불량품, 스핑크스의 탐구하는 여행은 여기서 막을 닫는다.

최선을 다하고 완벽히 함정도 깔았지만 미치지 못했다.

그것은 과거에 『아인전쟁』 때에 맛본 것과 같은 패배다. 그때도, 스핑크스는 최선을 다했는데 미치지 못해 패해 죽을 수밖에 없었다.

그렇게 되지 않은 것은 스핑크스 자신의 행동이 아니라 바깥에서 들어온 간섭 때문이다.

그리고 이번에 그것과 같은 일을 바랄 수는 없다.

왜냐면 이미 그때 스핑크스를 구원한, 그 야심의 소유자는 없으므로.

라이프 바리에르는 죽었다. 그러니까, 이미──.

"요 · 검토입니다."

느닷없이 불타는 채로 파멸을 맞이해야 했던 스핑크스가 움직였다.

온몸에 『양검』의 화염이 붙은 채로 스핑크스는 자신의 턱 아래에 손가락을 대고 머리에 있는 핵충(核蟲)째 날려 버려 '죽음'을 일으켰다.

그리고 그것을 전장에, 제도에, 제국 전토에 있는 스핑크스가 연쇄적으로 실행했다.

""요 · 검토입니다.""

자포자기한 것이 아니다. 자살 충동에 지배된 것도 아니다.

그저, 스핑크스는 죽음으로써 그 기억을 영혼에 결합할 수 있다. 무수한 스핑크스가 일제히 죽고 무수한 기억을 통합함으로써 자기 자신이라는 집합 지성을 쌓는다.

물론 그 기억이 모여드는 영혼은 불타고 소멸하는 것도 시간문제다.

그러나 완전히 불타기 전까지 스핑크스는 날 때부터 불타는 자신을 연속적으로 만들어 내어 상황과 대책의 검토와 토의를 무수히 쌓을 수 있다.

과거에는 '죽음'에 아무 감개도 없었다. 하지만 지금은 달랐다.

"""요·저항입니다."""

저항하고 저항하고 저항하면서, 스핑크스는 온갖 가능성을 긁어모아 검토했다.

각 정점의 결말, 수정궁에서 치르던 영혼의 실험, 볼라키아 황족의 역사, 『정령 포식자』, 왕국에서 온 이물, 『별점쟁이』, 천명, 『대재앙』, 온갖 가능성을, 만상의 조각을.

──그리고.

4

──감옥에 묶인 프리실라는 눈앞의 스핑크스에게 일어난 일련의 사건 전부를 붉은 두 눈으로 똑똑히 목격하고 있었다.

갑자기 온몸이 붉은 화염에 불타오른 『마녀』. 프리실라는 그것이 볼라키아 제국에 전해지는 『양검』이 야기한 붉은 화염임을 한눈에 알 수 있었다.

그 붉은 화염을 『마녀』에게 보낸 것이 빈센트 볼라키아라는 사실도.

"드디어 숨긴 패를 뒤집었나. 정말로 어디까지고 방심 못할 오라버니인지."

빈센트가 『양검』을 뽑지 않으며 비장의 수로 온존하고 있던 것은 마찬가지로 볼라키아 황족인 프리실라에게는 자명한 이치였다. 물론 『양검』이 지닌 까다로운 특성상 빈센트가 가볍게 그에 의지할 수 없던 것도 사리에 맞긴 했다.

어쨌든 속임수 대결에 패배한 『마녀』는 화염에 소멸한다──. 그래야 했다.

"네놈, 무슨 짓을 했지?"

"요·검토를."

『양검』의 불꽃은 태우고 싶은 것을 태우고, 『양검』의 칼날은 베고 싶은 것을 벤다.

그 이치를 비틀 수는 없다. 그럼에도 불구하고 프리실라 앞에서 벌건 불꽃에 삼켜졌던 『마녀』는 천천히 그 붉은 화염에서 빠져나왔다.

불꽃은 『마녀』를 태우기를 그만둔 것이다.

『양검』의 불꽃은 태우고 싶은 것을 태우고, 『양검』의 칼날은 베고 싶은 것을 벤다.

따라서 빈센트의 『양검』으로 불타고 베인 『마녀』의 운명은 변할 수 없다.

단——.

"네놈은, 웬 놈이냐?"

태우겠다고 결정한 것이, 베겠다고 가른 것이, 다른 존재가 되면 이야기가 달라진다.

빈센트는 『마녀』를, 스핑크스를 『양검』으로 죽였으리라.

하지만 화염에서 빠져나온 그 『마녀』의 모습은 프리실라가 아는 『마녀』가 아니었다.

그 존재는 금이 간 창백한 피부도, 검은자위에 금빛을 가라앉힌 눈동자도, 여아 같은 어린 용모도, 모두 다 벗어던지고 프리실라 앞에 서 있었다.

길게 등까지 닿는 하얀 머리카락에 투명하고 이지적인 탐구심이 깃든 검은 눈동자. ——흑과 백, 그 존재를 그리고자 한다면 그 두 색깔이면 전부 표현 가능하다.

"네놈은, 웬 것이냐?"

"——『탐욕의 마녀』."

거듭된 프리실라의 질문에 조용한, 확신에 찬 답이 있었다.

그것은 긴 시간 끝에 자신이 창조된 목적을 달성하고 영혼의 정체성을 재구축한 존재——『탐욕의 마녀』의 현신은, 화염에 불타는 운명을 벗어나 선고했다.

"창조 목적은 이루어졌다. 나는, 내가 살아갈 목적을 이루러 간다." 하고.

《끝》

후기

37권, 끝까지 함께해 주셔서 감사합니다! 나가츠키 탓페이가 네즈미이로네코입니다!

오래오래 이어진 『Re : 제로부터 시작하는 이세계 생활』이라는 이야기입니다만, 실은 이 37권이라는 숫자에는 감흥이 있습니다. 사실은 작가가 좋아하는 어느 작품의 권수가 전 37권이라서, 본 작품도 쓰기 시작할 당초부터 긴 이야기가 될 거란 감각이 있었기에 종종 이런저런 곳에서 "37권으로 완결하면 좋겠네요!" 같은 말을 했었죠.

물론 37권이란 터무니없는 권수니까 거기까지 이어지다니 얼토당토않은 이야기란 정도의 조크였는데, 도달하고 말았습니다. 심지어 하나도 안 끝났어.

작가도 인간이기에 멈추지 않는 시간 속에서 쓰고 싶은 것은 자꾸자꾸 늘어납니다만, 리제로는 이미 그 극치……. 신바람 났을 때는 기억이 없으니까 말이에요. 덕분에 올해도 1월과 2월의 기억이 없습니다. 날아갔어. 어지간히 즐거웠던 거겠죠.

어쨌든 37권이나 해도 끝나지 않은 이야기, 작가도 뇌가 짜르르함에도 뒷이야기를 쓰고 있으므로 부디 독자 여러분도 따라와 주시면 기쁘겠습니다!

자, 많은 이야기는 할 수 없는 지면 중에, 이번에도 늘 하는 감사의 말로 이행을.

담당자 I님, 리제로 사상 으뜸가는 수라장을 만들어서 정말로 조력에 감사합니다! 들어가고 싶은데 안 들어간다며 여태까지 중에서 제일 전화상의 대화가 많았던 것 같습니다. 진력에 진심으로 감사드립니다! 다음에도 잘 부탁드립니다!

일러스트의 오츠카 선생님, 이번에도 멋진 일러스트들, 정말로 감사합니다! 이번 권은 여느 때 이상으로 오츠카 선생님께 기대고 말아 반성할 따름입니다! 탈고한 직후, 쓰러지듯 잠든 꿈속에서도 내내 오츠카 선생님께 사과했습니다! 현실에서도 감사합니다!

디자인의 쿠사노 선생님, 단편집과의 동시 간행 타이밍 때는 한층 더 쿠사노 선생님의 장인 같은 일처리를 실감합니다. 이번에도 멋진 일처리, 감사합니다!

아토리 선생님&아이카와 선생님의 4장 만화판에 더해, 마침내 타카세 와카야 선생님의 5장 만화판도 스타트! 4장도 클라이맥스! 5장 개시 때의 설레는 감각도 기대됩니다! 원작도 질 수 없는 열량에 늘 힘을 얻고 있습니다! 감사합니다!

그리고 MF 문고J 편집부 여러분, 교열 담당자님과 각 서점의 담당자님, 영업 담당자님 등 이번에도 많은 분들께 감사를. 이번에는 특히 여러분의 진력을 느꼈습니다.

그리고 마지막은, 이 이야기를 계속 따라와 주시는 독자 여러분께 최대한의 감사를!

마침내 집필 개시 때의 호언장담을 넘어선 권수가 되는 38권, 오래도록 이어진 제국편을 마무리 지을 수 있게 심혈을 기울여 노력하겠습니다! 앞으로도 부디 잘 부탁드립니다!

이만 줄이겠습니다. 다음 38권에서 또 뵙길 빕니다!

2024년 2월
《3월은커녕 4월도 사라질 듯한 기세에 전전긍긍하며》

프리실라

Priscilla

"무어냐, 오라버니. 오는 것이 퍽 늦지 않나. 이대로 소녀를 계속 지루하게 만들겠다면 자기 발로 나가는 것을 고려해야만 하겠군."

"포로 신세인데 잘도 큰소리를 칠 수 있구나. 애초에 그 호칭은——"

"고치라고? 드디어 범우에게도 소녀와의 관계를 밝히지 않았나. 그렇다면 계속 가장하는 편이 우스꽝스러울 테지. 그 반마의 치졸한 가명도 아니고."

"내가 스스로 공개했다는 투로 말하지 말도록. 덮어 둘 수 있으면 끝까지 덮어 두고 싶었던 제국의 내부 사정이다."

"아직도 소녀가 내부 사정이라니. 오라버니의 정 깊은 성격은 다소 도를 넘어섰어. 그것이 제국의 검랑, 그 정점인 줄 모르는 자들만 있다는 게 황제의 숙업이로군."

"퍽이나 남의 일 같이 말하는데. 너, 자기 입장을 잊었나?"

"잊을까 보냐. 이렇게 많은 자들이 사력을 다해 낯빛을 바꾸며 소녀를 바라는 일이야 일상이지. 그래서 지루하다고 말한 거다."

"제국의 존망을 건 지금이 지루하다니. 하여간에 너를 가늠하려는 짓이 어리석게 느껴지는구나."

"오오, 소녀는 어리석은 오라버니는 보고 싶지도 않다. 자, 소녀의 권태를 어떻게 달래 줄 것이지?"

"그렇군. 일단 다음 권인 38권 이야기를 해야겠지. 이 제국을 둘러싼 싸움도 절정, 검랑에게 이빨을 들이댄 놈들을 제거해야 한다."

"오라버니의 내부 사정인 소녀도 사로잡힌 공주 신세이니 말이지."

"38권의 간행은 6월을 상정하고 있다. 한동안 기다리도록. 더해서 루그니카 왕국 쪽에서 일어난

Re: Life in a different world from zero

아벨

Abel

대규모 싸움…… 그쪽의 만화판 연재가 개시되었다."

"수문도시 프리스텔라, 그 땅에서 있었던 난리법석 말이로군. 조잘조잘 시끄럽지만 소녀조차 듣고 반한 여가수가 있던 땅이지. 생각해 보면 그것도 발칙한 놈을 주살하는 한 장면이었어."

"그 도시에 있던 일이 돌고 돌아 그자들을 제국으로 불러내는 형국이 되었다고 들었다. 선과도 악과도, 모든 일은 쓰기에 달라질 뿐이지."

"옳은 말이긴 하군. 그래서, 어디서 그려지지?"

"『얼라이브+』에서, 『물의 도시와 영웅의 시』라는 부제로."

"영웅…… 흠, 영웅이라."

"뭐지?"

"아니, 포부도 크다 싶어서 말이다. 그렇다곤 해도 소녀도 영웅담은 싫어하지 않아. 과거의 것도 현재의 것도, 미래의 것도."

"사로잡힌 공주답지 않은 말투로군."

"오라버니 쪽이야말로 황제답게 당당히 자신의 성으로 오도록. 슬슬 기다리다 지쳤다."

"좋다. 또 내 손으로 추방해 주마, 프리실라."

"그렇게 소녀가 사랑스러운가. 역시 오라버니의 정 깊은 성격은 도를 넘어섰군."

※일본어판 발매 당시 내용입니다.

Re:제로부터 시작하는 이세계 생활 37

2025년 02월 20일 제1판 인쇄
2025년 03월 05일 제1쇄 발행

지음 나가츠키 탓페이
일러스트 오츠카 신이치로

제작 · 편집 노블엔진 편집부

발행 데이즈엔터(주)
등록번호 제 2023-000035호
주소 07551 서울특별시 강서구 양천로 570 NH서울타워 19층
대표전화 02-2013-5665

ISBN 979-11-380-5700-4
ISBN 979-11-319-0097-0 (세트)

Re : ZERO KARA HAJIMERU ISEKAI SEIKATSU volume 37
ⓒTappei Nagatsuki 2024
First published in Japan in 2024 by KADOKAWA CORPORATION, Tokyo.
Korean translation rights arranged with KADOKAWA CORPORATION, Tokyo.